La malédiction de l'ange noir

MICHELE HAUF

La malédiction de l'ange noir

LUNA

Titre original :
SERAPHIM
publié par Luna®

Traduction de l'américain par SYLVIE LEBRETON

83/85 boulevard Vincent Auriol 75646 PARIS CEDEX 13.
ISBN 2-280-15426-9

Prologue

France — 1433

La pointe de son épée traçait un sillon sanglant dans la neige immaculée.

Tandis que le Chevalier Noir progressait péniblement, sa cotte de mailles tintait lugubrement contre sa cuirasse. A quelques pas de lui, son écuyer, immobile près de la couverture déployée sur la neige, attendait de le libérer de sa pesante armure.

La victoire était totale. Mastema de Mortain, seigneur de Poissy, Démon de l'Ouest, gisait sur le champ de bataille, la tête tranchée par cette épée qui laissait derrière elle sa sinistre empreinte. La neige recouvrait inexorablement les alentours du château de Poissy, lieu de la terrible bataille.

— Vous avez magnifiquement combattu, monseigneur.

L'écuyer cherchait moins à complimenter le chevalier qu'à briser le silence de mort qui régnait autour d'eux. De ses gestes maladroits d'adolescent, il enleva un à un les gantelets, les épaulières et le heaume pesant. Puis il dégagea le reste du corps, fit glisser la cotte de mailles et le bonnet de cuir, laissant échapper une longue mèche de cheveux noirs collés de sueur. Il œuvrait sans bruit pour ne pas risquer d'attirer l'attention des hommes d'armes du château, situé à un quart de lieue à peine. L'endroit avait beau être discret, niché au cœur d'un bosquet, le danger restait terriblement proche. A quelques pas de là, les flots indifférents de la Seine emportaient les corps des soldats tombés pendant la mêlée.

— Il faudrait que vous leviez les bras afin que j'ôte votre plastron. Encore un effort...

Le chevalier se raidit pour ne pas chanceler. Ses membres étaient lourds comme du plomb. Ses bras surtout, brisés d'avoir fait tournoyer la lourde épée dans le chaos des chairs et des armures pour lui frayer un chemin jusqu'à sa proie. Le combat n'avait probablement duré qu'un quart d'heure, mais cela lui paraissait des heures. Il n'était pas encore rompu à cette boucherie, à la cruauté gratuite de ce bain de sang qu'était la guerre.

Lorsque enfin son corps fut libéré du poids de son armure, le chevalier s'effondra comme une masse dans la neige. Les flocons, si froids, apaisèrent la fièvre de son visage, emportant le secret de ses larmes versées sur le sol.

L'écuyer s'éloigna. Il fallait laisser son maître se reposer, oublier un instant, si c'était possible, la violence qu'il venait de vivre. Il rangea donc, avec d'infinies précautions, les éléments de l'armure dans les sacoches de cuir de son cheval — cette cotte de mailles et cette noire cuirasse, instruments de la vengeance insensée qui les poussait inexorablement, de village en village, à travers le paysage dévasté de cette France enfouie sous la neige.

Insensée, certes, mais juste.

— Satanael et Mastema de Mortain ont tous deux péri de votre main. Mais il en reste encore trois..., murmura-t-il.

— Celui-ci, je l'ai tué au nom d'Henri de Lisieux.

Le simple fait d'étendre la main et de balayer la neige qui lui recouvrait le visage était douloureux. Le chevalier ferma les yeux sous la morsure glaciale des flocons. Un froid si cruel qu'il en paraissait presque surnaturel. Tout comme cette soudaine et violente chute de neige. Mais y avait-il eu quelque chose de normal, en France, depuis le début de la nouvelle année, une semaine auparavant ?

— As-tu entendu quelque chose ? Sais-tu si un autre Mortain a prévu de mener bataille ?

— Non, mais je gage que nous en apprendrons plus à la taverne du prochain village. Si tant est qu'un Mortain ose encore s'aventurer hors des murs de son château, alors que vous avez tué deux de ses frères. Je crains qu'Asmodée ne se terre dans sa forteresse, en apprenant la mort de Mastema.

— Alors, nous irons à Creil et nous le pourchasserons dans son domaine, s'il le faut. Le Démon du Nord doit périr comme ses frères.

— C'est de la folie !

— Y a-t-il un autre moyen ?

L'écuyer ne put réprimer un soupir.

— Oui, il y en a un : battre en retraite.

— C'est hors de question, écuyer ! Dis-moi, as-tu la foi ou... est-ce la peur qui te guide ?

L'adolescent aurait voulu répondre sans ambages qu'il était terrorisé. La peur lui était une plus fidèle compagne que la foi, si nouvelle dans sa vie. L'abbé Belloc avait à peine eu le temps de lui ouvrir ce chemin où il espérait trouver le pardon de ses fautes passées. Mais il n'osa pas le confesser et opta pour un compromis.

— En ce moment, j'ai peur...

— En ce cas, il me faudra avoir la foi pour deux. Nous devons partir !

L'issue de la discussion était jouée d'avance, il le savait. Tout comme il savait que ses suggestions, même les plus raisonnables, seraient sans cesse balayées par la soif de vengeance du chevalier.

— Demain, donc, dit-il, nous parcourrons les six lieues qui nous séparent de Pontoise…

— Pas demain, cette nuit !

Quelle folie ! Alors même que son maître gisait encore à terre, ivre d'épuisement…

— Très bien, si telle est votre volonté.

— Ce n'est pas la mienne. Ce qui doit être sera.

Il ne lui restait plus qu'à se résigner à une nouvelle nuit sans sommeil, passée, comme les deux précédentes, à chevaucher à la lueur des étoiles.

Mais avant de se préparer au départ, l'écuyer désigna d'un geste l'abondante masse de boucles noires qui reposait sur l'épaule de son maître.

— Ne croyez-vous pas que vous devriez les couper, si vous voulez poursuivre votre route ? Ces boucles vous trahiront.

— Je n'ai aucune intention de me déguiser, écuyer. En outre, les Mortain sont persuadés que c'est un chevalier qui a tué leurs frères. Ils ne se méfieront pas de moi.

— C'est vrai. Mais les routes sont dangereuses, et vous… Ne préférez-vous pas vous déguiser un peu, plutôt que de risquer une mauvaise rencontre ?

— Je doute que d'autres malheurs puissent de nouveau m'atteindre. Mon cœur a épuisé toutes les souffrances possibles.

— En êtes-vous si sûre ?

A ces mots, Gabrielle de Vertus se retourna vers l'écuyer Baudoin. S'emparant d'un geste vif de la dague attachée à sa cheville, elle lui tendit l'arme par la garde.

— Très bien, alors, déclara-t-elle. Si je ne dois plus être une femme, coupe-moi les cheveux.

1.

Lucifer de Mortain serra la mâchoire, les yeux clos sur une rage à peine contenue. De la graisse noire coulait entre ses doigts, suintant du linge avec lequel il était en train de polir sa selle de cuir.

— La nuit dernière, seigneur…

La voix pétrie de crainte du messager s'était réduite à un murmure.

— J'ai chevauché toute la nuit pour vous en informer. Je vous supplie de m'épargner.

D'un geste impatient, Lucifer congédia le messager, qui salua avant de quitter précipitamment la pièce. Situés au cœur de la forteresse, les appartements du maître des lieux étaient à son image. La cheminée, dans laquelle brûlait un feu violent, ressemblait, avec ses crocs de fer disposés de part et d'autre de l'âtre, à la bouche d'un démon. Suspendu au plafond, un aigle empaillé, aux ailes immenses, contemplait la scène de ses yeux de rubis, dont l'éclat rougeoyant brillait d'une lueur moqueuse.

Le Chevalier Noir. Encore lui ! Laissant éclater sa colère, Lucifer jeta rageusement le linge huileux, renversa sa selle d'un coup de pied et traversa la vaste pièce, balayant tous les objets sur son passage. Puis, campé devant l'âtre rougeoyant, il s'empara du lourd ceinturon posé sur un trépied de bronze. La lame de son épée lança un éclair flamboyant lorsqu'il la tira d'un geste brusque de son fourreau. Il la fit tournoyer avec un sifflement au-dessus de sa tête, les muscles douloureusement bandés, mais aiguillonnés par son courroux. Puis, grognant sous l'effort, il l'abattit d'un geste puissant contre le mur de pierre. Le métal résonna sourdement. Quelques fragments de pierre se détachèrent du mur. Et il frappa de nouveau. Encore. Et encore.

Lorsque enfin il fut épuisé, il laissa tomber son épée et s'appuya contre le mur, serrant son front entre ses mains avec une telle force qu'il lui sembla voir le sang palpiter derrière ses paupières fermées. Du sang… Comme celui de ses frères, que le Chevalier Noir répandait derrière lui. Pourquoi cette immonde canaille s'en prenait-elle à eux ?

Et puis, au fond, qu'importait la raison ? Lucifer savait parfaitement qu'il y avait des centaines, peut-être même des milliers de raisons de s'en prendre à lui et à sa famille. Tous ces corps disséminés aux alentours, dans les eaux boueuses de la Seine ou sous le sol glacé du royaume, étaient autant de « raisons ». La vraie question était plutôt celle-ci : pourquoi maintenant ? Il y avait presque vingt ans qu'ils faisaient régner la terreur ici-bas. Pourquoi quelqu'un avait-il décidé de se venger *aujourd'hui* ? Et, plus grave, comment y parvenait-il ?

Mastema était un homme prudent, à sa connaissance. Il ne se déplaçait jamais sans une escorte puissamment armée. Il venait pourtant de se faire décapiter, en plein champ de bataille, entouré de ses hommes, alors même que la mort récente de Satanael, leur autre frère, aurait dû accroître sa vigilance. C'était à n'y rien comprendre !

Encore pantelant de rage, Lucifer se tenait devant l'âtre, les poings crispés. La chaleur brûlait son visage. Il lui semblait si pénible, parfois, de devoir supporter cette condition de mortel. Mais peut-être en viendrait-il à la regretter bientôt, si le Chevalier Noir parvenait à ses fins…

Les quatre frères de Lucifer vivaient à quelques lieues de Paris, où lui-même résidait. Satanael, le Démon du Sud, habitait à Corbeil. Mastema, le Démon de l'Ouest, à Poissy. Sammael, Démon de l'Est, avait établi sa demeure à Meaux. Si le Chevalier Noir avait choisi de les exterminer l'un après l'autre, sa prochaine destination serait logiquement le Nord, lieu de résidence d'Asmodée.

Il était temps d'agir. Inutile pour Lucifer de quitter sa forteresse pour venir en aide à son jeune frère. Il pouvait, en revanche, envoyer un mercenaire sur les traces du Chevalier Noir. S'il parvenait à l'arrêter avant qu'Asmodée n'ait à se défendre, c'était aussi bien. Il fallait mettre un terme à ces attaques contre son clan.

La route de Pontoise s'étendait comme un ruban monotone, en ce petit matin de janvier. La neige tombait sans interruption depuis la veille au soir. Gabrielle pressa ses talons sur les flancs de Gryphon pour le mener au petit trot. Otant sa capuche de cuir, elle passa la main dans ses cheveux fraîchement coupés.

Derrière elle, Baudoin leva les yeux au ciel, effaré. C'était bien malgré lui qu'il était devenu l'écuyer de ce téméraire Chevalier Noir. Ou plutôt de Gabrielle de Vertus… Les brèves études qu'il avait faites auprès de l'abbé Belloc, en tant qu'aspirant à la prêtrise, ne l'avaient en rien préparé à une telle existence. Mais tout avait été bouleversé lorsque Lucifer de Mortain avait surgi, le matin du nouvel an, semant la mort et la désolation dans le château de la famille de Vertus.

— Oh, mon Dieu ! ne put-il s'empêcher de dire en regardant sa maîtresse. Madame, je suis tellement désolé...

L'exclamation de Baudoin tira Gabrielle de ses pensées. Mais elle se retourna à peine, encore accablée par son combat de la veille.

— Que se passe-t-il, Baudoin ?

— Vos...

Il tendit la main vers ses cheveux d'un geste fébrile, s'efforçant de marmonner quelque chose. Mais son expression horrifiée ne traduisit rien d'autre que son désarroi. Renonçant à s'expliquer, il répéta, consterné :

— Je suis fort marri, *monseigneur.*

Gabrielle passa la main dans sa chevelure, cause des remords de son écuyer.

— Aucune importance. Cela repoussera.

Le son de sa voix, rauque et meurtrie, résonnait curieusement à ses propres oreilles. Elle avait du mal à reconnaître cette voix âpre pour la sienne. Mais au moins, la blessure qui en était responsable, ce long sillon rouge sur son cou, ne la faisait plus souffrir que par instants. Elle ne pouvait en dire autant de l'amère douleur qui brûlait son âme...

— Pourquoi m'avez-vous ordonné de vous couper les cheveux dans le noir, gente dame ? reprit Baudoin. Que Dieu me pardonne ! Vous ressemblez à un mouton mal tondu...

La remarque la fit sourire par sa rudesse. Mais cette légèreté ne dura pas. La joie lui était, depuis quelque temps, bien plus pénible que la tristesse.

— Ce ne sont que des cheveux, Baudoin.

— Tout de même...

L'écuyer n'hésitait jamais à la contredire. Mais Gabrielle ne regrettait pas de l'avoir invité à la suivre dans cette quête, qu'elle aurait préféré mener seule.

Elle appréciait sa compagnie et la franchise de ses manières. Et, en dépit de sa maigreur et de son peu de goût pour les armes, sa présence était une sécurité : elle savait combien il était dangereux pour une femme de voyager seule sur les routes, en ces temps troublés. De plus, Baudoin aurait fait n'importe quoi pour survivre. C'était là un talent précieux, dans les circonstances présentes.

De toute façon, comment aurait-elle pu se résoudre à abandonner cet adolescent terrifié dans les ruines du château dévasté de ses parents ? N'étaient-ils pas désormais tous deux seuls au monde, perdus, tellement semblables ? A une différence près, toutefois : elle n'avait pas peur. Jamais. Même si rien n'aurait pu la préparer à ce qu'elle avait vécu… Non, cela, elle ne devait pas y penser. Sans quoi le cauchemar de ce souvenir l'aurait immédiatement terrassée.

Gabrielle passa une dernière fois la main dans ses cheveux pour en ôter la neige, et rassura de nouveau son écuyer :

— Ne t'inquiète pas, Baudoin. Ils repousseront. Et tu ne peux imaginer à quel point il est agréable de ne plus avoir à les démêler.

Elle réprima un soupir. Elle avait perdu tant de choses en si peu de temps. Et maintenant sa chevelure, le dernier attrait de sa féminité… Mais les regrets ne servaient à rien.

— Tu vois, je n'ai qu'à secouer la tête, et je suis coiffée.

— C'est heureux que nous n'ayons pas de miroir avec nous. Je crains fort votre réaction lorsque vous en croiserez un. Vous étiez si belle…

Gabrielle remit sa capuche, autant pour cacher sa tête que pour se protéger du froid. Aux derniers mots de l'écuyer, elle ressentit un pincement au cœur.

— La perte de ma chevelure me rend donc si laide ?

— Euh, enfin... Non, bien sûr.

— Ce serait souhaitable, pourtant. Mieux vaudrait oublier que j'ai un jour été une femme...

L'heure n'était ni aux regrets ni à la tristesse, mais à la vengeance. En tuant Mastema la nuit précédente, elle avait vengé Henri de Lisieux, son fiancé. Cinq jours plus tôt, Satanael était tombé à la mémoire d'Antoine, son frère aîné. Les trois Démons restants mourraient au nom de son père et de sa mère...

— Avec votre capuche et ces traces de boue sur le visage, je gage que vous serez prise pour un homme dans le prochain village. Veillez seulement à ne pas montrer vos longs cils... ou à n'être pas dévisagée de trop près.

— Tu pourrais couper mes cils, aussi.

— Non ! Je risquerais de vous blesser les yeux, et vous ne seriez plus le redoutable Chevalier Noir...

Le Chevalier Noir. La rumeur l'avait surnommée ainsi en raison de son armure d'acier sombre. C'était, dans les décombres fumants du château de la famille de Vertus, la seule armure convenant à sa stature longue et fine. Autrefois, son frère Antoine avait coutume de l'appeler affectueusement « l'amazone ». La boutade n'était pas si éloignée de la vérité. Gabrielle avait hérité de son père sa taille et son goût de l'effort. De sa mère, ses yeux bleus, ses épais cheveux noirs et son intrépide fierté. Et les années passées à s'entraîner l'avaient rompue au maniement des armes.

Pourtant, jusqu'à ces derniers jours, elle n'avait jamais imaginé qu'elle aurait à se servir de ses talents, en accomplissant des actes aussi « masculins ». Mais elle ne s'arrêterait que lorsque justice serait faite.

La voix de Baudoin l'arracha de nouveau à ses souvenirs.

— Je n'aime pas cela, marmonnait-il. Pas du tout.

— Je t'ai déjà dit que j'allais garder ma capuche. Cesse donc de maugréer, écuyer.

— Je ne suis pas un écuyer. Je suis un novice. Et ce n'est pas à propos de vos damnés cheveux que je me plains.

— Pour un novice, tu as la langue bien leste en matière de jurons !

— Je sais, je sais... J'ai fait pénitence des milliers de fois. Mais par moments, j'ai si peu de mots pour exprimer mes sentiments. Je sais que le Seigneur se froisse de chacun de mes maudits jurons, mais par le diable...

— Ecuyer !

— Pardon, gente dame.

— Appelle-moi « Monseigneur ». Et ne l'oublie pas.

Le regard noir que lui jeta la châtelaine coupa court à la repartie qu'il avait sur le bout de la langue. Gabrielle avait appris à faire de ses yeux une arme redoutable, en particulier pour discipliner les servantes du château, plus promptes au badinage qu'à l'ouvrage.

— Bien. Maintenant, dis-moi, je te prie, de quoi tu te plains, si ce n'est de cette coiffure dont tu m'as gratifiée ?

Elle ralentit l'allure de Gryphon pour attendre Baudoin, dont les sourcils clairs semblaient figés par le froid.

— De ce que vous êtes devenue. Ce n'est plus vous, gente dame. Vous avez tué deux hommes...

— Je sais ce que j'ai fait.

Elle talonna de nouveau Gryphon, plantant là son écuyer.

— Et je fais ce que j'ai à faire.

Sa voix avait repris son inflexion dure, presque masculine.

— Il y a une semaine, pour la nouvelle année, Lucifer de Mortain a volé mon âme après l'avoir mise en lambeaux. Il a volé aussi celle de ma famille. Je ne m'arrêterai pas avant d'avoir repris ce qui m'a été dérobé. Œil pour œil, écuyer !

Œil pour œil, en effet. Gabrielle avait profondément changé depuis ce terrible nouvel an, songea Baudoin. Depuis l'assaut brutal du château de son père par les Démons. Mais elle avait tort de penser que son âme lui avait été volée. Elle était meurtrie et déchirée, cela ne faisait aucun doute. Mais cette âme demeurait présente, vibrante et claire dans son regard pâle, tout entier fixé vers son but. Et elle en aurait bien besoin, lorsqu'il lui faudrait affronter le diable lui-même.

Le souffle de Tor formait une auréole de brume autour de ses naseaux clairs. Dominique Saint Juste observait le village devant lui, posé tel un rocher au cœur d'une forêt de chaume. Vision ô combien agréable, pour un homme fatigué et irrité comme il l'était ! Il avait même manqué de s'endormir sur sa selle à plusieurs reprises, oubliant que Tor n'était pas un cheval comme les autres. Dominique savait que s'il venait à tomber de sa selle, l'élégant destrier blanc en profiterait pour piquer un galop et s'enfuir au loin. Il se pencha et flatta la crinière de l'animal.

— Pas encore, mon brave compagnon. Dès que j'aurai achevé cette mission, je promets de te rendre ta liberté. Tu m'as bien servi durant toutes ces années, et tu le mérites. Et qui sait si nous ne trouverons pas en chemin ce que tu as perdu ?

En réponse, Tor releva fièrement la tête, projetant de fines particules de neige sur le visage de Dominique.

Il y avait quelque chose d'étrange dans ces épais flocons et ce froid mordant. Depuis le nouvel an, Dominique ressentait la présence d'une brèche dans l'ordre naturel des choses. Mais il ne pouvait s'expliquer cette sensation, pas plus qu'il ne comprenait pourquoi il avait accepté une mission aussi insolite que celle-ci.

Sa dernière mission. Il pourrait ensuite, lui aussi, recouvrer sa liberté. C'est du moins ce qu'avait promis l'Oracle. Si tant est que la figure fantomatique aux allures de jeune garçon, qui surgissait régulièrement dans sa vie depuis quelques années, fût vraiment un oracle. Ce pouvait aussi bien être un esprit maléfique, revenu des enfers.

Se penchant de nouveau, Dominique effleura la blessure sur le front de Tor, le rassurant d'un geste discret. Parfaitement circulaire, la plaie ne cicatrisait jamais, mais ne s'infectait pas non plus. Elle restait humide et rose, comme dans l'attente de quelque chose. En attente de la partie de chair manquante.

— Nous cherchons tous deux ce que nous avons perdu, mon brave compagnon…

Dominique ferma les yeux, et se laissa emporter par ses pensées. Il y avait eu une autre bataille, la nuit dernière. Une bataille dont l'issue avait été fatale pour Mastema de Mortain. Le bruit courait que le mystérieux Chevalier Noir avait surgi au milieu du combat et s'était frayé un chemin jusqu'à Mastema, lui coupant la tête d'un mouvement à la précision mortelle. Une fois son geste accompli, il était reparti aussi mystérieusement qu'il était apparu. Exactement comme il l'avait fait une semaine auparavant avec Satanael.

Ces exploits du Chevalier Noir relevaient sans doute davantage de la fable que de la réalité. Mais Dominique n'était pas homme à refuser une belle histoire. Et ce, encore moins en ces temps difficiles où les esprits avaient besoin de se rassurer par des récits héroïques.

Car l'on vivait sans doute les années les plus terribles de l'interminable guerre qui opposait les royaumes de France et d'Angleterre. Et les Mortain luttaient aux côtés de l'Anglais Henry VI, qui s'efforçait d'abattre la résistance acharnée de Charles VII, couronné grâce au dévouement de la malheureuse Jeanne d'Arc.

Mais à ce moment précis, telle n'était pas la préoccupation de Dominique. Il était en mission. Et sa quête consistait justement à trouver ce Chevalier Noir aux exploits déjà légendaires.

Tor fit un écart, et l'éperon de Dominique cogna le tronc d'un arbre. Le choc, léger, remonta le long de sa jambe et une nuée de particules irisées s'envola soudain autour de lui. Dominique arrêta sa monture et mit pied à terre pour disperser la curieuse poussière. Il épousseta d'un geste brusque ses vêtements, faisant surgir un nouveau nuage, plus épais encore que le précédent. Les particules imprégnaient tout son corps, jusqu'à ses épaisses bottes de cuir. Il se débarrassa enfin des derniers résidus — qui laissèrent une trace brillante dans la neige fraîche — tout en grommelant. Il lui fallait être prudent. S'il voulait pouvoir se reposer paisiblement dans la première taverne venue, il valait mieux qu'il ne se mette pas à étinceler de la sorte.

Mais il se calma aussitôt. La colère était mauvaise conseillère. De plus, c'était à l'aube naissante qu'il réservait cette humeur. Pour l'instant, il était minuit et la lune pleine éclairait le paysage de ses reflets blancs. C'était là l'heure des Fées, et non celle du courroux.

La première fois qu'il avait entendu cette expression, « l'heure des Fées », il buvait une mauvaise bière dans une piteuse taverne, partageant sa table avec un vieil homme grisonnant. Après une large lampée de son breuvage, le vieil homme avait désigné la lueur de la lune que l'on apercevait à travers les fissures du mur :

— L'heure des Fées, avait-il dit, comme on énoncerait une remarque d'une profonde sagesse.

Et Dominique était sorti, avait offert son visage aux caresses de l'astre lunaire et ressenti l'influence magique du moment.

— Le coup de minuit terrasse le Dragon de l'Aube au moment où il est le plus faible. Evite l'Aube. Triomphe à la lueur de la Lune, murmura-t-il pour lui-même.

Cherchant à briser le silence qui s'était instauré entre eux, depuis ses maladroites remarques sur la coiffure de Gabrielle, Baudoin talonna sa monture pour parvenir à la hauteur de Gryphon.

— C'est magique, non ?

— Quoi donc ? Ton habileté à m'irriter ?

— Non, gente dame : l'air, le ciel, le... Enfin, le moment. Regardez briller la lune sur la neige. C'est comme si les Fées venaient de danser ici et avaient déposé leur poussière scintillante tout autour.

— Ne me parle pas de ces créatures diaboliques.

La voix de Gabrielle était tranchante.

— Diaboliques ? Les Fées ?

— Tu m'as très bien entendue !

— Comme il vous plaira...

Baudoin se morigéna. Pour une tentative d'égayer un peu l'atmosphère !

— Les Fées sont de méchantes et cruelles créatures, poursuivait Gabrielle.

Méchantes ? Ce n'était certes pas l'idée qu'il s'en faisait. Un peu folles, facétieuses, certes... mais pas méchantes. Il se rapprocha de nouveau de Gabrielle, intrigué par la sonorité grave qu'avait prise sa voix.

— Lorsque j'ai eu douze ans, ma mère a donné naissance à ma petite sœur, Cyrielle.

Il ignorait totalement l'existence de cette jeune sœur. Lorsque Gabrielle avait douze ans... C'est-à-dire au moment où Elisabeth de Vertus, sa mère, était tombée gravement malade.

— Cyrielle avait à peine un mois lorsque les Fées sont venues, en pleine nuit, dans la chambre de ma mère, et ont procédé à la substitution. Au petit matin, un Enfant de Fée avait pris la place de ma petite sœur.

A ces mots, Baudoin grimaça. Les Enfants de Fée étaient de hideuses créatures, qui n'avaient rien à voir avec l'image pittoresque des Fées. Et la seule pensée de ce qu'avait pu souffrir la mère de Gabrielle l'emplissait de terreur.

— La créature n'a vécu qu'un jour. Mais ma mère n'a plus jamais été la même, ensuite. Sa douleur était silencieuse. Elle s'est renfermée sur elle-même. J'ai pu voir ses membres se recroqueviller jour après jour. Jusqu'au moment où elle est devenue si infirme qu'elle ne pouvait tenir une aiguille ou se déplacer sans aide. C'est alors que j'ai dû endosser le rôle de châtelaine.

— Je suis désolé...

Les mots, bien faibles, lui venaient du fond du cœur. Baudoin se maudit d'avoir si maladroitement tenté d'égayer la conversation. Le résultat était tout juste à l'opposé. Il y avait encore bien des choses qu'il ignorait à propos de Gabrielle.

— Tu ne mentionneras plus les Fées ?

— Non, certainement pas. Mais... Oh !

Un cri de surprise jaillit de ses lèvres. Juste devant eux, à la lisière de Pontoise, se tenait la silhouette immobile d'un cavalier sous la lune. L'astre éclairait son visage anguleux, illuminant les flocons accrochés à ses épaules. Tandis qu'ils s'approchaient, Gabrielle l'observa, intriguée par sa curieuse apparition. Son justaucorps et ses chausses étaient en cuir. Il portait une large cape de laine, au col orné d'hématites. Les hématites, des pierres à l'éclat métallique et sombre, étaient réputées pour leur capacité de régénération du sang. Une épée à double poignée et une dague complétaient son équipement. Un chevalier, à n'en pas douter. Quoique... Ses éperons étaient d'acier, et non d'or. Peut-être un mercenaire, en attente de sa prochaine mission.

— Bonne soirée à vous, dit Baudoin, rasséréné, alors qu'ils parvenaient à sa hauteur.

L'homme ne bougea pas. Les yeux clos, il semblait en pleine adoration de l'astre lunaire. Il devait pourtant les avoir entendus s'approcher.

— La soirée paraît bonne, en effet, finit-il par répondre.

— Vous allez à Pontoise ?

— Si c'est là le nom du village que l'on voit, telle est bien ma destination.

Gabrielle aurait préféré que l'écuyer ne fût pas si familier avec un parfait inconnu. Ils ne pouvaient faire confiance à personne. Au demeurant, l'étranger ne semblait pas plus désireux de converser qu'elle.

Lorsqu'ils l'eurent dépassé, elle se retourna vers lui. Il se tenait à la même place, telle une sentinelle silencieuse, dans une attitude proche de la prière. On devinait le début d'une barbe sombre au bas de son visage, encadré d'une épaisse chevelure noire. Son profil était gracieux, quoiqu'un peu anguleux, trahissant une certaine fierté. Ce pouvait bien être un chevalier, après tout. Tous ne portaient pas leurs éperons d'or lorsqu'ils n'étaient pas au combat. Plus étrange, l'homme semblait étinceler, irradier sa propre lumière.

— *Monseigneur ?*

Surprise dans sa contemplation, Gabrielle se retourna en évitant de regarder le sourire malicieux qu'elle devinait sur le visage de Baudoin.

Mais avant de poursuivre son chemin, elle se retourna encore, jetant un dernier regard au chevalier. Et du plus profond d'elle-même, par-delà ses blessures et ses peines, la jouvencelle qu'elle avait été soupira.

2.

— Que disais-tu, Baudouin ?

Gabrielle avait piqué le bout de son tranchoir dans un improbable morceau de nourriture brun, en attendant le verdict de l'écuyer.

— C'est de la viande, répondit celui-ci en dévorant un large morceau de sa pitance graisseuse.

Chaque repas était pour Baudoin l'occasion de se consacrer avec la même intensité à son occupation favorite : emplir sa panse autant que possible.

— Certes, mais de quelle sorte ?

Avec une moue dégoûtée, Gabrielle examinait le morceau de viande sous tous les angles.

— Probablement du gibier, murmura l'écuyer. Mais ne dites rien, car les hommes d'armes du roi ne sont peut-être pas loin.

— Probablement pas, en effet... Mais de quel roi ?

Elle palpa du bout des doigts son écuelle, une légère nausée au bord des lèvres. Autrefois, elle avait mangé dans des plats élégants et raffinés. La viande salée, devenue son quotidien depuis le début de cette nouvelle année, lui semblait soudain pire que la mort par inanition !

— Je conçois que vous ne soyez guère habituée à cela, *Monseigneur.*

L'écuyer n'essaya même pas de déguiser la pointe de sarcasme dans sa voix.

— Vous avez toujours reçu les meilleurs morceaux, mais tel n'est pas le lot des petites gens. Pour elles, la viande salée ou les restes… Et si vous n'en voulez pas, je la mangerai avec plaisir, car nul ne sait quand nous aurons de nouveau la possibilité de nous nourrir.

Si tout allait bien, Gabrielle espérait pouvoir rejoindre Creil en deux jours. Ce soir, ils se reposeraient à l'auberge et reprendraient leur route à l'aube, en suivant les bords de l'Oise. Il fallait impérativement qu'ils gagnent Creil le plus tôt possible. La nouvelle de la mort de son frère avait déjà dû atteindre Asmodée, et il serait dangereux de lui laisser trop de temps pour préparer sa défense.

— Alors, puis-je la prendre ?

Un coup d'œil sur l'écuelle de Baudoin lui montra qu'elle était non seulement vide, mais proprement récurée. A ce moment, l'estomac de Gabrielle émit une protestation sourde : elle n'avait pas assez mangé, et se sentait faible. Il lui fallait encore tuer trois Démons ; elle devait conserver ses forces. Ou mourir. D'un geste décidé, elle mordit dans son morceau de viande.

Après un moment de silence, Baudoin hasarda à mi-voix :

— Ce maudit roi anglais détient Paris, non ?

— Oui.

En ces temps troublés, il était difficile de reconnaître les amis des ennemis. Bien des hommes d'armes français avaient déserté pour servir Henri VI, dont la puissance et la richesse garantissaient l'opulence, trop rare dans les troupes françaises.

« Je ne pourrai jamais faire cela, songea Gabrielle. Je resterai fidèle à mon pays jusqu'à ma mort. Comme mon frère et mon père. Et le fait que Lucifer de

Mortain soit l'allié des Anglais est une raison de plus de lui trancher la tête. »

— Ah, tiens. Voici votre chevalier lunaire !

Alertée par le chuchotement de Baudoin, Gabrielle suivit le regard de son écuyer et vit l'étranger entrer nonchalamment dans l'auberge, n'accordant qu'un rapide coup d'œil à l'assemblée et un signe de tête au tavernier.

— Ne parle pas si fort ! Tu vas éveiller ses soupçons.

— Et quels soupçons ? Que *Monseigneur* éprouve de tendres sentiments à l'égard d'un preux chevalier ?

— Baudoin ! Il suffit !

Gabrielle porta le pot en étain à ses lèvres et s'obligea à boire. Le vin, dilué dans de l'eau, n'avait rien d'alléchant, mais le liquide rafraîchit sa gorge meurtrie et soulagea un instant la douleur sourde de sa blessure. Autre avantage : le large pot masqua son visage tandis que le chevalier se frayait un chemin près de la table où Baudoin et elle étaient assis, au milieu d'une douzaine d'autres hommes.

L'homme se dirigea vers une chaise vide, au fond de la taverne. Il s'installa dans un coin sombre, où une bougie n'éclairait que faiblement son visage et les gantelets de cuir posés près de lui. Une jeune servante boitilla jusqu'à sa table, et, après quelques mots inaudibles, se retira pour lui ramener, probablement, un peu de cette ignoble viande.

Au centre de la taverne, deux hommes d'armes échangeaient quelques conseils sur le maniement des épées, et l'on entendait le cliquetis au fil de leur joute amicale. Mais le chevalier lunaire ne leur accorda aucun intérêt. Au contraire, ses yeux violets étaient rivés sur… Gabrielle.

Elle plongea le nez dans son écuelle, comme captivée par les merveilles culinaires qu'elle contenait, et prévint son écuyer dans un souffle :

— Il nous regarde.

Baudoin cessa de découper une énorme tranche de pain — qu'il s'apprêtait à dévorer avec la même ferveur que sa viande — pour diriger ostensiblement son regard dans la direction du chevalier.

— Ne regarde pas !

— Il n'est pas en train de nous regarder, Monseigneur. Il est en train de *vous* regarder.

— Moi ? Non... Tu crois ?

Sous sa cotte de mailles, malgré sa coiffure et ses cicatrices, la jouvencelle frissonna. Attirer le regard d'un tel homme... n'était malheureusement plus envisageable.

— Partons d'ici, Baudoin.

— Je n'ai pas fini.

— Tu finiras dans l'étable. Nos chevaux ont besoin d'être pansés.

Elle se leva, mais l'écuyer resta immobile, signifiant sans équivoque son intention de finir tranquillement son repas. Gabrielle jeta un bref coup d'œil en direction du chevalier, qui lui fit un léger signe de tête.

— Vous ne lui répondez pas ?

— C'est déjà fait, prétendit-elle. Dépêche-toi donc. Je vais finir par croire que tu me fais délibérément attendre.

— Dominique Saint Juste !

L'exclamation avait fusé des lèvres d'un homme grisonnant qui plaça sa chope sur la table du chevalier. Dominique ? Un beau nom. Honorable, élégant et... attirant. Gabrielle plaça une main sur l'épaule de Baudoin pour lui intimer de ne pas bouger. L'homme qui venait d'interpeller Dominique était de forte carrure, quoique d'un certain âge. Son manteau vert faisait ressortir le bleu de ses yeux, par-delà la longue cicatrice qui lui défigurait une partie du visage. Une cicatrice qui ressemblait étrangement à celle que Gabrielle avait sur la gorge.

— C'est bon de te voir de nouveau, mon vieil ami.

L'échange de répliques qui suivit échappa à Gabrielle, et celle-ci dut se concentrer de toutes ses forces pour entendre la réponse de Dominique.

— Tu dis qu'Asmodée va conduire une expédition sur Clermont dans deux jours ?

— C'est ce que l'on entend çà et là. Enfin, que l'on *entendait*... Le Démon du Nord restera peut-être terré chez lui, maintenant que la moitié de ses hommes ont été exterminés par le Chevalier Noir. Il les avait envoyés en renfort à Mastema, et il n'en est rentré qu'une poignée.

— Ah, oui, le fameux Chevalier Noir... Tu penses qu'il va inciter le reste des Mortain à se terrer comme des lâches dans leurs forteresses ?

Le vieil homme haussa les épaules, gratta pensivement son estomac généreux.

— Asmodée est le plus grand et le plus puissant d'entre eux. Si l'un des Mortain peut vaincre en combat singulier le Chevalier Noir, c'est bien lui. Mais la rumeur dit que Lucifer a malgré tout envoyé un mercenaire à ses trousses, histoire d'épargner tout effort inutile à son jeune frère.

— Un mercenaire ? Lucifer ne peut pas s'acquitter de la tâche lui-même ?

— Peut-être qu'il a peur, lui aussi. Le Chevalier Noir est puissant. On dit qu'il surgit dans la bataille en chevauchant un coursier dont les naseaux crachent du feu comme un dragon !

Dominique fit un geste de mépris.

— Des fables, comme toujours.

— Peut-être, mais le Chevalier Noir a tranché la tête de Mastema d'un seul coup d'épée.

Baudoin se leva soudainement, ses yeux ronds fixés sur Gabrielle.

— Vous lui avez tranché la tête ? murmura-t-il dans un souffle.

Gabrielle se détourna de lui pour observer Dominique Saint Juste. Ce dernier semblait s'amuser de l'histoire de son compagnon. Qu'il n'en croyait pas un mot, le léger sourire qui se dessinait sur ses lèvres l'affirmait clairement. Mais quel beau sourire ! Si captivant... Une brusque pression sur son poignet obligea Gabrielle à reporter son attention sur Baudoin.

— Répondez-moi : vous avez tranché la tête de cet homme ?

— Oui, et alors ?

Surprenant le regard curieux d'un voyageur posté à quelques pas d'eux, Gabrielle s'aperçut qu'elle avait sans doute parlé trop fort et se dirigea d'un pas décidé vers la sortie de la taverne. La lourde porte de bois claqua derrière eux, les saupoudrant de neige. Baudoin sur ses talons, elle se dirigea d'un pas rapide vers les étables.

— Mais c'est... c'est tellement barbare !

Elle leva un sourcil interrogateur, sourit, mais ne ralentit pas.

— Ce n'est pas *vous*. Vous n'êtes pas aussi... par tous les saints. Vous n'êtes pas aussi cruelle !

— J'étais au cœur de la bataille. Il fallait faire tomber cet homme. J'ai fait ce qui était nécessaire.

— Vous êtes en train de changer. La vie que vous menez ne convient pas à une dame.

— Tu n'es pas mon seigneur et maître, que je sache.

Inspirant une grande goulée d'air froid, Gabrielle s'efforça de chasser la remarque de Baudoin de son esprit. Ce n'était pas le moment de s'interroger sur sa façon de vivre. Elle devait se concentrer sur sa vengeance. Et l'accomplissement de cette vengeance offrirait enfin un peu de paix à des milliers de villageois qui avaient à subir chaque jour les exactions de la famille de Mortain. Ces bandits violaient les femmes, brûlaient des villages entiers sans autre motif que l'assouvissement de leurs appétits brutaux.

La bise glacée du crépuscule s'insinua entre sa capuche et son menton, et Gabrielle ne put réprimer un frisson. Elle pénétra dans l'étable chaude, où flottait une douce odeur de foin et de chaleur animale. Gryphon blottit ses naseaux dans sa paume ouverte, tandis qu'elle se nichait tout contre sa crinière. Elle passa la main autour de la crinière tressée de l'animal, du même geste que celui qu'Antoine avait coutume d'accomplir. De tendres souvenirs de son frère l'assaillirent. Elle se revit, tôt le matin, l'aidant à s'occuper des chevaux et des bœufs. Elle se souvint aussi de cette question qu'elle ne cessait de lui poser :

— Quand me laisseras-tu monter Gryphon ?

Gryphon était le cheval de son frère, un cheval qu'il chérissait particulièrement. Et il lui répondait chaque fois, avec un sourire et une petite tape amicale :

— C'est vrai que tu t'entends bien avec Gryphon. Je le vois bien. Nous sommes les deux seules personnes dont il accepte le contact.

— Aujourd'hui, alors ?

Et elle se précipitait déjà sur la selle, prête à la glisser sur le dos de l'animal.

— Bientôt.

Il disait toujours cela. Et Gabrielle sentait la déception la gagner. Son frère n'était pas prêt à partager cette passion-là avec elle. Toutes les autres : les joutes à l'épée, l'honneur, la patience, le respect de leurs parents, oui. Mais pas celle-là...

— Tu étais un bon compagnon pour Antoine, murmura-t-elle, le nez dans la robe sombre de l'animal. Je sais qu'il te manque, mais tu continues à le servir en m'autorisant à te monter pour venger ma famille. Merci, Gryphon. Ensemble, nous y arriverons.

Elle caressa le flanc de Gryphon, et choisit une étrille. Le poil soyeux du cheval se hérissa tandis qu'elle le brossait vigoureusement.

Ce qu'elle faisait était juste, elle le savait. Son épée protégeait les faibles et les opprimés.

Pourtant, elle sentait bien qu'une raison plus profonde encore que la soif de justice l'avait poussée à entreprendre sa quête. Une raison qu'elle ignorait. Les femmes ordinaires ne se mettaient pas du jour au lendemain à trancher des têtes. Pourquoi agissait-elle de la sorte ? La colère qu'elle ressentait n'expliquait pas tout.

C'était plutôt comme si une force mystérieuse la poussait à se battre. Comme si une énergie venue des profondeurs la guidait presque malgré elle. Il fallait que quelqu'un mît un terme au règne du clan de Mortain.

Et ce quelqu'un, c'était elle.

La voix de son écuyer résonna alors dans l'étable.

— Creil est encore à deux jours de route. Nous ferions peut-être aussi bien de dormir ici, et de repartir demain matin…

— C'est bien ce que je comptais faire.

Le soupir de soulagement de Baudoin fut si sonore qu'il arracha un sourire à Gabrielle. Sourire qu'elle s'empressa de masquer en se tournant vers le flanc de Gryphon.

— Faut-il aller réserver une chambre ? demanda l'adolescent.

— Est-ce qu'il en reste ?

— Je le crois.

— Tu as mis mon argent en sécurité ?

— Oui.

Il ponctua son affirmation en désignant sa hanche. L'accumulation du baudrier, des gantelets, de son sac de cuir et de sa cape de laine parvenait à masquer la maigreur du jeune homme. Il gardait les pièces dans une bourse qui tintait à chacun de ses pas.

— Nous avons assez d'argent pour tenir plusieurs mois, dit-elle. Va nous trouver une chambre. Je dormirai par terre.

Baudoin se retourna sur le pas de la porte, vers laquelle il s'était dirigé prestement, impatient de leur procurer un peu de confort. Il fit une grimace.

— Gente dame, vous savez parfaitement que je ne pourrai pas fermer l'œil si je vous sais couchée sur le sol tandis que je profite du confort d'un lit de paille.

— Seriez-vous en train de me faire une déclaration, écuyer ?

— Moi ? Mais non...

Son visage tourna au rouge cramoisi. Ils ne se connaissaient guère, n'échangeant qu'un bref salut dans le château de son père, au fil de leurs rencontres à la chapelle. Mais elle avait entendu parler de lui, de sa profession, et des raisons qui l'avaient conduit à chercher au sein de l'église le pardon de ses péchés. Baudoin, pour survivre, avait dû commettre un certain nombre d'actes répréhensibles : voler, mentir, tricher... Actes qui en faisaient un criminel aux yeux de la loi, mais qui le rendaient aussi tellement humain ! Et c'est bien de cela qu'elle avait besoin, à présent : d'un être humain, avec toutes ses imperfections.

— Si le lit est large, nous pourrons le partager. Chacun dormira en ayant la tête du côté des pieds de l'autre. Qu'en dis-tu ?

Baudoin souleva son pied, incertain.

— Je ne sais pas si...

Gabrielle balaya l'objection avant même qu'il ne la formule.

— J'ai eu l'occasion de respirer des odeurs bien pires que celle de tes pieds. Maintenant, file. Cours nous chercher une chambre, et veille à ce qu'un bon feu m'y attende lorsque je te rejoindrai.

— Oui, gente dame... euh... *monseigneur.*

Lorsqu'il sortit de nouveau de l'auberge de l'Œil du Dragon, Baudoin était satisfait. Il avait pu trouver une bonne chambre, disposant d'un grand lit, d'eau fraîche et de paille propre. Mais il était un peu inquiet de n'avoir pas encore vu Gabrielle revenir de l'étable. Après tout, c'était une femme. On ne devait pas laisser une jeune femme de vingt-quatre ans affronter seule les dangers qui pouvaient survenir.

Il savait parfaitement que Gabrielle n'avait rien d'une jeune fille effarouchée. Il avait vécu neuf mois dans le château de sa famille, où elle assumait le rôle de châtelaine depuis son douzième anniversaire. Depuis qu'Elisabeth, sa mère, avait contracté une maladie qui l'empêchait de se mouvoir. Il avait appris ce soir que cette maladie était la conséquence de l'enlèvement de sa seconde fille, Cyrielle. Les Fées étaient d'adorables créatures, si on n'en voyait que la figure ailée. Mais songer qu'un Enfant de Fée avait été substitué à la petite fille dans son berceau... Baudoin frissonna de terreur.

Lorsqu'elle n'était pas en train de faire l'inventaire du cellier, d'acheter de la nourriture, de réparer des vêtements ou encore de tondre des moutons, on pouvait voir Gabrielle s'entraîner au combat avec son frère ou son père. La jeune châtelaine avait ceci d'exceptionnel qu'elle voulait apprendre à tout faire.

Une ambition que son père encourageait, jusque dans ses occupations les plus masculines. Maurin de Vertus, un seigneur puissant et juste, mais aussi très fier, avait traité sa fille comme un fils... non sans la gratifier de sourires tendres et de clins d'œil complices.

Néanmoins, même en sachant tout cela, Baudoin se sentait troublé à l'idée que Gabrielle eût décapité deux des plus grands scélérats de France. Lorsqu'elle enfilait son armure et chargeait au cœur de la bataille, Gabrielle devenait une autre. Persuadée de réussir. Et cette confiance aveugle en elle-même lui conférait une force surnaturelle. De tout son cœur, Baudoin espérait que cette protection quasi divine durerait jusqu'à la fin de sa quête. Car si tel n'était pas le cas...

Par le ciel ! C'était exactement ce qu'il craignait ! La silhouette menaçante d'un homme se penchait sur une forme allongée dans le foin au fond de l'étable. Dans un tintamarre de pièces et de mouvements maladroits, Baudoin se précipita à travers l'étable. Il trébucha sur un morceau de bois, se rattrapa avec l'adresse qu'il était obligé de développer depuis que son adolescence voyait ses membres prendre des proportions inusitées, et atterrit enfin dans la stalle de Gryphon.

Avant même que Baudoin eût pu dire quoi que ce soit, l'homme se retourna vers lui, masquant Gabrielle, et lui fit un signe de tête. C'était le fameux chevalier qui intéressait tant Gabrielle.

— Mon seigneur se repose, et je vous serais reconnaissant de la... euh... de *le* laisser tranquille.

Baudoin sentit ses yeux s'écarquiller, un malheureux réflexe qui survenait chaque fois qu'il proférait un mensonge. Et qu'il était bien incapable de contrôler. Il agrippa le sac d'ossements sacrés qu'il gardait toujours sur lui afin de se donner un peu de courage.

— Et dites-moi, messire, qu'êtes-vous donc en train de faire ?

— Pardonne-moi. Je cherchais juste une place pour la nuit. Toutes les chambres sont prises.

Le chevalier ponctua son propos d'un bref mouvement de ses mains ouvertes, comme pour signifier son absence d'intentions malveillantes. Baudoin regardait Gabrielle, blottie dans le foin, la capuche encore sur son visage dont s'échappait un souffle régulier. Elle était si épuisée qu'elle n'avait pu le rejoindre jusqu'à la chambre qu'il avait louée. Dieu merci, ses traits restaient indécis, dans l'abandon du sommeil.

— Curieux..., reprit le chevalier.

— Qu'est-ce qui ne va pas ?

Baudoin se tourna vers l'homme pour l'observer. Il rencontra deux yeux noirs, à la fois incroyablement paisibles et ardents. Presque féeriques.

— Ton maître...

L'homme désigna Gabrielle.

— En regardant son visage, poursuivit-il, on ne peut s'empêcher de se demander...

Par le diable ! L'homme avait-il des soupçons ?

— Est-il malade ?

— Malade ?

Ce n'était pas là le soupçon qu'avait craint Baudoin. Il déglutit péniblement, et tenta de se donner un air nonchalant, s'appuyant contre le mur de l'étable, une main palpant machinalement sa bourse bien garnie.

— Pourquoi me demandez-vous cela ?

— Seulement parce qu'il paraît malade. Les cernes sombres sous ses yeux, sa peau tendue sur les os... Peut-être est-il trop mal nourri ?

— Il n'est pas plus mince que moi, messire.

Le chevalier jaugea Baudoin d'un rapide coup d'œil. Engoncé dans des vêtements empruntés qui ne lui allaient pas, celui-ci se sentit brusquement vulnérable. Mais il valait mieux attirer l'attention sur lui que sur Gabrielle.

— Tu n'es pas un soldat, n'est-ce pas ?

— Non, messire : je suis novice. Je dois bientôt devenir moine.

Encore que, pour être tout à fait honnête, sa vocation fût en train de fléchir sérieusement.

— Vraiment ? Je croyais que tu étais l'écuyer de ce chevalier.

— Eh bien... Je le suis également.

Il ferma les yeux pour ne pas se trahir en commettant un nouveau mensonge.

— Es-tu malade, toi aussi ?

— Moi ?

— Tes yeux...

— Non, non... C'est juste que je suis terriblement fatigué. Nous avons voyagé toute la journée. Cela me fatigue les yeux.

— Vraiment ? Et dis-moi, quel est le nom de ton seigneur ?

— De mon seigneur ?

— Oui, l'homme qui est étendu là, dans le foin.

Baudoin se sentit de nouveau rougir.

— Mon... seigneur ?

— Tu as déjà dit cela.

— Mais... euh... c'est que c'est ainsi que je l'appelle. « Monseigneur ».

— Ah... Mais il doit bien avoir un nom ?

— C'est un membre de la famille de Vertus.

« Pourvu qu'il se contente de cette réponse ! » songea Baudoin. Au cours de la semaine précédente, le surnom de Chevalier Noir avait servi de masque à Gabrielle. Il ne pouvait pas annoncer à cet homme que son « seigneur » était en fait une « gente dame ». Il ne pouvait même le dire à personne. Quel que fût son désir d'avoir une armée entière pour les seconder dans leur mission.

— De Vertus..., répéta le chevalier. N'ont-ils pas tous été tués par Lucifer de Mortain ? Je croyais avoir entendu dire que l'ignoble individu les avait exterminés il y a un peu moins de quinze jours ?

— Eh bien... euh... il y avait deux frères.

Baudoin ferma de nouveau les yeux, tout en jouant avec un fil de sa tunique.

— L'un des deux a survécu.

— Je vois. Et comment s'appelle-t-il ?

— Qui donc, messire ?

— L'homme qui dort par terre, ton maître !

— Euh... Antoine. Antoine de Vertus.

Baudoin regretta amèrement de n'avoir pu trouver un morceau du poignet de saint Jude. Cette relique était réputée pour favoriser les causes perdues. Et ce mensonge était sans aucun doute une cause perdue.

— Antoine de Vertus...

L'étranger fit quelques pas dans le foin, et se retourna brusquement vers Baudoin, s'approchant si près de lui qu'il pouvait sentir son haleine sur son visage.

— Tu es en train de me mentir, écuyer.

— Je ne suis pas un écuyer. Enfin, si... Je suis un écuyer.

— Menteur.

— Mais c'est si récent ! Je ne suis pas encore habitué à mes nouvelles fonctions.

— Il y a quelque chose de suspect là-dedans.

— Et quoi donc, messire ?

Le chevalier mit les mains sur les hanches. L'homme était grand, mince, mais ses bras étaient musclés. Capables de coups puissants.

— Je ferais mieux de me trouver une place tranquille dans le foin avant que les ivrognes ne sortent de la taverne. Bonne nuit, écuyer.

— Bonne nuit, messire.

Les ivrognes ? Baudoin contempla la silhouette paisible de Gabrielle. Combien de temps passerait avant que quelqu'un ne comprenne qu'il s'agissait d'une femme ? Et que lui feraient-ils alors ? Non, il ne voulait pas penser à cela. Il avait déjà entendu l'abominable récit d'un viol par Gabrielle, et il en avait assez vu...

Il ne pouvait la laisser seule.

Baudoin se tourna vers la taverne, regarda le second étage où l'attendait une chambre chaude et confortable, déjà payée. Ce serait une honte de gaspiller une telle aubaine.

Un soupir et le tintement de sa cotte de mailles accompagnèrent le mouvement de Gabrielle dans son sommeil. Elle venait de se recroqueviller dans le foin, comme un tout jeune enfant.

— Tu seras la cause de ma mort, murmura-t-il à l'adresse de la forme endormie.

Puis, hélant l'étranger qui s'éloignait :

— Messire... Je n'ai pas retenu votre nom.

— Dominique Saint Juste.

L'homme répondit avec une brièveté cassante. Que soupçonnait-il ? Peut-être n'avait-il fait que prêcher le faux pour savoir le vrai... Baudoin l'espérait.

— Messire Saint Juste, j'ai une chambre dans cette taverne, avec un feu et de l'eau propre. Mais comme vous pouvez le constater, mon seigneur a changé ses plans. Voulez-vous la prendre ?

— A quel prix ?

— Aucun prix. Je serais désolé de savoir la chambre inoccupée.

Saint Juste pesa la proposition, suivit le geste de Baudoin qui désignait une fenêtre éclairée au second étage, puis se décida.

— Très bien, j'accepte. Je te sais gré de ta proposition, écuyer.

— Puis-je vous demander quelle est votre destination, messire ?

— Creil.

— Ah... C'est également la nôtre.

— Vraiment ? Peut-être pourrions-nous voyager ensemble, demain ? J'aime pouvoir bavarder agréablement.

Baudoin ne put s'empêcher de sourire, et ce sourire le surprit tant qu'il porta machinalement la main à sa mâchoire, comme pour s'assurer que ce n'était pas une illusion. Il n'avait certes pas eu l'occasion de sourire, ces derniers jours !

— C'est très aimable à vous, messire. J'accepte avec plaisir votre proposition.

Il se doutait bien que Gabrielle serait tout sauf enchantée de la présence de ce nouveau compagnon de voyage. Mais il ne pouvait ignorer l'avantage qu'il y avait à s'adjoindre la compagnie d'un chevalier puissant et armé.

— Demain matin ?

— Je vous rejoindrai à l'aube.

Quelle chance d'avoir trouvé une chambre sans avoir d'autre effort à fournir que de l'accepter ! Dominique s'assit sur le lit et s'aspergea le visage d'eau fraîche. La pièce était propre, malgré la présence de quelques souris dans un coin. Et il y régnait une chaleur confortable.

Ce n'était pas la seule générosité qui avait incité l'écuyer à lui offrir cette chambre, il en était certain. L'adolescent n'aurait-il pu la prendre lui-même, et laisser son maître dans l'étable ? Non, c'était la nécessité qui l'avait contraint à demeurer près de son seigneur. Il avait voulu protéger le chevalier endormi. Lui, un simple écuyer ! Qui de surcroît mentait si mal qu'il représentait davantage un danger qu'une protection pour son maître. Avait-il seulement conscience de la manière dont ses yeux s'exorbitaient, lorsqu'il mentait ? Et pourquoi, ou *de quoi*, tenait-il absolument à protéger son maître ?

Dominique avait observé, dans la taverne, l'étrange paire que formaient les deux hommes. L'écuyer n'avait eu qu'une seule idée en tête : se rassasier. Mais l'autre, Antoine, avait inspecté sa nourriture, cachant mal son aversion pour ce qu'on avait à lui offrir en matière de repas. Une attitude… *efféminée.* Déplacée, en tout cas. Ces deux-là avaient peut-être noué des liens qui excédaient les rapports habituels entre un écuyer et son maître. Dominique savait qu'il existait des hommes dont les appétits charnels pouvaient prendre d'étranges chemins. La pensée le rebuta un peu, mais il n'eut pas le temps de s'y attarder et fut rapidement gagné par le sommeil.

3.

Elle fit la moue pendant deux lieues, voûtée sur sa selle, se retournant de temps à autre pour tancer Baudoin d'un regard noir. Un regard qu'elle savait à merveille assombrir pour exprimer son mécontentement. Ses yeux bleus et pâles semblaient s'effacer sous une rangée de cils opaques comme les enfers. Baudoin en ressentait l'impact au plus profond de lui, comme un nœud d'angoisse qui lui aurait lié les entrailles.

Mais, quoi qu'elle pût penser, il était sensible à l'avantage que constituait la solide présence de Saint Juste. Le compagnon idéal, pour un futur moine jouant les écuyers et pour une jouvencelle jouant les chevaliers vengeurs !

Gabrielle n'avait rien pu dire pour dissuader Saint Juste de les accompagner : il était déjà à cheval et prêt à partir lorsqu'ils avaient quitté l'auberge. Elle s'était donc contentée d'écraser le pied de Baudoin en enfourchant Gryphon, puis s'était arrangée pour le faire chuter deux fois de cheval depuis leur départ de Pontoise. Il n'y avait rien à faire contre la fureur d'un ange...

Baudoin s'était donc absorbé dans la contemplation de l'aube. Aussi loin que le regard portait, le ciel était devenu rose pâle, puis ambre ; enfin, le soleil avait enflammé l'horizon de ses feux intenses. Malheureusement, cette débauche de couleurs avait été rapidement absorbée par le terne ciel d'hiver. Et de sa conversation avec Dominique, depuis leur départ, il n'avait rien appris de plus sur l'homme, sinon que sa préférence allait au clair de lune plutôt qu'à l'aurore.

— Mais il fait trop sombre ! avait-il objecté. Surtout lorsqu'on voyage dans une forêt... On ne peut pas voir d'éventuels assaillants.

— C'est le moment où je me sens le plus fort, et où je crains le moins ces éventuels assaillants dont tu parles. Peut-être d'ailleurs suis-je l'un deux...

Baudoin jeta un coup d'œil au mercenaire qui chevauchait à son côté. Nulle trace d'humour sur son visage. Apprécier sa compagnie n'impliquait pas de lui faire une confiance aveugle.

— Mais vous trouvez l'aube belle, aussi ?

— C'est plus fort que moi. J'ai besoin de voir le soleil se lever. Et pourtant, je suis alors étrangement faible. Plus colérique aussi. Un phénomène que je n'ai jamais réussi à m'expliquer. Mais ne t'arrive-t-il donc jamais d'avoir un moment, dans la journée, où tu as le sentiment que ta force diminue ou au contraire décuple ?

— Ah, certes oui ! L'heure du repas ! Je défie quiconque de me vaincre lorsqu'il y a de la bonne chère et du bon vin à table !

Dominique lança un regard amusé à Baudoin.

— Je tâcherai de m'en souvenir lorsque nous nous arrêterons pour manger. Je ne voudrais pas perdre un doigt dans l'aventure !

Puis, s'adressant à Gabrielle qui chevauchait quelques pas devant eux :

— Avez-vous une voix, messire ? La conversation de votre écuyer m'est très agréable, mais qu'en est-il de vous ? Comment trouvez-vous cette belle matinée ?

— Froide.

Un épais nuage de buée s'enroula autour de la voix rocailleuse. Dominique jeta un coup d'œil interrogateur à Baudoin, qui lui répondit par un haussement d'épaules.

— J'ai le sentiment d'avoir commis un affront bien malgré moi, murmura Dominique pour lui-même.

Après tout, si l'homme qui chevauchait devant eux ne voulait pas engager la conversation, qu'il en soit ainsi. L'écuyer était assez bavard pour deux.

— Et qu'est-ce donc qui vous amène à Creil ?

Avant que Baudoin eût le temps de répondre, la même voix s'écria vivement :

— Et qu'est-ce qui vous y amène vous-même ?

— Ah, nous allons donc pouvoir bavarder un peu…

Et Dominique pressa son cheval de l'éperon pour arriver à hauteur de son second compagnon de voyage. Quel était son nom, déjà ? Antoine… Antoine de Vertus. La famille exterminée quinze jours auparavant. Cela expliquait sans doute son humeur sombre.

— En ce qui me concerne, dit-il, je suis en mission.

— Ne le sommes-nous pas tous ? demanda Baudoin.

— Ecuyer !

Dominique pouvait sentir la tension entre ses deux compagnons. Quelque chose d'indéfinissable émanait du chevalier de Vertus.

— Je vais m'arrêter à Creil.

— Vous êtes donc un mercenaire ?

La question avait été posée par Baudoin. Une bonne déduction, mais rendue aisée par l'absence d'éperons d'or à ses talons, ainsi que par son armement. Cela dit, il n'avait nul besoin de rester mystérieux. Tous les indices qui pouvaient le conduire au Chevalier Noir lui seraient utiles. Et il voulait comprendre quelle était la raison de cette tension chez ses deux compagnons.

— En effet, répondit-il, je suis un mercenaire. Je suis sûr que vous avez entendu parler du Chevalier Noir. Celui qui tue les membres du clan de Mortain au cours de leurs combats... On m'a chargé de le retrouver.

— Ah...

Baudoin et Antoine de Vertus échangèrent un regard lourd de sens. Il y avait un éclat étrange dans celui d'Antoine. Impossible à définir, mais assez vivace pour illuminer son visage par ailleurs émacié. Comme un feu intérieur, qui lui permettait sans doute de survivre à la perte de sa famille.

— Ne me dites pas que vous n'avez pas entendu parler du Chevalier Noir ?

— Eh bien, non. Mais permettez-moi de m'entretenir un instant avec mon écuyer, messire.

Et Antoine de Vertus tourna bride pour rejoindre Baudoin. Dominique acquiesça d'un geste de la tête et arrêta son cheval, tandis que les deux compagnons mettaient pied à terre et se dirigeaient vers la forêt. De Vertus bouillonnait littéralement de rage tandis qu'il se frayait un chemin dans les sous-bois : on le devinait à ses poings serrés, à sa démarche saccadée.

Curieuse réaction à l'évocation du Chevalier Noir, songea Dominique. Ces ceux-là devaient savoir quelque chose. A moins qu'ils n'aient peur ? Peut-être ne savaient-ils rien, sinon que le Chevalier Noir était puissant et déterminé à détruire le clan des Mortain. Quoi qu'il en soit, le chevalier de Vertus restait une énigme à ses yeux. De l'écuyer, en revanche, il était aisé de comprendre qu'il était loyal et dévoué, prêt à mentir au besoin pour protéger ceux qu'il aimait. Mais il ne semblait pas d'une trempe suffisante pour affronter les dangers qu'ils encouraient, en voyageant ainsi sur les routes.

Tout à ses réflexions, Dominique soulagea machinalement une démangeaison qui le tourmentait depuis quelques minutes. Il ne put s'empêcher de jurer lorsqu'il vit son gant recouvert de poussière scintillante…

— Quelle bonne idée tu as eue là d'inviter un ennemi à nous accompagner ! s'exclama Gabrielle en donnant un coup de poing dans l'épaule de Baudoin, qui gémit sous le choc. C'est lui, l'homme qui…

Gabrielle ne faisait que murmurer. Ils étaient hors de portée des oreilles de Saint Juste, mais ils avaient tous deux conscience de son regard qui les scrutait.

— L'homme qui quoi ? demanda Baudoin.

— Tu ne te souviens donc pas de cette rumeur entendue à l'auberge ? Lucifer a envoyé un mercenaire pour arrêter le Chevalier Noir. C'est lui !

— Gente dame, si messire Saint Juste avait voulu vous tuer, vous seriez déjà morte, à l'heure qu'il est.

— Mais il ne sait pas qui je suis !

— Il ne le saura jamais. Et si vous lui laissiez savoir que vous êtes une femme ? Cela ferait taire tous ses soupçons, non ?

— Quoi ? Tu penses qu'il soupçonne quelque chose ?

— Non, non, bien sûr que non…

— Alors pourquoi dis-tu cela ?

— Je ne sais pas ! Je n'arrive pas à penser correctement lorsque vous êtes en colère contre moi. J'apprécie messire Saint Juste : c'est un compagnon agréable avec qui j'aime bavarder. Savez-vous qu'il n'est pas marié ? Un homme seul, et beau en plus.

Baudoin ne cessait de discourir, tout en suivant le va-et-vient frénétique de Gabrielle.

— Tu changes de sujet pour couvrir tes mensonges. Et, de toute façon, je n'ai prêté aucune attention à cet homme.

Pendant quelques instants, elle demeura absorbée dans la contemplation du chevalier monté sur son destrier blanc. La colère qui l'avait entraînée d'un pas rageur jusqu'à la forêt reflua peu à peu, jusqu'à disparaître complètement sous le regard soulagé de Baudoin.

— Il n'est pas comme les autres, n'est-ce pas ? finit-elle par demander. J'ai beaucoup observé les hommes. Souvent.

Baudoin sentit son regard le transpercer.

— Vraiment ?

— Comment aurais-je pu me faire une place dans un monde d'hommes, si tel n'avait pas été le cas ? Il est différent. Sombre, mais apaisant.

— Alors, vous observez les hommes… tout le temps ? Est-ce que… euh.. est-ce que vous m'avez déjà observé aussi ?

— Evidemment.

La réponse tomba brutalement, accompagnée d'un léger sourire amusé.

— Comment aurais-je pu ne pas remarquer notre novice malgré lui ? Celui-là même qui passait les heures qu'il aurait dû consacrer à la prière à regarder les tournois de chevaliers, ou à boire l'eau bénite après le départ de l'abbé Belloc ?

Baudoin réprima à grand-peine un sursaut.

— Celui-là même qui séduit les femmes d'un clin d'œil coquin…, poursuivit-elle.

— Vous avez noté tout cela ?

— Oui. Et que tu es devenu plus agile, aussi, maintenant que tu maîtrises mieux la croissance de tes jambes.

— Pas tout à fait encore. Mais j'y travaille. Et vous savez, à propos de l'eau bénite…

— Et, à moins que ce ne soit dans le domaine religieux, tu es toujours avide d'apprendre. Ce qui n'est pas le cas de notre mercenaire. Pour une raison que je ne m'explique pas, j'ai le sentiment que Saint Juste n'a pas besoin d'apprendre. Comme s'il possédait une sagesse secrète.

— Eh bien ! Vous l'avez drôlement observé, pendant cette matinée passée à bouder !

— Oui. Et je te demande de me pardonner d'avoir été aussi dure avec toi. Toutefois, je ne te remercie pas de l'avoir invité à se joindre à nous.

— Mais qu'y a-t-il de mal à avoir de l'aide ? Et, plus encore, à ressentir de tendres émotions ?

Son visage se durcit de nouveau, et, frappant sa poitrine de son poing serré, Gabrielle déclara solennellement :

— Ce cœur ne ressentira plus rien jusqu'à ce que tous les Mortain soient six pieds sous terre. Et si tu crois que je vais minauder devant tous les hommes qui ont été envoyés pour me tuer, c'est que tu as l'esprit dérangé, écuyer. Allons, viens maintenant. Nous allons laisser Saint Juste derrière nous.

— Oh… Et vous croyez qu'il va nous laisser partir ainsi ?

— Nous devons absolument nous débarrasser de lui.

— Madame, vous n'envisagez pas de…

Baudoin mima une main tranchant sa gorge, l'air horrifié.

— C'est le seul moyen. Je ne peux pas prendre le risque de le laisser tuer le Chevalier Noir.

Dominique commençait à s'interroger sur les raisons de la longue absence de ses étranges compagnons.

Peut-être devrait-il se glisser jusque-là-bas. Ses mouvements étaient si rapides et discrets que même une biche ne pouvait sentir sa présence. Mais il n'avait pas de temps à perdre avec ces tours de passe-passe. Et il n'y avait sûrement rien à apprendre. Sauf si ses soupçons étaient fondés, et qu'ils en savaient plus sur le Chevalier Noir qu'ils ne voulaient l'admettre.

Dominique tendit l'oreille, mais il ne pouvait rien entendre hormis le souffle de Tor, le raclement de ses sabots ou encore sa propre respiration, tendue et saccadée. Sa conscience le pressait de partir. Il n'avait nul besoin de compagnons de voyage. Il devait aller à Creil et découvrir ce fameux Chevalier Noir. Plus vite il en aurait fini avec cette mission, plus vite il aurait la réponse à ses questions.

Cela dit, la chose était plus facile à dire qu'à exécuter. Creil était un village d'importance moyenne, et il était peu probable que le Chevalier Noir y arrivât en s'annonçant. Non, si l'homme avait un tant soit peu de bon sens, il attaquerait discrètement, cette fois-ci. Pas d'action d'éclat insensée en plein cœur d'une bataille. De toute façon, Asmodée n'avait prévu aucune sortie hors de sa forteresse, sans quoi Dominique en aurait été averti par l'Oracle.

C'était décidé, à présent. Il allait quitter ses deux compagnons. Ils ne pouvaient plus lui être d'aucune utilité. Et il n'avait aucunement l'intention d'approfondir les liens étranges qui les unissaient.

— Saint Juste ! Mettez pied à terre !

Dominique sursauta sous la surprise de l'injonction, lancée d'un ton si abrupt que même son cheval sembla en ressentir quelque nervosité.

— Y a-t-il un problème ?

Il descendit de cheval, en vérifiant discrètement qu'il ne laissait aucune trace de poussière enchantée sur le sol.

— En effet, il y en a un, mais qui devrait être résolu rapidement. Baudoin !

De Vertus s'était emparé de son épée. Dominique sentit l'écuyer entraîner Tor un peu plus loin, et il dégaina instinctivement, avant même d'avoir pris conscience de son geste.

— Et quel est donc ce problème ? Est-ce moi ?

— En effet. Vous recherchez le Chevalier Noir, non ?

Tandis que la question était posée, de Vertus se rapprochait dangereusement. Dominique se pencha légèrement de côté pour esquiver le premier coup d'épée. S'il ne l'avait fait, il eût été proprement décapité.

— Je suis le Chevalier Noir.

— Vous ?

Voyant son adversaire se précipiter de nouveau sur lui, Dominique se mit en garde et, d'un habile mouvement de sa lame, bloqua son attaque. La violence du choc se répercuta malgré tout jusqu'à ses jambes. L'homme avait une incroyable puissance. Mais pouvait-il être le Chevalier Noir ? Non, c'était impossible ! Pas lui... Pas un homme dont il soupçonnait les attirances sexuelles d'être déplacées, ou au moins de ne pas être celles d'un chevalier. Et pourtant, ce dernier était puissant et fort...

Relevant son épée, Dominique attaqua à son tour pour ne rencontrer que l'armure de son agresseur.

— Attention !

Il était évident que l'alerte de Baudoin ne s'adressait pas à lui. Mais il était curieux que l'adolescent n'eût pas davantage confiance en son maître. Cela dit, le chevalier lui-même était étrange, abstraction faite de ses manières. Quelque chose n'allait pas, décidément.

— Pourquoi voulez-vous arrêter l'homme qui désire vous aider dans votre quête ? demanda-t-il.

Dominique dut esquiver un nouvel assaut.

— M'aider ? C'est ainsi que vous appelez un meurtre ?

— Un meurtre ? Mais je n'ai pas plus envie de vous tuer que de mourir moi-même ! Ce qui risque bien de m'arriver si vous persistez dans vos attaques. Arrêtez-vous, je me rends.

— Il n'y a pas d'autre reddition que la mort.

La lame de son adversaire transperça les chausses de Dominique. Il sentit une douleur brusque sur le haut de la cuisse. Il était touché. Et les attaques ne cessaient pas.

— M'avez-vous entendu ? Je ne vous veux aucun mal. J'ai été envoyé par un pouvoir supérieur pour m'assurer du succès de la mission du Chevalier Noir.

Cette fois-ci, de Vertus l'entendit et coupa court à son attaque.

— Un pouvoir supérieur ? Etes-vous fou ?

— Vous pensez que je suis le mercenaire envoyé par Mortain ?

— Pouvez-vous prouver que tel n'est pas le cas ?

— Non. Mais je ne travaille pas pour ce diabolique individu. Comment osez-vous penser une chose pareille ? On m'a sollicité afin de protéger le Chevalier Noir. Et je comprends maintenant pourquoi.

— Un pouvoir supérieur... vous a demandé de veiller à ce que les Mortain soient assassinés ?

— On m'a demandé de ne pas intervenir dans votre quête, mais de veiller sur vous au cours de vos déplacements d'un Mortain à l'autre.

— Quelle est cette absurdité ? Un pouvoir supérieur ? Parlez-vous de Dieu ? L'Eglise ne peut pas accepter le meurtre. Quel est donc ce Dieu que vous servez ?

— Un Dieu fatigué de voir la France exsangue sous le joug des Mortain. Un Dieu qui a choisi quelqu'un d'aussi inadéquat que vous pour mettre à terre de si terribles ennemis ! Etes-vous sûr d'être le Chevalier Noir ?

Dominique se tourna vers Baudoin.

— Est-ce vraiment le Chevalier Noir ?

Pour toute réponse, Baudoin souleva la couverture masquant le contenu des sacoches de son cheval, et révéla les pièces sombres de l'armure qu'elles contenaient.

Dominique dut faire un véritable effort pour ne pas trahir sa surprise. Il se retourna vers son agresseur. Quoiqu'il eût peine à le croire, il avait devant lui cette légende vivante qu'était devenu le Chevalier Noir. Et celui-ci ne ressemblait en rien au guerrier farouche et puissant qu'il s'était imaginé.

— Je n'ai besoin d'aucune protection, déclara son interlocuteur.

De Vertus rangea son épée, et fit signe à son écuyer de remonter à cheval.

— Partez. Creil est à une journée d'ici, et Asmodée attend son châtiment.

S'il avait su que le chevalier était aussi obstiné, il est probable que Dominique aurait refusé la mission que lui avait confiée l'Oracle. Mais il l'avait acceptée. Et il ne cédait jamais à l'adversité.

— Et dites-moi, Chevalier Noir, que savez-vous à propos d'Asmodée ?

— Je sais ce que j'ai besoin de savoir : c'est un démon assoiffé de sang, et le frère du diable en personne.

Il était incompréhensible que cet homme, si ignorant de ce qui l'attendait, eût pu tuer déjà deux des frères Mortain. Dominique était certain qu'Asmodée ne serait pas le troisième sur la liste. Pas si cet homme se précipitait dans la forteresse semée d'embûches sans avoir la moindre idée de leur présence.

— Ainsi vous ignorez son penchant pour les pièges ? Vous pensez que vous pouvez entrer dans son château et lui trancher la tête ?

Dominique ne put s'empêcher de rire en posant la question. Et quoique cette joie plutôt amère fût déplacée, il ne tenta pas de la réprimer.

— Et que devrais-je donc savoir à propos d'Asmodée ?

— Je vous le dirai, à condition que vous me laissiez vous protéger.

— Jamais !

— Monseigneur, intervint alors l'écuyer, peut-être devriez-vous écouter ce que cet homme a à vous dire ?

— Par le diable ! Vous vous êtes déjà assuré de la complicité de mon écuyer, Saint Juste ! Et vous voudriez que j'aie confiance en vous ?

— Asmodée de Mortain possède de multiples talents, qu'ils soient physiques ou magiques. Mais il a un point faible, également.

Le Chevalier Noir se tourna vers lui, songeur. Le plus étonnant chez cet homme était sa peau glabre : pas un soupçon de barbe sur ses joues. N'était-ce donc qu'un enfant ? Impossible...

— D'où vous vient ce savoir ? Expliquez-moi donc. Ainsi, je saurai si je puis vous faire confiance.

Toujours cette voix âpre. Et comment répondre à cette question ? L'Oracle ne lui avait pas donné de moyens de s'attirer les faveurs du Chevalier Noir. Même s'il n'avait pas besoin de ses faveurs pour le protéger : il suffisait que sa présence soit tolérée.

— Je ne peux pas vous dire pourquoi vous devez avoir confiance en moi. Mais seulement que vous devez tirer parti de mon savoir. Nous voulons tous les deux que le clan des Mortain soit éliminé. Vous en avez tué deux, jusqu'à présent : je vous aiderai pour les trois derniers.

— Et comment savez-vous ce qui nous attend ? Avez-vous des espions dans leurs châteaux ?

— D'une certaine manière. Même si c'est difficile à croire...

— Et pourquoi, alors, personne n'a-t-il tenté de les arrêter ? Alors que tant de gens ont souffert de leur cruauté ?

Dominique sentit le chagrin profond de la question. Un chagrin très proche de celui qui enserrait son propre cœur, et qui l'avait conduit à accepter cette dernière mission.

— Vous ne répondez pas, Saint Juste. Messire, votre but n'est pas de m'aider mais de me retenir. Suivez donc votre propre chemin : j'ai un devoir à accomplir.

— Le château d'Asmodée est truffé de pièges. De l'eau bouillante tombe des créneaux, des épieux surgissent des murs. Il y a des araignées, des sauterelles géantes. Des sorts qui peuvent faire perdre la tête. Et même si vous parvenez à passer ces Sept Enfers, il vous faudra un plan pour arriver à votre but.

— Les Sept Enfers ?

La voix de Baudoin chancela en répétant ces mots.

— Asmodée de Mortain, Démon du Nord, Maître des Sept Enfers. N'avez-vous pas entendu ce surnom ?

— Seulement celui de Démon du Nord. Chacun sait que les quatre frères se trouvent aux quatre points cardinaux, autour de leur aîné qui réside à Paris.

— Le Dragon de l'Aube, oui.

— Vous avez bien dit qu'Asmodée avait une faiblesse ?

— Oui, mais malheureusement, aucun de nous trois ne peut l'exploiter.

— Et pourquoi donc ?

Il n'y avait aucun mal à lui révéler le peu qu'il savait à propos d'Asmodée. Dominique n'avait aucunement l'intention de laisser le Chevalier Noir le congédier.

— C'est un homme à femmes, capable de différer un siège pour satisfaire des plaisirs sensuels. Il est vaniteux et incapable de mettre un frein aux appétits que lui inspirent les femmes.

— Baudoin, dit le Chevalier Noir, je crois que nous le tenons...

Nouveau regard prononcé entre le chevalier et son écuyer. Ces deux-là avaient une fâcheuse tendance à communiquer d'un simple coup d'œil.

— Oh, non ! s'exclama l'écuyer. Si vous tentez une telle folie, je dirai à messire Saint Juste toute la vérité.

Dominique se précipita vers l'écuyer, et pressa sa dague contre sa gorge :

— Je savais bien que tu me mentais. Dites-moi cette fameuse vérité, chevalier, ou je tue votre écuyer.

Pour toute réponse, le chevalier tourna bride et s'éloigna lentement. Etait-il lâche au point d'abandonner son écuyer ? Dominique relâcha la pression de sa lame. Et Baudoin lui avoua tout en s'éloignant prudemment de lui :

— Le Chevalier Noir est une femme. Elle s'appelle Gabrielle de Vertus.

4.

— Tu n'es qu'un traître !

Gabrielle était descendue de cheval, et se dirigeait d'un pas décidé vers Dominique et Baudoin.

— Une femme ?

Le ton de Dominique cachait mal son incrédulité. Mais cela expliquait tellement de choses...

— J'aurais dû m'en douter, ajouta-t-il.

— Et comment auriez-vous pu vous en douter ?

La question était posée sur le ton du défi, défi qu'elle souligna en posant ses poings sur ses hanches. Un geste si féminin ! Cela dit, était-il concevable qu'une femme eût pu tuer Mastema et Satanael en leur tranchant la tête ?

Dominique s'interposa entre Gabrielle et son écuyer, à qui elle semblait décidée à faire payer son aveu. A quoi pouvait-il s'attendre de la part d'une telle femme ? Etait-elle une de ces femmes masculines, à l'image de Jeanne d'Arc ?

— Laissez-moi passer !

— J'ai beau être très impressionné par vos exploits, gente dame, déclara Dominique, comment espérez-vous poursuivre votre quête ? Le Chevalier Noir est devenu une légende, certes, mais cela ne vous empêchera pas de recevoir une flèche en plein cœur si vous tentez de pénétrer dans la forteresse d'Asmodée.

— Je trouverai bien un moyen.

— Pardieu ! Mais enfin, qu'espérez-vous ? Dites-moi donc ! Car c'est une chose de vous frayer un chemin au cœur d'une bataille, c'en est une autre de tuer en duel un homme retranché chez lui, sur ses gardes et protégé par ses hommes, de surcroît. Pourrez-vous survivre à cela ?

— Je le veux et je le pourrai !

Les cernes sombres qui soulignaient son regard meurtri s'étaient un peu estompés depuis la veille. Sa nuit de repos lui avait été profitable. Son regard était animé d'une rage farouche. Et il était de la responsabilité de Dominique qu'elle accomplît son destin. Mais par le diable ! Une femme ! L'Oracle le savait-il, lorsqu'il lui avait confié cette mission ?

Dominique eut un instant la tentation de s'en aller et de laisser là cette absurde quête. Mais une promesse lui avait été faite. Une réponse lui serait donnée. Une réponse qu'il avait espérée pendant vingt ans. Alors, tant pis. Qu'il en soit ainsi… Usant d'un de ses pouvoirs, Dominique se déplaça derrière Gabrielle sans qu'elle s'en aperçût.

— Faites-moi une démonstration de votre force, gente dame.

Gabrielle était si furieuse qu'elle ne fit aucun commentaire sur le soudain changement de place de Dominique.

— Allons… Frappez-moi. Montrez-moi ce que vous savez faire. Auriez-vous peur de…

Sa phrase fut coupée par un brutal coup de poing au menton. Elle était forte, en effet. Mais pas assez…

— Allons, chevalier. Ce n'est pas un coup de poing, mais à peine une chiquenaude. Faites-moi donc tomber !

Il vit dans les yeux de Gabrielle une soudaine détermination, ainsi qu'un immense courage. Mais aussi de la surprise. Elle ne s'attendait pas à une telle résistance de sa part. Et pourtant, il faudrait qu'elle soit prête à affronter une résistance mille fois plus grande, si elle voulait mener à bien ce qu'elle avait entrepris. Il fallait qu'elle comprenne à quel point elle était vulnérable, à quel point elle avait besoin de son aide. Il ne la laisserait pas le renvoyer. Il n'approuvait pas qu'elle fût une femme, mais il devait l'aider coûte que coûte.

Pour mieux juger de sa force, Dominique ne tenta pas d'esquiver son coup. Sa violence le surprit. Il en eut le souffle coupé et tomba à genoux dans la neige.

Comment une femme au nom d'ange était-elle capable d'assener des coups d'une telle force ? A moins que... Exagérant sa douleur, il se laissa tomber dans la neige en poussant un gémissement. Elle se pencha alors vers lui.

— Ah, je vous tiens !

Avec un cri de victoire, Dominique l'agrippa par les avant-bras et la fit tomber sur le sol avec lui. Puis il se retourna, bloquant ses hanches à l'aide de ses genoux et plaquant ses épaules contre le sol froid.

— Laissez-moi !

C'était un cri. Mais le son de sa voix n'était pas naturel. Probablement à la suite d'une blessure. Une blessure qui avait servi son déguisement, jusqu'à maintenant. Elle se débattait contre lui, les yeux clos, trahissant dans chacun de ses gestes saccadés une terreur presque enfantine. C'était assez. Elle avait compris la leçon. Dominique se dégagea donc. A peine s'était-il redressé qu'elle se remit debout, et courut dans les bois.

— Madame ! s'écria l'écuyer.

— Reste là ! lui répondit-elle. Ne m'approche pas ! Et ne le laisse pas m'approcher !

— Pourquoi avez-vous fait cela ?

Le ton de Baudoin était tout sauf amical.

— Vous l'avez complètement terrorisée ! reprit-il.

— Elle s'en remettra. Et je voulais lui faire comprendre à quel point elle est faible, face à un homme. Un seul homme. Sais-tu combien il y a d'hommes dans la forteresse d'Asmodée ?

Baudoin ne répondit rien, se contentant de regarder les traces laissées dans la neige par la fuite précipitée de Gabrielle.

— Qu'est-ce qui lui a pris, à elle, une femme, de se lancer dans cette quête insensée ?

— Lucifer de Mortain.

— Je m'en doutais.

— Vous ne connaissez pas toute l'histoire. Et vous devriez faire preuve d'un peu plus de compassion. Gabrielle est profondément blessée, et ne connaîtra pas la paix tant que ce démon ne sera pas anéanti.

Dominique joua machinalement avec l'épée de Gabrielle abandonnée dans la neige. Ainsi, c'était Lucifer de Mortain qui était à l'origine de cette fureur. Celui-ci ne devait pas se douter que c'était une femme qui était en train de décimer sa famille. Si Gabrielle avait été l'objet de ses appétits sexuels ou meurtriers, il devait la croire morte. Et il était même incroyable que ce ne fût pas le cas. Lucifer ne commettait jamais d'erreurs. Comment avait-elle pu survivre ?

Cela dit, la chose n'avait guère d'importance, à présent. Elle avait survécu, et il avait accepté de la protéger jusqu'au terme de sa quête. Leur chemin à tous deux étaient tracés. Il ramassa son épée dont la légèreté l'étonna. Probablement faite sur mesure pour elle. Autre preuve de sa féminité : elle n'aurait pas dû laisser une arme aussi unique abandonnée ainsi dans la neige. Quelle absurdité de penser qu'il devait laisser cette femme tuer les Mortain !

— Bien, dit-il, je pense que je devrais aller la chercher.

— J'y vais. Vous en avez assez fait pour aujourd'hui.

Le ton de Baudoin était péremptoire. Dominique n'insista pas.

Gabrielle s'accrochait désespérément à un tronc d'arbre. Son cœur s'affolait, tout autant que sa respiration. Les images passaient et repassaient dans sa tête, ne lui laissant aucun répit.

Les épaules pressées contre le sol froid... Impossible de se dégager... Elle était encore engourdie de sommeil, elle sentait le feu tout autour. Et cet homme, cet homme sombre aux yeux rouges comme ceux du diable en personne...

— Je te reverrai en enfer.

La voix métallique l'avait glacée jusqu'aux os. Un sourire sardonique, un coup de poing. Puis cette douleur brûlante entre ses cuisses. Elle avait crié, crié en espérant du secours. Où étaient son père, son frère et Henri ? Les gardes ? Ils étaient tous morts, la gorge tranchée... Et sa propre douleur lorsque l'acier glissa le long de sa gorge...

Gabrielle pressa son front contre le tronc froid. Il fallait faire taire ses souvenirs. Faire taire ce tourment. Mais elle n'y parvenait pas. Le cri de son innocence perdue restait comme captif de sa gorge meurtrie, de ses larmes jamais versées. La peur avait tout envahi.

Elle avait toujours dormi profondément jusqu'au matin. Jusqu'à cette aube fatale du nouvel an, où elle avait été tirée de son sommeil par ce démon qui l'avait arrachée sans ménagement de son lit pour la violer. Blessant à jamais la jouvencelle qu'elle avait été. Et maintenant, elle avait troqué ses jupons contre une armure pour se venger de Lucifer.

Ce n'était pas tant le viol qu'elle voulait venger. Elle pouvait survivre à cette humiliation. Mais pas à celle de sa famille. D'avoir survécu pour enterrer ses parents et son fiancé avait été le coup fatal. Et maintenant cet homme, Dominique Saint Juste, se jouait de ce qu'il restait d'elle.

Il ne pouvait savoir, bien sûr, quels cauchemars sa démonstration de force avait réveillés en elle. Elle-même ne se doutait pas qu'il en serait ainsi. Mais qui était-il donc ? Il se disait envoyé par un pouvoir supérieur. Qui ? Les Mortain régnaient sur tout le nord de la France. N'était-ce pas une ruse pour masquer le fait qu'il était bien le mercenaire envoyé pour la tuer ? En ce cas, pourquoi ne l'avait-il pas tuée un peu plus tôt, lorsqu'elle était à sa merci ?

Ce ne devait pas être un assassin. Elle ne *voulait* pas qu'il fût un assassin. Pour autant, cela ne signifiait pas qu'il n'était pas dangereux. Qu'il fût ou non l'homme de Mortain, il n'en était pas moins un mercenaire. Un homme qui tuait pour de l'argent. A ce titre, elle ne pouvait lui octroyer sa confiance. Ni à lui, ni à personne d'autre qu'elle-même et son écuyer.

Les battements de son cœur s'apaisaient peu à peu. Ses mains ne tremblaient plus. Dominique lui avait ouvert les yeux sur ce qui l'attendait. Elle ne pouvait aller chez Asmodée sans protection. Elle n'était pas assez forte. Et les années passées à s'entraîner avec son frère ne lui avaient donné qu'une fausse assurance. Il l'avait toujours ménagée en raison de sa féminité. Saint Juste lui avait montré qu'elle n'était pas l'égale d'un homme.

Elle aurait tellement voulu lui faire confiance ! Devait-elle le laisser l'accompagner ? Mais pour quelle raison un étranger se livrerait-il à une telle quête ? Elle ne lui avait pas promis d'argent.

Complètement absorbée dans ses réflexions, Gabrielle ne put retenir un cri de terreur lorsqu'elle sentit deux mains lui effleurer le dos.

— C'est moi, madame.

Elle s'arracha brusquement au contact pourtant doux de son écuyer.

— Lâche-moi... Je vais mieux.

— Que s'est-il passé ? Vous a-t-il blessée ?

— Non. J'avais juste besoin de m'isoler un moment.

Elle perçut la compréhension de Baudoin dans son regard. Il l'avait trouvée dans le château, il avait vu ses jupes relevées, le sang... Il savait. Et il se tairait.

— Pourquoi lui as-tu dit que j'étais une femme ?

— Pour votre bien. Vous savez que nous avons besoin de lui. Il connaît les secrets d'Asmodée.

— Et comment ? Y as-tu seulement réfléchi ? Qui nous dit qu'il n'est pas envoyé par Lucifer de Mortain ? C'est l'explication la plus plausible...

— Vous pensez que Lucifer enverrait un mercenaire assister à la mort de ses frères ?

— Certainement pas. Mais ce n'est peut-être qu'un piège. Il m'envoie là-bas me faire assassiner.

— Il vous aurait déjà tuée.

— Tu lui fais confiance ?

— Totalement.

Baudoin était sincère. Cela se lisait dans son regard. Gabrielle repensa alors à son combat avec Saint Juste. A la nuance violette de ses yeux. Si elle n'avait vu cette couleur, apaisante, au fond de ses prunelles noires, elle se serait sûrement évanouie de frayeur. *Violet*... Une couleur mystérieuse. Royale. Une couleur en laquelle elle voulait avoir confiance.

— Si vraiment il veut vous protéger, vous pouvez continuer sans crainte, sachant que quelqu'un surveille vos arrières.

— Et qu'en est-il de toi ?

— Madame, je ne suis pas un chevalier. Je ne sais même pas me servir d'une épée. Je ne suis qu'un pauvre garçon qui accorde sa foi à des reliques saintes en espérant qu'elles le protégeront. Et je ne peux qu'apprécier la protection supplémentaire que nous propose messire Saint Juste.

— Et si nous découvrons, au bout du compte, qu'il a été envoyé pour me tuer ?

Mais avant qu'il pût répondre, Gabrielle coupa son écuyer :

— Si tel est le cas, déclara-t-elle, qu'il en soit ainsi.

Elle aurait fait tout ce qui était en son pouvoir pour venger sa famille. Elle ne lui ferait pas confiance. Mais elle pouvait éventuellement user de son savoir pour accomplir sa quête.

Le visage de Baudoin s'éclaira d'un sourire. Et malgré elle, Gabrielle sentit une partie de sa tension s'alléger. Elle bénéficiait dorénavant d'une nouvelle protection. Et si elle était tout à fait honnête, Dominique Saint Juste représentait moins un danger pour le chevalier qu'elle se devait d'être que pour la jouvencelle au cœur tendre qu'elle avait été.

5.

La lune brillait haut dans le ciel lorsque le trio décida de s'arrêter pour la nuit à l'orée d'une forêt jouxtant l'Oise. Gabrielle, d'humeur taciturne depuis qu'elle avait accepté la présence de Saint Juste, s'installa contre le tronc froid d'un orme en serrant sa cape autour d'elle. L'abbaye de Royaumont, qu'ils avaient dépassée une demi-heure auparavant, se dressait majestueusement dans le lointain. Un sanctuaire ouvert à tous ceux qui recherchaient un peu de paix. Sauf aux Anglais.

Cette paix, ce caractère sacré étaient tout ce à quoi aspirait Gabrielle en ce moment précis. Etre enfin libérée de sa quête, de la colère et de la rage qui la poussaient en avant... Mais une telle liberté devait être gagnée. N'était-elle pas l'unique survivante ? Et ne savait-elle pas que son frère ou son père auraient agi comme elle ?

Un feu anima leur campement de ses multiples étincelles. Gryphon et Tor broutaient paisiblement à quelques pas de là. Saint Juste se tourna vers ses compagnons et s'excusa. Il avait besoin de s'éloigner un peu, de remettre de l'ordre dans ses pensées. A bien y réfléchir, il avait surtout besoin de prendre un peu de distance avec les yeux clairs et inquisiteurs de Gabrielle. Chaque fois qu'il croisait son regard, il avait le sentiment que son âme était mise à nue.

Et la désagréable impression qu'elle se défiait encore de lui. Pourtant, il la protégerait jusqu'à la fin de sa mission : c'est à cette condition qu'il connaîtrait enfin le secret de ses origines.

Le froid mordant s'attaqua sans merci à son membre tandis qu'il urinait dans la neige. A se demander s'il n'allait pas tout simplement geler et tomber sur place ! Or Dominique avait une idée assez précise d'endroits plus chauds en lesquels il aurait pu trouver refuge. Cela étant, aucun de ces endroits ne ressemblait à Gabrielle... Cette femme pourrait le castrer d'un simple regard !

Après s'être rhabillé, il palpa l'estafilade sur sa cuisse, conséquence de son combat du matin. La blessure avait été profonde, mais elle était déjà cicatrisée. Pas une seule trace de sang sur ses vêtements, juste un peu de liquide irisé qu'il dissipa d'un geste de la main. Finalement, il était davantage blessé dans son amour-propre que dans sa chair. Etre mis en difficulté par une femme ! Elle aurait mérité d'être remise à sa place ! Mais non, c'était faux... Elle méritait son aide. Et s'il voulait la protéger efficacement, il devait reléguer au second plan son orgueil de mâle. Gabrielle avait choisi une destinée plus que périlleuse, et elle avait besoin de son soutien inconditionnel.

Il fit quelques pas pour se réchauffer. Il détestait le froid, et il avait même tendance à être frileux. Surtout entre les omoplates. Pour peu que le froid y pénètre, il y resterait jusqu'au printemps suivant. Et il ne pouvait pas même se faire pousser la barbe pour se protéger le visage.

— Maudit sang de Fée !

Son murmure se perdit dans le souffle chaud qu'il envoyait contre ses mains pour tenter de les réchauffer.

— Ta mission se déroule bien.

Dominique se retourna brusquement, la dague sortie, prêt à faire face au danger. Puis il se détendit lorsqu'il découvrit son interlocuteur.

— Vous ? Par le diable, vous me suivez même lorsque je vais uriner !

L'Oracle demeura serein, son visage enfantin étrangement impassible. Quelques touffes de cheveux bruns encadraient de grands yeux bruns innocents. Un léger parfum printanier l'enveloppait. Mais si jeune qu'il semblât, Dominique le soupçonnait d'être d'une sagesse bien plus grande que la sienne. Ce pouvait même être un fantôme.

— Saviez-vous que le Chevalier Noir était une femme ? demanda-t-il.

— Je... Je l'ignorais jusqu'à présent.

Difficile à croire, compte tenu de son omniscience. Car l'Oracle semblait tout savoir. Il avait décrit à Dominique le château d'Asmodée, lui avait indiqué où rencontrer le Chevalier Noir, et lui avait fait un récit complet de ses exploits. Pourquoi ne lui avait-il pas dit qu'il s'agissait d'une femme ?

— Peux-tu la protéger ?

— Contre Asmodée, Sammael et Lucifer ? C'est un combat perdu d'avance.

— Tu dois te faire confiance, Dominique. Tu représentes la Terre ; Gabrielle, le Feu. Une union formidable et complémentaire. C'est la raison pour laquelle je t'ai choisi pour cette mission.

— Gabrielle de Vertus ! Un ange qui part en guerre contre les pires démons de France ! Vous venez de dire que vous ne saviez pas qu'il s'agissait d'une femme. Et que, pourtant, vous m'aviez choisi pour l'accompagner...

L'attitude de Dominique se fit plus menaçante.

— Vous me mentez pour servir vos desseins. Quel est l'objet véritable de ma mission ? Qui êtes-vous ? Et pourquoi être venu me trouver ?

— Tu poses bien trop de questions dont tu connais déjà les réponses.

— Vous n'êtes qu'un fantôme aux discours trompeurs !

— Et pourtant, ai-je jamais été de mauvais conseil ?

L'Oracle lui était apparu trois ans auparavant, alors qu'il envisageait sérieusement de rejoindre les rangs anglais pour bénéficier de leurs largesses pécuniaires. Il avait insisté pour que Dominique rentre chez lui, ce qui lui avait permis d'arriver juste à temps pour entendre son père lui proclamer son amour avant de mourir. Un testament bien plus précieux que tout l'argent anglais.

— Dites-moi… Savez-vous pourquoi elle s'est lancée dans cette quête ?

— Ne le lui as-tu pas demandé ?

— Elle est peu bavarde.

— Elle craint l'adversité.

— Je ne suis pas son ennemi.

— Fais-le-lui comprendre et vous triompherez. Elle craint la même chose que toi : laisser libre cours à sa colère et à ses émotions.

— Je n'ai pas de colère.

— Non ? Pourquoi cette mission alors ? Peut-être ne veux-tu pas entendre la réponse à la question que tu te poses ?

— Je ne suis pas en colère à propos de mon passé… C'est juste que… Bon, certes, je suis en colère ! Ce n'est pas juste d'avoir été abandonné. Etre livré à moi-même dans un monde si hostile !

— Tu t'es créé ton propre monde, non ?

Dominique, pour toute réponse, donna un coup de pied dans l'arbre le plus proche.

— Allons Dominique, tu ressasses trop ton courroux à propos de choses insignifiantes.

Insignifiantes ? Ses origines ? Mais avant même qu'il eût pu protester, la vision s'était déjà dissipée.

— Je déteste lorsqu'il fait cela… Pourquoi ne puis-je faire la même chose ?

Mais les paroles de l'Oracle demeuraient dans son esprit, à l'image de flocons de neige qui tournoieraient sans jamais se poser. Pour lui, sa question n'avait rien d'insignifiant. Il avait besoin de savoir qui étaient ses vrais parents. Il donna un nouveau coup rageur contre un tronc d'arbre, et remarqua la fine poussière irisée auréolée autour de lui. Il allait être obligé de recourir à un enchantement pour masquer son identité à Gabrielle et Baudoin. Inutile de leur révéler sa vraie nature.

Sans compter qu'il ne savait pas grand-chose d'eux non plus. Mais il pouvait comprendre leur désir de discrétion. Il se cachait depuis si longtemps… Il était presque habitué maintenant à la douleur sourde entre ses omoplates, conséquence de son secret. Mais il voulait accomplir cette mission en étant accepté comme un pair par ses deux compagnons de voyage.

Gabrielle entendit crisser les pas de Dominique dans la neige tandis qu'il revenait vers leur campement. Elle s'était installée près du feu, laissant sa chaleur lui caresser le visage.

— Nous avons cru que vous aviez été enlevé par les Fées, déclara Baudoin.

— Baudoin l'a cru, corrigea aussitôt Gabrielle. Je n'accorde aucune créance, pour ma part, à ces enfantillages.

— Quels enfantillages ? demanda Dominique. Que je sois enlevé, à mon âge, par les Fées, ou qu'elles existent ?

— Ces maudites Fées...

— Vous ne croyez pas aux Fées, Gabrielle ?

Le visage de Dominique devint soudain tendu, pour la plus grande surprise de son interlocutrice.

— Je vois, reprit-il. Vous ne croyez que ce que vous voyez. Et le vent, alors ? Vous ne le voyez pas, et pourtant, vous pouvez faire l'expérience de sa puissance.

Gabrielle l'observa avec un petit sourire. Inutile de lui expliquer qu'elle croyait aux Fées, et même qu'elle les détestait de tout son cœur. Il était probablement un de ces individus persuadés de leur beauté et de leurs merveilleux pouvoirs, ignorant tout de leur nature diabolique.

— Très bien, dit-il, restons-en là. Puisque vous ne répondez pas...

— C'est plus sage, en effet. Avez-vous surveillé un peu les environs ?

— Nous serons en sécurité ici pour la nuit.

Dominique s'installa entre Baudoin et Gabrielle, et raviva le feu à l'aide d'une branche d'orme.

— L'un de vous deux aurait-il du vin ou de la bière ?

— Non. Nous n'avons pas de vivres.

La réponse de Baudoin ne cachait pas sa déception.

— Vous auriez dû vous ravitailler à Pontoise, ajouta-t-il. Nous voyageons léger pour ne pas être ralentis.

— Aucune importance.

Gabrielle se pencha en avant, soupira, et sentit la tension de ses épaules se relâcher. La chaleur l'envahissait d'une douce torpeur qui se répandait jusque dans son crâne. Ce soir, elle ne s'inquiéterait pas de ce que le lendemain lui réservait. Dominique était assis près d'elle. Trop près pour être ignoré.

Du coin de l'œil, elle l'observa donc tandis qu'il abandonnait, lui aussi, son visage à la tiédeur du feu. Sa mâchoire carrée, légèrement ombrée par une barbe à peine naissante, soulignait la finesse de sa peau. C'était vraiment un très bel homme. Mais quoi que pût en dire Baudoin, elle n'était pas d'humeur à s'abandonner à de folles pensées. L'eût-elle connu avant, il ne lui aurait fallu qu'un regard et un mouvement de la main pour attirer un si bel homme... Mais ces pensées étaient dangereuses. Elle les chassa donc de son esprit, tout comme le souvenir de la jeune femme qu'elle avait été.

— D'où venez-vous, Saint Juste ?

— De l'est de Creil. A environ cinq heures de cheval. Le bois de Valois. Mon père y a construit une petite maison pour ma mère, loin de tout.

— Vos parents attendent que vous rentriez victorieux d'une mission ?

— Je n'ai pas été dans le bois depuis plus d'un an. Et toi, Baudoin ? Combien de temps es-tu resté au château de Vertus ?

— Depuis le mois de mai dernier, je crois. Voyons, oui, je me souviens de Margot et de ses plantureux...

— Baudoin !

Baudoin se tut, rappelé aux convenances par la voix sèche de Gabrielle.

— As-tu perdu des parents lors des combats du nouvel an ?

— Je suis orphelin depuis l'âge de six ans. J'ai passé mon existence à vivre des restes des autres, de l'habileté de mes mains et de mon intelligence.

Gabrielle jeta à son écuyer un regard noir, qui coupa court à son élan de vanité.

— Enfin, pour être honnête, avant d'être un écuyer… enfin, novice… j'étais… mangeur de crapauds. Mais il ne faut pas m'en vouloir. Je fais pénitence pour cela chaque jour de ma vie, dorénavant !

— Mangeur de crapauds ? Qu'est-ce que cela signifie ? Je croyais que les crapauds pouvaient empoisonner ?

— Oh, oui, si vous les mangez vraiment…

— Je ne te suis plus. Tu me dis que tu les mangeais sans les manger ?

— Exactement.

A ce moment, Baudoin ne put retenir un geste de fierté. Mais cela ne choqua nullement Gabrielle. Elle était la première à penser que l'existence de l'adolescent n'avait rien eu de criminel, et qu'il ne méritait pas de pendre au bout d'une corde. Et puis, c'était un peu comme s'il faisait partie de sa famille. Une famille dont elle avait terriblement besoin.

— En fait, je travaillais pour un magicien, Melchior l'Enchanteur. Vous en avez peut-être entendu parler ? Il est très célèbre. Enfin, bref, je l'aidais à vendre ses élixirs tous les étés sur les marchés à des naïfs… euh… à des clients.

— Je crois que je commence à comprendre. Les clients te voyaient manger un crapaud. Tu mimais les convulsions de l'agonie, et ton magicien te faisait boire son élixir, qui te remettait miraculeusement sur pied !

— Exactement. En fait, je ne mangeais jamais le crapaud. Sauf en quelques occasions. Mais en s'exposant petit à petit au poison, on finit par avoir une certaine résistance. Je pourrais manger un crapaud entier sans être malade, maintenant.

— Et comment parvenais-tu à être crédible, alors que j'ai moi-même pu constater à quel point tu étais un piètre menteur ?

— J'étais aveugle !

Baudoin fit un geste de la main, désignant un bandeau imaginaire autour de ses yeux. Dominique signifia d'un hochement de tête sa compréhension :

— Un talent indéniable. Duper les autres en jouant soi-même l'idiot.

— Un talent, oui. Mais plus maintenant.

— Et pourquoi as-tu changé de voie ?

— J'avais beau jouer les aveugles, je ne l'étais pas. J'ai fini par remarquer le désespoir de ces gens agglutinés autour de Melchior, espérant tellement avoir trouvé une solution miracle à leurs souffrances, à leurs douleurs. Ils me ressemblaient tant... Et je leur vendais de l'huile de serpent ! L'abbé Belloc m'a convaincu que consacrer ma vie à Dieu était bien préférable.

— Cela l'est, en effet. Si tu es prêt à faire ce sacrifice.

— Oh, je le suis. Enfin, tout au moins j'y travaille... Mais je ne suis pas encore prêt à renoncer à mes reliques.

— Tes reliques ?

— Un autre de mes commerces. Mais j'en ai quelques-unes d'authentiques. Regardez là : une phalange de sainte Mireille, excellente pour protéger des glissements de terrain et autres calamités naturelles. Et ici, celle de saint Jude, le patron des causes désespérées. Celle-ci ne pourra pas nous faire de mal.

Baudoin jeta un coup d'œil à Gabrielle, qui répondit par un hochement de tête incrédule.

— Eh bien, celle de saint Eustache est efficace, en tout cas ! s'exclama l'écuyer. Je l'ai frottée avant chacun de vos combats.

— Je vois, répliqua Gabrielle. Comme j'en suis revenue indemne, tu en déduis que c'est grâce à tes reliques ?

Baudoin répondit par l'affirmative. Gabrielle masqua son scepticisme. Le jeune homme avait besoin de se raccrocher à quelque chose. Il était courageux, mais il ne le savait pas encore. Autant le laisser croire au pouvoir de ses reliques.

— Et vous ? demanda alors Dominique. Qu'en est-il de vous ? Vous avez perdu votre famille. Aviez-vous aussi… un mari ?

Gabrielle se tourna vers Dominique. Aucun doute, c'est bien à elle qu'il s'adressait. Elle ne put s'empêcher de sourire, et masqua ce plaisir soudain derrière ses mains. La question était très personnelle. Etait-il donc intéressé ? La trouvait-il belle, malgré ses manières de guerrier et sa chevelure sacrifiée ? Son cœur se serra à cette pensée. Elle ne pouvait nier la soif d'amour qui l'habitait.

— J'aurais dû me marier le 1er janvier.

Elle surveilla la réaction de Dominique. Ce dernier haussa un sourcil interrogateur. La chaleur de son regard formait un étrange contraste avec l'âpreté de ses traits. Elle ne savait toujours pas si elle devait lui faire confiance ou lui trancher la gorge.

— Malgré les apparences, j'étais un beau parti, poursuivit-elle. Mon père possédait de la terre près des côtes, une terre dont il voulait me faire l'héritière. Il m'a donc trouvé un mari. Quelqu'un qui ne chercherait pas à s'assurer la maîtrise de mon patrimoine.

— En d'autres termes, un homme soumis à vos désirs ?

— D'une certaine manière. Je ne suis pas quelqu'un de cruel, Dominique. Et mon père ne l'était pas non plus. Mais c'était l'unique moyen de me rendre propriétaire de ces terres. Et Henri était d'accord.

— Votre promis ?

— Oui, Henri de Lisieux. Il avait été dépossédé par Mastema de Mortain. C'était un homme honnête et bon…

Les souvenirs, irrépressibles, affluèrent alors dans son esprit, au point de lui faire perdre la conscience de l'instant présent.

Sans même qu'elle s'en rendît compte, elle se mit à rapporter les événements.

— Gabrielle, tu devrais aller te préparer. Père vient de déclarer ouvertes les festivités.

D'un geste, Antoine écarta Gryphon et signala à sa sœur les traces de boue sur son menton. Mais depuis quand se souciait-il de ce genre de détails ? Elle lut la réponse dans ses yeux.

— Il est arrivé ?

— Père a fait des merveilles avec celui-ci. Vraiment, il faut que tu le voies pour le croire.

— Est-il si laid ?

— Mais non, voyons ! Père ne serait pas cruel à ce point. Cependant, je persiste à trouver curieux que tu lui aies demandé de te trouver un mari.

— Les pères choisissent les maris de leurs filles chaque jour que Dieu fait, Antoine. Pourquoi cela t'étonne-t-il ?

— Tu n'es pas comme les autres femmes, Gabrielle. Ne désires-tu pas… être amoureuse ?

— Quelle femme ne désirerait pas l'amour ?

— Tu as encore le temps de faire un choix. Aucun des chevaliers de notre père ne te convient ?

— Ah, non ! Ce sont tous des niais !

— Puis-je te rappeler que je fais partie du lot ?

— Tu n'es pas stupide, Antoine. Mais les chevaliers qui s'entraînent ne s'entraînent qu'à une seule chose : être des hommes sales, vaniteux, opiniâtres et sots. Ils règnent sur le champ de bataille et dans la chambre nuptiale de la même manière. Je ne peux supporter d'être régentée par un homme, Antoine, et tu le sais.

— Oui, je peux comprendre. Mais alors, hâte-toi d'aller trouver celui que père t'a choisi. Cela dit, fais attention à ne pas trop l'effrayer, ma chère amazone...

Gabrielle avait laissé Antoine et Gryphon pour se diriger d'un pas vif vers la salle d'honneur, où devait se trouver son futur époux. Son père avait donc découvert un homme prêt à la laisser maîtresse de ses biens et de son destin. Un homme aimable, simple et agréable. Mais il devait aussi être courageux, aussi habile à l'épée qu'en paroles charmantes.

Guidée par le son des flûtes et des harpes, Gabrielle entra dans le château. Le jeune novice de l'abbé Belloc, Baudoin, lui souhaita une bonne journée tandis qu'elle se dirigeait vers la grande salle. Au bout siégeaient son père et sa mère. Quoique diminuée par la maladie, cette dernière était descendue, parée de ses plus beaux atours pour l'occasion. Devant elle se trouvait un homme maigre, affublé de deux jambes ressemblant davantage à des bâtons qu'à des membres, vêtu d'une cape violette et d'un pourpoint retenu à grand-peine par une ceinture brodée d'or. Une figure plus pitoyable que comique. Un tel homme avait-il déjà tenu une épée ?

Gabrielle s'arrêta à quelques pas de l'homme, veillant à se trouver dans le prolongement d'un rayon de soleil.

— Monseigneur Henri, je suppose ?

L'homme demeura bouche bée. Il fit le geste de la désigner du doigt, puis se ravisa.

— Ma... dame Gabrielle ?

— Je vous ai dit qu'elle était belle, intervint alors le seigneur de Vertus. Du vin ! Nous allons célébrer ce moment jusqu'au matin. Et que le premier pied à pénétrer en ce lieu au nouvel an nous apporte à tous le bonheur !

A l'injonction de Maurin de Vertus, un joueur de luth entama une mélodie entraînante, tandis que les servantes faisaient passer des gobelets de vin dans l'assemblée. Mais, les mains sur les hanches, Gabrielle demeura immobile, observant Henri en souriant. Il était nerveux, n'osant poser son regard sur elle trop longtemps, de crainte de la détailler de façon outrageante.

— Je ne mords pas, fit-elle remarquer.

Gabrielle lui offrit sa main. Il fit un pas en avant, et lui embrassa la main en faisant sa révérence. Un geste tendre qui la surprit. Il venait juste de lui promettre sa foi et sa confiance. Une victoire, mais si facile, avec quelqu'un d'aussi soumis !

— Pardonnez-moi si je vous dévisage ainsi, gente dame. Mais vous êtes assez… exceptionnelle.

— Mon père affirme que les femmes de la lignée de Vertus sont des descendantes d'amazones.

— Aucun doute à ce sujet. Mais c'est votre beauté qui m'a le plus frappé. Je me sens quelque peu déplacé auprès de vous. J'espère que je pourrai être à la hauteur de vos espérances en tant que mari.

Gabrielle ne put retenir un sourire devant cette touchante et humble confession.

— Mais vous l'êtes déjà, Henri.

Son père avait fait le bon choix. Elle laissa Henri la reconduire près de lui, et se laissa griser par la fête. Lorsqu'il fut près de minuit, et que les effets de la fatigue et de la boisson se firent sentir, elle se retira, profondément heureuse.

— Si vous voulez bien m'excuser, messire Henri, je vais me reposer.

— Ne voulez-vous pas attendre la nouvelle année ?

— Je suis debout depuis l'aube et ressens les effets d'une dure journée. Je veux sommeiller afin d'être fraîche pour vous demain. Vous me retrouverez alors, en jeune mariée timide à votre bras.

Le sourire d'Henri était embarrassé. A moins que ce ne fût le vin qui eût ainsi coloré ses joues. Quoi qu'il en soit, c'était un homme doux. Facile à vivre. Elle posa une main sur sa joue.

— Bonne soirée, Henri. Et que le Premier Pas apporte du bonheur dans nos vies.

— Le Premier Pas ? demanda Dominique.

— On dit que le premier homme qui franchit le seuil d'une maison le jour du nouvel an est le porteur du destin de ses habitants, expliqua Baudoin.

— On dit aussi qu'un homme brun à la peau mate est un présage favorable. Il était brun.

Dominique se tourna, intrigué par la remarque de Gabrielle, vers Baudoin. Ce dernier murmura :

— De Mortain.

— L'homme de garde n'a donc pas annoncé son arrivée ?

— Je l'ai retrouvé avec une flèche plantée dans le crâne. L'attaque de Lucifer a été rapide et efficace. Ils étaient si nombreux…

Un silence glacé et triste s'abattit sur eux. Le récit de Gabrielle demeurait comme suspendu dans l'air. Sa famille avait-elle été punie en raison de son union à venir avec Henri de Lisieux ? Non. Son père était en conflit avec Lucifer de Mortain depuis des semaines. Ce dernier lui réclamait ses surplus d'orge. Et son père avait préféré les donner aux villageois nécessiteux. Elle pouvait encore l'entendre déclarer avec véhémence au messager de Lucifer :

— Tu peux dire à ton maître que j'irais en enfer plutôt que de m'incliner devant un roi anglais. Et que les surplus ont été donnés.

Gabrielle secoua la tête, comme pour chasser les derniers échos de la voix de son père. Puis, se tournant vers Dominique :

— Et qu'en est-il de vous, Saint Juste ? Avez-vous de la famille ? Racontez-nous donc, que nous dissipions ce voile de morosité qui s'est abattu sur nous.

— Mes parents sont morts, il y a quelques années, de la peste apportée par les Anglais.

— Je suis désolée…

Gabrielle se souvenait de ce terrible été où l'épidémie avait emporté des milliers de gens, réduisant d'un quart la population du royaume. Elle-même avait assisté à la lente agonie d'une de ses servantes.

— Avez-vous une femme ? des enfants ?

— Ni femme, ni enfants.

— En tout cas, aucun enfant connu !

Elle dit ces mots sur le ton de la plaisanterie. Une boutade, afin d'alléger un peu l'atmosphère. Mais sa tentative d'humour n'eut pas l'effet escompté. Dominique se leva brusquement.

— Je n'ai pas d'enfants, gente dame. Et croyez-moi, je m'en soucierais, si j'en avais.

— Des mots honorables, mais souvent prononcés par les hommes…

— Je sais que les femmes croient que les hommes désirent toutes les femmes qu'ils croisent, mais tel n'est pas mon cas. Lorsque j'aime, j'aime profondément. Et je ne prends pas les relations charnelles à la légère. Même lorsque j'ai recours aux services d'une prostituée, je la traite avec respect et dignité. Ainsi que cela doit être. Je ne me comporte pas comme certaines personnes que j'ai été amené à rencontrer, qui intimident l'objet de leur convoitise et choisissent de ne se marier que pour mieux asservir leur partenaire.

Ayant proféré ces mots, il se tourna vivement et s'enfonça dans la forêt. Sa sortie laissa comme un froid dans le campement. Gabrielle, encore étourdie par la remarque acide de Dominique, se tourna, l'air interrogateur, vers Baudoin.

— Aucun doute, déclara ce dernier. C'est bien de vous qu'il parlait.

— Hum... Je ne comptais pas « asservir » Henri de Lisieux. Et pourquoi es-tu toujours d'accord avec lui ?

— Il est différent des autres hommes. Ni vantard, ni exigeant. Et il vous apprécie.

— C'est ridicule.

— Si vous le dites. Sa présence est une bonne chose pour nous deux, madame. Je voudrais juste que vous lui laissiez une chance de vous le prouver.

— Je ne l'en empêche pas.

Gabrielle se laissa aller à rêver à ce qu'avait dit Dominique. « Lorsque j'aime, j'aime profondément. Et je ne prends pas les relations charnelles à la légère. » Ce devait être un enchantement, pour une femme, d'être aimée par un homme comme Dominique Saint Juste.

6.

L'aube était là. Dominique se tenait seul à l'orée de la forêt, absorbant les premiers rayons du soleil qui s'étendaient majestueusement sur l'horizon. D'aussi loin qu'il se souvenait, il avait toujours contemplé ce spectacle, et toujours il s'était éveillé dès l'aurore. Elle l'attirait autant que la lune et ses pâles rayons.

Mais l'influence du soleil lui était nettement moins favorable. Avec l'aurore, ses pensées prenaient un tour plus sombre, plus violent. Quelque chose de noir, de démoniaque l'envahissait presque malgré lui. Il croyait encore entendre la voix de Gabrielle :

« Les Fées sont diaboliques. »

Il serra les poings, crispa la mâchoire. Il se sentait prêt à tuer. Sans comprendre pourquoi.

— Mais que m'arrive-t-il donc ?

Comme à l'accoutumée, il n'y eut pas de réponse.

— Est-ce pour cela qu'ils m'ont rejeté ? A cause de mon apparence, de mes cheveux bruns ? Ou à cause de cette rage qui palpite au fond de moi, sitôt que surgit l'aube ?

Il était différent, alors. Pourquoi ? Pendant des décennies, Dominique s'était efforcé de retrouver les images de sa mère naturelle. Et il avait appris à haïr le qualificatif d'« Enfant de Fées ». Cela signifiait « non désiré », et même « rejeté ». Il n'avait aucun espoir de rejoindre un jour le royaume des Fées. Et pourtant, ce dernier était là, tout autour de lui. Tous ses efforts pour le rejoindre avaient été vains.

Il n'aurait jamais la liberté d'être tout simplement lui-même. La démangeaison entre ses omoplates le lui rappelait cruellement. Mais il espérait apprendre à accepter, et à se détacher de cette obscurité.

Au loin, le cliquetis de l'acier le rappela au moment présent. Il s'enveloppa dans son manteau et se dirigea, curieux, vers le bruit. Gabrielle était en train de s'entraîner, avec une adresse surprenante, au maniement de son épée. Dans la pénombre de la forêt, aucune lueur ne s'accrochait au métal de sa lame. Mais le spectacle était attirant. Le mélange de courbes féminines et de force physique possédait une beauté sauvage. Et Gabrielle compensait son manque de force par une souplesse et une agilité étonnantes. Cette femme flamboyante ne méritait pas de gâcher sa vie près d'un Henri de Lisieux. Et pour la première fois, Dominique se sentit attiré. Tenté.

Elle était si concentrée qu'elle ne l'entendit pas arriver, pas avant qu'il ne fût à distance d'épée.

— Vous êtes levé de bonne heure, Saint Juste.

Elle se tourna vers lui, et posa la pointe de son épée sur une des hématites qui retenaient son manteau.

— Je pourrais vous couper la tête, si je le désirais.

Peut-être que sa féminité était un atout, en fait. Quel homme aurait songé à se défendre, devant un adversaire aussi surprenant ? Chaque mouvement de son visage mettait en lumière sa beauté : la forme de ses pommettes, le dessin élégant de ses sourcils, le velouté de ses lèvres charnues…

La faiblesse d'Asmodée résidait dans son amour des femmes. L'homme ne pouvait s'empêcher de les désirer. Au moins est-ce ce que l'Oracle lui avait confié. Et Dominique se demanda s'ils ne pouvaient pas tirer parti de cette faiblesse en rendant l'apparence de Gabrielle plus féminine.

— Vous êtes mort, Saint Juste. Je viens juste de vous couper la tête.

Dominique s'éloigna brusquement de la lame d'acier. Il était complètement fasciné par la poitrine de Gabrielle. Sous la cotte de mailles, il pouvait deviner la forme sensuelle de ses seins. Des seins contre lesquels tout homme aimerait se blottir pour les caresser, les goûter, les savourer… Il n'était pas homme à refuser les plaisirs de la chair, même s'il devait utiliser un charme pour masquer sa véritable identité.

Totalement absorbé par son fantasme, Dominique ne vit pas Gabrielle le pousser et le faire tomber à terre. Il se retrouva soudain allongé dans la neige.

— Il ne me reste plus qu'à espérer qu'Asmodée est aussi ahuri que vous le matin ! s'exclama Gabrielle. Peut-être est-ce là le meilleur plan : le frapper à l'aurore, alors qu'il n'a pas encore quitté sa couche ?

Embarrassé par la situation, Dominique se releva rapidement et épousseta les traces de neige sur ses vêtements.

— Je ne suis pas tout à fait moi-même, le matin.

Il se dirigea vers le feu. Puis il s'immobilisa. La curiosité était trop forte. Il avait besoin de savoir.

— Dites-moi, gente dame, avez-vous eu l'occasion de vous conduire en femme, avant que Lucifer n'altère irrévocablement le cours de votre vie ?

— Oui. Il fut un temps où je prenais soin de mon apparence. Je portais une robe, je faisais la révérence. J'ai été la châtelaine de mon père pendant dix ans. Hormis les moments où je m'entraînais avec mon frère, je faisais les comptes, m'occupais du ravitaillement. Et je baissais les yeux devant nos visiteurs.

Gabrielle tourna vers lui son regard clair et inquisiteur. Un léger sourire courait sur ses lèvres.

— Pourquoi cette question, Saint Juste ? Vous vous cherchez une femme ?

— Peut-être.

Sa réponse la désarçonna un court instant. Elle fit reposer d'un mouvement souple la pointe de son épée contre son épaule.

— Et que feriez-vous d'une femme qui décapite les hommes lorsqu'elle ne pétrit pas le pain ?

— Je dormirais sans doute plus paisiblement. Un homme ne peut pas tout faire tout seul.

Gabrielle ne sut que répondre, et Dominique s'éloigna en direction du feu. Elle n'était pas d'un commerce facile, mais il aurait pris plaisir à explorer son corps caché sous l'armure. Toutefois, ce n'était pas son rôle : il se devait de la protéger, pas de l'aimer.

Baudoin s'était levé et ravivait le feu afin de se réchauffer les mains. Dominique récupéra son épée, restée dans la neige. Derrière lui, Gabrielle avait repris son entraînement. Il fallait être sur ses gardes avec elle, que ce fût lors d'une joute ou d'une tentative de séduction.

— Ecuyer, tu ne m'as pas dit… Qu'avez-vous fait, le matin de la mort de la famille de Gabrielle ?

— Nous avons enterré sa famille.

— A-t-elle pleuré ?

— Non. Pas une larme.

— C'est ce que je pensais.

— Il est le maître des Sept Enfers. C'est-à-dire des sept pièges qui protègent l'accès à ses appartements privés.

Les explications de Dominique accompagnaient leur voyage prudent. Les déjections encore chaudes de chevaux sur la route témoignaient de la présence d'autres voyageurs à proximité.

— Le premier de ces pièges est l'eau bouillante.

— Pas de l'huile ?

— Trop cher. Asmodée préfère dépenser son argent pour les femmes ou la bonne chère.

— Ce n'est pas complètement stupide, intervint Baudoin.

Le regard de Gabrielle rappela de nouveau l'écuyer à l'ordre.

— Et d'où vient cette eau bouillante ? demanda-t-elle à Dominique.

— Elle est lâchée des créneaux sur tout étranger qui s'approche. Le plus mystérieux est qu'on ne voit jamais aucun garde. Certains pensent que le château est... une chose vivante qui se défend des intrusions par sa propre volonté.

— Et quels sont les autres pièges ? A supposer que nous résistions à l'eau bouillante...

— Il y a un tunnel qui mène à la cour principale. Les murs du château ont une épaisseur d'un bras au moins. Le long du tunnel se trouvent des orifices dont on dit qu'ils envoient des flèches empoisonnées dès qu'un homme a les yeux ouverts.

Baudoin eut comme un hoquet de terreur, et murmura :

— Je n'ai pas de reliques contre cela...

— Ce n'est pas bien compliqué de traverser un tunnel les yeux fermés. Quel est le troisième piège ?

— Il paraît que la cour intérieure est traversée de vents si violents qu'ils réduisent un homme en armure à l'état de poupée désarticulée.

— Et si nous passons cela ?

Dominique se tourna vers Gabrielle. Etait-elle téméraire à ce point, ou était-elle plus stupide qu'il n'osait l'imaginer ?

— La porte du château est protégée par des lances montées sur un mécanisme, un peu comme un porc-épic. Si l'on touche la porte pour l'ouvrir, on se retrouve embroché par une centaine de lances.

— Comment pouvez-vous savoir tout cela ? Avez-vous déjà été là-bas ? s'enquit Baudoin.

— Non. C'est l'Oracle qui me donne les renseignements dont j'ai besoin.

— Et pourtant, l'Oracle ne vous a pas prévenu que j'étais une femme.

Le regard de Gabrielle provoqua un curieux émoi en Dominique. Comme si une étincelle enflammait brusquement son corps, et qu'elle éloignait de lui les questions concernant son passé pour n'y laisser que ce subtil désir. Il ne savait s'il devait la laisser se frayer un chemin vers son cœur.

— Pourquoi me dévisagez-vous ainsi, Saint Juste ?

Dominique ne répondit rien. Il aimait cette sensation. Et il n'avait aucune envie de se débarrasser de ce sentiment.

— Vous nous avez décrit quatre des Sept Enfers, reprit-elle. Qu'en est-il des trois restants ?

— Je ne sais pas. L'Oracle ne m'a rien dit. Je suppose que si nous passons ceux-là, nous aurons toutes nos chances.

Gabrielle se raidit soudain, et Dominique suivit son regard. On pouvait apercevoir un groupe de voyageurs, au loin. Des lumières ténues trouaient les teintes violettes du crépuscule.

— Des baladins. Ils vont sûrement s'arrêter à Creil, fit remarquer Baudoin.

— Voilà un parfait laissez-passer. Mêlons-nous au groupe, et nous pourrons nous glisser dans le château sans nous faire remarquer.

— En effet. Nous avons intérêt à nous faire de nouveaux amis, ce soir, acquiesça Dominique.

Il les conduisit vers l'avant de la troupe. Gabrielle remarqua qu'il semblait s'attirer la confiance des comédiens d'un simple regard. Elle le suivait, ainsi que Baudoin, en prenant soin de masquer son visage sous sa capuche. Ils apprirent rapidement que la troupe s'était arrêtée à quelques pas du village pour la nuit. Ils ne comptaient pas faire halte à Creil, en raison de la peur que leur inspirait le Démon du Nord. Mais la seule manière de traverser le village était de passer par un étroit chemin qui jouxtait le château d'Asmodée. Une entreprise dangereuse, qu'il ne fallait accomplir que bien préparé.

La troupe était aussi organisée qu'un essaim. Chacun vaquait à sa tâche, l'un ramassant du bois, l'autre préparant le feu ou à manger. Il y avait là environ une trentaine d'hommes et de femmes, vêtus à la diable, les cheveux et le visage sales. Mais partout régnait la bonne humeur. Une bonne humeur qui tourna à la franche convivialité lorsque le feu fut allumé et les victuailles distribuées.

Acceptant avec gratitude un morceau de viande d'un nain curieusement accoutré de grelots, Gabrielle s'éloigna de Baudoin et de sa horde d'admiratrices. Personne ne vint la voir tandis qu'elle déambulait le long du camp. Ce qui était aussi bien, car elle ne s'était jamais sentie à l'aise au milieu d'étrangers. Elle ne s'était jamais non plus sentie à sa place au milieu des dames d'honneur de sa mère, qui s'occupaient à des travaux d'aiguille en écoutant les romances d'un ménestrel. Elle se sentait davantage attirée par les chevaliers de son père, leurs récits de faits d'armes héroïques. Même le récit, nettement moins glorieux, de leurs conquêtes amoureuses était riche d'enseignements. Cela lui avait au moins appris les notions élémentaires de l'amour physique. Assez pour savoir que la douleur qu'elle avait ressentie lorsqu'elle avait été violée par Lucifer n'était ni normale ni juste. Le plaisir était affaire d'homme, bien sûr. Mais pas toujours, et pas seulement. Elle avait pu observer la douceur et la gentillesse de son père envers sa mère. Un vrai chevalier savait donner du plaisir à une femme.

Mais les vrais chevaliers n'étaient pas légion. Il y avait peu de chances qu'elle pût capturer le cœur d'une âme attentionnée. Elle était différente, et l'avait toujours été. Peut-être en raison de sa grande taille. Ou de ses manières, trop directes pour une femme. Mais elle ne s'était jamais sentie seule tant qu'elle était en famille. Aujourd'hui, cependant, elle n'avait plus de famille.

Une gorgée de bière l'aida à digérer l'amertume de ses pensées et le dernier morceau de viande séchée. D'un coup d'œil, elle repéra Dominique en train de bavarder avec une jolie jeune fille vêtue d'une tunique turquoise. Elle ne devait guère avoir plus de seize ans. Bien trop jeune. Et pourtant, elle battait des cils sans vergogne.

Lorsqu'elle le vit glisser une main le long du bras de la jeune fille, Gabrielle cessa malgré elle de respirer. Allait-il satisfaire ses désirs, cette nuit ? Elle comprenait mieux son impatience à rejoindre la troupe de comédiens. Et les regards concupiscents qu'il ne cessait de lui lancer... L'homme avait désespérément besoin d'assouvir ses désirs. Il était en train de circonvenir une jeune proie pour remédier à son état. Comment pouvait-on lui faire confiance ? Un homme qui préférait se consacrer aux femmes plutôt qu'à la tâche qui lui avait été confiée ?

— Les deux hommes qui m'accompagnent ne sont que des chiffes molles ! s'exclama-t-elle. Très bien.

Je peux me passer d'eux pour régler son compte à Asmodée.

Dominique n'avait pas quitté Gabrielle du regard, s'assurant qu'elle avait trouvé une place où passer la nuit. Mais elle n'était plus là.

Rangeant un paquet chèrement gagné dans la ceinture de ses chausses, il se fraya prudemment un chemin le long des corps étendus pour la nuit. La sueur qui s'était formée sur son front tandis qu'il était dans le chariot en compagnie de la jeune fille se figeait à mesure qu'il s'éloignait du feu. Il avait froid, et il commençait à s'inquiéter. Où Gabrielle était-elle allée ?

Il était certain que personne ne s'était rendu compte que le jeune homme encapuchonné n'était pas un homme. Par contre, il ne pouvait être sûr qu'elle n'eût pas rencontré un danger. Il était inutile de solliciter l'aide de Baudoin : entouré d'un groupe de femmes, il avait été entraîné vers un chariot, un pichet de bière dans une main, une femme accrochée à l'autre. Un futur novice ? Difficile de l'imaginer en soutane et tonsuré… Cela dit, Dominique n'avait jamais considéré Baudoin comme quelqu'un de particulièrement pieux…

Une douce odeur de cendre flottait sur le campement. Les éperons pris dans la neige, Dominique épiait tous les mouvements. Une forme sombre près du premier chariot attira son attention. Un danger ?

— Gabrielle ! Où croyez-vous aller ainsi, toute seule ?

— Chez Asmodée. C'est à une demi-lieue. Gryphon est attaché un peu plus loin. Il ne me servira à rien dans le château.

— Nous avons prévu de pénétrer dans ce château ensemble. Pourquoi y allez-vous seule ?

Avec un geste et un regard hautains, Gabrielle rétorqua :

— Parce que vous n'avez rien d'autre en tête que de copuler avec une femme.

— De copuler avec une…

Elle avait dû le voir user de sa séduction auprès de la jeune danseuse. Puis pénétrer dans le chariot avec elle. Il sourit mais s'empressa de masquer sa soudaine hilarité derrière sa main gantée.

— Et cela vous ennuierait-il, si j'avais des intentions amoureuses ? Il faut concéder à un homme le droit de satisfaire ses besoins.

— Besoins ? Je… Je me moque de vos préoccupations amoureuses ! Tenez-vous cela pour dit !

— Alors pourquoi m'en faites-vous le reproche ?

— Je… Par le diable, Saint Juste ! Vous préférez copuler plutôt que de vous occuper de ce qui nous attend…

Il l'attrapa par l'épaule, coupant court à ses propos.

— Nous étions d'accord pour profiter de l'aube et nous approcher du château, dissimulés au sein de la troupe. Vous vous en souvenez ?

— La nuit sera peut-être une protection suffisante pour une personne seule.

— Gabrielle !

— Très bien, j'attendrai le matin. Retournez donc copuler.

— Puisque vous tenez tant à le savoir, je n'ai aucun désir de copuler avec quiconque ce soir.

— Et je suis censée vous croire, alors que vous ne cessez de me jeter des regards concupiscents ?

— Vous vous en êtes aperçue ?

— Il faudrait être aveugle pour ne pas s'en apercevoir.

Dominique la suivit, et l'obligea à le regarder droit dans les yeux.

— Et... dites-moi, ai-je agi dans le sens de mon désir ?

Elle le regarda durement. Quelque chose se passait derrière ses yeux de saphir. Mais quoi ? Il n'aurait su le dire. Sinon qu'il ne tenait décidément pas à se faire castrer.

— Si vous n'avez rien fait, c'est que vous êtes choqué par mon apparence. Mais ne vous inquiétez pas, mercenaire. Je comprends. Il vous fallait attendre de trouver un objet approprié pour satisfaire vos désirs.

Dominique la maintint fermement par les épaules, consterné de voir qu'elle comprenait si mal ce qu'il ressentait.

— Je suis en mission, et je ne peux me permettre de me laisser distraire par des badinages. Aussi tranquillisez-vous, gente dame. Je ne désire aucune femme.

— Aucune ?

Le regard de Gabrielle s'était soudain radouci, et le bleu de ses yeux était devenu profond et chaud comme un ciel d'été.

— Euh... Non, non...

Sa réponse était hésitante. Il n'était pas très sûr de lui. Ce « aucune » incluait-il l'ange en cotte de mailles qui se tenait devant lui ?

— J'essayais seulement de trouver..., commença-t-il.

— Une quête qui implique de poser les mains sur le corps d'une jolie damoiselle ?

— Elle n'est pas si jolie. Oh, et puis, par le ciel, cela suffit. Tenez.

Il alla chercher sous son pourpoint le petit paquet qu'il y avait rangé, et le jeta aux pieds de Gabrielle.

— J'ai pensé que cela vous aiderait à vous insinuer dans la chambre d'Asmodée. Je ne l'ai pas enlevé du corps d'une femme, ni n'ai eu à ôter quelque vêtement que ce soit pour l'obtenir. Puisqu'il paraît que cette pensée vous dérange. Bonne nuit, Gabrielle de Vertus.

Il se détourna pour s'éloigner, mais ne put s'empêcher de lui demander :

— Puis-je être assuré que vous allez rester au camp cette nuit ?

— Oui.

La réponse fut prononcée avec douceur. Gabrielle contemplait, étonnée, la robe de soie rouge qui gisait à ses pieds. Dominique s'éloigna enfin, avide de se trouver une place pour dormir. Sans femme.

Gabrielle se pencha pour ramasser la robe de soie précieuse que lui avait trouvée Dominique. Il n'avait eu aucunement l'intention de céder aux charmes d'une femme, mais s'était inquiété de son sort. Elle aurait besoin de cette robe pour profiter de la faiblesse d'Asmodée.

« Je ne désire personne… »

Brusquement, la déclaration de Dominique lui serra le cœur. Sans qu'elle pût se l'expliquer, elle se sentait blessée.

7.

— Cela n'ira pas.

Dominique accompagna son commentaire d'un geste de la main qui visait très clairement à lui ôter le plastron de son armure.

— Ne me touchez pas. Je ne tolérerai pas une telle intimité de votre part, Saint Juste.

Gabrielle s'éloigna vivement. Le mouvement, malencontreux, blessa Dominique, dont la main se retrouva pincée par l'armure. Or, c'était le matin. Il se sentait de mauvaise humeur. Il ne la tiendrait pas quitte de cette réponse.

— Intimité ?

Il lui attrapa le bras, et l'attira à lui d'un mouvement si souple et si puissant qu'elle en fut décontenancée.

— Gente dame, je vous jure que si un jour je vous touche intimement, vous comprendrez alors ce que cela signifie.

Elle le foudroya d'un regard bleu d'acier, plein de fierté. Il la relâcha en bougonnant.

— Cet accoutrement ne vous aidera pas dans votre mission, reprit-il. Cette armure noire est trop célèbre. Elle attirera immanquablement la vigilance des gardes du château.

— Vous avez dit qu'il n'y avait pas de gardes.

— En effet, pas à ma connaissance. Etes-vous prête à prendre ce risque ?

Elle ne répondit rien. Il lui était difficile de réagir lorsqu'il remettait en cause son autorité. Et pour cette fois, il ne voulait pas insister.

— Allons, laissez-moi vous enlever ceci. Votre cotte de mailles sera suffisante jusqu'à ce que vous arriviez en présence d'Asmodée.

— Je dois porter la cuirasse.

Il suivit du regard son geste, et se prit à rêver sur la poitrine généreuse cachée sous la plaque d'acier. Un corps voluptueux, en accord avec sa personnalité volcanique.

— Oui, c'est plus sage.

— N'avez-vous pas d'armure ?

Elle baissa les yeux pour détailler son équipement. Un manteau, un pourpoint, et des bottes de cuir. Une légère cotte de mailles sous son pourpoint de cuir. Qu'il ne portait d'ailleurs pas pour se protéger mais pour ne pas flotter à quelques centimètres du sol. Un détail qu'elle devait ignorer.

— Cette cotte de mailles ne vous protégera pas des lances. Et votre tête ? N'avez-vous pas de casque ?

— Je survivrai. De toute façon, je ne pourrai pas vous accompagner jusqu'au bout. Une fois passés les Sept Enfers, il vous appartiendra de vaincre le démon. Je ne suis là que pour vous guider et vous protéger.

— En me laissant seule avec cet homme ?

Gabrielle ne put s'empêcher de frissonner. Elle se souvint de Lucifer. De la douleur. Du viol. Mais elle devait le faire, pour enfin retrouver son âme.

— Vous connaissez le plan, répliqua-t-il. La faiblesse d'Asmodée est son goût pour les femmes. Pas les femmes accompagnées d'un mercenaire. Avec un peu de chance, vous parviendrez à l'occire de votre épée avant même qu'il ne comprenne ce qu'il se passe. Vous êtes l'Elue.

— L'Elue ?

— Il n'y a qu'une seule personne au monde qui puisse achever le règne des Mortain.

— J'ignorais cela, Saint Juste. Une autre révélation de votre Oracle ?

— Il n'y a qu'un Elu, qui possède un lien dont j'ignore tout avec ces monstres, et qui peut donc les défaire. C'est tout ce que l'Oracle m'a dit.

— Et vous êtes sûr que c'est moi ?

— Vous en avez déjà assassiné deux.

Le terme d'assassinat fit frémir Gabrielle. Elle n'aimait pas l'idée d'être un assassin. D'un autre côté, si elle ne mettait pas un terme à leurs existences maudites, qui le ferait ? Elle s'était lancée dans sa quête poussée par une force puissante. Peut-être cette force venait-elle du « lien » singulier dont avait parlé Saint Juste. Cela n'avait guère de sens pour elle, mais qu'il en soit ainsi ! Après tout, bien des choses de son existence semblaient avoir perdu toute signification.

Gabrielle ne put s'empêcher de soupirer tandis que Dominique lui ôtait les jambières de son armure. Ses gestes étaient précis et distants. Rien d'intime, en effet. Pourquoi en éprouvait-elle comme un regret ? Cet homme ne cessait de la troubler. Il n'était pas là seulement pour la protéger : il l'induisait également en tentation. Encore que… Si elle avait été chez elle, protégée des siens, Saint Juste n'aurait pas été une tentation. Elle aurait été libre de l'admirer, libre de le désirer. De l'aimer, peut-être.

Pour l'heure, elle devait se concentrer sur sa tâche. Pas d'armure ? Très bien. Ses mouvements seraient plus silencieux. Sa tunique de mailles, glissée sous sa robe, la protégerait jusqu'à l'affrontement final. Mais comment masquer sa longue épée ? Difficile de porter une telle arme en plus d'une robe de soie rouge. Cela la trahirait immanquablement. Il faudrait qu'elle se contente de la dague fixée à sa cheville. En espérant qu'elle suffirait à lui assener *le coup de grâce*.

Elle avait vaincu les deux premiers frères sur des champs de bataille, emportée par la fureur et l'excitation du combat. Vaincre un homme en combat singulier n'était pas exactement la même chose.

— Gabrielle ?

Elle baissa les yeux vers les pupilles violettes de Dominique. On avait le sentiment qu'elles accrochaient malgré elles toutes les étincelles de lumière des torches alentour. Des yeux enchanteurs. A l'image de ce pouvoir que les paysans attribuaient au regard des Fées, censé pouvoir charmer et captiver une âme, au point d'abolir en elle toute résistance. Gabrielle secoua vivement la tête et porta un regard plus prudent sur Dominique. Etait-elle en train de penser qu'il était une Fée ? Cela venait de ses yeux. Sans doute, on pouvait croire qu'ils étaient noirs. Mais en les regardant vraiment, on se rendait compte que c'était faux. Ils avaient cette couleur très particulière qui trahissait un sang royal. Pourtant, quoiqu'il fût différent, l'homme ne scintillait pas, ni ne flottait au-dessus du sol : ce n'était pas un être féerique. Même si elle ne s'expliquait toujours pas ce qui l'avait amené dans sa vie.

— Gabrielle, qu'est-ce qui ne va pas ?

Il se tenait si près d'elle que ses lèvres caressèrent son oreille tandis qu'il lui posait la question. Une sensation qui glissa sensuellement le long de son corps, réveillant des émotions trop longtemps oubliées.

— Avez-vous des doutes ? Nous pouvons y arriver, mais vous devez me faire confiance.

— J'ai confiance en vous.

Elle avait répondu sans réfléchir, mais c'était la vérité. Pour une raison qu'elle ne parvenait à s'expliquer. Une raison sans doute aussi mystérieuse que

Dominique lui-même. Jetant un dernier regard sur son équipement — la tunique de mailles, la robe pliée dans ses chausses, ses gants et son plastron —, elle affirma crânement :

— Je vais aller jusqu'à la chambre d'Asmodée et je vais le tuer. Je le veux, et je le peux.

— Parfait.

Dominique ponctua son appréciation d'une vigoureuse claque d'encouragement sur l'épaule de Gabrielle. Une claque qui la déséquilibra et rabattit considérablement sa confiance en elle.

— Désolé. J'avais oublié que vous n'étiez qu'une femme.

D'un mouvement incroyablement rapide, Gabrielle s'empara de son poignet.

— Pourquoi « qu'une femme » ? Ne pouvez-vous dire : « une femme », tout simplement ?

Il la regarda intensément. Jusqu'à ce qu'un fin sourire s'étendît sur ses lèvres.

— Vous avez raison. Une femme. Gabrielle de Vertus. Une femme digne d'estime.

La troupe des baladins se faufila près du mur jouxtant la forteresse d'Asmodée comme un long ruban silencieux. L'Oise bordait le château au nord-ouest, ne laissant qu'une entrée au sud. Haut dans le ciel, on pouvait entendre le cri aigu de quelques chauves-souris. Il était encore très tôt, et l'aurore se posait à peine sur l'horizon.

Gabrielle s'aplatit le long du mur de la cour extérieure, cachée par la pénombre. Des cristaux de glace crissèrent sous ses gants et lui meurtrirent le menton. Au-dessus, les bannières d'Asmodée claquaient au vent : salamandre sur fond rouge. Mais l'animal, lugubre, ressemblait davantage à un dragon.

Baudoin s'agrippa lui aussi au mur, à quelques pas d'elle. Elle pouvait sentir sa nervosité. Ils n'avaient vu aucun garde, mais la fumée blanche derrière les créneaux témoignait de l'eau bouillante qui leur tomberait dessus s'ils faisaient un faux pas. Ils n'avaient d'autre choix que de rester ainsi, contre le mur, tandis que la troupe de baladins, heureux de pouvoir s'éloigner de la voix dure qui leur avait demandé la raison de leur présence, passait rapidement.

Dominique surveillait les remparts avec attention. Ils devaient faire vite et profiter de la distraction que leur offrait le passage des comédiens. D'un geste de la main, il intima à Gabrielle et Baudoin de le suivre. Ils se glissèrent dans la froide pénombre du tunnel d'entrée.

— Y a-t-il quelqu'un ?

La voix de Dominique résonna avec calme, mais autorité. Sa main se tenait à proximité de sa dague.

— Qui est là ?

La question venait d'un point proche, fondu dans l'obscurité. Dominique essaya d'en repérer l'origine. Il agrippa Gabrielle d'un geste brusque.

— Messire Asmodée attend que je lui amène cette femme de la troupe.

— Je n'en ai pas été informé.

— Moi non plus, grommela Gabrielle.

— Silence ! C'est une très belle pièce, insista Dominique.

— Laissez-moi la voir.

— Ouvrez les portes, et je la jetterai à l'intérieur.

— Quoi ?

Dominique fit taire Gabrielle d'un coup de coude dans les côtes.

— Préparez-vous, murmura-t-il.

Gabrielle vit que son écuyer s'était déjà penché, prêt à se précipiter à travers les portes. Lui au moins était au courant du plan de Dominique. Si on pouvait appeler cela un plan…

Il la poussa en avant et elle sentit qu'il la suivait.

— Pas tous…

Mais la protestation du garde mourut dans sa gorge, tranchée par Dominique. Les portes se refermèrent derrière eux. Comment avait-il fait pour se déplacer aussi rapidement ? Elle n'avait pas le temps d'approfondir la question. Ils étaient à l'intérieur.

— Gardez les yeux fermés.

Gabrielle se tourna vers Baudoin pour lui prendre la main. Mais il la devança en s'agrippant à elle.

— Nous avons bien failli ne pas y arriver.

— Mais nous y sommes, Baudoin. Et tu es entier. Voyons maintenant si tu es capable de marcher à l'aveuglette.

Prenant la tête du trio, Gabrielle ferma les yeux pour parcourir le tunnel d'environ vingt pas qui les séparait du piège suivant. Il faisait froid et humide. Les bruits de la troupe devinrent de plus en plus distants à mesure qu'ils s'enfonçaient dans le cœur de la forteresse. Un silence effrayé semblait régner sur les lieux.

« Non, pas de peur. Seulement la foi », songea Gabrielle. La peur ne la conduirait pas à son but.

Et elle avança bravement, résistant au désir d'ouvrir les yeux, de regarder autour d'elle et de surveiller les pièges meurtriers disséminés le long du mur. Comment savoir où était le danger ?

— Je vais tomber…, dit Baudoin.

Elle l'agrippa encore plus fermement.

— Non, tu ne vas pas tomber. Accroche-toi fermement à ma main, et n'ouvre pas les yeux.

— Taisez-vous !

Tel un fantôme, Dominique les accompagnait. Jamais loin, mais jamais vraiment proche non plus. Elle n'avait pas demandé une telle protection. Et, à ce moment précis, sa présence ne lui offrait guère de réconfort. Elle se sentait seule. Comme toujours.

« C'est faux. Savoir qu'il est près de toi te donne énormément de courage », lui murmura sa conscience. Sa présence était plus intense que celle de Baudoin. C'était la présence d'un homme. Et d'un homme dont elle n'avait pas peur, mais qu'elle considérait comme son égal. Le danger était plutôt d'apprécier sa présence sans succomber à son charme.

A quelques pas de là, on pouvait sentir le souffle glacé de vents déchaînés. Ils approchaient de la fin du tunnel. Luttant contre son désir d'ouvrir les yeux, Gabrielle serra plus fermement la main de Baudoin, qui accéléra. Ils se retrouvèrent finalement à la lumière du jour. Mais avant que Gabrielle eût pu féliciter son écuyer, celui-ci fut emporté par une bourrasque de vent qui l'envoya voltiger dans les airs.

8.

Dominique attrapa le bras de Gabrielle et l'attira contre lui, tout en se plaquant contre le mur de la cour intérieure. La tornade avait enveloppé Baudoin si brusquement qu'elle avait même étouffé ses cris.

— Incroyable !

— C'est comme si les Fées l'entraînaient dans une gigue folle…

Gabrielle restait prudemment contre le mur, s'accrochant inconsciemment au corps de Dominique.

— Ce n'est pas une magie féerique. C'est l'œuvre du diable !

Dominique leva la main pour protéger Gabrielle du sable et des éclats de pierre rejetés par le vent. Puis il tourna son attention vers l'entrée d'honneur. Ils n'avaient pas de temps à perdre.

— Venez, l'entrée du château est droit devant nous. Nous devons profiter de ce moment.

— Très bien.

Gabrielle s'élança à travers la cour, les avant-bras repliés à hauteur de son visage pour se protéger des débris. Il s'attendait à ce qu'elle le supplie de sauver son écuyer. Ce qu'aurait fait n'importe quelle femme avec un tant soit peu de compassion. Mais elle n'était pas n'importe quelle femme. Il ne put s'empêcher de sourire. Elle cachait tant de force, derrière ses incroyables yeux de saphir ! Une force qu'il trouvait de plus en plus séduisante.

Dominique prit son élan, rattrapa Gabrielle et la porta sur le reste du chemin à une vitesse incroyable. Ils échouèrent sur les marches menant à l'entrée, complètement ignorés par les vents qui s'acharnaient sur Baudoin.

— Vous vous déplacez si rapidement ! fit-elle remarquer.

— Je n'ai pas d'armure qui ralentisse mes pas.

Il se garda de lui expliquer par ailleurs qu'il ne se déplaçait pas comme un humain.

— Il va mourir... Il va être déchiré en lambeaux.

La remarque de Gabrielle visait Baudoin, dont les membres étaient écartelés par les vents.

— Nous ne pouvons aller à son secours alors qu'Asmodée nous attend. Il est jeune et vigoureux. Oubliez-le pour le moment, et concentrez-vous sur la manière dont nous allons passer cette porte.

La porte ne se trouvait qu'à cinq pas de là, dans un renfoncement du mur du fond. Le long de ce mur couraient des poutrelles de chêne, qui cachaient les lances dont le mécanisme se déclencherait sitôt qu'ils toucheraient la porte. Du moins était-ce ce qu'avait dit l'Oracle.

— Je ne peux pas supporter de l'entendre...

Gabrielle se détourna vers le mur. C'était la première émotion qu'elle laissait transparaître, le premier signe de chagrin devant la souffrance de son écuyer.

— Je dois réfléchir.

Dominique accompagna sa remarque d'une caresse apaisante. Il lui massa doucement le dos, d'un geste naturel et spontané, tout comme sa mère adoptive avait eu coutume de le faire lorsqu'il était enfant. Elle avait besoin de sa force, en cet instant.

— Il a été si bon avec moi... Saint Juste, faites quelque chose !

C'était une évidence : ils devaient aider l'écuyer. Mais au moment où Dominique allait proposer quelque chose, il y eut comme une grande explosion de sable et de rochers dans la cour, et Baudoin fut précipité sur le sol. Blessé et essoufflé, mais toujours alerte, l'écuyer releva la tête. Gabrielle voulut se précipiter à son secours, mais Dominique la retint fermement.

— N'y allez pas. Les vents peuvent revenir en un instant et vous entraîner. Il doit nous rejoindre seul.

Baudoin dégagea une pierre posée sur son genou. Le sang coulait le long de son visage et de ses épaules, tachant ses vêtements bruns. Son regard paraissait vague. Finalement, il poussa un grognement de douleur et se releva, chancelant mais en prenant garde à ne pas tomber. Saisissant une des pierres qui l'avaient écrasé sans merci, il la projeta rageusement contre la porte d'entrée du château.

La pierre eut à peine le temps de frapper le bois de la porte que des lances surgirent de part et d'autre, réservant une mort certaine à qui se serait trouvé là. Dominique empoigna vivement Gabrielle.

— C'est le moment ou jamais. Nous devons franchir cette porte avant que le mécanisme ne s'inverse. Dépêche-toi aussi, Baudoin !

Baudoin, trébuchant à demi sur les débris qui jonchaient le sol, fit deux grandes enjambées en direction de la porte, que Dominique venait d'ouvrir, tandis que les lances se rétractaient lentement. Pendant ce temps, Dominique poussait sa compagne sans ménagement vers l'entrée.

— Il n'y arrivera pas.

Il y avait une note de découragement dans la voix de Gabrielle. Dominique essayait de l'entraîner de l'autre côté de la porte, mais elle s'y accrochait avec l'énergie du désespoir, ce qui les exposait au danger. Nul doute que le mécanisme se déclencherait de nouveau, et ce jusqu'à ce que la porte fût fermée.

— Dépêche-toi, Baudoin ! Cours !

La voix de Gabrielle était empreinte de supplication. Dominique s'arc-boutait sur le mur, tenant fermement Gabrielle dans ses bras pour l'empêcher de se précipiter au secours de son écuyer. Ce que lui-même ne pouvait faire : ne s'était-il pas engagé à protéger le Chevalier Noir ?

— Les lances seront bientôt prêtes à fonctionner de nouveau. Hâte-toi, Baudoin ! Plus que quelques pas...

Le bruit sinistre des lances surgissant de nouveau coupa net les encouragements de Dominique. Son sang ne fit qu'un tour tandis que, tenant toujours Gabrielle, il détournait le regard. Gabrielle ne s'évanouit pas : il sentit au contraire son corps se tendre comme un arc, tandis que ses lèvres ne laissaient passer aucun son, pas même un cri d'horreur. Intrigué, Dominique se retourna enfin.

— Par le diable !

Il était encore en vie. Mais par quel miracle ? Les lances s'étaient fichées de chaque côté du corps de l'écuyer, l'emprisonnant à demi dans un réseau d'acier qui n'avait fait que lui égratigner le front.

— Tiens bon ! Elles vont se retirer dans quelques secondes.

La voix de Gabrielle était à peine audible, chargée de peine et de terreur. Elle accrocha un pan de la tunique de Baudoin en prenant bien garde à le saisir à travers le lacis d'acier qui l'emprisonnait.

— Prépare-toi... Je vais te tirer vers nous.

— Je veux rentrer à la maison... Mais je n'ai même pas de maison !

La remarque et les yeux de Baudoin étaient pleins de larmes.

— Bien sûr que tu en as une ! Tu as une place près de moi, Baudoin. Pour toujours.

— Vraiment ?

— Je te le jure.

— Mais vous n'avez pas de maison non plus !

Dans un craquement, les lances reprirent leur place initiale. L'une d'elles ouvrit, en se retirant, une estafilade sur le visage de Baudoin, faisant abondamment couler le sang. Gabrielle le tira vers elle d'un mouvement ferme, et l'entoura de ses bras tandis qu'il s'écroulait sur le sol. Elle le berça doucement, lui murmurant des mots tendres et apaisants. A ce moment précis, Dominique oublia complètement l'autre facette de sa personnalité, l'inflexible Chevalier Noir : il n'y avait plus qu'une femme douce, capable d'une infinie tendresse. Il sentit son cœur s'affoler. Lorsqu'elle se tourna vers lui pour le rassurer d'un clin d'œil complice, il comprit que ce même cœur ne lui appartenait déjà plus : il était à Gabrielle. Une femme extraordinaire. Une femme capable de tout pour sa famille. Même de se lancer dans une quête insensée tout en prenant soin de son écuyer comme s'il était son frère. Et à cet instant précis, Dominique se promit de tout faire pour l'aider dans sa quête, pour l'aider à vivre enfin heureuse.

Elle ne méritait rien de moins.

Il fallut un moment à Baudoin pour reprendre ses esprits. Il aurait voulu partir, Gabrielle le sentait, mais il se releva finalement en s'appuyant bravement contre le mur. L'estafilade sur son visage avait cessé de saigner. Il parvint à sourire faiblement.

— Alors ? demanda Dominique. Que nous réserve-t-on ? Rôtir l'écuyer comme un vulgaire poulet ?

Sans attendre de réponse, il s'avança de quelques pas pour scruter les ténèbres. Gabrielle savait parfaitement qu'il tenait à masquer sa peur, exactement comme elle le ferait à sa place. Une peur qui le taraudait depuis le début de leur entreprise.

— Peut-être pouvons-nous le laisser ici ? Nous serons obligés de repasser par là au retour...

— Non. Il nous accompagne. Le Chevalier Noir a besoin de son fidèle écuyer, même meurtri.

— Ne parlez pas de moi comme si je n'étais pas là. Si j'ai accepté de vous accompagner, ce n'est pas pour abandonner maintenant. J'ai survécu à la tornade et aux lances : que peut-il m'arriver de pire ?

— Eh bien, je suggère que nous poursuivions notre chemin pour le découvrir.

A l'invite de Dominique, Gabrielle cala ses pas sur ceux de Baudoin et tous trois avancèrent le long de l'entrée.

— Madame ?

— Oui, Baudoin ?

— Je crois que je L'ai vu, lorsque j'étais prisonnier de cette tornade.

— Qui donc ?

— Lui, gente dame. Et Il m'a souri.

— Est-ce bon signe ?

— Je ne sais pas. Peut-être riait-Il à l'idée que je sois finalement puni pour mes péchés.

— Si tel est le cas, ce n'était pas Lui, Baudoin. Dieu n'aurait pas la cruauté de rire de tes souffrances.

— Vous le pensez ?

— Je le sais.

Tandis qu'ils poursuivaient leur chemin, Gabrielle ne put s'empêcher de se demander d'où lui venait une telle certitude. Mais elle en était sûre. De tout son cœur.

Gabrielle ne craignait qu'une seule chose au monde : les araignées. Le château de son père en avait eu sa part, jusque dans les recoins de sa chambre, au-dessus de son lit. Parfois, elle les voyait tomber sur elle, comme venant de nulle part, et détaler à toute vitesse sur leurs pattes velues. Il était incroyable qu'elles lui fassent horreur à ce point, et pourtant tel était le cas. Et malgré ses supplications, elles n'avaient jamais été chassées du château, car sa mère arguait de leur utilité, notamment dans la cuisine qu'elles préservaient des mouches.

Mais là, elles n'avaient aucune utilité, songea Gabrielle, tandis qu'elle observait avec dégoût le gigantesque nid d'araignées sur lequel ils étaient tombés. Il y en avait partout : au plafond, sur le sol, sur les murs. Une marée bruissante, velue, qui s'agitait en tous sens. Gabrielle sentit un léger mouvement sur son coude et ne put retenir un sursaut.

— Au nom du ciel, Baudoin !

— Pardonnez-moi, gente dame ! Et ne me frappez pas : je suis déjà blessé.

— Avez-vous peur des araignées ?

Tout en posant la question, Dominique dérangea l'une des créatures de la pointe de son épée. En la voyant s'agiter sur le sol, Gabrielle eut un autre sursaut.

— Ne faites pas cela. Elles sont tellement occupées, et… euh… rassemblées. Inutile de les déranger et de risquer qu'elles partent dans tous les sens.

— Mais nous devons passer au travers. Il n'y a pas d'autre chemin. Nous avons déjà essayé les deux autres passages : ce sont des impasses.

— Si nous devons passer par là maintenant, cela signifie qu'il faudra y passer de nouveau au retour. Je ne peux pas… Baudoin, lève-toi !

— Bien, messire !

Ravalant sa douleur et sa propre peur, Baudoin suggéra :

— Nous n'avons qu'à courir au milieu.

— Si tu n'as pas de meilleure idée, écuyer, tais-toi !

— Il n'y a pas de meilleure idée.

La main que posa Dominique sur son épaule avait sans doute pour but de lui redonner du courage, mais elle ne fit que rappeler à Gabrielle leurs différences. Un homme. Une femme. Lui, courageux. Elle, lâche. Il ne s'agissait que d'insectes, après tout. Pas d'hommes d'armes. Mais ces insectes étaient de la taille d'une main !

— Je vous porterai au travers. Si vous m'y autorisez.

La voix de Dominique était un murmure contre son oreille. Où donc était cet homme, lorsque le château de son père avait été attaqué ? Ce chevalier envoyé pour aider la demoiselle en détresse qu'elle était ? Elle se prit à espérer qu'il serait bien récompensé pour ses services.

— Je suis trop lourde, avec ma cotte de mailles et mes armes.

— Non.

Gabrielle eut à peine le temps de s'accrocher à son cou et de fermer la bouche avant qu'ils n'entrent dans la masse grouillante d'araignées. Elle sentit des amas de corps, de pattes velues se frayer un chemin le long de ses membres. Mais elle tint ses yeux clos. Dominique avançait lentement, glissant parfois sur les insectes qu'il écrasait au fil de sa progression. Lorsqu'ils eurent enfin passé le nid, Dominique relâcha Gabrielle et s'éloigna pour ôter de ses vêtements tous les résidus d'insectes et de toiles d'araignées. Baudoin faisait la même chose. Gabrielle voulut les imiter, mais, curieusement, elle semblait avoir été épargnée. Pas une seule araignée sur son visage, ni sur ses cheveux...

Brusquement, elle sentit une chatouille entre ses seins et fut plongée dans la terreur. Elle crut que son cœur allait s'arrêter. Elle se saisit de son plastron, ce qui ne fit que déloger l'insecte qui se mit à courir contre son ventre. Sans réfléchir, elle défit son plastron.

— Enlevez-la d'ici !

— Gente dame ?

Baudoin, lui-même occupé à se débarrasser de ses propres tortionnaires velues, ne comprenait pas les raisons de l'agitation de sa maîtresse.

— Où est-elle ? Sous votre tunique ?

Elle répondit par un hochement de tête à la question de Dominique. Celui-ci plongea les mains sous ses vêtements et elle sentit la chaleur de sa peau contre ses seins. Il se saisit de l'insecte et retira la main, touchant au passage son sein, qui se durcit immédiatement sous l'excitation. Puis il relâcha l'araignée au milieu de ses congénères.

Les mains croisées sur la poitrine, Gabrielle avait le souffle coupé. Elle tentait en vain de calmer sa respiration. Mais pas l'émotion ressentie au contact de la main de Dominique. Lorsqu'il l'avait touchée, elle avait ressenti... du désir !

— Il n'y en a pas d'autres ?

Fallait-il d'autres araignées pour laisser cet homme au regard troublant caresser ses seins nus ? Eveiller en son corps un désir qu'elle ne parvenait pas à expliquer ? Quel plaisir elle avait ressenti à son contact ! Et malheureusement, il n'y avait pas d'autre araignée...

— Gabrielle ?

Elle contempla Dominique sans répondre, comme envoûtée par cet homme aux traits puissants. Ils étaient si proches... Elle n'avait jamais remarqué auparavant le léger parfum qui l'enveloppait. Un parfum boisé, masculin. Elle n'avait pas vraiment prêté attention non plus à la courbe sensuelle de ses lèvres. Pleines, belles et tentantes.

— Non, il n'y en a plus d'autres.

Elle s'obligea à renoncer à ses pensées. Le moment était peu approprié pour songer à l'amour. L'amour ? Non, elle n'éprouvait rien d'autre que du soulagement...

— Mais merci... de me l'avoir ôtée...

— Pardonnez-moi l'impropriété de mon geste.

— Jamais !

Il la regarda en levant un sourcil interrogateur. Légèrement moqueur.

— Jamais ?

— Euh, enfin, je veux dire... bien sûr, Saint Juste. Vous n'avez fait qu'obéir à mes ordres. Bon, nous allons jusqu'au prochain Enfer ?

— Oui, allons-y !

En entendant la voix de son écuyer, Gabrielle se souvint brusquement qu'ils étaient trois. Lorsqu'elle croisa le regard amusé de l'adolescent, elle sortit son épée de son fourreau et la lança dans sa direction.

— Qu'est-ce que...

Mais elle avait eu sa cible : la grosse araignée noire posée sur la tête de Baudoin gisait sur le mur, coupée en deux.

— Mon Dieu...

Le murmure de Baudoin s'éteignit en même temps qu'il tombait évanoui.

9.

— Le donjon doit se trouver un peu plus loin.

Gabrielle reprit la tête du petit groupe, chassant de son esprit le souvenir déplaisant d'araignées lui courant le long du ventre.

— J'entends de la musique. Pensez-vous qu'Asmodée soit en train de festoyer, alors que ses frères viennent de mourir ?

Ce fut Dominique qui répondit à la remarque de Baudoin :

— Asmodée de Mortain passe chacun de ses jours à se divertir.

Ils franchirent les deux lourdes portes de chêne noir du donjon. Elles étaient décorées de dessins suggestifs, hommes et femmes nus abandonnés aux plaisirs charnels. Gabrielle se tourna, interloquée, vers Dominique.

— Je ne vous ai jamais caché le goût prononcé d'Asmodée pour les jeux érotiques, fit remarquer ce dernier.

— Une autre information de votre Oracle ?

— Oui. Dites-moi... Y a-t-il une position que vous privilégiez parmi toutes celles-ci ?

Dominique accompagna sa demande d'un sourire plein d'humour, qui permit à Gabrielle de se remettre de l'étonnement causé par une question aussi incongrue. Se piquant au jeu, elle répondit :

— Hum... Peut-être toutes... Bien, nous y allons ?

Et elle poussa les lourdes portes d'un geste décidé. Dominique la suivait de près. Une proximité qui la troublait malgré elle. Ce n'était pourtant pas le moment. Elle serra plus fermement son épée... et ne put retenir un hoquet de surprise devant ce qu'elle vit.

La pièce était décorée de pigeons et de colombes blanches, toutes colorées et irisées, comme si une Fée leur avait soufflé dessus. L'ensemble de la pièce, d'ailleurs, semblait avoir été décoré par une Fée : un feu bleuté jaillissait de l'âtre, illuminant les centaines de danseurs qui batifolaient au rythme entraînant d'un joueur de luth. De longues tables proposaient un assortiment de viandes rôties, de fruits délicats, de pains variés et de fromages moelleux. D'une fontaine sculptée de corps d'hommes et de femmes accouplés jaillissait un vin clair dans lequel les danseurs trempaient leurs gobelets pour se rassasier. Car tous dansaient ou se mouvaient au rythme de la musique.

La vision inattendue réveilla en Gabrielle une certaine nostalgie des fêtes somptueuses organisées par son père. Et, malgré elle, elle se mit à battre la mesure. Mais elle sentit aussi, par-delà la gaieté apparente du lieu, comme une menace impalpable.

— Là-bas. La seule sortie possible est de l'autre côté. Nous devons traverser le donjon.

Dominique lui avait saisi le coude et lui montrait deux lourdes portes situées de l'autre côté de la pièce.

— Et si jamais Asmodée est là ?

Elle se mit à détailler la foule bigarrée. Tous semblaient heureux, rieurs. Qu'ils soient vêtus comme des princes ou plus pauvrement, on sentait le même plaisir dans leurs visages détendus.

— Je ne pense pas. Son trône est vide.

Elle se tourna vers la place d'honneur. Un trône, en effet. Il y avait assez d'or et de rubis sur le siège pour nourrir la moitié des paysans de France pendant toute leur vie.

— Il pourrait être en train de danser, et de faire la cour à une jolie femme. Savez-vous à quoi il ressemble, messire Saint Juste ?

La question de Baudoin lui valut un coup d'œil en biais de Dominique.

— Non. Je ne l'ai jamais vu. Et même s'il est plausible qu'il soit en train de courtiser, je suis sûr qu'il n'est pas là. Je ne sens pas sa présence.

— Qu'êtes-vous en train de dire ? s'exclama Gabrielle. Que vous avez un lien mental avec cet homme ? Vous êtes de mèche avec Asmodée ! Je le savais…

Gabrielle se sentit soudain exaspérée. Cet homme en savait trop. Et il lui cachait quelque chose, elle en était certaine.

— Je ne suis pas son allié.

D'un mouvement rapide, elle dégagea sa dague. Mais avant qu'elle ne la plonge dans la poitrine de Dominique, elle fut arrêtée par Baudoin.

— Non, madame. Vous allez attirer l'attention sur nous. Regardez : tous dansent et se réjouissent.

— Mais il nous a attirés dans un piège. Je comprends mieux pourquoi il connaissait si bien les pièges du château, à présent.

— Avez-vous fini ?

Le calme imperturbable de Dominique était exaspérant. Il semblait ne jamais faire montre de colère. Elle ne sut quoi lui répondre.

— Ainsi que je vous l'ai dit, mes informations viennent toutes de l'Oracle. Je n'ai jamais rencontré Asmodée. Et je vous jure sur la vie de ma mère que je dis la vérité. Je ne suis là que pour vous, Gabrielle.

C'était la première fois que le mercenaire invoquait ainsi sa famille. Mais… sa mère était morte. Non décidément, l'homme n'était qu'un menteur. Toutefois, elle n'avait pas le temps de démêler ses mensonges.

— Très bien. Cela dit, je garde un œil sur vous.

— Si cela vous fait plaisir, gente dame, qu'il en soit ainsi !

Son propos à double sens fut accompagné d'un clin d'œil. Un clin d'œil qui lui serra le cœur. La jouvencelle qu'elle avait été aspirait tant à vivre une histoire d'amour ! Mais pas encore… Bientôt, peut-être ?

Laissant de côté les tourments de sa conscience, Gabrielle s'engagea au milieu des danseurs. A peine avait-elle fait quelques pas qu'elle se retrouva entraînée malgré elle dans la ronde. Réservée dans un premier temps, elle se dit ensuite que c'était peut-être la meilleure manière de traverser la pièce : aller en dansant jusqu'à sa sortie. Baudoin s'était lancé dans une gigue effrénée en compagnie de trois jeunes femmes. Décidément, l'écuyer savait trouver les plus jolies ! Tandis qu'elle le rappelait à l'ordre d'un regard sévère, il lui désigna sans équivoque la porte. Il avait donc eu la même idée qu'elle.

Quelques pas de danse allégèrent l'humeur de Gabrielle. Elle était entraînée par une multitude de bras qui l'empêchaient de se diriger vers la porte.

— Un peu de vin, gente dame ?

Un gobelet de vin fut placé dans sa main avant qu'elle n'eût le temps de refuser. Remerciant vaguement, elle décida de ne pas le boire. Le vin était peut-être mêlé d'un philtre magique. Elle tendit donc son verre à un homme situé derrière elle.

Gabrielle avait souvent dansé dans le château de son père, savourant le trouble qu'elle provoquait chez les fiers chevaliers. Elle aimait la danse, mais ne la concevait que comme une distraction, non un prélude aux jeux de la chair. Même si elle admettait que danser avec un homme attirant devait donner le désir de poursuivre les festivités dans un recoin sombre et confortable.

Et malgré elle, elle se laissa aller aux plaisirs de la danse, fermant les yeux, la tête renversée en arrière. Elle se mit même à rire, tout au plaisir du moment.

— Gente dame ?

Gabrielle se retourna au son de la voix. Ce n'était pas son chevalier lunaire. L'homme, grand et brun, vêtu d'une tunique argentée, l'entraîna dans un rythme lent et sensuel. Elle lui offrit un sourire charmeur… qui s'évanouit lorsqu'elle observa son cavalier plus attentivement.

— Père ?

Maurin de Vertus la regardait tendrement. Ses cheveux étaient longs, et sombres, et sa silhouette plus fine que celle de son père… mais ce visage était bien celui de son père.

— Ce n'est pas possible !

Elle voulut se dégager de l'étreinte de l'homme, mais n'y parvint pas, quoique celle-ci ne fût pas douloureuse.

— Père ? Mais vous êtes… Est-ce vraiment vous ? Oh, père, vous m'avez tellement manqué !

Les visages autour d'eux ne reflétaient plus la joie, mais elle ne s'en rendit pas compte. Cet homme dégageait la même odeur que son père, un parfum de fumée et de terre.

— Père, si c'est bien vous, parlez-moi !

Elle supplia, comparant avec consternation ce visage bien vivant avec le souvenir qu'elle avait de son père, meurtri et pâle, la tête tranchée.

Son père. Mort. Elle aurait dû être éveillée. Si elle avait su que Lucifer projetait de les attaquer, elle ne se serait pas retirée si tôt. Elle n'aurait pas autant bu.

Elle serait au contraire restée avec son père et son frère, levant son épée contre l'ennemi.

— Non !

Elle se dégagea brusquement. L'homme avait disparu. Où était-il passé ?

— Père ?

Et brusquement, elle comprit que tout cela n'avait été qu'une illusion. Il ne lui restait plus rien de sa joie passée : juste une insondable solitude. Elle devait se concentrer, et ne plus se laisser distraire par la fête. Jetant un regard autour d'elle, Gabrielle s'aperçut que la sortie du donjon était de nouveau à l'autre bout de la pièce. Sa danse l'avait ramenée à son point de départ.

Elle poussa sans ménagement une femme vêtue d'une robe d'argent, et s'avança vivement. Mais il semblait qu'elle ne parvenait pas à progresser : la mélodie devint lugubre, et tout sembla ralentir dans la pièce. Que se passait-il donc ?

— Gabrielle…

La voix était familière. Elle l'arracha instantanément à sa léthargie. Dominique se tenait à côté d'elle. Elle s'accrocha à lui avec désespoir.

— J'ai vu mon père. J'ai dansé avec lui.

— Il y a quelque chose de suspect dans cette fête.

Il la prit dans ses bras, et elle sentit la chaleur de son corps, ainsi que son odeur virile. Une autre partie de son cœur succomba à son charme.

— J'ai essayé trois fois de rejoindre la porte…, fit remarquer Dominique. Chaque fois, je me retrouve à notre point de départ. Même chose pour Baudoin. Un sort a été jeté sur cette pièce.

— De la sorcellerie ?

— Je n'en suis pas sûr. Mais j'ai un plan.

— Avez-vous remarqué que personne ne se conduit normalement, ici ? Ils ont tous un regard étrange...

L'irruption de Baudoin coupa court au moment d'intimité de Dominique et Gabrielle. Elle se dégagea des bras de Saint Juste avec regret : ces courts instants lui avaient fait du bien, et l'avaient presque détendue. Ce qui était dangereux : elle avait trop tendance à redevenir une jouvencelle, en sa présence. Elle devait se tenir sur ses gardes, désormais.

— Alors ? Quel est votre plan, Saint Juste ?

— Nous dansons. Mais ensemble.

Dominique ne pouvait que deviner que le bal était ensorcelé, sans déterminer avec exactitude la source de cette magie. Pour autant qu'il sût, il ne s'agissait pas de magie féerique. Toutefois, sa science concernant les Fées était si maigre qu'il ne pouvait avoir aucune certitude. Il n'avait pas été étonné par la curieuse expérience de Gabrielle : lui-même avait vu sa partenaire se muer en une grande femme aux cheveux argentés et au regard pourpre. Etait-ce sa mère ? Il avait éprouvé une envie irrésistible d'étreindre cette illusion dont il souhaitait qu'elle ne connût pas de fin. Il était même allé jusqu'à lui poser la question qui le taraudait depuis toujours :

— Pourquoi ?

Elle n'avait fait que sourire et baisser la tête en un mouvement d'esquive. Lorsqu'elle l'avait relevée, elle avait disparu, ne laissant à sa place qu'une jeune femme blonde, riant sottement, dont la vue avait presque écœuré Dominique. Et il s'était rendu compte qu'il était revenu à son point de départ.

Ils se tinrent donc par la main, et rejoignirent la porte située à l'autre bout de la pièce en dansant ensemble à travers la foule, tout en prenant bien garde à ne pas se joindre à un partenaire sous le joug de l'étrange sort. Leur traversée fut rapide et aisée, et ils se retrouvèrent à l'entrée d'un nouveau couloir, éclairé par des torches à intervalles réguliers. Curieusement, quoiqu'il n'y eût aucune fenêtre ou embrasure le long des murs épais, l'endroit était parcouru de vents mugissants.

Décidément, Dominique n'aimait pas ce château et ses mystérieux enchantements. Il y régnait une atmosphère malsaine, tout comme l'épaisse neige qui tombait au-dehors. L'ordre naturel du monde était bouleversé. Sa méditation fut interrompue par le calcul de Baudoin :

— Nous en avons passé six : l'eau bouillante, le tunnel meurtrier, les tornades, les lances, les araignées et le bal enchanté.

— Il en reste un, donc.

— Et quoi donc ? Une marée de sauterelles ?

Dominique n'était pas pressé de le découvrir. Mais il savait aussi qu'ils étaient très proches d'Asmodée : il était temps pour Gabrielle de poursuivre son chemin seule. Il avait été engagé pour la protéger, mais non pour intervenir dans l'anéantissement du clan. Seule Gabrielle en était capable. C'était une femme, certes. Mais c'était aussi l'Elue. Cela dit, il savait qu'elle aurait besoin d'un peu d'aide, d'une aide purement extérieure. Il se tourna alors vers elle.

— A partir de maintenant, vous devez y aller seule.

— Je sais.

Elle dégagea sa tunique de mailles et fit signe à Baudoin de l'aider à l'ôter complètement.

— Encore un Enfer, et ensuite, un dîner aux chandelles avec un démon. Charmante perspective !

Sa remarque pleine de légèreté trahit de nouveau sa fragilité. Une toute jeune femme allait se battre contre le Démon du Nord… Non. Pas seulement une toute jeune femme. Elle était l'Elue. Celle qu'un lien particulier unissait au clan de Mortain. Et quoique la nature de ce lien l'intriguât, il devait faire confiance à l'Oracle.

Baudoin posa la cotte de mailles sur le sol, en veillant bien à ne faire aucun bruit. La robe de soie rouge glissa de l'épaule de Gabrielle à ses jambes dans un ruissellement irisé. Baudoin lui accrocha son épée autour de la taille. Celle-ci ne manquerait de la trahir, mais elle en avait besoin. Si elle agissait suffisamment vite, Asmodée n'aurait pas le temps de réagir, ni de se demander pourquoi une jeune femme était ainsi armée. Une belle écharpe de soie bleue était enroulée le long de son cou, afin de masquer sa cicatrice.

— Si vous permettez, gente dame, quelques retouches me paraissent nécessaires.

Dominique accompagna sa remarque d'un geste de sa dague, qu'il pressa contre la soie rouge.

— Ne me dites pas que vous avez des talents de couturier ?

— Non.

— Alors, faites attention à votre dague : j'aimerais autant que vous ne coupiez pas ce qui se trouve sous la robe.

— Je n'y tiens pas non plus.

Et, d'un geste vif, il coupa le haut de la robe, exposant largement la poitrine de Gabrielle jusqu'à la naissance de ses mamelons, tandis qu'elle demeurait impassible, totalement inconsciente de la sensualité de ses attraits.

— Parfait.

— En effet…

Baudoin avait les yeux rivés sur les seins de sa maîtresse.

— Ah, les hommes ! s'exclama-t-elle. Si je n'ai besoin que de cela pour défaire mes ennemis, la tâche ne devrait pas être trop ardue.

Gabrielle accompagna sa remarque d'un regard faussement excédé.

— Oh, *ils* ne vous gêneront pas, cela est certain.

Dominique ne chercha pas à masquer l'admiration contenue dans sa voix.

— Je m'en rends compte. Cela suffit, écuyer. Souviens-toi de tes vœux !

— Pardonnez-moi, gente dame. Cela...

— Ah, ne me dis pas que « cela fait si longtemps » ! Je t'ai vu entouré d'une jolie cohorte, hier soir. Et tu ne t'es pas privé de danser avec un trio digne de Vénus, tout à l'heure !

Baudoin eut un haussement d'épaules, accompagné d'un sourire coquin :

— Qu'y puis-je, si je suis irrésistible pour la gent féminine !

— Morbleu !

Ce fut l'unique commentaire de Dominique. Tandis que Gabrielle passait machinalement une main dans ses cheveux courts, il prit soudainement conscience de sa vraie personnalité. Elle était bien plus qu'une marionnette entraînée par le destin dans une quête vengeresse. Elle était aussi une jeune femme soucieuse de son apparence, une jouvencelle violée par un démon. Une jouvencelle qui affleurait sous l'armure du guerrier, et qui avait besoin d'être rassurée.

— Vous êtes magnifique, reprit-il. Asmodée ne pourra résister.

Une étincelle d'espoir dansa dans les yeux clairs de Gabrielle tandis qu'elle le regardait timidement. Son cœur s'accéléra malgré lui, et il retint son souffle. Si seulement il pouvait tendre la main, caresser cette joue soyeuse...

— Séduisez-le, dit-il. Obligez-le à vous regarder droit dans les yeux, et vous serez victorieuse.

— Et sinon dans les yeux, du moins un plus bas… N'est-ce pas ?

Dominique se sentit rougir et ne répondit que d'un geste de la tête. Mais si Gabrielle avait perçu son propre désir, elle n'en laissa rien paraître. Un masque de froide détermination venait de se poser sur son visage.

— Je reviendrai victorieuse.

Elle prit de la main de Dominique la torche qu'il lui tendait et s'engagea dans l'étroit couloir. C'était le moment ou jamais, songea brusquement Dominique, de lui donner un ultime coup de pouce. Il étendit les mains, suivant les mouvements de Gabrielle de ses doigts, et se concentra. L'air autour de lui devint lumineux, tandis qu'il sombrait dans un état second et que sa magie enveloppait imperceptiblement la jeune femme. Elle ne se rendrait compte de rien, pas plus qu'Asmodée. Ce dernier ne verrait rien d'autre que ce que Dominique voulait lui montrer.

Baudoin surgit alors à côté de lui, désignant d'un geste la silhouette de Gabrielle :

— Qu'est-ce que c'était que cela ?

Dominique contempla le halo lumineux qui se transforma rapidement en particules irisées.

— Un charme. Elle en aura besoin.

Vêtue de sa seule robe de soie, Gabrielle se sentait incroyablement légère. Cela faisait plusieurs semaines maintenant qu'elle portait son armure nuit et jour. Mais l'absence d'armure ne la libérait pas de sa vengeance. Elle s'approcha lentement de la massive porte de fer forgé qui protégeait Asmodée. Du moins était-ce ce que lui avait affirmé Dominique. Et elle se sentait toujours mal à l'aise à l'idée qu'il sût autant de choses au sujet des Mortain. Cela signifiait qu'elle ne pouvait lui faire entièrement confiance. Pourtant, elle avait désespérément envie de lui accorder sa confiance, de s'abandonner… Même si elle n'était pas bien sûre que ce ne fût pas son cœur qu'elle désirait lui abandonner. Un sentiment qui n'était pas de mise en ce moment, et qui pouvait même s'avérer dangereux.

Le cours de ses pensées fut interrompu par une sensation étrange le long de ses épaules. Une sensation familière, comme une légère caresse. Elle passa la main sur ses cheveux courts, puis tourna de nouveau la tête d'un côté, de l'autre, légèrement troublée : elle avait la nette sensation d'une longue chevelure courant sur son dos. Mais la main qu'elle passait sur son cou lui assurait que ses longues boucles avaient bien été coupées. Elle s'appuya contre le mur, vaguement éclairé par une torche située plus haut, et fit le geste d'abaisser la tête… pour sentir son mouvement bloqué par sa chevelure coincée entre son corps et le mur. Elle bondit à l'écart du mur, affolée.

— Je suis en train de devenir folle. J'ai été trop longtemps sur les routes, je ne me suis pas assez reposée ni sustentée. Mon Dieu, ayez pitié de moi et aidez-moi !

Il ne lui restait qu'à ignorer l'étrange sensation pour poursuivre son chemin. Ses cheveux n'avaient pu repousser, et il était dangereux de rester déconcentrée. Selon les informations de Dominique, il restait encore un septième piège à déjouer. Et il ne devait pas être loin, puisque la porte se tenait à une dizaine de pas d'elle.

Elle passa le pouce sur la lame de son épée, qu'elle n'avait ceinte que pour rassurer Baudoin et Dominique. Mais elle savait qu'elle n'avait aucune chance de gagner la confiance d'Asmodée ainsi affublée. Elle défit donc d'un geste preste son ceinturon et posa son épée contre le mur. Une épée d'autant plus précieuse qu'elle était un cadeau de son père. Dans la pénombre du corridor, on pouvait en voir la garde argentée luire faiblement. Elle s'assura de la présence de sa dague à sa cheville : c'était certes une défense fragile, mais elle devrait suffire.

Un crissement aigu la fit sursauter. Elle se retourna vivement, la main sur la cheville, prête à dégainer. Puis elle se détendit lorsqu'elle découvrit la source de sa frayeur. Posé sur le sol, devant la chambre d'Asmodée, un criquet solitaire montait la garde. Elle se pencha en avant pour mieux détailler l'insecte. Ce n'était pas un criquet, mais une sauterelle. Baudoin n'avait-il pas parlé d'une nuée de sauterelles ? Toujours penchée, elle surveilla attentivement les environs, guettant le bruit d'un nuage approchant. Rien. Pas un seul craquement, pas un mouvement annonciateur d'une sauterelle, encore moins d'un essaim. Elle entendit un bruit au loin, peut-être la voix de Baudoin, ou un écho de la fête qu'ils avaient traversée. Rien de plus. Relâchant sa respiration, Gabrielle aurait sans doute souri si elle n'avait eu conscience de la proximité d'Asmodée.

— Ainsi, ce n'est que toi, hein ? demanda-t-elle à l'insecte.

Baudoin apprécierait l'humour de la situation, lorsqu'il apprendrait que le Septième Enfer était un fléau composé… d'une unique sauterelle.

D'un coup de talon précis, elle écrasa l'insecte.

10.

Dominique devait se hâter. Gabrielle était partie régler son compte à Asmodée, et il lui fallait préparer leur fuite. Il interpella donc l'écuyer :

— Pourras-tu te débrouiller seul ? Je vais aller dans ce couloir repérer un chemin de sortie.

Nulle réponse. Dominique arrêta sa progression, et se tourna :

— Baudoin ?

Toujours pas de réponse. C'était étrange. Il l'avait laissé quelques instants auparavant se reposer dans un renfoncement du corridor. Le jeune homme avait désespérément besoin d'un peu de calme, après les épreuves qu'il venait de traverser. Et la démonstration d'habileté de Gabrielle n'avait fait que l'effrayer davantage. Peut-être s'était-il endormi ? Ou évanoui de nouveau ?

— Baudoin ?

Comme mû par un pressentiment, Dominique se précipita vers le recoin sombre où il avait laissé l'écuyer… pour découvrir l'adolescent pétrifié de terreur contre le mur. Il se rapprocha rapidement de lui, ce qui fit sursauter le jeune homme. Et c'est alors qu'il entendit le curieux bruissement, épais, assourdissant, comme si un essaim d'insectes se ruait sur eux.

— Voilà… voilà le Septième Fléau… Ne les laissez pas me faire du mal.

Et Baudoin se blottit derrière Dominique, utilisant le corps de ce dernier comme un bouclier entre lui et le péril qui s'annonçait. Quoiqu'il demeurât invisible, le bruit de l'essaim se faisait de plus en plus fort, glaçant malgré lui le sang de Dominique. Sans plus réfléchir, il dégaina prestement son épée.

— Une... épée ? demanda Baudoin. Et qu'allez-vous faire avec une épée ?

— As-tu une relique qui nous protège d'un nuage de sauterelles ?

— Je ne crois... Oh, mon Dieu ! Elles sont énormes !

Dominique sentit le corps de Baudoin sombrer dans l'inconscience derrière lui. Au même moment, l'essaim devint visible. Un essaim composé de trois sauterelles... Mais de sauterelles de la taille d'un bœuf.

— Tout compte fait, se dit-il, mon épée me sera utile.

Sur cette remarque, Dominique se précipita à l'assaut des trois insectes monstrueux. Le bruit s'accentua encore tandis qu'elles agitaient frénétiquement leurs ailes émeraude. Leur corps semblait revêtu d'une armure métallique, tant leurs ailes étaient acérées. D'un coup d'épée, Dominique tenta de couper l'aile de son premier opposant, et se retrouva projeté violemment contre le mur.

Il se releva rapidement et observa la sauterelle occupée à se rapprocher du corps de Baudoin. De sa bouche monstrueuse jaillit une trompe métallique de forme pointue, qui ouvrit une large estafilade sur le front de l'écuyer. Dominique se précipita, sans même toucher le sol, vers la créature et lui trancha la tête d'un coup net. Un sang vert éclaboussa la poitrine de l'écuyer qui sortit soudainement de son évanouissement en poussant des cris d'horreur.

— Ne bouge pas ! Il en reste deux.

D'un mouvement agile, Dominique lança sa jambe contre une autre créature, percutant son œil qui se brisa comme un morceau de verre. La bête tenta de le blesser de sa trompe, mais ses chausses de cuir le protégèrent.

— Saint Juste !

Alerté par le cri de Baudoin, Dominique vit le troisième monstre se diriger dans le couloir sur les traces de Gabrielle. Afin de se débarrasser de celle qui le menaçait toujours, il s'accroupit et lui ouvrit le ventre. Puis, d'un geste ferme, il bloqua la trompe acérée entre ses mains et, ignorant la douleur, la trancha sans merci afin de s'en servir comme d'une arme qu'il lança d'un mouvement sûr contre la dernière créature qui s'effondra dans le couloir, probablement touchée en plein cœur.

Mais celle qui se trouvait au-dessus de lui vivait toujours ! Le bruit métallique de ses ailes l'attestait. Il se retourna pour l'affronter, ne prêtant aucune attention au sang qui s'écoulait de ses mains : sa blessure guérirait d'elle-même. Il voulut donner un nouveau coup de pied au monstre, mais sa jambe fut cette fois emprisonnée dans l'entaille béante du ventre de la créature. Tandis qu'il s'efforçait de se dégager, les mandibules acérées se rapprochaient de son visage avec un bruit sinistre. Dans l'air, on pouvait voir flotter les particules irisées qui trahissaient la violence de l'effort qu'il venait de fournir. Malheureusement, il ne pouvait user d'aucun charme contre ces insectes géants, puisqu'ils étaient déjà le résultat d'un enchantement maléfique. L'insecte, toujours bourdonnant, se releva et se mit à voleter. Dominique choisit ce moment pour lui relâcher le cou, et plonger sa dague dans son thorax. Ils s'écrasèrent tous deux contre le sol.

— Non ! Dominique ?

Tandis qu'il gisait sous le corps de la sauterelle, Dominique ressentit une douleur cuisante entre ses omoplates. Il s'était brisé quelque chose. Avec un peu de chance, il n'était que blessé. Il valait mieux l'espérer, car, dans le cas contraire, aucun être humain ne pourrait le soigner.

— Dominique !

Haletant sous l'effort, Baudoin parvint finalement à dégager le corps de Dominique de l'énorme insecte. Il se mit à genoux et souleva délicatement la tête du chevalier.

— Dites-moi quelque chose ! Dites-moi que vous êtes vivant !

— Je suis vivant. Mais si tu t'approches encore, je vais finir par croire que tu veux te fiancer avec moi !

— Et vous auriez raison !

La réplique de Baudoin fut accompagnée d'un baiser sonore sur le front de Dominique.

— Par le ciel ! J'ai cru que vous étiez mort ! Regardez donc ces horreurs !

Dominique essuya son front, ferma les yeux et sentit la tension quitter lentement ses muscles endoloris.

— Je crois que nous venons de sauver Gabrielle du Septième Enfer.

Celle-ci, il ne l'avait jamais vue auparavant.

Asmodée en était certain. Il aurait remarqué une femme aussi sensuelle, dans la foule du bal enchanté. Encore que… Si elle avait porté un masque ? Mais il n'aurait pu passer à côté de formes aussi parfaites. Des hanches fines sur de longues jambes vêtues de soie rouge. Une taille étroite surmontée d'une poitrine généreuse dont la robe mettait en valeur la peau crémeuse et douce. Quelques gouttes de sueur couraient délicatement le long de son cou, sur ses tempes, au-dessus de ses lèvres charnues. Elle était... voluptueuse de beauté et de sensualité. Et, comme un couronnement à une telle débauche de perfection, son visage était encadré d'une chevelure noire abondante qui cascadait le long de ses épaules jusqu'à sa taille. Une chevelure si épaisse et sombre qu'elle donnait l'envie d'y plonger la main et de s'y noyer.

Asmodée se releva dans son lit, s'appuyant lourdement contre les oreillers de satin. A la vue de cette femme aux yeux indigo, il repoussa d'un geste brusque la forme affalée près de lui. Celle-ci s'écrasa sur le sol avec un bruit mat. Un filet de sang coula le long de ses lèvres tandis que sa tête faisait un angle curieux avec le sol.

— Les femmes sont si fragiles !

Il accompagna sa remarque d'une moue ironique. Et, sans plus penser à sa victime, il tendit la main vers la nouvelle venue pour lui signifier de s'approcher.

— Viens donc, ma belle aphrodite.

Car elle était belle, d'une beauté propre à réveiller ses appétits charnels. D'un mouvement ample de la main, il ôta les draps de soie qui couvraient sa nudité. Certes, son corps était encore en repos, savourant son dernier plaisir. Mais il ne lui faudrait guère de temps pour être prêt à une nouvelle chevauchée.

La herse rouillée émit un craquement et céda finalement contre le poids de Dominique. Après avoir camouflé le corps des sauterelles dans un coude du couloir afin d'en épargner la vue à Gabrielle, Dominique avait chargé Baudoin de surveiller la porte d'Asmodée tandis qu'il explorait un autre embranchement du couloir. Or, ce dernier menait à cette herse, issue rapide donnant sur l'extérieur du château, qui s'avérerait être une sortie idéale pour assurer leur fuite, une fois que Gabrielle aurait accompli sa tâche.

— Par le diable ! Elle est seule là-bas.

Il avait été si absorbé par son combat contre les insectes monstrueux qu'il en avait presque oublié qu'elle se retrouvait seule, en ce moment même, contre le Démon du Nord.

— Je dois y retourner.

Il s'apprêta à refaire le même chemin en sens inverse lorsque l'Oracle apparut devant lui.

— Hors de mon chemin ! s'exclama-t-il, irrité. Si tu veux que je mène le Chevalier Noir contre le dernier des Mortain, je ne peux la laisser affronter seule la cruauté d'Asmodée. Sa quête finira sinon exactement comme elle a commencé.

Et il s'avança… mais ne put accomplir un pas de plus, comme si l'Oracle était entouré d'un bouclier invisible.

— Laisse-moi passer.

— Tu es là où tu dois être. Fais-moi confiance.

— Confiance ?

C'est ce qu'il avait toujours fait, jusqu'à présent. Pourquoi remettait-il brusquement en cause la sagesse de l'Oracle ? Etait-ce parce qu'il en savait si peu sur lui, ainsi que l'avait fait remarquer Gabrielle ?

— Elle va mourir, objecta-t-il.

— Je sens qu'il y a plus que ton désir d'accomplir ta mission, dans cette soudaine inquiétude à propos du sort du Chevalier Noir.

— Le Chevalier Noir est une femme. Elle s'appelle Gabrielle de Vertus. Elle n'a pas les pouvoirs que lui prête la légende. Et elle a besoin de moi.

— Et tu as assuré que rien n'ébranlerait jamais tes serments.

— Ebranlés ? Mais ils ne le sont pas le moins du monde. Je suis son protecteur.

— Vraiment ?

Dominique recula d'un pas devant le visage fermé de l'Oracle, et sentit sa détermination fondre lentement. Il passa une main sur son épaule : il n'avait rien de cassé. Mais il avait été passablement secoué par son combat contre les sauterelles. Quelle protection pouvait-il offrir à Gabrielle ? Elle avait prouvé sa valeur au combat. Etait-ce donc pour une autre raison qu'il tenait tant à être à ses côtés ?

C'était une très jolie femme. Il ne pouvait le nier, pas plus qu'il ne pouvait nier qu'il la trouvait attirante. Ni à quel point il la désirait. Il se sentit frémir au simple souvenir du contact de son mamelon contre sa main. De cette peau soyeuse sous l'armure. De cette voluptueuse douceur.

Et plus encore, Gabrielle était différente. Il pouvait ressentir son énergie jusqu'au tréfonds de son âme, comme si elle ne se contentait pas d'être là mais absorbait toute son attention. Elle le touchait de multiples manières, sans même qu'il en fût réellement conscient, par cette présence qui était à la fois une constante tentation et un éternel défi. A se demander s'il ne la souhaitait pas victorieuse en raison de son attachement, et non en raison de son rôle de protecteur.

— Tu vois. Tu connais déjà toutes les réponses.

La remarque de l'Oracle mit un terme aux pensées de Dominique. Mais il lui restait une question à poser.

— Très bien. Tu dois savoir des choses que j'ignore. Gabrielle va sûrement réussir, et je dois me concentrer sur...

Mais lorsqu'il se retourna vers l'Oracle, celui-ci avait disparu.

— Un jour, j'apprendrai à faire la même chose.

Pénètre dans la pièce, et tue-le immédiatement.

Plus facile à dire qu'à faire. Lorsqu'elle vit cet homme nu allongé sur le lit, Gabrielle faillit trébucher et se ressaisit juste à temps. Elle se sentait d'autant plus troublée qu'elle ne parvenait à s'habituer à l'étrange sensation d'avoir de nouveau les cheveux longs. Et pourtant, elle devait absolument se concentrer. Il était là, nu, sans défense, juste devant elle.

Elle observa un instant ses mains, larges et musclées. Son corps tout entier était un tissu de muscles durs, proéminents. Une toison brune lui couvrait la poitrine et les épaules. L'homme était indiscutablement beau. Dangereux pour un cœur féminin.

Mais de telles pensées étaient malvenues. Ce corps séduisant était d'autant plus dangereux qu'il pouvait s'avérer meurtrier pour elle, qui n'avait pas la même force. Et l'homme était un assassin doublé d'un violeur : c'était un ennemi à tuer, non à admirer.

Gabrielle prit une longue inspiration et s'approcha lentement de la couche luxueuse. Elle s'efforça, avec plus ou moins de succès, de calmer les battements de son cœur affolé. Pourtant, elle ne devait pas lui laisser voir son trouble, et ce d'autant moins qu'il était impossible d'attaquer tout de suite. La situation n'avait rien à voir avec ses combats précédents : ici, il s'agissait d'un combat singulier. Elle se souvint du conseil de Dominique : « Séduisez-le. »

— Seigneur Asmodée…

Elle ne fit que murmurer, s'inclinant en une rapide révérence, sans jamais le quitter des yeux. Elle ne pouvait se permettre de laisser sa voix la trahir.

— Je suis là pour votre plaisir, acheva-t-elle.

— En effet.

Il s'appuya sur ses coudes, mais Gabrielle l'arrêta d'un geste.

— Non. Vous ne devez pas bouger, pas encore. Laissez-moi m'occuper de votre plaisir, monseigneur. Il vous suffit pour cela de vous étendre sur le dos et de savourer.

Une étincelle de désir et de folie illumina les yeux noirs d'Asmodée. Il posa un regard de prédateur sur le corps de Gabrielle.

— Tu es une femme qui connaît ses devoirs. Eh bien, viens, sers-moi. Eveille mon désir de ta bouche habile et festoie donc sur le corps d'Asmodée de Mortain !

Gabrielle se mordit malgré elle les lèvres jusqu'au sang. Ses mains se crispèrent tandis qu'elle contemplait le corps éhontément dénudé devant elle. Comme elle n'avait pas d'épée, il lui fallait se rapprocher de lui, lui donner l'illusion de la soumission. Elle n'avait d'autre choix que de se glisser entre ses bras pour pouvoir le tuer.

Une nuée de parfum s'envola de la table de marbre située près d'Asmodée et enroula sa fragrance capiteuse autour de Gabrielle. Celle-ci monta sur le lit, et plaça chacun de ses genoux de part et d'autre des jambes d'Asmodée. Elle était si proche de lui qu'elle sentait la chaleur malsaine de son corps pénétrer le sien. Mais elle avait déjà été souillée par un des frères Mortain : elle ne laisserait pas une telle chose lui arriver de nouveau. A quelques pas d'elle, juste à côté du lit, gisait la femme qu'Asmodée avait projetée avec tant de désinvolture. Morte. Gabrielle faillit crier, et plongea son regard dans celui d'Asmodée, dont le membre se dressait fièrement.

— Elle ne nous gênera pas.

Ce fut son seul commentaire, tandis qu'il glissait la main dans la luxuriante chevelure de Gabrielle afin de l'attirer sur son phallus.

— As-tu faim ?

— Euh… Oui, monseigneur. Je suis affamée… mais du vin de vos lèvres.

Son regard avide la dévisagea lentement. Il pouvait sentir son émoi… A moins qu'il ne fût aveuglé par son désir. Oui, elle avait peut-être une chance contre cet homme. Un membre aussi palpitant ne garantissait pas un jugement droit !

Baissant la tête, elle pressa donc ses lèvres contre les siennes et le sentit fouiller sa bouche de sa langue, en une danse presque macabre. Une intimité qui lui répugnait, mais son attention était tout entière tournée vers la dague qu'elle voulait saisir.

Au moment où elle allait attraper l'arme, elle en fut empêchée par les mains d'Asmodée, qui lui empoignèrent les seins dans une caresse brutale.

— Monseigneur, vous ne deviez pas bouger…

— Tu es là pour me servir. Je te veux nue. Maintenant. Sur le dos, femme.

— Non !

Son cri le figea net. Relevant un sourcil, les mains encore accrochées à ses seins, il la scruta d'un air interrogateur.

— Je veux dire…, reprit-elle. Non, c'est moi qui vais vous monter, monseigneur.

— Ah… Alors, chevauche-moi bien, femme. Sinon, ce sera ta dernière fois.

Il sembla satisfait de sa suggestion et, avec un dernier pinçon sur ses mamelons, ramena les bras derrière sa tête. Tandis qu'il s'agitait et que ses hanches se frottaient contre ses cuisses nues, Gabrielle se saisit de sa dague. L'homme avait le visage déformé, tant il s'acharnait à éprouver du plaisir en frottant son membre contre sa cuisse, attendant qu'elle le laisse la pénétrer. Ses mains agrippaient convulsivement les draps de soie. Il était rendu aveugle à tout ce qui n'était pas son plaisir. C'était le moment de frapper.

D'un geste précis, Gabrielle leva la dague au-dessus de sa tête et, tenant la poignée à deux mains, plongea la lame dans la poitrine d'Asmodée. Celle-ci se glissa parfaitement entre les côtes et plongea dans son cœur, lui éclaboussant les mains de sang. Le dernier soupir d'Asmodée ressembla curieusement à un soupir de plaisir. C'était un râle étrange, presque déplacé. Afin de s'assurer de la mort du démon, elle plongea plus profondément encore sa lame dans le cœur, jusqu'à ce que du sang perle sur ses lèvres et que sa tête roule en arrière dans l'abandon de la mort. Puis, sûre de son succès, elle retira la dague et se dégagea du corps pour mieux contempler son œuvre. Mais un craquement sec et la vision de la tête d'Asmodée se redressant brusquement la firent sursauter.

11.

On aurait dit que le corps d'Asmodée était manipulé par une volonté étrangère. La tache rouge de sa poitrine témoignait de sa mort, mais ses yeux roulaient dans ses orbites, et sa bouche s'ouvrit et s'ouvrit encore, jusqu'à ce que Gabrielle pût entendre craquer les os de la mâchoire. Et soudain, elle vit jaillir de son crâne une boule de feu. Une odeur de souffre envahit l'atmosphère délétère de la pièce, et Gabrielle fut projetée contre le mur avec une violence incroyable.

La boule de feu flottait à quelque distance d'elle, caressant son visage de ses flammes. Etourdie par sa chute, Gabrielle leva sa dague et se mit à frapper à l'aveuglette devant elle. La boule de feu se modifia peu à peu, prenant insensiblement la forme du visage d'Asmodée. Elle put reconnaître ses sourcils, puis la moue ironique de ses lèvres. De fines flammes formaient un halo imitant une chevelure, tandis que ses lèvres de feu s'arrondirent pour souffler sur Gabrielle un torrent de flammes. Ses cris furent étouffés par le rugissement de triomphe de la créature. Elle avait beau frapper, ses coups ne touchaient jamais son adversaire.

Elle tenta alors une autre approche. Se redressant à demi, elle s'efforça de trancher l'équivalent du cou de l'étrange phénomène. Sans succès. Un autre souffle brûlant lui caressa la joue et lui brûla les cheveux.

Derrière elle, elle entendit un cri étouffé. Quelqu'un venait de pénétrer dans la pièce. Une autre femme promise aux désirs d'Asmodée ?

Gabrielle sentit soudain quelques gouttes d'eau lui asperger le visage. Une eau fraîche et apaisante qui sentait vaguement la rose. Mais c'est sur la bête enflammée que l'essentiel de l'eau s'abattit. Dans un déluge d'étincelles et un hurlement de rage démoniaque, la créature se désagrégea, semant des flammèches dans toute la pièce. Les draps prirent feu, et consumèrent le corps d'Asmodée.

Baudoin reposa l'aiguière.

— Par le ciel, qu'est-ce que c'était donc que cette chose ?

— Du diable si je le sais.

Gabrielle, agenouillée, eut besoin de l'aide de son écuyer pour se relever et sortir de la pièce. Elle sentait encore la brûlure du feu dans sa gorge.

— Ce n'était pas le Septième Enfer, dit Baudoin, parce que messire Saint Juste et moi…

— C'était Asmodée, coupa Gabrielle.

Elle était encore stupéfaite de ce qu'elle venait de voir.

— Ce démon est sorti de sa bouche lorsque je l'ai tué. Où est Saint Juste ?

— Dehors. Il monte la garde. Il a trouvé une sortie.

— Alors, allons-y. Lui qui sait tant de choses à propos des Mortain, j'ai comme l'impression qu'il avait oublié de me confier ce détail !

— Je ne vous l'ai pas dit car je croyais que vous le saviez déjà.

— Que je le savais ? Mais que je savais quoi ?

Gabrielle s'était enveloppée dans le manteau de laine de Baudoin. Sa robe n'avait pas survécu à son affrontement, et elle était à moitié nue.

— Que les Mortain sont des démons. De vrais démons. Vous savez... Des démons immortels, qui ne peuvent être vaincus que si on leur tranche la tête. J'ai cru que vous le saviez, puisque c'est ainsi que vous avez tué Satanael et Mastema.

— Vous avez cru ? Fausse présomption ! Je l'ignorais, et n'ai tué les deux autres ainsi qu'en raison des circonstances. Vous saviez que j'allais rejoindre Asmodée avec une dague seulement...

— Vous aviez votre épée. Qu'est-elle devenue ?

Il y avait une note de colère dans la voix de Dominique.

— Il eût été stupide de ma part de la porter dans la chambre. Asmodée aurait tout de suite compris que j'avais des intentions meurtrières. De vrais démons, dites-vous ? Immortels ?

— Sainte Mère de Dieu !

L'exclamation de Baudoin fit presque sursauter Gabrielle. Celle-ci était appuyée contre un jeune bouleau enneigé. Mais elle ne sentait pas le froid : elle bouillait d'une rage contenue.

— Je combats de vrais démons ? reprit-elle.

Dominique acquiesça. Baudoin s'efforçait de lui faire mettre ses chausses, qu'il avait récupérées dans les sacoches de son cheval. Visiblement, Saint Juste était allé chercher les chevaux tandis qu'elle affrontait Asmodée. Il ne semblait décidément guère soucieux de sa sécurité. Et cette dernière information ne faisait que le confirmer.

— Je croyais qu'il ne s'agissait que de surnoms, poursuivit-elle. Démon du Nord, de l'Est... afin d'exprimer la violence, la cruauté d'hommes mortels comme nous !

— Je suis navré, Gabrielle. J'étais convaincu que vous saviez.

— Eh bien, vous aviez tort.

Elle laissa Baudoin lui enfiler ses chausses et ses bottes, appréciant soudainement la chaleur qu'elles lui prodiguaient.

— Maintenant, vous savez.

— En effet !

— Allez-vous abandonner votre quête ?

— Jamais !

— Parfait.

— Est-ce que je peux dire quelque chose ?

Baudoin s'était relevé vivement et frappa la poitrine de Dominique à l'aide de son gantelet.

— Regardez-la. Elle a failli mourir dans cette chambre. Et elle aurait pu se retrouver brûlée encore et encore, selon le bon plaisir d'Asmodée. Regardez : elle est totalement défigurée par les blessures et les brûlures…

Gabrielle baissa les yeux. Elle se sentit soudain vide et épuisée. La fièvre du combat était retombée. Et il ne restait plus que la jouvencelle, honteuse de son apparence.

Dominique se pencha doucement vers elle :

— Vous êtes bien loin d'être hideuse, rassurez-vous.

Il lui toucha délicatement la joue. Son visage était si engourdi qu'elle ne savait s'il la touchait vraiment ou se contentait de l'effleurer. Jusqu'à ce qu'elle vît une larme luire doucement contre ses mains. Une larme qu'elle avait versée. Elle ne savait que dire. Elle se sentait faible. Incapable de colère, et terriblement seule.

Si elle avait su qu'Asmodée était un démon, elle aurait peut-être renoncé à sa quête. Elle n'aspirait qu'à une chose : s'enfouir dans la neige pour se cacher. Elle n'était pas destinée à une telle vie.

Comment pouvait-elle se retrouver là ?

Elle ressentit la caresse de Dominique comme une intrusion, et se débattit doucement tandis qu'il l'enveloppait dans ses bras.

— Vous êtes gelée.

Plutôt que de lutter encore, elle se laissa aller. Elle se blottit contre lui et sentit la tension de ses muscles s'apaiser. Ses larmes n'étaient pas l'indice d'une faiblesse ou de la défaite. Elle s'abandonnait juste à leur vertu curative contre l'épaule de Dominique.

— Je suis là, reprit ce dernier. Je vous tiendrai dans mes bras aussi longtemps que nécessaire. Et nous ne parlerons plus ni de violence, ni de sang ou de feu.

Son murmure était apaisant, berçant l'âme tourmentée de Gabrielle, lui promettant le salut.

— Mais je suis la seule à pouvoir les vaincre, objecta-t-elle. Et je veux le faire, afin que tout cela cesse.

— Cela cessera. Bientôt. Mais vous avez besoin de retrouver un peu de paix, de vous libérer de la rage qui a pris possession de votre cœur. La revanche n'offre aucune victoire, Gabrielle. Le triomphe ne peut venir que grâce à l'honneur et à l'intégrité. Je vais vous emmener dans ma maison, dans le bois de Valois. Et vous allez vous y reposer quelques jours.

— Je ne peux pas. Je n'ai pas le temps. Il y a trop de choses à accomplir…

Il la réduisit au silence d'un doigt délicatement pressé contre ses lèvres.

— Vous accomplirez tout cela. Quelques jours seulement…

Elle avait tellement envie de succomber à la tentation de ses yeux violets…

— Très bien. Une journée.

Gabrielle avait donc accepté la suggestion de Dominique : une journée de repos dans le bois de Valois, avant de rejoindre l'antre de Sammael, leur prochaine destination. Leur prochain ennemi. Un ennemi qui lui semblait bien plus terrible depuis qu'elle savait qu'il s'agissait d'un démon. Depuis qu'elle était informée de la véritable nature de ses ennemis, Gabrielle ne savait plus quoi penser ni quoi faire. Cela semblait si incroyable... Elle croyait au surnaturel, certes, mais elle n'avait jamais été confrontée à son existence de façon aussi tangible, auparavant. Jusque-là, ses croyances se résumaient à quelques idées arrêtées. Les démons étaient des manifestations diaboliques. Les sorcières, elles, n'étaient pas plus surnaturelles que leurs décoctions. Quant aux Fées... elles étaient mauvaises, mais ne méritaient pas qu'on leur accorde de l'importance.

Une conception aussi simpliste n'était plus de mise. Pas après avoir vu la créature qui avait jailli du corps d'Asmodée de Mortain. Dominique aurait dû l'avertir, lui expliquer comment tuer un démon, avant de la laisser pénétrer seule dans la chambre d'Asmodée. Mais si elle était honnête, elle devait admettre qu'il avait insisté pour qu'elle prît son épée avec elle. Et il avait cru qu'elle était au courant. Quelle incidence aurait ce savoir sur sa quête ?

Un frisson la parcourut et enserra son cœur d'une étreinte glacée. Elle pensait combattre des hommes mortels, vulnérables. Pas des démons. Et comment pourrait-elle tuer le prochain ? Elle n'était jamais qu'un être humain. Un être de chair, de sang, d'émotions et de pleurs.

Elle rejeta la tête en arrière, se morigénant intérieurement. *A quoi penses-tu donc ? Tu dois le faire. Au nom de ta famille. Et au nom de toutes les victimes à venir.*

La mort d'Asmodée avait vengé sa mère, mais il lui restait deux monstres à occire. Et Dominique avait tort de penser que la vengeance n'apportait pas la victoire. Cette rage qui l'animait la poussait en avant. Elle ne pouvait s'en passer.

La neige se remit à tomber tandis que le trio s'enfonçait dans les bois. Une clairière apparut, illuminée par la lune, au centre de laquelle se tenait une petite maison au toit de chaume. Les pierres grises, la cheminée étaient toutes recouvertes d'un épais manteau de neige. Une petite porte obligeait à se baisser pour entrer. Gabrielle savait que cette précaution était destinée à décourager les voleurs : entrer courbé rendait vulnérable. Elle pressa Gryphon de ses talons.

— C'est une maison féerique, murmura Baudoin.

— Pourquoi dis-tu cela, écuyer ?

Dominique le rejoignit en pressant lui aussi son étalon.

— Il y a un enchantement, ici.

Gabrielle fit une moue et inspira une large bouffée d'air glacé. Un enchantement ? Si enchantement il y avait, celui-ci était naturel. Elle ôta sa capuche afin de laisser la neige rafraîchir les chairs brûlées de son crâne.

— Oui, dit-elle. Un enchantement que je ressens dans chacun de ces flocons. Je crois que je vais bien dormir, ce soir.

Dominique dépassa Gabrielle.

— Il y a une étable, derrière. Venez. Il y a assez de place pour nos trois chevaux.

— Comment allez-vous ? demanda l'écuyer. Est-ce que votre tête vous fait mal ?

Baudoin chevauchait au côté de Gabrielle, dans le sillage de Dominique. Elle secoua la tête et lui sourit. Un sourire qui lui vint naturellement, tant elle se sentait bien. Comme si elle venait de pénétrer dans un monde nouveau. Un monde enchanté, en effet !

— Cela guérira. Encore que j'imagine que ma coiffure laisse à désirer, non ?

— Il est vrai qu'une partie de vos cheveux ont brûlé, et que vous êtes plutôt... hum...

— Hideuse ?

— Pardonnez-moi. J'étais en colère, tout à l'heure, quand j'ai dit que vous étiez « défigurée »... Non, vous semblez un peu... fripée, voilà tout. Vous avez surmonté sept Enfers et avez vaincu trois démons immortels en deux semaines. Je pense que c'est une bonne idée, d'avoir accepté de venir ici. Vous avez besoin d'un répit. D'un peu de paix.

— N'oublie pas les épreuves que tu as traversées, écuyer. Nous avons tous les deux besoin de nous reposer. Mais seulement un jour. Ensuite, nous nous rendrons au château de Sammael.

Car Gabrielle savait que si elle se laissait aller à ce moment de repos, si elle se mettait à croire qu'il y avait une autre vie possible, elle renoncerait. Et alors le mal triompherait.

— C'est vrai, confirma Baudoin. Les sauterelles géantes étaient une sacrée épreuve !

— Sauterelles géantes ? Es-tu sûr de ne pas t'être fendu le crâne, écuyer ?

Dominique fit demi-tour et rejoignit ses deux compagnons, sa cape sombre ondoyant autour de lui.

— Quelque chose ne va pas, écuyer ?

— Non. J'étais juste en train de parler à Madame des sauterelles...

— Quelles sauterelles ? demanda Dominique. Il n'y avait pas de sauterelles.

— J'en ai vu une devant l'entrée de la chambre d'Asmodée, intervint Gabrielle. Je l'ai écrasée.

— Ecrasée ?

La plus complète consternation pouvait se lire sur le visage de Baudoin. Il se tourna vers Dominique.

— Que vous arrive-t-il, messire Saint Juste ? Pas de sauterelles ?

— Ce qui s'est passé appartient maintenant au passé. Inutile d'effrayer Gabrielle en lui racontant un danger qui n'existe plus.

— Je...

— Baudoin !

Le ton de Dominique arrêta l'écuyer.

— Et dites-moi, reprit-il néanmoins, qui est en train de mentir, maintenant ?

— Certains mensonges sont nécessaires pour protéger ceux qui nous sont chers.

— Ceux qui nous sont chers ?

Mais Dominique s'était déjà éloigné, laissant Baudoin méditer et rêver : si seulement il pouvait être cher à quelqu'un qui mentirait pour le protéger ! Une rêverie à laquelle la réalité mit un terme : il se sentait épuisé par sa longue chevauchée et avait le dos plus que douloureux. Décidément, la fonction d'écuyer n'avait guère d'attrait et offrait bien peu de compensations, compte tenu de tout ce qu'il avait dû traverser ces dernières semaines. Et il n'aurait sûrement pas accompagné Gabrielle s'il avait su qu'elle traquait des démons.

— Mais bien sûr que je l'aurais fait ! se murmura-t-il à lui-même.

L'autre solution, demeurer seul et s'efforcer de vivre d'expédients, n'était pas aussi engageante que celle-ci : être le fidèle compagnon d'une légende vivante.

12.

Gabrielle fut la dernière à revenir de l'étable. Baudoin avait aidé Dominique à allumer un bon feu dans la cheminée, et les deux hommes s'apprêtaient à aller chercher de l'eau dans la rivière qui coulait à quelques pas de la maison.

— Laissez-moi jeter un coup d'œil à vos blessures auparavant, intima Dominique à Gabrielle.

Il l'attira vers le banc de chêne où elle s'affala sans plus de façon. Mais elle garda le dos bien droit : sa fierté la retenait d'avouer son épuisement.

— Il n'y a pas de quoi s'affoler, reprit-il.

Sa remarque fut contredite par le léger gémissement qu'elle ne put retenir lorsque Dominique passa la main sur sa peau brûlée. Son crâne était couvert de cloques jusqu'à l'arrière de son oreille.

— J'ai un remède qui devrait apaiser les brûlures.

Il alla chercher, dans une armoire, un pot de la décoction contre les blessures que lui avait donnée sa mère. C'était un mélange de menthe sauvage et de camomille, qu'elle avait coutume de sortir chaque fois qu'il rentrait avec un genou ou un coude écorché. Ce qui arrivait souvent. Il avait appris, néanmoins, que le vrai pouvoir curatif ne résidait pas dans la potion elle-même, mais dans le baiser que lui donnait sa mère à ce moment.

— Ne bougez pas.

Gabrielle demeura aussi immobile qu'une statue, à moitié endormie, tandis qu'il appliquait l'onguent sur son crâne. Elle resta stoïque, ne pipant mot. Baudoin faisait les cent pas devant le feu, émerveillé de voir de la mousse et des fleurs sur les murs et le plafond.

— Il y a des fleurs !

— Des pensées. Les fleurs préférées de ma mère. Curieusement, elles poussent ici toute l'année.

— Je vous avais bien dit que cet endroit était enchanté !

Baudoin s'était tourné vers Gabrielle :

— Maintenant, si vous vouliez bien croire à l'existence des sauterel...

— Il y a une chemise propre dans le coffre près du lit. Apporte-la, Baudoin.

Le ton de Dominique était péremptoire. En grommelant, l'écuyer s'exécuta. Dominique lui demanda ensuite d'en arracher un morceau de tissu afin de l'imbiber d'onguent et d'en faire un pansement pour Gabrielle.

— En avez-vous d'autres ?

Gabrielle posa sa question d'une voix assoupie tandis qu'elle contemplait le feu.

— De la crème ?

— Non, des chemises.

— Non, mais j'ai celle que je porte, et celle-ci, quoiqu'un peu courte, à présent.

— Je ne mérite pas ce sacrifice.

— Vous valez bien plus qu'un morceau de tissu, gente dame. Et vous continuerez à vous battre par vengeance plutôt que par honneur tant que vous ne l'aurez pas compris.

— Je suis fatiguée, Saint Juste. Avez-vous bientôt fini ?

Dominique lui enveloppa doucement la tête de son pansement improvisé. Les brûlures étaient rouges et irritées. Des touffes de cheveux apparaissaient çà et là. L'ensemble était plutôt hideux. Mais il pouvait remédier à cela. D'un coup d'œil, il vérifia que Baudoin ne lui prêtait aucune attention, mais celui-ci, à moitié engourdi, contemplait le feu pensivement. Profitant du moment, Dominique se frotta rapidement des doigts, faisant surgir un peu de poussière irisée dont il saupoudra les plaies de Gabrielle en soulevant avec précaution son pansement. Pansement qu'il remit au moment où Baudoin tourna la tête, en lui faisant un clin d'œil. Il offrit alors à Gabrielle son lit, dans lequel elle se blottit avec gratitude.

Baudoin suivit Dominique qui se dirigeait à grandes enjambées derrière l'étable. Si le chevalier était fatigué — et il devait l'être —, il n'en laissait rien paraître. Baudoin suivait l'homme, et le tintement léger de son collier d'améthystes, comme envoûté, prêt à tout risquer pour lui. Mais en même temps, si intrigant fût-il, Baudoin trouvait Dominique rassurant et il lui faisait spontanément confiance.

Pourtant, il était incontestablement différent. Premier point, il était étonnamment léger : ses pas ne laissaient presque pas d'empreintes dans la neige, alors que ceux de Baudoin s'enfonçaient d'un doigt. Mû par la curiosité, il se pencha afin d'examiner ses traces plus attentivement, lorsqu'il sentit Dominique se retourner vers lui.

— Je vous suis ! lui cria-t-il.

Mais il ne put détacher son attention des traces laissées par Dominique. Elles étaient vraiment étranges. Il aurait fallu que l'homme ne pèse pas plus qu'un renard pour faire de telles marques… Pour ajouter à sa perplexité, Baudoin surprit autour d'une branche contre laquelle Dominique venait de se cogner les mêmes particules irisées que celles qu'il avait vues autour de Gabrielle, alors qu'elle se dirigeait vers la chambre d'Asmodée.

Le chevalier se tourna de nouveau vers lui. Son regard semblait l'implorer de ne poser aucune question. Mais lorsqu'il se détourna pour poursuivre son chemin, Baudoin observa de plus près l'étrange poussière. Les particules irisées semblaient briller d'un éclat vif alors que la lumière était pauvre : la lune était cachée par d'épais nuages. Tout cela était décidément fort curieux.

— Tu viens ?

Se levant brusquement, Baudoin se cogna sur la même branche que Dominique. Il se dégagea avec maladresse, et vit ce dernier juste à son côté. A son côté Alors qu'il aurait dû être à une trentaine de pas devant lui... Et il n'y avait aucune trace sur la neige fraîche.

— Mais vous étiez juste...

Et il pointa du doigt l'endroit où Dominique aurait dû se trouver.

— En train d'aller chercher de l'eau dans la rivière ?

Le regard de l'homme était innocent, et ses pupilles avaient une étrange lueur violette. Baudoin n'avait aucune explication, aussi haussa-t-il les épaules.

— En effet.

Il repensa alors aux étranges mots de Saint Juste dans le château d'Asmodée. « C'est juste un charme. Elle en aura besoin. »

Un charme... N'étaient-ce pas les Fées qui jetaient ainsi des charmes ? Qui se déplaçaient comme Dominique, sans bruit, sans que leurs mouvements fussent perceptibles ? Baudoin regarda le manteau noir qui s'avançait devant lui. Dominique Saint Juste était décidément un homme étrange.

Les flots de la petite rivière étaient tumultueux, quoiqu'elle fût en partie prise par les glaces. Il avait tant neigé que l'eau devait se frayer un chemin sinueux parmi les congères. Dominique s'approcha avec précaution, ne tenant pas à s'enfoncer jusqu'à l'eau et rentrer trempé. Mais la neige supporta sans problème son léger poids de Fée. Il se pencha donc pour plonger son seau dans le courant. A quelques pas de lui, Baudoin faisait la même chose, s'avançant avec précaution avant de recueillir l'eau.

Dominique savait que Baudoin avait vu les traces qu'il laissait. Il avait surpris l'écuyer en train de se pencher sur son sillage pour prendre un peu de poussière. Il ne laissait pourtant derrière lui qu'un fin sillon lumineux, qui pouvait être confondu avec le scintillement de la neige. Mais l'écuyer l'avait aussi surpris en train de jeter un charme dans le château d'Asmodée. Dominique savait que Baudoin ne poserait pas de questions, mais il se demandait s'il devait avouer la vérité à Gabrielle. Il faudrait bien le faire tôt ou tard. Mais les paroles de Gabrielle restaient gravées dans sa mémoire : « Je crois en l'existence des Fées et des démons. Ce sont des créatures maléfiques. » Mieux valait que ce fût plus tard.

Il était étonnant que Gabrielle eût ignoré la véritable nature des Mortain. Et ce d'autant plus que leur cruauté excédait largement celle d'un homme. Et même si certains mortels pouvaient se montrer particulièrement cruels, aucun homme n'aurait la force nécessaire pour maintenir une telle tyrannie pendant si longtemps. Mais, Dominique le savait, pour les mortels comme Gabrielle, il était difficile de croire que les démons et les Fées, objets de tant de récits au coin du feu, pussent réellement exister. Beaucoup étaient superstitieux, mais de là à croire en l'existence de démons bien vivants, il y avait un pas !

Encore que Gabrielle n'eût pas eu trop de mal à le franchir, après son combat contre Asmodée. Elle avait bien failli périr brûlée vive. Que n'aurait-il donné pour être là et pouvoir l'aider ! Il aurait pu jeter un sort plus puissant à Gabrielle, un sort qui l'aurait protégée, mais cela l'aurait immanquablement trahi... Et pourtant ! Ne devrait-il pas être plutôt fier de son héritage féerique ?

Mais quel héritage, exactement ? Il ignorait tout de ses origines. Il avait été élevé par des mortels qui ignoraient tout des particularités de sa nature. Comme si un cheval s'efforçait d'élever un chat. Et il était un proscrit. Proscrit du monde des mortels auquel il n'appartenait pas ; et du royaume des Fées qui lui demeurait fermé. Il aurait tant voulu savoir pourquoi ! Peut-être aurait-il enfin la réponse, une fois que Gabrielle aurait tué Lucifer de Mortain.

— Je parie que Gabrielle sera profondément endormie quand nous rentrerons.

Dominique sourit et plongea son seau dans la rivière. Les vagues le ballottèrent avec un bruit métallique tandis qu'il s'enfonçait dans l'eau. Un gros-bec vint se poser tranquillement sur son épaule.

— Gabrielle est vraiment courageuse. Et déterminée. Me diras-tu ce qui la pousse ainsi ?

Baudoin regarda l'oiseau, un peu interloqué, puis remonta son seau, contemplant pensivement son contenu. Son front se plissa douloureusement.

— Cela m'aidera, insista Dominique, si je comprends ce qui donne un tel pouvoir à Gabrielle.

— Un pouvoir ? Ce n'est qu'un être humain, messire Saint Juste.

— Je le sais.

— Mais vous n'êtes pas un humain.

L'écuyer le regarda, accusateur.

— Nous parlions de Gabrielle de Vertus. Pas de moi.

— Et parlerons-nous un jour…

Baudoin s'arrêta brusquement. Il venait de comprendre. Il murmura, incrédule :

— Vous êtes… Vous êtes un homme-Fée, n'est-ce pas ?

— Est-ce tellement important de le savoir, lorsque tu peux le croire ? Je le révélerai à Gabrielle en temps voulu. Lorsqu'elle pourra l'accepter.

— Non. Ne lui dites pas. Elle n'est pas prête à accepter. Il vaut mieux que vous le gardiez pour vous.

Dominique, étonné par l'accent de sincérité et l'agitation de l'écuyer, acquiesça. Il avait l'habitude de garder des secrets. Même si, curieusement, il ressentait cette fois le désir de les révéler et de gagner la confiance de Gabrielle. Une confiance qui n'était possible qu'au prix d'un aveu complet de la vérité.

— J'ai cru comme vous, poursuivit Baudoin, qu'elle était fragile. Mais ce n'est pas le cas. Depuis qu'elle a dû assumer le rôle de châtelaine, elle a acquis sérénité et force. Elle est délicate, mais inflexible. C'est Lucifer de Mortain qui a transformé cette force en volonté de fer.

— Tous les membres de la famille ont été tués ? Y compris les deux frères ?

— Il n'y avait qu'un frère. J'avais inventé ce mensonge pour protéger son identité.

— Mais Gabrielle est vivante. Pourquoi a-t-elle été épargnée ?

— La seule raison que je voie, c'est que Lucifer la croyait morte. Elle l'était presque, d'ailleurs. Et je suis persuadé qu'il ne la soupçonne pas d'être le Chevalier Noir.

— Je ne crois pas qu'aucun homme puisse soupçonner le Chevalier Noir d'être une femme. Pas même Lucifer de Mortain.

— Elle a failli mourir.

La tristesse de Baudoin résonna comme un écho dans la tête de Dominique. Une douleur tout humaine lui serra le cœur. Il n'avait pu supporter la douleur de Gabrielle lorsqu'elle était sortie du château d'Asmodée. C'était la raison pour laquelle il lui avait offert le réconfort dont elle avait besoin. Et ce moment l'avait réconforté, lui aussi. Il avait ressenti un violent désir de s'abandonner dans ses bras. Son contact était si doux, son abandon si inconditionnel...

Depuis combien de temps fuyait-il les contacts ? Même lorsqu'il faisait l'amour avec une femme, il jetait un sort afin qu'elle ne vît pas sa véritable apparence. Le temps d'un rapport charnel rapide, efficace, qui ne lui offrait d'autre plaisir que celui du soulagement. Et il devait en être ainsi, car il lui fallait se cacher. Toujours.

— C'est moi qui l'ai trouvée, cette nuit-là, reprit Baudoin. C'étaient les premières heures du jour de l'an. Tout est arrivé si vite... Il y avait des flammes partout, des cris, et une odeur de mort qui me rendait malade. Je venais juste de trouver Elisabeth, la châtelaine, une dague plantée dans le cœur. De son dernier souffle, elle m'a supplié de trouver ses enfants. Je savais déjà qu'Antoine était mort, mais je ne le lui ai pas dit.

Dominique écoutait attentivement le récit de Baudoin. Il ne lui demanderait pas comment il avait pu rester indemne : il pouvait le deviner. L'adolescent affolé s'était sans doute réfugié dans un coin, caché de tous. Il avait fait le nécessaire pour survivre, et ne méritait pas d'être jugé.

— Je suis passé devant Henri de Lisieux en montant dans la tour. Son cœur avait été arraché de sa poitrine, mais il était encore agité de convulsions. Lorsque j'ai rejoint sa chambre dans la tour, j'ai vu Gabrielle étendue sur le sol, les jambes écartées, le sang… J'ai compris qu'elle avait été violée. Dès qu'elle m'a vu, elle a ôté ses mains de sa gorge, et le sang s'est mis à jaillir de plus belle. Lucifer lui avait tranché le cou et l'avait laissée pour morte. Mais cette femme était bien déterminée à survivre. Elle a essayé de me parler tandis que je lui bandais le cou. Je ne pensais pas qu'elle vivrait jusqu'au matin…

— La jugulaire n'a pas dû être tranchée.

— Je ne connais rien à la médecine. Ce que je sais, c'est qu'il aurait fallu suturer la plaie. Elle a une cicatrice atroce. Et je crains que ce ne soit à cause de mes soins maladroits qu'elle ait cette voix étrange.

— Tu ne pouvais pas mieux faire. Elle parle. C'est déjà bien. Et plus que cela, Baudoin, elle vit !

Baudoin soupesa la remarque de Dominique et sembla en tirer un certain soulagement.

— C'est vrai. Je suis resté toute la nuit, et j'ai prié comme je n'avais jamais prié auparavant. L'après-midi suivant, elle a ouvert les yeux et a demandé à voir sa mère. Elle a insisté pour que je l'accompagne dans le château afin de voir les morts. Presque tout le monde a succombé à la rage de Lucifer. Si seulement Maurin avait accepté de lui donner ce qu'il demandait ! Après tout, il avait d'autres terres.

— Celles qu'il avait promises à Gabrielle ?

— Celles-là et d'autres, un peu partout en France. Je crois qu'il voulait conserver le château pour son fils. Mortain n'avait aucun droit sur ses terres…

— Il s'en moque. Charles VII est terrifié, et Lucifer peut impunément s'approprier les terres qu'il souhaite.

— Le spectacle était atroce, ce jour-là. Nous avons réuni les quelques survivants et avons enterré la famille de Gabrielle. Nous n'avons jamais retrouvé le cœur d'Henri. C'était insupportable de la voir chercher, et chercher encore à travers les débris ce cœur introuvable. Elle voulait l'enterrer entier. J'ai finalement réussi à la faire renoncer, et nous avons refermé les tombes. Elle n'a pas versé une larme, mais a fait la promesse solennelle de venger sa famille. Quelques jours auparavant, les yeux de Gabrielle étaient aussi clairs que le paradis. J'étais sûr que Dieu Lui-même avait inspiré ce nom de Gabrielle à ses parents, tant elle était angélique. Elle se glissait dans le château avec une grâce folle... Toujours un mot gentil pour ceux qu'elle rencontrait ! Et même lorsqu'elle s'entraînait avec son frère, on aurait dit l'archange Michel. Mais lorsque j'ai croisé son regard au-dessus des tombes, cet après-midi-là, le paradis l'avait déserté : il ne restait que de l'horreur.

Baudoin accrocha la manche de Dominique, et s'exclama avec véhémence :

— Je veux voir cette lumière de nouveau dans ses yeux ! Ce n'est pas juste, pas juste qu'elle doive se lancer dans cette mission de vengeance !

— C'est elle qui l'a choisie.

— Il faut l'arrêter avant qu'il ne soit trop tard. Vous avez dit que vous étiez venu pour l'aider. Elle ignorait qu'elle aurait à vaincre de vrais démons. Nous allons tous mourir dans cette quête impossible.

— On dirait que tu as peur, Baudoin.

— J'ai peur, en effet.

— Tu choisis la facilité.

— Toujours !

Dominique souleva les seaux afin de les rapporter dans la maison. Mais Baudoin avait besoin de laisser s'exprimer sa colère. Dominique sentit la pression de son manteau sur ses épaules tandis qu'il était retenu. Une pression qui le blessa entre les omoplates. Il arracha vivement le manteau des mains de l'écuyer.

— Vous avez des pouvoirs magiques, n'est-ce pas ? Vous pourriez jeter un sort à Gabrielle pour qu'elle oublie tout de sa quête infernale... Qu'elle n'ait plus en tête que le choix de sa robe ou d'un riche mari qui l'éloignerait de toute cette violence démoniaque. Envoyez-la loin, en Italie par exemple.

— Avec toi ?

— Euh... Eh bien, oui, j'aimerais être loin de ce cauchemar.

— Et dis-moi, Baudoin, si elle n'extermine pas les Mortain, qui le fera ?

— Quelqu'un d'autre.

— Elle ne survivra pas si les Mortain ne sont pas arrêtés.

Baudoin se tourna vers Dominique, une lueur de compréhension épouvantée dans le regard.

— Vous pensez qu'il va la traquer ?

— C'est évident.

— Mais il ne sait pas qu'elle est le Chevalier Noir.

— Il ne lui faudra pas longtemps pour l'apprendre.

Et Dominique se dirigea d'un pas assuré vers la maison, Baudoin sur ses talons. Ils fermèrent soigneusement la porte derrière eux, puis Baudoin, après s'être débarrassé de son manteau, se dirigea sans bruit vers la cheminée. Dominique posa son seau sur la table et alla jeter un coup d'œil sur Gabrielle.

— Elle dort.

— Je vous l'avais bien dit. Elle dort toujours très profondément. C'est la raison pour laquelle elle n'a pas entendu Lucifer de Mortain attaquer le château.

Baudoin plaça son seau devant le feu et se frotta les mains pour se réchauffer. Gabrielle dormait paisiblement, bizarrement accoutrée de ses chausses et de ce qu'il lui restait de sa robe. Dominique observa, ému, la respiration tranquille qui lui soulevait doucement la poitrine. Que cette femme eût pu tuer autant de démons l'étonnait toujours. Le destin avait pris les traits d'un ange et le masque d'un chevalier noir. Mais Sammael serait un ennemi dangereux. Le plus jeune des frères Mortain était aussi un spécialiste des poisons. Et même si elle réussissait à le vaincre, pourrait-elle être victorieuse contre Lucifer ?

13.

Une odeur agréable s'insinua dans les rêves de Gabrielle. Elle se retourna dans son sommeil, se plaçant inconsciemment au milieu du lit de paille. Peu à peu, les fantômes qui la hantaient se dissipèrent et les visages aimés, dont celui d'Henri de Lisieux, furent renvoyés dans les profondeurs de sa mémoire. Un savoureux parfum de viande rôtie, de feu et de fleurs vint caresser ses narines.

Le craquement d'une bûche la tira de sa rêverie et elle ouvrit les yeux. Au-dessus d'elle, des bottes de lavande, de sauge et autres fleurs qu'elle aurait été incapable de nommer, bien qu'elle les eût déjà vues, pendaient sagement du plafond. Pas une seule toile d'araignée, pas un grain de poussière. Et çà et là, jaillissant des murs, on pouvait voir les taches violettes des pensées qui poussaient sereinement. Leurs pétales étaient d'une nuance aussi profonde que les yeux de Dominique. Gabrielle eut le sentiment d'être en train de flotter doucement dans un monde irréel.

— Vous avez faim ?

Elle se tourna vers l'âtre, d'où provenait la voix. Dominique était agenouillé, faisant tourner lentement sur une broche la chair dorée et appétissante de ce qui avait dû être un lièvre. Il avait troqué son épais pourpoint de cuir contre un vêtement plus léger de laine grossière. Ses chausses noires mettaient en valeur la musculature de ses cuisses. Mais curieusement, il portait toujours son manteau. N'étaient son port de tête altier et son regard inquisiteur, il semblait moins dangereux, plus familier. Il lui sourit doucement.

Elle acquiesça en retour à sa question. Elle avait terriblement faim, en effet. Faim à manger une douzaine de lièvres ! Et elle aurait tout donné pour une des pâtisseries de sa mère, fourrée au miel et aux amandes. Enfant, elle avait coutume de se lever à l'aube pour bénéficier d'un gâteau avant que le reste du château ne s'éveille.

— Avez-vous des gâteaux de miel ?

La voix de Gabrielle n'était qu'un murmure tandis qu'elle se relevait lentement pour appuyer son dos contre le mur. Un pétale de fleur lui chatouilla la joue.

— Je crains que non.

Dominique sourit de nouveau, de ce sourire curieux dont il semblait le premier surpris. Comme si ses lèvres refusaient de laisser ce sourire se dissiper.

— Du lièvre et du vin de framboise sont au menu pour le petit déjeuner. Est-ce que cela vous convient ?

— Du vin de framboise ? Ah, quelle bonne idée !

Une main sur sa poitrine lui en révéla la quasi-nudité. Elle se saisit de la cape posée sur ses jambes pour s'en envelopper les épaules. Il lui faudrait aller chercher ses vêtements dans les sacoches de son écuyer. Mais pas avant d'avoir mangé.

— Où est Baudoin ?

— Dehors, en train de nourrir les chevaux. Que voulez-vous ? Une patte ou un morceau du corps ?

Il déposa le lièvre sur une assiette de terre. D'un mouvement habile de sa dague, il découpa la bête.

— Les deux.

Gabrielle répondit si vite qu'elle n'eut pas le temps de se rendre compte de l'impolitesse de sa déclaration. Et Dominique ne put s'empêcher de rire devant son regard affamé, rivé sur la viande.

— Alors, la damoiselle aura les deux.

Après avoir fait trois parts égales, il lui tendit la sienne. Gabrielle songea que ses propres manières s'étaient décidément relâchées, depuis qu'elle s'était lancée dans sa quête. Etonnant de voir avec quelle vitesse elle avait oublié l'éducation que sa mère lui avait inculquée pendant toutes ces années… Mais au diable ses bonnes manières, elle avait faim !

— Est-ce que vous buvez du vin ? J'ai un certain nombre de bouteilles en réserve, et je serais désolé qu'elles soient perdues.

La bouche pleine de viande, Gabrielle se contenta de hocher la tête pour toute réponse. Elle ne pouvait s'arrêter de manger, pas même pour laisser la nourriture refroidir un peu.

— Mangez à votre faim.

La chaleur de la main de Dominique, tandis qu'il la posait sur sa joue pour accompagner ces mots, la fit sursauter. Elle releva la tête de son assiette et sentit son regard perçant pénétrer jusqu'à son âme.

— Je veux que vous redeveniez la femme que vous avez été. Et pour cela, il faut que vous vous reposiez, que vous mangiez à votre faim, et que vous jouiez un peu aussi, peut-être.

— Que je joue ?

— Oui.

Sur ces mots, il se pencha, ses lèvres légèrement parfumées au vin de framboise, et l'embrassa délicatement sur le front. Gabrielle faillit s'étrangler avec son morceau de viande. Le baiser de Dominique éveillait en elle une ardeur digne du feu qui se consumait dans la cheminée. Elle resserra sa cape autour de ses épaules. Il serait difficile de ne pas redevenir une jouvencelle si cet homme avait l'intention de l'embrasser de nouveau et de... *jouer.*

Gabrielle passa lentement le peigne sur les flancs de Gryphon. Le cheval s'ébroua un peu et posa son museau dans le foin frais qu'elle avait placé devant lui. La quiétude du moment, l'odeur du foin combinée à celle des animaux l'entraînèrent malgré elle dans une douce rêverie. Il l'avait touchée de façon si audacieuse et si intime, la veille au soir. Et pourtant, elle n'avait en aucun cas signifié son désir de lui rendre la pareille. Si seulement il l'avait embrassée sur la bouche...

Reposant ses bras contre Gryphon, Gabrielle fit glisser son doigt sur ses lèvres. Elles étaient redevenues plus charnues, un peu sèches peut-être, mais douces malgré tout. Une place si intime, bien plus intime que ses reins. Eux avaient été possédés par Lucifer. De manière brutale, et certainement pas comme Dominique le ferait. Mais il lui était impossible, dorénavant, d'envisager cette partie de son être comme intime.

Dans un soupir, elle prit conscience que ce qu'elle recherchait désespérément, c'était une union des âmes, un lien puissant et rassurant. Mais elle craignait ce désir tout autant qu'elle en éprouvait la force. Car succomber aux charmes du mercenaire pouvait s'avérer lourd de conséquences. Elle redeviendrait fragile comme un enfant, si elle se laissait aller ; et comment, alors, pourrait-elle accomplir sa vengeance ? Car un baiser la changerait. Elle n'aurait plus cette volonté inflexible que l'horreur et l'injustice lui avaient conférée. Elle deviendrait une proie facile. Ses désirs de jouvencelle menaçaient de la mener à sa perte. Elle en était convaincue.

— Bonne journée à vous, gente dame.

Gabrielle se retourna vivement au son de cette voix douce. Les yeux de Dominique brillaient de cette étrange lueur qui était la leur à l'aube. Il se tenait debout, devant la porte ouverte de l'étable. Les rayons du soleil semblaient le draper d'un manteau lumineux, lui donnant une apparence presque surnaturelle. On aurait dit un chevalier de légende, entouré de son aura brillante comme sur une icône.

— Je pensais étriller Tor ensuite.

Gabrielle détourna les yeux tandis que Dominique la rejoignait dans l'étable. Elle donna une caresse à Gryphon, puis posa sa paume sur les naseaux de Tor.

— Il est magnifique. Qu'est-ce que cette marque, ici ?

Elle observa la marque ovale, dénuée de poils sur le front du cheval.

— Ne le touchez pas. Il est assez sensible à cet endroit.

— Est-ce une blessure ?

— En quelque sorte. Mais elle est guérie. La première fois que j'ai vu cette superbe créature, je me suis rendu compte qu'elle avait été blessée. Il m'a suivi à la maison, sentant peut-être que je pouvais soulager un peu sa peine…

— Et lui offrir un répit ? Vous arrive-t-il souvent de ramener des animaux perdus chez vous, Saint Juste ?

— Vous n'êtes jamais que le second.

Elle sourit, touchée malgré elle sans bien savoir pourquoi.

— J'imagine que Tor pourrait être la monture d'un roi. Je l'imagine sans peine couvert d'une armure d'argent, et d'une selle royale.

— Je ne suis pas un roi.

Dominique prit doucement la brosse des mains de Gabrielle et se mit à étriller Tor. Il se tenait juste à côté d'elle, si proche que son souffle lui réchauffait la joue. Mais elle ne s'éloigna pas.

— Et je ne me considère pas comme le maître de Tor. Plutôt l'un de ses compagnons.

— Un compagnon ? C'est curieux. On dirait que c'est vous qui appartenez au cheval.

— En effet.

— Et son nom, Tor, est-ce en hommage au dieu nordique ?

Dominique passa la main dans la crinière de Tor, lui caressant l'encolure de haut en bas, ce qui sembla plaire à l'animal.

— Tor est le diminutif de Vercingétorix, le dernier chef celte à s'être rendu devant César. C'était un homme courageux, qui ne cédait pas à l'adversité avant que tout espoir ne soit perdu.

— Comme vous ?

— Moi ? Non. Si quelqu'un devait être comparé à ce chef, ici, ce serait plutôt vous.

— Je ne suis pas un général, Saint Juste. Je suis un cavalier solitaire lancé dans une quête absurde.

— Elle n'est pas absurde.

— Non, en effet. Mais il y a des jours où…

— Vous êtes une femme remarquable, Gabrielle. Il est bien possible qu'un jour votre nom soit évoqué avec autant de respect que celui de Vercingétorix.

— Je ne cherche pas la gloire. Je veux simplement éprouver la satisfaction de voir couler le sang des Mortain.

Il haussa un sourcil. Pourtant, ces propos ne devaient guère le surprendre. Ne connaissait-il pas sa détermination ? Mais elle sentait bien qu'il était curieux, curieux de découvrir son côté plus doux, plus féminin. Elle le sentait à la manière dont il la touchait. Et ses caresses éveillaient également chez elle une profonde curiosité.

— Je n'ai pas envie de parler de cela. Dominique, je dois savoir… Lorsque vous m'avez touchée, nous avons partagé tant de choses, à ce moment-là…

Elle avait placé une main sur son bras, pour détourner son attention de Tor. Il se tourna vers elle, lui accordant sa complète attention.

— C'est vrai. Je vous ai touchée.

— Vous ne semblez pas le regretter.

— Je ne regrette rien de ce que je fais. Et je ne ferai rien que je puisse regretter.

Il la regardait attentivement, sans jamais détourner les yeux.

— Alors, dites-moi… Qu'est-ce que cela signifie ? Nous deux…

— C'est simple. Je me suis autorisé, ce matin, à exprimer mes sentiments à votre égard. Si vous préférez que je ne le fasse pas…

— Alors, vous ressentez une inclination pour moi ?

— Bien sûr. Vous m'avez plus qu'impressionné par votre bravoure et votre vaillance.

— Je ne vous veux pas à genoux devant moi.

Elle entrelaça ses doigts avec les siens.

— J'aimerais vous avoir ici, à mon côté, reprit-elle.

— N'avez-vous pas peur de perdre l'équilibre ? De perdre cette dureté qui garantit votre succès au combat ?

— Oui… et non.

Elle se tourna et s'éloigna un peu. Ses chausses tintaient doucement au fil de ses pas dans le foin. Elle secoua la tête, étonnée de ce qu'elle venait de dire. A l'évidence, c'était la jouvencelle en elle qui venait de parler. Qui venait de dire à Dominique qu'elle le voulait à ses côtés. Elle serra les poings, puis ouvrit en grand les mains.

— Oh, je ne sais pas... Dominique, je sens que quelque chose... un lien a commencé à se former entre nous. Un lien irréversible. Et je pense que c'est bien. Ce serait folie que de le nier.

— Mais vous le devez, pour garder votre équilibre ?

— Est-ce que je le dois ?

Dominique fut effaré de voir un tel combat intérieur se refléter sur son visage. Elle n'avait jamais témoigné d'une telle émotion, pas même lorsqu'elle s'était préparée à affronter Asmodée seule.

— Et qu'en est-il de vous, Dominique ? Je sais si peu de choses à propos de vous, hormis le fait que vous vivez seul dans une maison enchantée. J'aimerais savoir quelles sont vos pensées. Lorsque vous pensez à moi, quel tour prennent-elles ?

Dominique laissa la brosse lui glisser des mains et tomber dans le foin. Il s'approcha lentement de Gabrielle, sans jamais rompre le contact de leurs yeux.

— Lorsque je pense à vous, je pense à hier soir, lorsque nous sommes sortis du château d'Asmodée et que je tenais votre corps tremblant dans mes bras.

Il tendit la main pour lui caresser la joue. Elle ne chercha pas à l'éviter ; aussi laissa-t-il sa main sur sa peau fraîche.

— Vous ne cherchiez pas à garder votre équilibre, à ce moment. Vous vous êtes abandonnée, tout simplement, et c'est alors que je vous ai vue vraiment. C'est ce que je ressens lorsque je vous touche.

D'un mouvement de la tête, elle rompit le contact de sa main.

— Ce ne peut être une bonne chose.

— C'en est une, pourtant, gente dame.

— Nous devrions résister.

Sa déclaration ressemblait plus à une question qu'à une affirmation. Et une question qui n'appelait pas de réponse positive.

— Je ferai ce que vous m'ordonnerez, reprit Dominique.

— Pourquoi me laissez-vous décider ? Pourquoi ne me prenez-vous pas une fois pour toutes dans vos bras ?

— Parce que vous n'êtes pas une femme comme les autres.

— Ah… Oui, je suppose que je ne corresponds pas à ce que les hommes attendent lorsqu'ils veulent prendre une femme dans leurs bras.

Elle haussa les épaules et soupira.

— Je crois… je crois que je… devrais aller voir Baudoin.

Et elle sortit de l'étable.

Il aurait dû la suivre. Il aurait dû lui faire comprendre qu'elle avait tort de sous-estimer ainsi sa puissance de séduction. Mais lui-même était envahi d'émotions contradictoires. Il ne s'était jamais vraiment attaché à clarifier ses sentiments, jusqu'à présent. Alors pourquoi ne prenait-il pas la belle Gabrielle de Vertus dans ses bras, et ne lui jurait-il pas un amour éternel ?

Parce qu'elle n'aimait pas les êtres dans son genre. Parce que, même à supposer qu'elle ne lui en tînt pas rigueur, elle ne parviendrait peut-être jamais à surmonter leurs différences. Parce qu'il n'était pas sûr qu'elle resterait très longtemps avec lui. L'avenir de Gabrielle était pour le moins menacé. Et le sien serait, malheureusement, bien plus long que celui d'un mortel.

Homme cruel… Pourquoi ne l'aimes-tu pas tant que tu en as la possibilité ? Au diable vos différences ! Donne-lui l'amour dont elle a besoin.

Dominique ferma les yeux, dépassé par les émotions contradictoires dont il était l'objet. Etait-il vraiment amoureux de Gabrielle ? Si le Chevalier Noir avait été quelqu'un d'autre, un homme, il n'aurait pas de telles pensées. Mais c'était une femme, et une femme étonnante... qui avait capturé son cœur. Que cela lui plût ou non.

Il ne lui restait donc plus qu'à accepter ses sentiments. Il n'était pas homme à refuser la vérité. Il sentait toutefois qu'il lui fallait être prudent, car Gabrielle était tourmentée, désorientée. Il ne voulait pas mettre en péril l'équilibre fragile qu'elle s'était construit. Mais il ne pouvait non plus ignorer ses sentiments plus longtemps.

Il attira Tor loin de sa mangeoire et attrapa les rênes de Gryphon. Le jour était beau et clair. Même s'il se devait d'être prudent, il n'en avait pas fini avec Gabrielle. Il était temps... *d'aller jouer.*

Ils chevauchèrent dans les champs qui longeaient le bois de Valois. Dominique demeurait prudemment en arrière, ne voulant pas être surpris par Gabrielle en train de la dévisager. Car il aimait la contempler et détailler les multiples facettes de son visage, tantôt dur et déterminé, tantôt tendre et féminin. Elle était à la fois gracieuse et d'une beauté presque menaçante.

Et elle méritait le monde. Un monde qu'elle saurait parfaitement gouverner d'un regard ou d'un mouvement d'épée, tant elle respirait la force. Mais il ne la craignait plus, à présent : il avait trouvé sa place à ses côtés, il avait compris quand il fallait lui résister et quand il était sage de céder. Il avait même réussi à lui ôter tout pouvoir de décision, ce matin, lorsqu'il l'avait embrassée sur le front, et il s'en réjouissait.

Il ne put s'empêcher de sourire en songeant à toutes les qualités contradictoires qui la rendaient si attirante. Elle serait un compagnon extraordinaire pour un homme mortel. Mais un simple mortel ne voudrait sûrement pas d'une femme comme elle, qui serait un défi permanent. Car il ne pouvait l'imaginer se soumettant à son mari, lui offrant son obéissance et son corps sans discuter. Elle l'avait dit elle-même : elle ne serait jamais un « meuble ». Dominique, lui, était profondément séduit par cet esprit fier et indépendant. Si séduit, même, qu'il se sentait prêt à abdiquer certaines de ses prérogatives masculines afin de la considérer comme son égale. Il ne ressentait aucun besoin de dominer, il aspirait à la confiance mutuelle. C'est la raison pour laquelle il laissait à Gabrielle le soin de décider de leur relation.

Tor ralentit à hauteur d'un buisson d'aubépine, bientôt suivi de Gryphon. Les deux chevaux s'arrêtèrent pour se repaître à la lisière de la forêt tandis que leurs cavaliers mettaient pied à terre. Gabrielle se dirigea vers le champ recouvert de neige, piqueté çà et là d'empreintes de renards. Elle ferma les yeux, se laissant caresser par les rayons du soleil. A la voir ainsi, silhouette altière sur fond d'azur, Dominique eut l'impression fugitive de contempler un tableau de maître représentant un ange. Il comprenait mieux la remarque de Baudoin : Gabrielle était *vraiment* un ange.

Ses pensées en amenèrent d'autres, et Dominique rejoignit rapidement Gabrielle. La pressant du coude, il l'attira au centre du champ.

— Venez. Avez-vous déjà fait des anges dans la neige ?

Elle souleva un sourcil inquisiteur en réponse à son étrange suggestion. Il était devenu si animé, si joyeux soudain qu'elle mesura à quel point elle le connaissait mal. Mais chaque nouvelle facette de sa personnalité la séduisait davantage, et lui donnait envie de mieux le connaître.

— Des anges dans la neige ? demanda-t-elle sans dissimuler son étonnement.

— Ne me dites pas que votre mère ne vous a jamais montré comment faire des anges avec de la neige ?

Gabrielle haussa les épaules.

— Il n'y avait jamais beaucoup de neige, dans l'enceinte du château de mon père. D'ailleurs, il n'est pas naturel qu'il y ait autant de neige alors que le soleil brille ainsi. Mais montrez-moi comment s'y prendre.

— La seule chose à faire, c'est de se laisser tomber dans la neige.

Dominique joignit le geste à la parole et, les bras levés, se laissa tomber gracieusement en arrière, soulevant un nuage de poussière neigeuse autour de lui.

— Ensuite, il faut agiter les bras et les jambes ainsi. Venez, laissez-vous tomber dans la neige près de moi. Mais pas trop près, afin de ne pas couper mes ailes.

Gabrielle hésita quelques secondes. Malgré elle, elle avait du mal à se défaire de son passé, de son expérience récente dans le château d'Asmodée.

Allons, oublie tout cela. Laisse-toi tomber dans la neige et dessine des anges avec Dominique. Autorise-toi un peu de joie, pour un moment…

Et c'est ce qu'elle fit. La neige poudreuse la captura dans un crissement et une nuée de flocons épars. Elle leva ses bras haut dans la neige, puis les abaissa jusqu'à ses flancs, formant deux arcs réguliers sur ses côtés. Mais elle se rendit compte qu'elle ne pouvait se concentrer à la fois sur ses bras et sur ses jambes.

— Vous manquez un peu d'entraînement, non ?

Pour toute réponse, elle forma une boule de neige qu'elle lança au visage de Dominique.

— A quoi vous attendiez-vous donc ? Je ne suis pas un ange, Saint Juste.

Elle fit faire un mouvement équivalent à ses jambes, et s'assit pour contempler son œuvre. L'ange de Dominique jouxtait le sien, et leurs ailes se touchaient, comme s'ils se tenaient la main.

— Pensez-vous que les anges sachent quelle est leur vraie nature ? Je veux dire, ceux qui viennent sur la terre, afin de remplir une mission. Les anges gardiens, si vous préférez... Ce doit être un fardeau bien pesant, de savoir que l'on vient des cieux et que l'on doit vivre sur notre terre dure et cruelle.

— Sans doute.

Gabrielle tenta de s'imaginer ce que c'était qu'être une créature angélique. Après tout, Dieu avait envoyé des anges guerriers se battre contre le diable. Exactement comme elle le faisait. Mais il avait aussi banni les anges déchus du paradis. C'était peut-être eux, les démons qui peuplaient cette terre. Et elle était là, comme une parodie d'ange, à combattre ses propres démons. Elle jeta un coup d'œil à Dominique, occupé à dessiner de la main des yeux et un sourire sur le visage de son ange. Elle prit soudain conscience de l'humour et de la fantaisie qui habitaient son compagnon. Deux traits de son caractère que leur combat contre Asmodée n'avait pu révéler.

La voix de Dominique la tira alors de ses pensées :

— Evidemment, si vous ne croyez pas aux démons et que vous méprisez les Fées, je suppose qu'il vous est encore plus difficile de vous représenter des créatures angéliques dotées d'ailes.

— Les anges sont réels. Cela, je le sais.

— Vraiment ?

— Oui. Et je crois aux démons, dorénavant. Quand aux Fées, ce sont des créatures maléfiques.

— Pourquoi dites-vous cela ? Avez-vous déjà vu une Fée ?

— Je n'ai jamais vu de Fée voltiger près de moi, mais je me souviens…

— Elles voltigent ?

Il lui lança un regard en biais, masquant sous une mèche de cheveux la lueur ironique de son regard.

— Je ne sais pas.

Gabrielle n'avait guère envie d'aborder le sujet. Ces créatures capables de voler, et de substituer un de leurs monstrueux enfants à un enfant innocent… Mais Dominique semblait si heureux, il était si attirant, qu'elle ne voulait pas le froisser en mettant abruptement un terme à leur conversation. Et elle voulait en savoir plus à son sujet. Connaître ses croyances. Même au prix d'une discussion à propos de ces horribles créatures.

— Dites-moi donc ce que vous pensez à leur sujet.

— Très bien. Je vais tout vous dire à propos des Fées.

Et il lui prit la main, y déposant un baiser. Gabrielle, s'efforçant de rester calme, lui fit un signe de tête pour lui indiquer de poursuivre, tandis que son attention demeurait fixée sur leur contact.

— Pour celui qui ne sait pas les voir, reprit Dominique, les Fées ont l'apparence d'un mortel. Elles sont grandes et minces, elles ont les cheveux et le teint clairs, et sont toujours très belles.

La chose était difficile à croire. La créature qui avait dérobé sa petite sœur pouvait difficilement être belle, tant son enfant était laid et maladif. Et Gabrielle ne pouvait toujours pas oublier les cris perçants de sa mère…

— Il y a certaines légendes qui affirment que les Fées sont les messagers des anges, poursuivit

Dominique. Un lien entre le monde des cieux et la terre. Et qu'à ce titre, elles peuvent intervenir dans la Destinée. Mais je ne suis pas sûr de le croire. On dit aussi qu'elles ont des yeux violets qui peuvent voir l'âme d'un homme, et qu'elles sont capables de jeter un sort qui l'empêcherait de voir la vérité.

— Violet, avez-vous dit ? C'est curieux. Alors, je suis en compagnie d'un homme-Fée ?

Toute trace d'humour déserta soudainement le visage de Dominique. Il parut même horrifié et repoussa sa main, comme s'il venait d'être effleuré par un fer brûlant.

— Pourquoi dites-vous une chose pareille ?

— Vos yeux sont violets.

— C'est faux. Nous devrions rentrer… Je suis sûr que Baudoin s'inquiète de notre longue absence.

Il se leva aussitôt, et se dirigea vers Tor.

— Très bien.

Elle ne lui fit pas remarquer l'étrangeté de sa réaction. Peut-être n'aimait-il pas plus les Fées qu'elle. Mais elle eut du mal à effacer la sensation agréable d'avoir percé un peu de l'âme de Saint Juste. Une expérience qui lui donnait envie de mieux le comprendre et le connaître.

— Vous venez ? demanda-t-il.

Mais elle n'avait pas envie de le suivre si vite. Pas envie de rompre le charme de leur tête-à-tête. Elle étendit ses jambes couvertes de neige, tandis qu'un fin sourire illuminait son visage.

— J'ai besoin que vous m'aidiez à me relever.

Avec un soupir d'exaspération largement feint, Dominique revint vers elle. Mais ne lui offrit pas sa main.

— Voudriez-vous me faire croire que mon seigneur chasseur de démons a du mal à s'arracher à une petite couche de neige ?

Elle haussa les épaules, sensible à la légèreté revenue dans sa voix. Et elle attendit, en lui tendant la main. Dominique la saisit dans la sienne. Lorsqu'elle fut presque debout, elle le tira d'un geste brusque et le fit tomber dans la neige. D'un mouvement agile, elle se glissa sur lui et lui pressa les épaules.

— Vous n'êtes pas très rapide face à une attaque sournoise, mercenaire !

— Mais quelle va être votre réaction à mon attaque sournoise ?

— Votre... Vous croyez que je vais me faire surprendre par...

La fin de sa phrase fut coupée par un baiser ardent. Gabrielle, posée sur la poitrine de Dominique, tendit les bras de chaque côté de son corps afin de se relever rapidement... Mais elle découvrit que son corps refusait de lui obéir. C'était son cœur qui voulait se faire entendre, et avec lui la jouvencelle avide de tendresse et d'amour.

Succombant à l'attaque de Dominique, Gabrielle le laissa la retourner sur le dos. Il reprit le contrôle de la situation. Et elle sentit la flèche de l'amour pénétrer plus profondément encore dans son cœur.

— Pardonnez-moi, gente dame. Je ne pouvais plus supporter d'être si loin de vous. Ce feu qui vous anime et vous pousse dans votre quête est le même que celui qui m'attire inexorablement vers vous. Vous êtes irrésistible, Gabrielle...

— Oh, Dominique... Mais ce n'est pas bien ! Nous ne devrions pas. Et pourtant... cela paraît si juste...

— Vous songez encore à votre équilibre, à cette dureté dont vous avez besoin pour accomplir votre quête ?

Elle l'admit d'un hochement de tête.

— Je vous promets de vous aider à vous débarrasser de cet esprit de vengeance. Faites-moi confiance, c'est d'un cœur pur que vous aurez besoin pour accomplir votre mission. La vengeance ne peut que vous rendre fragile.

— Vos baisers me donnent l'impression d'être plus forte. Mais cette force n'est-elle pas illusoire ? Que se passera-t-il, si c'est à vos baisers que je pense lorsque je serai face à Sammael ?

— Il est vrai que je suis allé plus loin que je ne le voulais.

Dominique s'écarta un peu, mais elle le retint par le poignet.

— Et quelles étaient vos intentions ?

— Simplement de passer un peu de temps avec vous, dans la paix et le calme. Mais je vous ai brusquée.

— C'est vrai.

Elle regarda le sol. La moitié de l'ange de Dominique avait été effacé par leur étreinte. On eût dit que l'ange était son ombre.

— C'est juste que... je ne suis pas prête. Pas encore...

— N'en dites pas plus.

Il lui donna un baiser rapide. Trop bref à son goût.

— Comme je vous l'ai dit, pas de regrets. Simplement, savez-vous que vous pouvez me faire confiance ?

— Oui, Dominique, je le sais. Parlez-moi donc de Sammael. Sur quel horrible enfer règne-t-il ?

Ils étaient en train de se restaurer tous trois lorsque Dominique répondit enfin à la question de Gabrielle. Repoussant son pichet, il commença son explication :

— J'ai vu une fois cet homme à Paris. Il est de petite taille et de faible constitution. On dirait un rat. Un rat que l'on pourrait écraser du pied sans avoir besoin d'épée. Mais...

L'attention de Gabrielle, jusque-là dirigée essentiellement sur son repas, fut éveillée par ce dernier mot.

— Le Démon de l'Est est connu sous le nom de « Maître du Poison ».

Baudoin arrêta sa mastication en grognant. Dominique reprit son évocation.

— La rumeur dit que l'homme ne possède ni serviteurs, ni gardes, car son château est une arme contre ceux qui voudraient y entrer sans l'accord de Sammael.

— Comme le château d'Asmodée ?

— Oui et non. On dit que le poison suinte des murs et des créneaux comme une fine transpiration. L'air lui-même est si pollué qu'il tue lentement celui qui le respire trop longtemps.

— Alors, comment peut-on y pénétrer, que l'on soit un ami ou un ennemi ?

— Je ne sais pas.

— Vous ne savez pas ? Mais vous savez tout à propos des Mortain ! s'exclama Gabrielle. N'avez-vous pas été envoyé pour assurer la réussite de mon entreprise ?

— Si.

— Et pourtant, vous ne savez pas comment je puis pénétrer dans son repaire sans m'empoisonner ? Votre Oracle vous a-t-il abandonné ?

— Non. Mais il ne me dit que ce que j'ai besoin de savoir.

— Et comment éviter de mourir empoisonné, cela ne fait pas partie des choses que vous avez besoin de savoir ?

« Evidemment, songea Dominique, si l'on formule les choses ainsi... » Mais il reprit, imperturbable :

— Il doit y avoir un moyen. C'est à nous de le trouver.

— Comment Sammael survit-il lui-même dans son château ?

Gabrielle donna une tape amicale sur le dos de son écuyer.

— C'est toi qui devrais nous le dire, mangeur de crapauds !

— Il s'est sans doute préparé, répondit ce dernier. Il doit consommer régulièrement du poison en petite quantité pour se prémunir contre ses effets.

Déduction que Dominique confirma.

— En effet. La rumeur affirme même que son frère le craint car tous ceux qui entrent en contact avec lui meurent. Mais je me demande si l'homme ne va pas devenir fou, car ingérer du poison, même en petites quantités, doit porter atteinte au corps comme à l'esprit.

Gabrielle s'était levée et faisait les cent pas devant la cheminée. Elle passa une main sur le bandage qui lui couvrait la tête et suggéra :

— Et si nous portions des masques ? N'y a-t-il pas des antidotes, aussi, que l'on puisse préparer ? Et si nous imbibions un masque d'une potion qui neutralise le poison ?

— C'est une idée.

— Pourquoi son frère a-t-il peur de lui ? Si ces hommes sont des démons immortels, ne sont-ils pas protégés de la mort ?

— Ils ne deviennent immortels qu'une fois leur démon intérieur libéré. S'ils sont tués correctement, ainsi que vous l'avez fait par deux fois, ils meurent comme des êtres mortels.

— Et Asmodée ? Il a été tué à l'aide d'une aiguière d'eau.

— L'eau est efficace contre le feu.

— Tout cela est décidément trop compliqué pour moi ! s'exclama Baudoin.

Ponctuant sa remarque d'un soupir et d'une gorgée de vin, l'écuyer capitula et s'attaqua au morceau de lièvre qui demeurait dans l'assiette de Gabrielle.

Plongé dans ses propres pensées, Dominique contemplait le coin de table où se voyaient encore les incisions décoratives faites au couteau. Il les avait sculptées durant de longues conversations avec son père, tandis que sa mère raccommodait le linge. Conversations qui portaient sur l'honneur, sur les défis de ce monde si mystérieux et difficile à comprendre… Son père avait toujours voulu explorer les mers. Il n'avait pourtant jamais quitté le bois de Valois.

S'arrachant à ses pensées, Dominique revint à leur discussion présente :

— Nous pourrions concocter un antidote, mais combien de temps cela nous protégera-t-il ? Si l'antidote est efficace, vous pouvez peut-être pénétrer dans le château et en ressortir le plus rapidement possible…

— Vous ne m'accompagnerez pas à l'intérieur ?

Il y avait dans le regard de Gabrielle comme une nuance de peur, depuis sa lutte contre Asmodée. Une peur tapie au fond d'elle, qui n'attendait que le moment le plus inopportun pour la frapper et la mener à sa perte. Dominique le sentait. Et il aurait voulu pouvoir effacer cette peur à l'aide d'un charme. Mais c'était là un pouvoir magique qu'il ne possédait pas. Un baiser pouvait donner du plaisir, mais il était impuissant contre la peur.

— On m'a ordonné de ne pas m'en mêler, finit-il par répondre. Si ardemment que je le veuille, je n'ai pas le droit de modifier l'équilibre des forces.

— Bien sûr… Je ne devrais pas en attendre davantage de vous.

Le soupir de Gabrielle le transperça. Etait-il un homme ou un mouton ? Il ne pouvait laisser une femme seule affronter un démon ! Que l'Oracle essaye donc de le retenir, cette fois !

— Encore que..., commença-t-il.

— C'est ma quête, coupa Gabrielle. Je l'ai entamée, je dois la finir. Vous m'avez déjà été d'une aide précieuse.

— Par le diable ! J'irai dans le château de Sammael avec vous. Je ne peux pas vous laisser seule dans la gueule du démon, et prétendre vous protéger !

— Mais votre promesse ?

La question avait été posée le plus innocemment du monde par Baudoin.

— Au diable ma promesse ! Et tu vas nous accompagner aussi, écuyer, puisque tu es expert en poisons.

— Je ne suis pas un expert. Avez-vous réellement besoin de moi ?

Un silence inconfortable s'installa. Dominique désigna alors d'un geste le pansement de Gabrielle.

— Je voudrais voir l'état de vos blessures. Pouvez-vous tourner la tête ?

Il défit doucement le pansement et effleura sa peau. Un résidu de poussière irisée se dissipa instantanément dans l'air.

— Est-ce que je vous fais mal ?

— Non.

— C'est incroyable...

La voix de Baudoin trahit sa surprise tandis qu'il contemplait le crâne de Gabrielle par-dessus l'épaule de Dominique.

— C'est complètement cicatrisé ! La peau est rose et vos cheveux... Le feu n'a pas brûlé vos cheveux, en fin de compte.

— Mais pourtant, je l'ai senti. Ma peau était brûlante et... Comment est-ce possible ?

Dominique fit un petit paquet de son pansement qu'il jeta ensuite dans le feu. Des étincelles jaillirent autour du tissu avant qu'il ne fût réduit en cendres. Il n'était pas encore prêt à expliquer comment la guérison de Gabrielle était possible.

— C'est un miracle ! s'exclama Baudoin. Un vrai miracle… Ouvrez donc une nouvelle bouteille, je suis d'humeur à festoyer !

Baudoin leva sa cuisse de lièvre vers le ciel pour ponctuer sa déclaration.

— Et moi, dit Dominique en regardant Gabrielle, je suggère que nous allions nous baigner.

14.

Gabrielle suivit Dominique à travers l'épais manteau de neige. Elle ne put se retenir de penser que leurs chevaux auraient du mal, lorsqu'ils partiraient pour Meaux, le lendemain matin, à voyager à travers cette neige épaisse. Celle-ci lui arrivait déjà jusqu'aux genoux, et elle continuait à tomber en petits paquets, denses et gelés, effaçant leurs traces de pas au fur et à mesure de leur progression. Ils traversèrent la rivière sur un tronc fendu en deux et posé là, apprit-elle, par le père de Dominique.

Elle prit conscience, à ce moment-là, de leurs multiples points communs. Ils étaient tous deux jeunes, car Dominique ne devait guère être son aîné que de quelques années, tout au plus, et ils étaient tous deux orphelins. Elle se souvint qu'il leur avait raconté la mort de ses parents, terrassés par la peste. Une fin malheureuse, et presque singulière, en ces temps troublés où la plus grande partie des morts était le fait du clan de Mortain, quand ce n'était pas celui des Anglais.

Tant de décès..., songea Gabrielle. Elle gravit prudemment un chemin de rocs, toujours suivant Dominique. *Il y a tant de morts autour de moi.* Et elle-même était devenue porteuse de mort, puisque, à chaque mouvement de son épée, une vie disparaissait. Si on lui avait dit, deux semaines auparavant, que telle serait son existence aujourd'hui, elle n'aurait jamais pu croire l'auteur d'une telle prophétie ! Et elle aurait ri, d'un rire totalement incrédule.

Mais un tel rire ne pourrait plus franchir la barrière de sa gorge. Déglutir n'était plus douloureux, mais le chagrin demeurait. La mort était accompagnée d'un insurmontable chagrin. Un chagrin qu'elle n'avait jamais ressenti, si profond et si intense qu'il lui brûlait l'âme et non la peau. C'était la douleur de l'abandon, de la solitude. *Mère et Père.* Plus jamais elle n'aurait l'occasion de s'agenouiller devant sa mère et de poser sa tête sur ses genoux. Elisabeth de Vertus ne pouvait que remuer ses bras pour poser le dos de son poignet contre la joue de sa fille : ses doigts tordus ne lui permettaient pas d'autre caresse. Mais cela n'avait eu aucune importance : Gabrielle savait que sa mère aspirait à la tenir dans ses bras. Jamais plus elle ne sentirait cette caresse… Elle était seule au monde, à présent.

Que ferait-elle, lorsqu'elle aurait vaincu le dernier des Mortain ? Si toutefois elle y parvenait… Le château de Vertus était en ruines, décimé à la fois par le feu et les projectiles lancés par le trébuchet de Lucifer. Et si elle voulait réclamer ses terres sur la côte, il lui faudrait prouver au roi anglais que telle était l'intention de son père. Y parviendrait-elle ? Désirait-elle vraiment retourner dans ce château immense et déserté, pour être la proie des cauchemars et des araignées ?

Tu es toute seule.

Toute seule, et emplie d'une rage amère. Quelques nuits auparavant seulement, elle parcourait les ruines du château de Vertus. Certains corps étaient tellement brûlés qu'il n'avait été possible que d'enterrer une poignée de cendres. Des morceaux d'armures et d'épées gisaient au milieu des décombres. Gabrielle s'était saisie d'un bouclier endommagé, sur lequel étaient encore visibles l'écusson des de Vertus et leur devise : « Honneur, Valeur, Vérité ». Mais le mot « honneur » avait été arraché du bouclier. Combien, pourtant, son père avait-il vécu selon cette devise ! Il n'était pas juste qu'une âme si vaillante eût succombé à un démon.

Repoussant du pied une poutrelle noircie par le feu, Gabrielle avait alors dégagé une petite épée, et, posant le bouclier au-dessus de ce qu'il restait de la cheminée, elle l'avait enfoncée dedans, afin de les fixer tous deux sur le mur. Puis, emplie de colère, elle avait pris un morceau de charbon et tracé sur le bouclier ce seul mot, pour remplacer celui d'honneur qui avait été arraché : « Vengeance ». Et elle avait crié et crié encore sa rage. Les Mortain ne connaîtraient plus un seul jour de paix...

Plus jamais elle ne passerait son après-midi à faire des joutes, imitant les mouvements de son frère tandis que son père la saluait d'un rire sonore. Un rire dont elle n'avait plus que l'écho, maintenant, enfoui dans sa mémoire. Encore qu'elle eût dansé avec lui, une dernière fois, dans le repaire d'Asmodée. C'était une illusion cruelle, mais elle voulait malgré tout en conserver le souvenir, comme si la scène avait véritablement eu lieu.

Et maintenant tu es seule. Seule...

La prise de conscience était si amère, si brutale, que Gabrielle eut la sensation que ses genoux se dérobaient. Elle se sentit tomber, incapable de résister à la peine qui l'accablait. Et elle s'agenouilla finalement dans la neige froide, se cachant la tête entre les mains.

« Toute seule... Dorénavant... », murmura-t-elle en respirant fort pour refouler les larmes qui naissaient au coin de ses yeux.

— Gabrielle !

Dominique se précipita vers elle, se pencha et passa une main sur son front, dégageant une longue mèche de cheveux qui avait été épargnée par les talents de coiffeur de Baudoin.

— Que se passe-t-il ?

Elle secoua la tête, désireuse d'effacer les souvenirs sanglants du nouvel an, mais leur absence ne lui révélait que plus cruellement la vacuité de son avenir. Un futur froid et décourageant, entièrement fait de solitude et de crainte. Plus de famille, plus de mots tendres, plus d'encouragements ou de baisers.

— Je suis la dernière descendante de la famille de Vertus, parvint-elle finalement à articuler. Je suis...

Une voix intérieure la pressait de se taire. Car prononcer tout haut ces mots ne leur donnerait que plus de pouvoir, et ne la rendrait que plus fragile. Pour l'heure, elle avait besoin de sa force. Ou, au moins, d'une apparence de force.

Elle devait remettre son masque, tâcher de donner le change. Etouffer la jouvencelle au profit du chevalier. Elle secoua la tête et déclara :

— Que se passe-t-il, pour qu'il neige autant ? C'est invraisemblable.

— Il est vrai que c'est anormal.

Lorsqu'elle sentit la chaleur du doigt de Dominique contre le coin de son œil, Gabrielle sursauta. Il venait de cueillir une larme rebelle. Mais il n'en dit mot.

— Le monde n'est pas juste, Gabrielle. Mais il faut continuer à avoir la foi.

— Cela devient de plus en plus difficile.

— J'ai foi en vous.

Elle se laissa aller à sourire. Dominique, par ses déclarations, lui insufflait du courage. Et de l'espoir.

Dans un soupir, elle dut constater qu'il lui était de plus en plus difficile de combattre l'influence de la jouvencelle tapie au fond d'elle. Quoiqu'elle sût que ce n'était pas la jouvencelle qui venait d'être terrassée par les souvenirs de sa famille... C'était plutôt le chevalier en elle, le chevalier qui se voulait courageux.

— Nous devrions poursuivre notre route.

Et poursuivre cette vie, en espérant échapper à la solitude. Etait-il possible seulement d'y échapper ?

— Faut-il continuer tout droit ? demanda-t-elle.

— Oui. Mais prenez ma main, la descente est un peu abrupte.

Chassant ses sombres pensées, Gabrielle suivit Dominique jusqu'à une large dalle de pierre et demeura derrière lui. Une entrée sombre, drapée de neige et guère plus large qu'un tonneau de bière, menait à une caverne enfouie dans la montagne.

Elle agrippa la main de Dominique et contempla un instant leurs mains jointes, chacune protégée par un gant qui masquait leurs différences de sexe. Même lorsqu'il lui offrait son aide, cet homme le faisait sans la rabaisser. Il s'offrait, sans rien attendre en retour.

Ou sans rien lui demander en retour.

Quelqu'un avait promis de lui donner une information, d'une importance telle qu'il avait accepté d'aider un étranger à accomplir une quête impossible. Ce qui ne faisait que le rendre plus mystérieux encore. Et plus ce mystère devenait opaque, plus Gabrielle éprouvait le désir de mieux le connaître et de le comprendre.

Sans compter que cette curiosité l'empêchait de remuer des souvenirs douloureux...

Cet homme lui demanderait-il jamais une faveur ? Pouvait-elle lui en demander une ? *Je ne veux pas être seule !*

Ils entrèrent dans la grotte avec difficulté. Le sol, recouvert de neige gelée, gêna considérablement leur progression au début. Dominique marchait lentement, en se guidant sur la paroi de pierre. Ils ne seraient pas longtemps dans le noir, prit-il le temps d'expliquer à Gabrielle, car il gardait une torche un peu plus loin.

— Que voulez-vous, en échange ?

Gabrielle ne put s'empêcher de lui poser la question tandis qu'elle se guidait, elle aussi, en touchant la paroi.

— Pour mon aide ? demanda-t-il.

Ses mots résonnaient étrangement dans la grotte, quoiqu'il n'y eût pas d'écho.

— Je ne peux qu'espérer que vous serez victorieuse, répondit-il. Et heureuse de l'être.

— Pourquoi ne le serais-je pas ? Débarrasser la surface de la terre de tels démons ne peut qu'être satisfaisant. Mais ne me demanderez-vous pas de l'argent, des terres ou... des faveurs ?

— Je n'ai pas besoin de ce que vous pourriez m'offrir, gente dame. Ainsi que vous avez pu le constater, je suis riche : j'ai une maison et un cheval. Et je ne désire aucun bien matériel en dehors de l'épée qui est à mon côté. Je vais lâcher votre main, afin d'allumer la torche. Ne bougez pas, ou vous tomberez.

Tomber ? S'accrochant à la paroi chaude derrière elle, Gabrielle écouta Dominique allumer la torche à l'aide d'une pierre à feu.

Il ne demande rien ? L'homme était décidément étrange. Et il n'avait pas réagi lorsqu'elle avait mentionné la possibilité de lui offrir ses faveurs. Mais la jouvencelle en elle n'était pas prête à renoncer si vite.

— Ne puis-je pas vous séduire en vous offrant mon corps ?

La torche s'alluma brusquement, projetant une lumière vive et un effluve de soufre. Gabrielle eut un sursaut, provoqué par le souvenir déplaisant d'Asmodée répandant la même odeur. Mais l'odeur, dans sa chambre, avait été bien plus forte. Davantage proche du soufre brut, âpre. Elle était presque certaine qu'une telle odeur n'avait rien de naturel : elle pourrait parcourir la terre entière sans la rencontrer de nouveau.

Une lueur dansa dans les yeux de Dominique tandis qu'il réfléchissait à la question qu'elle venait de lui poser.

Offrir son corps ? Une suggestion pour le moins hardie, puisqu'elle n'était même pas sûre de pouvoir l'honorer.

— Votre corps ainsi que votre esprit m'ont déjà tous deux séduit, Gabrielle.

— Alors, vous ne voudriez pas de moi ?

— Si. Très certainement. Mais ce ne doit pas être la conséquence d'une requête : seulement celle d'un accord, d'un désir mutuel. Je ne pourrais vous désirer autrement.

Il était tout près d'elle, les yeux brillant de leur incroyable nuance de violet dans la lumière ambrée de la torche. Elle se souvint, en l'entendant, de sa déclaration, quelques jours auparavant, au cours de leur première veillée autour d'un feu de camp. *Lorsque j'aime, j'aime profondément. Et je ne prends pas les relations charnelles à la légère.* Combien la jouvencelle en elle aspirait à un tel amour !

— Regardez, reprit-il.

Il lui avait saisi la main et l'invitait à contempler ce qui les entourait. Un bassin aux eaux si profondes qu'elles en semblaient indigo clapotait ; ses sillons d'argent se révélaient à la lueur de la torche. L'endroit était empreint de magie, comme un trésor caché dans les entrailles de la montagne.

— L'eau est peu profonde, à peine jusqu'à la taille. Et il y a, tout autour, des pentes naturelles sur lesquelles on peut s'asseoir et se reposer.

L'explication laissa Gabrielle un peu perplexe. L'eau était si bleue qu'elle lui rappelait la couleur de la topaze sur le fourreau de l'épée de son père : une beauté claire et intense.

— Elle doit être terriblement froide.

— Absolument pas. C'est une source chaude comme il y en a tant dans le sol. C'est la raison pour laquelle mon père a construit sa maison à cet endroit. J'avais l'habitude de me baigner ici, enfant, afin d'y purifier mon âme.

Elle observa prudemment les vaguelettes colorées.

— Et comment fait-on pour purifier son âme ?

— Il faut fermer les yeux, respirer calmement et… se détendre.

L'âme de Dominique brûlait de mille feux violets, songea Gabrielle, tandis qu'elle plongeait son regard dans ses yeux.

Otant ses gants qu'elle déposa sans ménagement près de la paroi, elle s'agenouilla afin de plonger une main dans l'eau. Celle-ci était d'une chaleur délicieuse. Elle eut le sentiment d'être traversée par une vague de vitalité qui lui fit monter le rouge aux joues, au point qu'elle eut presque le désir de se jeter dans l'eau tout habillée.

— Je reviens dans une heure ? demanda Dominique.

— Non.

Gabrielle lui répondit avant même de mesurer les conséquences de son refus. La dernière fois qu'elle avait été seule, Lucifer avait surgi dans sa chambre. Même si le bassin était envoûtant, le silence engendré par la solitude lui faisait bien trop peur pour qu'elle pût l'affronter.

— Ne me laissez pas… S'il vous plaît, je ne supporte pas d'être seule.

— Mais vous voulez vous baigner, non ?

— Oui.

Un peu de vapeur flottait à la surface de l'eau et s'enroulait autour de son corps et de son cou, caressant sa gorge meurtrie. Résister à la tentation de ce bain était dorénavant impossible, mais se baigner seule ?

— Pouvez-vous juste vous tourner tandis que je me déshabille ?

— Gente dame…

— N'êtes-vous pas tenu de me protéger ?

— Je… Je le suis.

— Alors, vous ne devriez pas me laisser seule.

Il soupira bruyamment.

— Qu'il soit fait selon vos désirs.

Et il se tourna vers la paroi, rabattant sa capuche sur sa tête : celle-ci était si large qu'elle entravait toute vision alentour. Bien sûr, rien ne l'empêchait de se tourner et de la regarder tandis qu'elle était nue, mais Gabrielle savait qu'il n'en ferait rien. Dominique était d'une rare intégrité, une intégrité forgée par la vérité, l'honnêteté et la détermination. Ces qualités qu'elle-même voulait déployer dans sa lutte. Ils avaient décidément de nombreux points communs.

Et pourtant, il y avait aussi cette distance entre eux… Mais elle ne voulait pas réfléchir maintenant à leurs différences. Elle préférait se laisser glisser dans le bassin et s'abandonner aux joies de l'instant.

Elle déposa sa tunique, ses chausses et ses bottes près du bassin, les abandonnant comme un serpent abandonne une peau morte, et plongea dans l'eau jusqu'au menton. Une agréable sensation de chaleur lui caressa le corps, l'enveloppant comme une étreinte de bienvenue. Sa peau se mit à picoter tandis qu'elle s'abandonnait au plaisir de la sentir pénétrer ses pores. Elle se laissa flotter un moment puis plongea, désireuse de s'immerger totalement dans cette eau douce et pure. Cela faisait des mois qu'elle n'avait pris de bain, et jamais elle n'avait connu le luxe d'une telle chaleur. Même les bains pris dans les appartements privés de sa mère n'avaient été que tièdes. Elle remonta à la surface lorsqu'elle n'eut plus d'air, exhalant son plaisir :

— Aaah…

— Alors ? Comment vous sentez-vous ?

Recrachant un peu d'eau et glissant les mains sur ses seins, Gabrielle se laissa de nouveau sombrer jusqu'au menton.

— C'est le paradis sur terre !

Le rire de Dominique, aussi chaleureux que les vaguelettes qui lui caressaient les épaules, était un baume pour le cœur de Gabrielle. Elle effleura délicatement la peau au-dessus de son oreille. Baudoin avait eu raison : les cheveux n'avaient pas été brûlés. Et elle ne sentit, au toucher, aucune cicatrice. Ce qui était étonnant, compte tenu du fait qu'elle avait reçu un coup d'Asmodée sans pouvoir l'esquiver. Mais il n'y en avait aucune trace : il n'y avait que ses cheveux, épais et courts, bien plus courts que la majorité des hommes ne les portait.

Une fois de plus, la jouvencelle en elle refit surface, mais avec tristesse. Elle se demanda combien de temps il faudrait à ses cheveux pour repousser. Des années, sans doute. Sa cause était-elle digne d'un tel sacrifice ? Il était trop tôt pour le savoir. Seule sa victoire donnerait un prix aux sacrifices auxquels elle avait dû consentir.

Qui plus est, t'inquiéter de ta beauté maintenant, ou de ton pouvoir de séduction, est une complète absurdité ! gronda le guerrier en elle. Car le seul homme qu'elle désirait séduire se tenait là, à quelques pas d'elle, tout habillé tandis qu'elle était complètement nue.

« Lorsque j'aime, j'aime profondément… »

Ces paroles de Dominique ne cessaient de la hanter. Elle ne s'était jamais sentie si vulnérable. Et paradoxalement, si forte.

— Vous pouvez vous tourner, Saint Juste.

— Je ne voudrais pas vous mettre dans une position compromettante, gente dame.

— Je ne peux converser avec un dos. Et de toute façon, je suis immergée dans l'eau.

Elle baissa les yeux vers le fond du bassin. L'eau était si claire, malgré ses ondulations, qu'on pouvait voir distinctement ses seins, ses cuisses et même jusqu'à ses pieds, quoique l'ensemble fût légèrement déformé par les vaguelettes.

— Je ne crains pas votre regard.

— Très bien.

Dominique se tourna, et posa son bras contre l'arête de pierre qui séparait la grotte dans laquelle ils se trouvaient du boyau qui y menait. D'un geste, il ôta son capuchon.

— Vous avez une très jolie cape.

Tandis qu'elle émettait ce commentaire, Gabrielle ne cessait de former de petites vagues avec ses doigts, afin qu'elles masquent son corps de leurs ondoiements.

— Ma mère l'a confectionnée, et mon père en a poli les pierres. Ce sont des hématites, réputées pour leur action bénéfique sur le sang.

— Elles brillent comme des étoiles sur un ciel sombre. C'est très étonnant.

— C'est ce que mon père avait coutume de dire : « Une grande cape pour un jeune homme étonnant. »

— Il vous trouvait étonnant ?

— Avec beaucoup de tendresse, oui. Il savait que je n'étais pas comme la plupart des autres jeunes gens. Mon père était un homme bon et juste. Tout comme ma mère, dont la vie était simple, dédiée au labeur et à la prière.

— Vous parlez avec éloquence de vos parents. Ils ont dû être très fiers de leur fils.

Gabrielle ne s'attendait pas au silence qui suivit sa remarque. Elle avait oublié qu'il était un mercenaire. Et qu'il n'y avait guère d'honneur à servir un chef en échange d'un peu d'or. Son père avait engagé un certain nombre de mercenaires, et elle se souvenait des commentaires acérés de son frère à l'égard de ces hommes sans attaches. Bien sûr, Gabrielle avait pensé alors que si un homme n'avait pas de liens, il était de son droit d'aller de château en château pour proposer ses services. Elle leva les yeux et observa ceux de Dominique, sombres et clairs à la fois, semblant toujours percevoir davantage de choses qu'elle.

Elle ne pouvait prétendre séduire un tel homme maintenant, dans son état. Pas plus qu'une souris ne pourrait contraindre un cheval à se jeter dans un précipice. Elle avait compris sa laideur en voyant le regard horrifié de Baudoin. Et elle venait de se souvenir de l'épaisse cicatrice de sa gorge. Elle posa une main dessus, anxieuse de masquer l'horrible blessure.

— J'ai toujours été trop fière de mon corps. Mais, comme vous pouvez le constater, je n'ai plus de raisons d'entretenir une telle fierté.

— Les cheveux repoussent.

Il n'y avait aucune nuance de dégoût ou de répulsion dans sa remarque. C'était un simple constat. Il la regardait droit dans les yeux, peut-être par respect pour sa nudité, pour s'empêcher de laisser son regard glisser plus bas. Gabrielle l'ignorait. Elle sentit de la compassion irradier de lui, si palpable qu'elle eut le sentiment qu'elle pouvait presque la toucher. Comme s'il avait été possible de s'en saisir, de la presser sur son propre cœur et de la laisser pénétrer sa peau.

D'un geste inconscient, elle traçait la ligne rouge qui lui barrait la gorge. Une partie du coup avait été déviée par sa chevelure, mais çà et là, la peau était encore si fragile que la plaie semblait prête à se rouvrir. Une peau douce comme un fil de soie.

— La cicatrice n'est pas si remarquable, fit remarquer Dominique. Un trophée de bataille comme un autre. A comparer avec d'autres... Mais gagneriez-vous, à la comparaison ?

Elle sourit, envahie d'images du passé. Son frère et les chevaliers de son père avaient coutume de comparer ainsi leurs cicatrices. Ils relevaient leurs tuniques, leurs chausses, pour se montrer mutuellement les blessures reçues durant une bataille. La blessure la plus longue et la plus épaisse gagnait. Et honte à celui qui osait prétendre comparer sa blessure d'épée contre celle d'une masse, ou contre le sillon d'une hallebarde !

— Cela rend ma voix si laide..., répliqua-t-elle. J'avais la voix d'une femme, auparavant.

— Vous êtes une femme, Gabrielle. Votre voix n'est jamais qu'un moyen de parler ou d'émettre des sons. Votre vraie féminité est tout entière contenue dans vos merveilleux yeux bleus.

Merveilleux ? Elle cligna des yeux, s'absorba dans la contemplation de l'eau. Elle avait toujours pensé que sa chevelure était sa plus belle parure, et n'avait jamais regardé ses yeux. Merveilleux ? Elle ne put s'empêcher de sourire, d'un sourire si soudain qu'elle en fut presque embarrassée. Elle détourna ses yeux du regard envoûtant de Dominique.

— Merci. Vous avez un talent incroyable pour mettre les autres à l'aise, pour...

« Les enchanter », pensa-t-elle. Mais elle se retint, et termina ainsi sa phrase :

— Vous êtes un homme bon.

— Je suis un mercenaire, Gabrielle. Ne confondez pas la courtoisie et l'honneur. Je tue pour de l'argent.

L'homme qui est mon ami le lundi peut tomber sous mon épée le vendredi, si j'ai changé de maître.

— Mais vous n'avez pas tué, dernièrement.

— Vous n'en savez rien.

— Je le vois dans vos yeux. Et je le sens. Vous n'avez tué que ceux qui méritaient de l'être. Des criminels, des meurtriers, des scélérats. Nous faisons tous ce que nous avons à faire.

Elle fit courir ses doigts à la surface de l'eau, provoquant de nouvelles vaguelettes qui s'enroulèrent autour de son corps, faisant luire doucement la peau pâle de ses cuisses.

— Je n'aime pas tuer, vous savez, fit-elle remarquer.

— Les Mortain ne sont pas des hommes. Ce sont des démons. Ne l'oubliez pas.

— Je ne crois pas que je puisse l'oublier. Si j'avais su...

Gabrielle ne put se retenir de frissonner. Il était impossible d'oublier, en effet, tout ce qu'elle avait appris ces derniers jours.

— On vous a sans doute préservée à la fois de la mort et de ce savoir, afin de vous encourager à vous lancer dans cette expédition, déclara Dominique.

— Je ne suis pas si courageuse que vous semblez le croire. Je ne recherche que la vengeance. Une froide et égoïste vengeance.

— Je ne crois pas.

— Qu'y a-t-il d'autre ?

— Chaque Mortain tombé signifie que la vie de centaines, peut-être de milliers de personnes sera épargnée. Des familles entières n'auront plus à craindre que la vie d'un de leurs proches ne soit sacrifiée aux désirs malsains de cette famille. Et bientôt, peut-être, une fois Lucifer vaincu et son influence contrecarrée, les Anglais perdront-ils le contrôle de Paris, et la France retrouvera-t-elle son sol. Vous savez parfaitement que c'est la raison de vos actions.

— Rendre Paris à la France est une ambition plutôt démesurée.

— Et qu'en est-il de rendre leur sérénité d'esprit aux Français en tuant le clan des Mortain ?

— Cela, je peux le faire. Mais ce n'est pas ma première raison. Ce sont les visages de mes parents, de mon frère et d'Henri qui me poussent inexorablement. La colère que je ressens est si forte...

— Usez de la raison la plus efficace. Mais serez-vous capable d'oublier ensuite votre colère, de la dissocier de ces visages, lorsque tout sera fini ?

— Je l'espère. Je le souhaite sincèrement. Mais il y a autre chose, Dominique. Je l'ai senti depuis le premier jour de ma quête. Comme une voix intérieure qui me pousserait malgré moi, même lorsque la défaite semble inéluctable. Je ne peux l'expliquer. Je sais juste que je dois lui obéir.

— Il s'agit sans doute d'un désir de corriger le mal qui a été fait. Vous voulez que l'ordre du monde redevienne juste. Il n'y a aucun mal à cela.

— Je crains cependant que ma vie n'en soit à tout jamais changée. Je serai peut-être hantée pour toujours par ces images. Saviez-vous que Henri de Lisieux... son cœur...

Elle s'interrompit, et ferma les yeux. Incapable d'affronter une fois de plus les terribles images de sa mémoire.

— Qu'il en soit ainsi, acheva-t-elle. C'est le prix que je dois payer pour les âmes de ma famille. Lorsque je dois choisir entre la foi et la frayeur, je choisis toujours la foi.

— Vous parlez comme une martyre.

— Oh, non... Je n'en suis pas une. Je ne suis pas une sorcière lancée dans la bataille au nom de Dieu.

Je vous l'ai dit : j'obéis à un désir égoïste, non à un message divin comme prétendait le faire Jeanne d'Arc.

— Pouvez-vous en être sûre ?

Elle eut un petit rire et haussa les épaules.

— Je n'ai pas parlé à des anges, Dominique. Et pourriez-vous croire un tel blasphème si je prétendais le contraire ?

— Ah, c'est vrai... Vous êtes une sceptique. J'avais oublié que vous vous raccrochiez au monde matériel : ce que vous ne pouvez voir n'existe pas. Vous ne devez donc pas, en effet, avoir été envoyée par un pouvoir supérieur.

— Et qu'en est-il de vous ? D'où vient votre Oracle ? Peut-être est-il un ange qui vous a guidé sur mon chemin ?

— C'est peu probable.

— Vous ne le lui avez jamais demandé ?

— Je... Je n'y ai jamais pensé, non.

— Depuis combien de temps vous apparaît-il pour vous envoyer dans des missions hasardeuses ?

— Depuis quelques années. Mais c'est bien moi qui choisis mes propres missions. Et celle-ci est la dernière.

— La mienne aussi. Dominique, voulez-vous vous joindre à moi ? Vous commencez à trembler de froid.

— Gente dame, ce serait pour le moins une compromission !

— Je suis audacieuse !

Une vague de chaleur et de désir parcourut son corps de frissons érotiques, et elle sentit ses mamelons se durcir sous l'effet de l'excitation.

— Et croyez-moi, ajouta-t-elle, je sais de quoi je parle. Avec ce que mon corps a subi...

— Je sais, avoua-t-il.

Elle releva brusquement la tête. L'aveu de Dominique flottait encore dans son regard, comme une vague peine. Il haussa une épaule.

— Baudoin me l'a confié, reprit-il. Ne lui en voulez pas, c'est moi qui ai insisté. J'étais curieux de comprendre ce qui était à l'origine d'une telle colère.

Le cœur de Gabrielle se mit à battre frénétiquement dans sa poitrine. Elle ne savait que répondre. Pourquoi ne lui avait-il pas posé la question ? Elle ne lui aurait sans doute pas répondu, certes, mais elle aurait apprécié le geste. Elle se sentit déçue, trahie qu'il eût choisi d'aller vers son écuyer pour connaître les réponses. Et en même temps, elle se sentait soulagée. Soulagée de ne pas avoir besoin de raconter elle-même les horreurs de cette nuit.

— Mon père a toujours dit que je possédais une nature ardente.

— Je m'en serais douté ! Baudoin m'a aussi dit que vous aviez dû assumer très jeune le rôle de châtelaine, en raison d'une maladie que votre mère avait contractée.

— Oui. Ma mère est tombée malade après que ma sœur eut… disparu.

Sa gorge se serra à l'évocation de cet autre souvenir douloureux.

— Vous en savez tant à mon propos, mercenaire, et j'en sais si peu à votre sujet…

— Vous êtes chez moi. Vous avez dormi dans mon lit, mangé à ma table. Vous savez que mes parents sont morts depuis longtemps et que Tor est mon seul compagnon. Que pourrait-il y avoir d'autre à savoir ?

« Ce qui fait chanter votre cœur », faillit-elle lui demander. *Pourrait-ce être moi ?* Probablement pas. Et pourtant, il avait presque avoué son amour, un peu plus tôt...

Elle lui demanda alors :

— Pourquoi ne venez-vous pas dans l'eau ? Restez de l'autre côté du bassin, je tournerai la tête. Inutile d'être timide.

Il demeura silencieux. Hésitant. Etait-elle donc si laide qu'il ne pût supporter de la voir ?

— Si votre écuyer apprenait que je me suis baigné avec vous...

— Je ne le lui dirai pas.

Les lueurs bleues de l'eau se reflétaient doucement sur son corps. Elle était si exposée... Et si désireuse de l'être. Car elle se sentait en sécurité, avec Dominique. Et elle ressentait un besoin si profond de proximité...

— Je ne dois pas, dit-il. Pas encore.

— Je comprends.

Elle préféra alors changer de sujet.

— Pensez-vous, demanda-t-elle à brûle-pourpoint, que nous puissions venir à bout des deux qui restent ?

Il la regarda longuement sans répondre.

— Tout est possible, finit-il par déclarer.

— Ce sont des créatures immortelles.

— Vous êtes parvenue sans trop de difficulté à vaincre les trois premiers, Gabrielle. Pourquoi doutez-vous donc, maintenant ?

Elle flotta de nouveau, reprenant sa position initiale, les bras écartés à la surface de l'eau, les paumes ouvertes caressées par les chaudes vaguelettes.

— Peut-être que le savoir n'est pas la meilleure des armes. Auparavant, je ne savais pas qui je défiais. Je voudrais juste que tout soit fini... pPour pouvoir reléguer cet enfer derrière moi, et reprendre le cours de ma vie.

— Cela arrivera bientôt.

Il fit quelques pas vers le bord du bassin. Envisageait-il de se baigner ? Non, il s'assit et la fixa de son incroyable regard, qui semblait encore plus violet à la lueur des torches.

— Si vous étiez vêtue, je m'approcherais pour vous serrer dans mes bras et vous redonner confiance. Afin que vous vous sentiez protégée, et en sécurité.

— Je me sens protégée. Mais, parfois, je manque de confiance en moi-même.

— Allons donc ! Vous avez plus de hardiesse qu'une armée de mercenaires ! Regardez ce que vous êtes parvenue à accomplir, Gabrielle !

— Je n'y serais sans doute pas arrivée sans vous.

Sa main flottait toujours à la surface de l'eau, et Dominique s'approcha afin de la toucher du doigt. Aussi curieux que cela pût paraître, Gabrielle eut la nette sensation d'un flot de pouvoir passant de la main de Dominique à la sienne. Un pouvoir qui remonta le long de sa colonne vertébrale et diffusa dans son corps une étrange confiance, une certitude absolue quant à ses capacités.

— Sentez-vous cela ?

— Je ressens quelque chose.

Il détourna le regard, la mâchoire tendue malgré son apparente décontraction. Gabrielle enserra sa main dans la sienne.

— Dites-moi… Dites-moi ce que vous ressentez. Cette chaleur, ce besoin de…

— C'est du désir, Gabrielle. Du moins est-ce ce que je ressens.

Elle attrapa son poignet afin de l'empêcher de s'éloigner. Elle ne savait pas trop, pourtant, si elle désirait qu'il reste ou qu'il s'éloigne. Mais elle savait qu'elle devait trouver une réponse, une explication à cette soudaine envie. Elle ferma les paupières et se mordit la lèvre.

— Vous avez raison. C'est du désir. Et je crois… je crois que j'ai besoin de ressentir du désir. De me perdre dans cette sensation…

— Dans l'espoir de chasser un peu de cette douleur qui vous hante depuis deux semaines ?

Elle laissa retomber son menton.

— Voyez comme je suis égoïste… Je pense toujours à moi, aux moyens d'accroître mes expériences ou d'oublier mes peines aux dépens des autres.

Il se pencha près d'elle et effleura légèrement son crâne de ses lèvres. Elle sentit des gouttelettes d'eau cascader sur ses épaules tandis qu'il passait la main dans ses cheveux. La promesse contenue dans son regard était mystérieuse : Gabrielle ne savait pas ce qu'il lui offrait, mais elle voulait le découvrir.

— Vous êtes une survivante, Gabrielle.

Il passa le doigt sur son menton, le long de sa mâchoire, puis dessina la cicatrice de son cou. La sensation fit frémir Gabrielle, mais elle ne s'éloigna pas.

— Est-ce que cela vous fait souffrir ?

— Non. Plus vraiment. Sauf lorsque je dois crier. Et comme je l'oublie chaque fois, c'est la douleur qui me le rappelle.

Il embrassa sa gorge, pressant ses lèvres contre la peau rouge et meurtrie de la cicatrice. Gabrielle sentit des larmes couler de ses yeux. Elle étendit les mains, saisit les cheveux de Dominique, approcha sa tête de la sienne et s'abandonna à ses baisers à la fois doux et purificateurs. Comme si chacun de ses baisers effaçait un peu de cette horreur qu'avait déposée en elle Lucifer. *Tenez, prenez tout,* aurait-elle voulu lui dire. Mais elle était déjà heureuse de pouvoir en abandonner une partie.

Si seulement il avait été dans le bassin ! Elle aurait pu lui envelopper les reins de ses jambes et savourer la proximité de son corps, la chaleur de sa peau. La simple douceur de leur étreinte. Même sans aller plus loin... Mais le contact de son front contre son oreille l'excita soudainement, remplaçant sa peine et sa tristesse par une vague de désir. Elle voulait se donner à lui, mais la pensée qu'elle ne souhaitait peut-être qu'effacer l'humiliation de Lucifer l'empêcha de le lui avouer.

Elle rejeta au contraire la tête en arrière, laissant l'eau bercer le haut de son crâne tandis que Dominique lui tenait la tête de sa main. Il embrassa une fois encore sa cicatrice et pressa sa joue contre la sienne, en lui murmurant doucement des mots tendres qui lui rendirent sa sérénité.

— Votre beauté brille par-delà les tortures que votre corps a subies, Gabrielle. Je la sens irradier de vous. Vous êtes si forte. Un feu...

Sa voix devint un peu étouffée dans le bruissement de l'eau.

— N'oubliez jamais, quand tout semble perdu et que vous voulez renoncer, que votre force est en vous.

Il lui toucha la tête, précisant ainsi qu'il parlait de ses pensées, de son esprit.

— Le triomphe ne se mesure pas à un coup d'épée ou une estocade mortelle, ajouta-t-il.

— Je l'ai ressenti depuis le siège de Mastema, tandis que je parcourais ses rangs pour le trouver. Je ne sais d'où cela me vient, mais je l'accepte.

— Et vous avez raison. Suivez votre instinct sans vous poser trop de questions. Votre sagesse intérieure vous guidera.

Dominique ponctua chacun de ses conseils de légers baisers le long de son oreille.

— Merci de m'avoir amenée ici. J'en avais besoin.

Une heure de paix, en agréable compagnie. Elle devait admettre à quel point cela lui faisait du bien.

— Mais nous allons traquer Sammael…, commença-t-elle.

Il la fit taire d'un doigt posé sur ses lèvres.

— Ne parlez plus de ce qui nous attend. Ce bassin est sacré. Je ne veux pas que vous en contaminiez la paix en discutant de combats à venir. D'accord ?

— D'accord.

— Je vais vous laisser vous reposer tranquillement, à présent.

Gabrielle se retourna dans l'eau et s'accrocha au bord de sa cape. Elle laissa ses épaules et sa poitrine surgir hors de l'eau. Le regard de Dominique, lorsqu'il la contempla ainsi, trahit de nouveau son désir.

— Vous me tentez, gente dame…

Il s'agenouilla de nouveau, et lui embrassa le cou et les lèvres.

— Touchez-moi encore un peu, dit-elle. J'en ai besoin. S'il vous plaît…

Dominique n'avait qu'un désir : plonger et prendre cette femme, maintenant, sans plus tarder. Mais il ne voulait pas se déshabiller pour une raison précise. Et il eût été malhonnête de jeter un sort à Gabrielle pour éviter qu'elle ne vît sa réelle nature. Ç'aurait été une trahison, et il voulait être honnête avec elle. Mais il n'était pas encore prêt à tout lui révéler. Aussi resta-t-il ainsi, agenouillé près d'elle, lui embrassant le cou et les lèvres, espérant que cela lui suffirait.

Un baiser posé sur chacun de ses doigts provoqua un soupir délicieux de cette adorable créature. Dominique se saisit de la main de Gabrielle et lui embrassa la paume, puis le poignet. Il étudia les lignes inscrites en étoile sur la paume de sa main, s'interrogeant sur leur sens. Le destin inscrivait ainsi ses chemins dans les lignes d'une main, mais c'était là une énigme impossible à résoudre. Il n'essaya pas, mais continua son exploration, remontant de la paume au poignet. Et c'est alors qu'il le vit, un petit symbole bleu imprimé pour toujours dans sa chair. Il n'était pas dû au hasard. C'était au contraire un dessin gracieux, une arabesque dont la signification remontait à la nuit des temps.

Relâchant son poignet avec un cri de surprise, Dominique se leva.

— Que se passe-t-il ?

— Hum... peut-être que je suis allé trop loin...

— Vous oubliez que je ne risque plus rien.

— Cela ne fait rien. Je ne devrais pas vous traiter différemment que si vous n'aviez pas été... De plus... il y a... des choses que je dois faire impérativement. Je n'ai pas... nourri Tor. Voulez-vous rester encore un peu ?

— Seulement dans vos bras.

Elle voulut se saisir de sa cape, mais il s'éloigna rapidement.

— Vous ai-je offensé ? Suis-je si...

— Ne dites pas cela, Gabrielle. Vous êtes très belle. Vous êtes même... parfaite. C'est juste que je ne peux pas...

— Vous n'êtes pas prêt ?

— Pas encore. Peut-être une autre fois.

Il ne pouvait rien dire d'autre. Rien faire de plus. Il avait vu le symbole, il savait exactement ce qu'il signifiait.

Et il ne parvenait toujours pas à le croire.

15.

— Il vous demande de lui accorder une audience, monseigneur.

— Très bien, faites-le entrer. Mais informez-le qu'il doit demeurer de l'autre côté de la table et qu'il ne doit rien toucher.

Et Lucifer, d'un geste hautain en direction des massives portes de fer qui séparaient ses appartements du labyrinthe de tunnels, congédia le garde. Celui-ci acquiesça nerveusement, quittant la pièce très chaude où régnait son maître.

Une fois le garde parti, Lucifer ne put retenir un froncement de sourcils. Que venait donc faire Sammael en son château ? Etait-il incapable, cet affreux morceau d'arsenic et d'aconit, de rester au loin, ainsi qu'il le lui avait ordonné ? Il savait qu'il aurait dû s'attendre à une telle visite : la nouvelle de la mort d'Asmodée lui était parvenue aux oreilles ce matin. Le messager lui avait confié qu'il ne restait plus rien de son frère, hormis quelques os éparpillés, et que la pièce, curieusement, semblait avoir brûlé. Plus étrange encore, son frère ne semblait pas avoir été décapité. Avait-il été brûlé jusqu'aux os ? Cette mort plus qu'étonnante ne ressemblait pas aux méthodes du Chevalier Noir. Il avait visiblement acculé Asmodée dans sa propre chambre, sans armes et sans gardes. Il aurait été si simple de le déca…

— Arhhh...

Une douleur aiguë lui transperça le crâne. Il tomba à genoux, prostré sous le regard rougeoyant de son aigle empaillé. La douleur de sa chute sur le sol de marbre, toutefois, ne put effacer celle qu'il ressentait à la tête. Il avait le sentiment que des milliers d'aiguilles lui déchiraient l'intérieur du crâne sans pitié. Sa vision s'obscurcit, puis fut remplacée par des couleurs vives qui accentuèrent son tourment. Il n'avait jamais ressenti une telle douleur. Et, désemparé, il ne savait même pas à quoi en attribuer la cause.

La douleur, d'abord rouge, se mua soudainement en un blanc étincelant, si beau et si pur qu'il ne put s'empêcher de sourire malgré sa terreur.

Souviens-toi...

Toujours agenouillé, il leva ses mains tremblantes, comme pour agripper l'éblouissante lumière qu'il ne voyait pourtant que les paupières closes. Il ne put rien saisir qu'un peu d'air. Mais des souvenirs confus, ou des bribes d'avenir, se mirent à danser follement au milieu de ses pensées.

Une lumière bleue, incroyablement pure...

Un désir insatiable...

Un homme mortel, qui possède la liberté de prendre ce qu'il désire... Qui a la chance de posséder une volonté réellement libre. Mais il y a une autre possibilité...

Il était difficile de comprendre le sens de ces images. Il fallait s'en laisser pénétrer : un corps de femme nue... de l'or qui scintille sur ses doigts et son cou... le dessin de ce symbole bleu si familier, comme une arabesque délicate...

Ou au contraire s'arracher à cette vision qui ne pouvait être que celle du futur : des formes abîmées, noires... des ailes.

L'autre option : se rebeller.

Et soudain, il se souvint.

De tout.

Il était déchu. Tout comme Satanael, Mastema, Asmodée et Sammael. Ils étaient tous frères, unis non par le sang, mais par leur désir rebelle de venir sur terre et de profiter des plaisirs des mortels.

Le souvenir envahit les pensées de Lucifer, laissant des fragments çà et là. Quelque chose d'autre essayait de remonter à la surface, une pensée ténue et confuse… *Les ailes ?* Peut-être. Et ce symbole bleu. Il le connaissait. Il était imprimé sur son poignet depuis toujours, l'intriguant depuis sa naissance. Puis une étrange émotion l'envahit. *La grâce et la mélancolie. Une convoitise irrépressible.* Cette convoitise si profondément inscrite dans son cœur qu'elle en était douloureuse, source de dureté. Et d'ennui, aussi.

Il y avait tant de désir et d'insatisfaction contenue, dans les images de sa vie passée. Tant de colère également. Ou d'envie. Il devait connaître les plaisirs de cette vie terrestre. Il voulait s'abandonner aux péchés de la chair, de la luxure. Connaître le goût, le toucher et l'odeur du sang humain. Il devait… consommer.

Il n'y a que l'Unique qui puisse te délivrer de cette punition. C'est le seul…

Il poussa un cri perçant tandis qu'une aveuglante lumière bleue vrillait ses yeux. Puis la douleur, enfin, diminua peu à peu. Tout redevint comme avant. Encore agenouillé, Lucifer se balançait d'avant en arrière, les mains appuyées sur le sol. Tandis que les dernières bribes du Souvenir s'effilochaient, il aperçut les images de son Destin, et les conserva précieusement dans son esprit. Les derniers fragments s'évanouirent alors, mais trop tard : il savait ce qu'il voulait savoir. Il avait réussi à conserver l'essentiel.

— Par le sang du Christ…

Il secoua vivement la tête, dispersant des gouttes de sueur tout autour de lui. Il respira profondément, essaya de calmer son souffle saccadé. Puis il tourna son poignet, afin d'observer le symbole qui y était tatoué.

— Je suis un séraphin[1]. L'ordre le plus haut des anges.

Il se releva, un sourire satisfait aux lèvres. Il comprenait, désormais. Le Chevalier Noir avait libéré le démon de feu d'Asmodée, la créature qui vivait en lui et en chacun de ses frères. L'ultime récompense de celui qui est déchu et qui se souvient. Il avait perdu, jusqu'à présent, le souvenir de sa chute.

Il était un séraphin. Le symbole tatoué sur son poignet le proclamait haut et fort. Et maintenant qu'il le savait, il avait les moyens de modifier son avenir. Satanael et Mastema avaient été assassinés rapidement et efficacement : ils n'avaient eu aucune chance d'accéder à l'immortalité. Ils n'avaient même pas su qu'une telle possibilité existait. Mais que s'était-il passé avec Asmodée ? Etait-il possible que le Chevalier Noir ignorât leur véritable nature ? C'était probablement le cas. Après tout, lui-même n'en avait rien su jusqu'à maintenant.

Il s'installa sur son trône, s'appuyant contre le dossier de cuir et allongeant ses bras sur la table devant lui, afin de se donner l'apparence du calme. Sous l'épaisse nappe blanche, il pouvait sentir les aspérités provoquées par les coups de couteau qu'il avait donnés, par jeu ou par colère. La colère avait un effet merveilleux sur lui : elle l'avait servi pendant des décennies et continuerait de le faire jusqu'à sa victoire finale. Jusqu'à ce

1. NdT : Dans la tradition chrétienne, la hiérarchie des anges depuis saint Thomas d'Aquin est la suivante (par ordre décroissant) : les séraphins, les chérubins, les trônes, les dominations, les vertus, les puissances, les principautés, les archanges et les anges.

qu'il prenne le pouvoir. Cela avait été son ambition, et la raison de sa chute : prendre le pouvoir. Mais il venait tout juste de le comprendre.

Asmodée n'avait pas survécu à la libération de son enveloppe mortelle. Le Chevalier Noir avait peut-être été prêt à cette éventualité ; il avait peut-être su qu'un démon de feu surgirait du corps de son frère. Il était impossible d'avoir une certitude, puisqu'il n'y avait eu nul témoin de la scène. Le Chevalier Noir était parvenu à déjouer tous les pièges d'Asmodée. Pièges pourtant dangereux, concoctés par une sorcière avec laquelle il avait eu une aventure. Qui donc était cet homme qui avait réduit son clan de plus de moitié ? Il fallait qu'il fût immortel, lui aussi, pour atteindre un tel but.

Car c'était bien un but : il suivait un plan précis. Son prochain arrêt serait donc Meaux, le domaine de Sammael. Puis Paris. Il lui fallait empêcher le mercenaire qu'il avait engagé de tuer le Chevalier Noir. Il fallait au contraire qu'il arrive jusqu'à Paris.

Il n'existait qu'un homme qui pût avoir un tel désir de combattre le clan des Mortain. Un seul qui pût avoir, aussi, la force nécessaire de réduire à néant l'origine de leur pouvoir. Et il devait, Lucifer le savait maintenant, leur être apparenté par des liens de sang. Il n'y avait qu'un Elu. Son Souvenir le lui avait appris. Un Elu qui leur était lié par mariage ou d'une autre manière, il l'ignorait. Mais aucun mortel ne possédait un tel lien avec eux. Ils avaient tué des milliers de gens, répandu leur sang, bien sûr. Mais ils ne s'étaient jamais mariés, n'avaient jamais eu de relation suivie avec une femme. Il comprenait maintenant pourquoi.

Et ils avaient assassiné leurs parents mortels lorsqu'ils étaient encore très jeunes. Non pas mus par un pressentiment, mais plutôt pour faire une expérience, pour le plaisir du mal. Lucifer n'avait pas neuf ans lorsque l'ambition de régner sur le monde s'était emparée de lui. Car c'était bien une ambition, l'expression d'une mémoire ancienne profondément enfouie en lui. Et maintenant, finalement, il se souvenait de la raison pour laquelle il avait choisi de marcher sur cette terre. Mais quel était donc le lien entre les Mortain et l'Elu ?

Un coup frappé à sa porte tira Lucifer de ses pensées et le ramena au moment présent. Maintenant, il lui fallait accomplir sa Destinée. Maudit Sammael ! Savait-il ? Avait-il eu, lui aussi, le Souvenir ? Il espérait que non. Il était temps de se débarrasser de lui.

La porte claqua sur le mur. Sammael de Mortain se précipita dans la chambre surchauffée. Il était petit et faible, au moins d'apparence. Mais son talent mortel compensait cette faiblesse physique. Il se tint devant la table, essoufflé et pantelant comme s'il avait eu à traverser une foule en furie pour parvenir jusqu'à la pièce. Son frère, pensa Lucifer. Mais non son frère par les liens du sang. Il se devait d'être prudent, surtout avec Sammael. Car ils étaient tous deux encore mortels.

Lucifer appuya ses épaules contre le dossier de son trône et tendit une jambe, prêt à bondir.

— Reste en arrière, Sammael. Je n'ai pas plus envie de sentir ton souffle empoisonné sur moi que je n'ai envie de finir décapité. Par quelle incroyable audace as-tu pu t'imaginer une seule seconde que tu étais le bienvenu ici ?

Ce dernier leva la tête, mais celle-ci demeura tournée curieusement, comme si son cerveau avait été secoué et reposait tout entier d'un seul côté. Ses grands yeux gris étaient suppliants au-dessus de sa bouche baveuse :

— Mais je suis ton frère !

— Et je t'aime comme seul un frère peut le faire. Mais pas au point d'en perdre le goût de ma propre survie. Il suffirait d'une bouffée de ton souffle pour me réduire à l'état de cadavre.

Sammael s'agita un peu, pressa ses mains l'une contre l'autre et se redressa avec un sourire servile.

— Je suis propre pour toi, mon frère, je te le jure sur la tête de l'enfant de la sorcière !

— Quoi qu'il en soit, dis-moi ce que tu veux, et va-t'en.

— Tu sais pourquoi je suis là.

Sa voix était un gémissement. Il s'approcha d'un pas. Une goutte de sueur tremblota au bout de son nez. A la vue de la bulle empoisonnée, Lucifer bondit de son trône et se rapprocha de l'âtre. Il caressa la dague accrochée à sa ceinture.

Sammael, lorsqu'il vit la lame de la dague, fit un geste vague pour indiquer qu'il demeurerait de l'autre côté de la table. Mais Lucifer demeura sur ses gardes.

— Asmodée est mort.

— Je le sais.

— Alors, tu sais aussi que je suis le prochain sur la liste !

Sammael frappa la table du poing, puis de la tête. Il pressa son front contre la nappe, l'imbibant de sa sueur et de ses larmes. Toutes empoisonnées.

— Il va venir me tuer… Je ne veux pas mourir, frère.

— Alors tu viens chercher refuge ici ? L'endroit où viendra le Chevalier Noir s'il ne te trouve pas chez toi ?

— J'étais effrayé. Je ne savais pas quoi faire.

— Tu vas rentrer chez toi et tu vas attendre le Chevalier Noir comme le grand garçon que tu es. Il n'ira pas plus loin que ta cour, avec la multitude de pièges empoisonnés qu'il y a chez toi.

Lucifer devait absolument donner à son frère l'illusion de la force et de la sécurité.

— Et maintenant, file. Pars avant que je ne sois contraint de réduire cette pièce en cendres pour te faire fuir.

— Tu ne peux pas me jeter dehors.

Sammael fit le tour de la table et agrippa les poignets de Lucifer. Celui-ci, comme s'il avait été brûlé par les flammes qu'il aimait tant, envoya un violent coup de pied et d'éperon à son frère et le projeta en arrière. Sammael s'écrasa contre le mur, près de la selle de son frère et, tout en gémissant, cracha sur le sol un peu de sang.

Lucifer se précipita ensuite sur l'aiguière d'eau apportée par son serviteur un peu plus tôt, et se nettoya frénétiquement les poignets là où Sammael l'avait touché. Puis il jeta l'aiguière contre le mur. La porcelaine fine se brisa en mille morceaux qui tombèrent sur le sol, aussi coupants que le fil de l'épée.

— Maudit sois-tu !

Lucifer regarda ses poignets. Pas de picotement, pas de brûlure… C'étaient là les signes les plus courants des poisons de son frère. Peut-être était-il vraiment venu « propre » ? Mais non, c'était impossible. Et Lucifer, plus qu'auparavant, tenait à rester en vie. Seul l'Elu pouvait libérer son démon en le tuant. Il ne pouvait risquer de périr comme un vulgaire mortel.

— Regarde… Tu as mis du sang partout. Je vais être obligé de faire brûler cette pièce.

Sammael serra sa blessure de sa main. Il regarda Lucifer et fit la moue.

— Regarde ce que tu as fait, protesta-t-il. C'est à cause de toi que mon sang tache le sol, mon frère.

— Pars, maintenant. C'est à ton tour d'affronter le Chevalier Noir, comme l'ont fait nos frères. Enferme-toi dans un cocon empoisonné si tu veux, mais fais face avec courage. Sois digne de ton nom !

Sammael pressa sa joue de sa main teintée de sang pour en ôter les larmes. Et il dispersa davantage de sang autour de lui.

— Ce chevalier qui nous traque est immortel. Je le sais. Il a des pouvoirs immenses. Personne n'a jamais été capable de nous vaincre, auparavant. Je crains que le premier pas qu'il fera en mon château n'apporte avec lui mon dernier souffle.

Lucifer pressa son front de ses mains, sentant battre une veine sur sa tempe, et avec elle la promesse de son immortalité future. Il était fatigué de cette prison de chair et de sang. Que vienne donc le Chevalier Noir ! Il le laisserait plonger une épée dans son cœur ou dans son ventre. Il était prêt à périr comme un mortel afin de gagner l'immortalité. Tout sacrifice était bon, qui libérerait enfin son démon.

Sammael renifla et toucha précautionneusement sa blessure, répandant encore un peu de sang sur son visage et sur le sol.

— Je suis désolé, mon frère. J'étais venu chercher un peu de réconfort.

— Eh bien, tu l'as.

Lucifer regarda les traces de sueur sur la nappe blanche. Il l'arracha d'un geste vif et la jeta dans l'âtre.

— Je suis sûr que le Chevalier Noir trouvera un adversaire à sa hauteur en toi, Sammael de Mortain, Maître des Poisons. Asmodée était aveuglé par sa concupiscence. Mastema était incapable de voir plus loin que ses désirs meurtriers. Et nous savons tous deux que le cerveau de Satanael était engourdi par ses années passées à boire du vin. Toi, tu sais à quoi t'attendre et tu sauras te préparer. Tu vas concocter une potion qui mettra le Chevalier Noir à genoux, et il te suppliera de mettre fin à son agonie.

— C'est vrai.

— Tu as une multitude de gardes.

— Eh bien…

— Encore que tu n'en aies pas besoin. Ton château est à lui seul une fosse putride. Je suis persuadé que le Chevalier Noir rendra l'âme dès qu'il aura respiré une gorgée de ton air empoisonné.

— Tu le crois ?

— Je le sais.

Lucifer joua avec la garde chaude de son épée, posée près du foyer de la cheminée. S'obligeant à se composer un visage plus amène, il se tourna vers Sammael pour lui offrir son sourire le plus chaleureux.

— Es-tu content, maintenant ?

Soudain heureux, Sammael se releva et salua profondément Lucifer.

— Pardonne-moi de t'avoir dérangé. Je vais m'en retourner à Meaux et faire ce que tu as dit. Je vais me faire un cocon de poison. Ah, ah ! Bonne journée à toi, mon frère…

Tandis que l'idiot suintant quittait sa chambre, Lucifer le suivit, l'épée à la main, évitant soigneusement les flaques de sang. S'adressant au garde en poste à l'extérieur, il lança :

— Embauchez un paysan afin qu'il nettoie tout cela. Inutile de sacrifier un de mes hommes.

Lucifer se retourna vers le feu et s'absorba dans la contemplation des flammes qui grondaient en consumant la nappe de soie blanche. Plus qu'un frère, et ce serait son tour… Le Chevalier Noir aurait vraiment un adversaire redoutable, en la personne de Sammael. Il y avait même un risque pour qu'il pérît, tant le château de son frère était infesté de poison. Un poison contre lequel Sammael était immunisé, dorénavant, à force de le respirer et de l'ingurgiter à petites doses depuis son plus jeune âge.

Il leva son épée et appuya son front contre la lame. Comment faire pour garantir la survie du Chevalier Noir ? Car si ce dernier était vraiment l'Elu, Lucifer voulait le rencontrer et l'affronter, l'épée à la main, et être enfin libéré.

Il fallait qu'il se serve du mercenaire qu'il avait engagé pour vaincre le Chevalier Noir. Une tâche que celui-ci n'avait visiblement pas encore accomplie. Et c'était heureux, compte tenu de la tournure des événements.

Le mélange de camomille et de reine des prés que Dominique était en train d'écraser dans le mortier de sa mère était si odoriférant qu'il était difficile de le concevoir comme un antidote à un poison. Mais les notes de sa mère, écrites d'une main précise dans son livre de recettes, ne laissaient aucun doute à ce sujet : « Pour conjurer le poison ». Et quoiqu'elle ne se fût jamais considérée comme une sorcière, elle avait développé une excellente connaissance des herbes et de leurs pouvoirs curatifs.

Non, elle n'avait décidément pas été une sorcière, mais une femme aimante et tendre, qui avait dû surmonter de difficiles épreuves et qui avait élevé son fils dans le respect de valeurs telles que la bonté et l'honneur. Et quoique Dominique n'eût pas été son enfant, mais un Enfant de Fées, elle ne lui avait jamais donné la moindre raison de douter de son amour. Car elle l'avait aimé, et de tout son cœur. C'est la raison pour laquelle la question qui le hantait dorénavant était, de son vivant, restée sagement dans un coin de l'esprit de Dominique. Il n'avait pas voulu blesser ses parents adoptifs en se mettant en quête de sa lignée féerique. Il n'avait pas pu le faire. Pas plus qu'il n'aurait pu s'envoler vers le soleil.

Il avait donc honoré Philippe et Rosemarie Saint Juste toute leur vie, et, depuis leur mort, il vivait avec leur souvenir, inscrit dans chaque recoin de la maison. Dans chaque décoction qu'il mixait à l'aide des recettes de sa mère. Dans ce pont que son père avait construit pour enjamber la rivière. Ils avaient été des gens justes, d'une absolue générosité. Et ils lui avaient offert un foyer, un endroit qu'il pouvait considérer comme sien.

Il n'avait rien souhaité de plus jusqu'à leur mort. C'était différent, aujourd'hui. Il avait besoin de savoir, il avait besoin de mettre un terme à cette interrogation. Mais que ferait-il donc, ensuite ? Il avait déjà décidé que cette mission serait sa dernière en tant que mercenaire. L'argent n'était pas nécessaire pour vivre paisiblement dans ce bois de Valois. Comment avait-il pu, à un seul moment, envisager de rejoindre le camp anglais par goût du lucre ?

Plus jamais il ne laisserait l'argent le pervertir ainsi.

Mais que ferait-il lorsque Gabrielle aurait exterminé Lucifer de Mortain, et que le monde continuerait sa ronde de pleurs et de rires ? Et Gabrielle… Dominique était persuadé qu'une fois sa mission achevée, elle retournerait d'où elle était venue. Il revit le délicat symbole bleuté gravé sur son poignet : l'arabesque ne laissait aucun doute quant à sa signification. Gabrielle n'appartenait pas à cette terre.

Il l'observa de l'autre côté de la table. Elle le regardait, intriguée, jouant avec une pensée arrachée à un des murs. Baudoin s'en était allé nourrir les chevaux.

— Que ferez-vous lorsque tout cela sera fini ? ne put-il s'empêcher de demander. Où irez-vous ? Le château de votre père existe-t-il encore ?

— Le château de Vertus a été dévasté. Le trébuchet de Lucifer a envoyé de gigantesques pierres sur les murs. Il peut sans doute être reconstruit, mais c'est une tâche que je laisse au roi.

— Votre père n'avait-il pas un seigneur, lui aussi ?

— Le seigneur Lucifer de Mortain.

— Ah...

— Mais comme je vais mettre un terme rapidement à la vie de cet individu démoniaque, ces terres vont revenir au roi. Au roi anglais. Je peux bien, effectivement, lui donner notre château dévasté. En ce qui concerne les terres sur la côte, à moins que je ne puisse prouver que mon père voulait me les donner, elles lui reviendront aussi. Ou plutôt, pour en hériter, il faudrait que je prouve que mon père voulait les laisser à Henri de Lisieux. Ce qui ne m'avancerait pas beaucoup, cependant...

— Je ne suis pas sûr de comprendre.

— Eh bien, si je veux pouvoir revendiquer ces terres, il me faut un mari.

Dominique laissa le mortier lui échapper des mains. Celui-ci tomba sur la table où il se balança dangereusement. Dominique tendit la main pour rattraper l'épais bol de pierre, mais Gabrielle le devança. Ils touchèrent tous deux le bol au même moment, la main de Gabrielle se posant sur celle de Dominique. Elle demeura là. Ses yeux bleus avaient la couleur des cieux.

— Si je ne me marie pas, je ne peux réclamer les terres de mon père. Henri et moi n'avons pas eu le temps de prononcer nos vœux. Et je veux recevoir ces terres. Elles sont situées près du Mont-Saint-Michel. L'endroit est magnifique : les champs émeraude sont traversés de larges bandes de bruyère violette. C'est envoûtant... Tout comme vos yeux.

Dominique cligna des paupières. Il tourna la main pour enserrer celle de Gabrielle. Il se pencha alors pour lui embrasser doucement les doigts. Sa peau était douce, comme polie par ses gants de cuir, et dégageait une légère odeur fleurie d'avoir joué avec la pensée. Lorsqu'il tourna sa main pour lui embrasser la paume, il vit de nouveau le symbole tatoué sur son poignet. Quoi qu'elle en pensât, Gabrielle n'aurait pas d'avenir dans un château situé sur une côte lointaine. Ce signe sur son poignet le proclamait haut et fort. Mais le savait-elle seulement ?

— Racontez-moi d'où vous vient ceci : l'avez-vous toujours eu ?

Il tourna son poignet et posa sa main sur la table. Un peu hésitant d'abord, il se résigna à tracer les contours sinueux si lourds de signification.

— Ma marque diabolique.

Abasourdi par cette déclaration, Dominique garda la tête baissée, les yeux dirigés vers son poignet, afin de masquer sa stupéfaction.

— C'est ainsi que mon père l'appelait. Lorsque j'avais six ou sept ans, j'ai renversé un pot d'eau bouillante et me suis brûlée ici, sur le poignet. La peau s'est mise à cloquer puis a formé une croûte. Lorsque la croûte est tombée, cette marque se trouvait en dessous. C'était vraiment curieux. Mon père s'est aussitôt mis à plaisanter, affirmant que c'était le diable qui m'avait mordu pendant mon sommeil, et que je ne devais montrer cette marque à personne, sans quoi je me ferais maudire par les autres. Ma mère, plus pratique, a supposé que c'était la conséquence de la teinture pastel qui se trouvait dans l'eau. C'était un jour de lessive. La teinture a pénétré dans la peau abîmée, et est demeurée même lorsqu'une peau nouvelle s'est formée.

— Hum… C'est possible.

Le dessin était bien trop précis pour être le fruit du hasard ou d'une brûlure à l'eau teintée. Et surtout, Dominique connaissait ce dessin : son père le lui avait montré lorsqu'il lui enseignait son catéchisme et les symboles des anges. Ce n'était pas le symbole d'un archange, comme son nom aurait pu le laisser penser, mais celui d'une puissance. Il n'en savait cependant pas plus.

— Cela dit, si le diable vous avait mordu, vous vous en souviendriez, non ?

Gabrielle pressa une main sur la cicatrice de son cou et haussa les épaules, lui offrant un sourire incertain. Et Dominique lut toute l'horreur muette de ce geste. Le diable l'avait effectivement mordue, il lui avait tranché la gorge et l'avait laissée pour morte. Et cela n'avait rien à voir avec la marque de son poignet. Dominique se pencha pour étudier le signe de plus près, mais Gabrielle ôta sa main.

— Alors ? demanda-t-elle. Vous n'avez pas réagi, lorsque je vous ai dit que j'avais besoin d'un mari.

— Avez-vous besoin de ma réponse ? Très bien... Je me marierai avec vous et vous posséderez vos terres. Mais je crains de ne pouvoir vous promettre d'être aussi soumis que vous le désirez.

Les épaules de Gabrielle s'affaissèrent et un profond soupir s'échappa de ses lèvres. Elle se frappa la paume du poing, en un geste empli de frustration. Pas tout à fait la réaction de joie d'une jeune fiancée, à vrai dire... Et pas du tout la réaction à laquelle Dominique s'attendait. Avait-il commis un impair ?

— Ne voulez-vous pas vous marier avec moi ?

Les lueurs du feu dansaient autour de ses cheveux noirs, formant une couronne ambrée autour de sa chevelure, un peu comme un halo angélique.

— Mon cœur a changé, ces dernières semaines, répondit-elle. Je vois la vie différemment. Maintenant...

je veux me marier par amour. Non parce que cette union me permettrait d'avoir un peu de terres.

— Mais c'est vous qui venez de me le demander.

— Je sais. J'avais juste pensé que... ce serait plus...

Gabrielle ouvrit les mains devant elle, comme pour attraper quelque chose d'invisible. Puis elle les laissa retomber, et se dirigea vers la porte.

— Je vais voir où en est Baudoin. Cela fait un moment qu'il est dehors. Nous partons demain matin ?

— Oui.

La réponse de Dominique fut masquée par le claquement de la porte qui se refermait sur Gabrielle.

J'avais juste pensé que ce serait plus...

Dominique posa les mains sur son front et ferma les yeux. Il secoua la tête, oubliant complètement de poursuivre la préparation de son antidote. Il ne pouvait donner à Gabrielle ce dont il ignorait tout.

La marque de son poignet lui promettait un destin exceptionnel.

— De toutes les idioties possibles...

Gabrielle frappa du poing la porte de l'étable, et pénétra à l'intérieur. Ses bottes crissèrent sur le foin frais répandu par terre. Sa présence surprit Baudoin, mais fut accueillie d'un léger hennissement par Gryphon.

— Qu'est-ce qui vous a mise en colère, gente dame ?

— Oh ! Je ne parviens pas à croire que je lui ai dit une chose pareille...

Gabrielle ponctua chacun de ses mots d'un coup de poing sur la porte de bois de l'une des stalles de l'étable.

— Dit quoi ? A qui ? Pourquoi frapper cette porte ?

Trop irritée pour demeurer en place, elle fit les cent pas devant Baudoin, se mordillant la lèvre inférieure de frustration.

— J'ai dit à Saint Juste que j'avais besoin d'un mari. Oh, par le ciel ! Je suis devenue si ridiculement énamourée ! J'ai perdu mon équilibre, voilà tout. Ce repos n'était pas une si bonne idée, au bout du compte. Qui a eu cette idée ?

— Je crois que...

— Donne-moi les rênes de Gryphon. Il faut que j'aille faire un tour, que je crie ma frustration au monde entier jusqu'à m'arracher la gorge.

Tandis qu'elle montait et que Baudoin dégageait le passage, il ne put se retenir de l'interroger :

— Vous avez demandé à Dominique de vous épouser ?

— Et il a accepté, ce maudit ! Il a accepté !

— Ah... euh... Il a accepté ? Mais n'était-ce pas le but de votre demande ?

Baudoin, perplexe, se gratta le sommet du crâne. Il ferma à demi les yeux tandis que le soleil pénétrait dans l'étable par la porte que Gabrielle s'apprêtait à franchir.

— Je ne voulais pas qu'il accepte par pitié.

Gryphon, sentant la colère de sa maîtresse, se mit à frapper du sabot et à ruer. Gabrielle le maîtrisa sans la moindre difficulté.

— Je veux un homme qui me capture dans ses bras et me promette de m'aimer toujours. Sans autre raison de le faire que son cœur débordant d'amour pour moi. Pousse-toi.

Baudoin s'écarta tandis que Gabrielle talonnait les flancs de son cheval et le lançait à travers les portes de l'étable dans un tourbillon de colère. Des particules de foin doré s'élevèrent dans leur sillage et tournoyèrent dans un rayon de soleil.

Ainsi, elle en était arrivée à un tel degré de confiance qu'elle avait demandé au mercenaire de l'épouser ? Baudoin joua distraitement avec la brosse à étriller de Gryphon. Ces deux-là étaient devenus très proches... Bien plus proches qu'il ne s'en serait douté. Mais il était vrai, aussi, qu'ils avaient passé la journée ensemble.

— Où est donc allée Gabrielle ? On aurait dit le diable en personne !

Baudoin se tourna vers Dominique, pressa la brosse à étriller contre sa poitrine et donna à sa voix une intonation de reproche :

— Ainsi, vous l'avez amenée ici pour la séduire ?

— Ecuyer, tu outrepasses les prérogatives de ton rang...

— Je me moque de mon rang. Je ne m'inclinerai pas devant un homme qui n'a même pas de titre, et qui choisit de jouer avec le cœur de ma dame !

— Elle est *ta* dame ?

— Je...

Baudoin ôta la brosse de la poitrine de Dominique d'un geste brusque, et passa une main sur la trace qu'elle avait laissée sur le pourpoint de cuir.

— Elle n'appartient à aucun homme, mercenaire ! Même si vous deviez l'épouser, elle ne serait vôtre qu'au regard de la loi. Son âme ne vous appartiendrai jamais.

— Je le sais.

Baudoin ne put s'empêcher de lancer :

— Vous lui avez brisé le cœur ! Il y a quelques instants, elle était là, furieuse que vous ayez donné votre accord à sa demande en mariage.

— Je croyais que c'était ce qu'elle voulait. Comment puis-je avoir brisé son...

— Ne comprenez-vous pas ? Elle ne veut pas que vous lui donniez ce dont vous *pensez* qu'elle a besoin.

— Cela n'a aucun sens.

— Ah ! Est-ce que les désirs des femmes ont un sens ?

— Je suppose que tu le sais mieux que moi.

— Vous feriez mieux de me croire. Gabrielle vous veut, Saint Juste. Vous. Votre cœur, votre âme et tout le reste.

— N'est-ce pas ce que je lui ai donné ?

— Non ! Vous lui avez donné une réponse facile. C'est vous qui auriez dû la demander en mariage, pas elle.

— Je le ferais, si je pouvais... mais ce n'est pas possible.

Dominique se dirigea vers la stalle de Tor, et passa sa main gantée sur les naseaux de l'animal. Baudoin prit une posture de défiance, tenant bravement sa brosse sous l'aisselle.

— Et qu'est-ce qui vous fait croire qu'elle accepterait d'épouser un homme-Fée, de toute façon ?

Sa remarque toucha Dominique en plein cœur. Il se raidit, s'entoura le corps de ses bras et baissa la tête. Baudoin n'avait pourtant pas voulu lui faire honte, mais simplement lui faire admettre la nécessité de partager son secret.

— Allez-vous le lui dire ?

— Tu m'as dit toi-même qu'elle ne voudrait pas entendre un tel aveu.

— Eh bien, peut-être que j'ai eu tort. Sa haine des Fées remonte à loin. Mais elle a changé, depuis. Elle a un faible pour vous, Saint Juste. Mais ce qu'elle aime, c'est ce qu'elle voit. Elle ne sait pas qui se cache derrière ce beau visage et ces gentilles manières. Et si vous pensez qu'il est inutile de le lui dire, alors que vous lui avez promis votre main, vous avez intérêt à vous préparer au pire.

— Pourquoi en veut-elle aux Fées ?

— Cela a quelque chose à voir avec sa sœur… Elle a été volée lorsqu'elle n'était qu'un nourrisson et remplacée par un Enfant de Fées. Mais je ne pense pas que Gabrielle vous en tiendra rigueur : ce n'est pas votre faute.

— Un Enfant de Fées ?

— Oui. Mais dites-moi, vous m'écoutez ? Il faut qu'elle sache ! Tout ! Je devrais peut-être le lui dire ?

— Cela ne servirait à rien.

— Mais bien sûr que cela lui servira ! Savoir que vous êtes immortel lui donnera peut-être la confiance dont elle a besoin !

— Ce n'est pas de confiance qu'elle a besoin.

— Oh, vraiment ? Pourtant, elle vient juste de partir d'ici en maudissant son cœur épris. Croyez-moi : elle a besoin de savoir que vous serez là pour elle.

— Gabrielle n'a besoin de personne. Son destin est écrit depuis sa naissance. N'as-tu pas vu le symbole qu'elle porte sur le poignet droit ?

— Quel symbole ?

— Celui d'un ange. D'une puissance, pour être précis. Le seul ordre céleste autorisé à venir sur terre pour réparer le mal. Je suppose qu'elle a été envoyée afin de défaire Lucifer.

— Envoyée ? Un… Un ange ? Vous êtes fou ! Gabrielle n'est pas un ange !

Dominique agrippa la tunique de Baudoin et le souleva légèrement du sol. Celui-ci demeura en l'air quelques instants, avant d'être reposé délicatement à terre. Un peu de poussière irisée les enveloppa, mais Baudoin ne pouvait s'en inquiéter, alors qu'il venait d'être soulevé comme un fétu de paille.

— Je sais ce que j'ai vu, écuyer. Regarde par toi-même lorsqu'elle reviendra. C'est une marque sacrée, imprimée profondément dans sa chair. Elle est née de parents mortels, mais avant cette naissance, elle vivait dans les cieux. Elle est déchue, Baudoin. Gabrielle est un ange déchu qui est venu pour anéantir les Mortain. Et lorsqu'elle aura réussi, j'imagine qu'elle retournera d'où elle vient.

— Aux… cieux ?

Baudoin haletait de surprise. Dominique acquiesça d'un bref signe de tête.

— Mais alors, pourquoi a-t-elle besoin de vous ?

Baudoin se précipita à la suite de Dominique tandis que ce dernier se dirigeait vers la porte. Le soleil était si intense et la lumière si forte sur la neige cristalline qu'il fut momentanément aveuglé.

— Ne devrait-elle pas savoir qu'elle est un ange ? demanda l'écuyer.

— Et à quoi cela lui servirait-il, sinon à la tourmenter ? Quel est l'intérêt de savoir qu'elle vivait dans les cieux, alors qu'à présent elle marche sur cette terre cruelle comme une simple mortelle ?

— Vous mentez !

Dominique fit demi-tour et se tint devant Baudoin. Sa voix se fit pressante tandis qu'il martelait ces mots, si proche de l'écuyer que ce dernier sentait son haleine sur son visage :

— Tu peux regarder le symbole sur le poignet de Gabrielle. Mais tu ne dois en aucun cas lui répéter notre conversation. Pas un mot. As-tu bien compris ?

— Non, je ne…

— Elle ne te croirait pas, de toute façon. Pour autant que je sache, elle n'a aucun souvenir d'avoir été un ange. Pourquoi, je l'ignore… Mais promets-moi que tu tiendras ta langue, écuyer.

— Ou… quoi ?

— Ou je te donnerai moi-même en pâture à Sammael de Mortain. Le venin des crapauds est inoffensif au regard de ce que ce démon est capable de faire. Je gage que tu sauras te taire, si tu veux éviter une mort aussi atroce.

Baudoin soutint le regard sombre et intense de Dominique aussi longtemps qu'il l'osa, puis détourna son attention sur les traces de sabots que Gryphon avait laissées dans la neige.

Des anges, des Fées, des démons ? Sainte Mère de Dieu, il aurait bien mieux fait de s'en tenir à sa profession de mangeur de crapauds !

16.

La lueur de l'aube était voilée par un amas épais de nuages gris. Lucifer ne put retenir un soupir qui lui souleva les épaules, quoiqu'il n'eût pas l'habitude de se laisser aller à exprimer ses sentiments. Mais les mois d'hiver lui étaient pénibles. Le Dragon de l'Aube avait besoin de lumière, de la teinte rosée de l'aurore pour le fortifier, le rassurer, le rendre plus combatif.

Cela dit, même un ciel aussi terne ne pouvait diminuer la force contenue dans ses muscles. Une force plus puissante que celle de dix hommes, lovée en lui comme un réservoir d'énergie. Mais il regardait le jour naissant comme la source de son pouvoir. De sa paix. Et maintenant... de son Destin.

Ce matin, toutefois, il ne parvenait pas à percevoir cette légère vibration qui lui indiquait les mouvements du Chevalier Noir. Il n'avait pas dû s'approcher encore du château de Sammael. Celui-ci n'était jamais qu'à une demi-journée de route de Paris, et il l'aurait su. Il n'aurait pu manquer de sentir la libération de leur pouvoir commun, et ce léger affaiblissement qui lui succédait. C'est ce qu'il avait ressenti lorsque le démon d'Asmodée avait été libéré : un léger moment d'affaiblissement.

Il était frustrant de ne pas savoir. Mais en même temps, ce n'était pas dépourvu d'excitation. Lucifer aimait un beau siège, tenu pendant des semaines, voire des mois, par des chevaliers vaillants et acharnés à abattre leur ennemi. Il éprouvait même une certaine joie à voir ces mortels s'évertuer à vaincre son clan. Ils échouaient toujours. Sa victoire était si douce, si simple !

Mais cette victoire-là serait de loin la plus savoureuse. Rencontrer l'Elu... Celui qui possédait un lien inexplicable avec les Mortain !

Et le vaincre.

Lucifer pencha un peu la tête de côté pour observer l'agitation des rues de Paris. C'était là le spectacle qui l'avait poussé à déchoir, plusieurs décennies auparavant. De la haute tour de son château, il bénéficiait d'une vue magnifique sur la ville grouillante de tentations et d'iniquités. C'est de là, tout près de ces cieux qu'il avait pourtant dédaignés, qu'il célébrait chaque nouveau matin. De là qu'il observait les marchands, les poissonniers, les boulangers préparant leurs étals ou portant leurs marchandises. Les femmes qui passaient de lavoir en lavoir, en quête d'un endroit où faire leur lessive. L'officier de la garde talonnant son étalon comme pour célébrer le nouveau jour. Le nouveau jour de vie.

La vie. Un mot si commun dans la bouche des mortels. Mais pour celui qui avait déchu, qui se retrouvait englué dans cette chair fragile, le mot n'avait pas plus de saveur que du poison pour un cadavre.

Sentant une présence, Lucifer releva la tête. De petites vibrations agitaient l'air autour de lui, altérant un peu la température. Une légère senteur de... printemps lui parvint. C'était un ami. Non un déchu, mais un envoyé. Une relation qu'il entretenait depuis des années, et qui l'avait servi pendant tout ce temps.

Sans se retourner ou quitter des yeux le soleil qui tentait vainement de traverser sa gangue de nuages, Lucifer interrogea :

— Comment s'en sort mon mercenaire ?

— Je dois reconnaître qu'il s'en sort plutôt bien.

La réponse fut prononcée d'une voix fluette de jeune garçon.

— A-t-il attaché ses pas à ceux du Chevalier Noir ?

— Oui.

— Et pourtant, il ne l'a pas tué, ainsi que je l'avais exigé.

— Il attend son heure.

Vraiment ? Cette créature était-elle en train de lui mentir ? Il n'avait jamais eu, jusqu'à présent, de raison de douter de sa fidélité.

— C'est bien. Il y a eu un changement de plan. Le mercenaire doit veiller, dorénavant, à ce que la quête de ce ridicule Chevalier Noir ne connaisse pas une fin abrupte.

— Vous souhaitez la victoire du Chevalier Noir ?

— En effet.

— Le mercenaire doit donc rester à proximité dans le but de permettre au Chevalier Noir d'achever sa quête. Ce n'était pas votre intention première.

— Non. Mes intentions ont changé. Mais je dois admettre que je suis désappointé d'apprendre que le mercenaire poursuit son chemin avec le Chevalier Noir. Ne lui as-tu pas ordonné de le tuer ?

— Mes méthodes ne vous regardent pas.

Ce qui n'était pas faux : il n'avait jamais obéi qu'à ses propres règles. L'insolent !

— Tu es toujours si indépendant… C'est irritant !

Lucifer serra la mâchoire. Bientôt, il n'aurait plus besoin de l'aide de celui-ci. Dès qu'il serait libéré de cette enveloppe charnelle…

— J'approuve le fait que le mercenaire prenne le rôle du protecteur. Tu le paies bien pour ses services, j'espère ?

— L'argent que vous m'avez donné n'a pas été nécessaire, ainsi que je vous l'avais prédit.

Les pièces de monnaie s'entrechoquèrent, tandis qu'une bourse de soie violette tombait aux pieds de Lucifer.

— Si un homme veut gagner la fidélité de ses serviteurs, il doit savoir quoi leur donner en échange. Je vais payer le mercenaire en réalisant son vœu le plus cher.

— Ah oui, la façon la plus simple de vaincre une âme : la tenter.

Se tournant vers le jeune garçon, Lucifer se mit à sourire :

— Tu m'as bien servi, Leviticus.

— Je ne sers ni le Bien ni le Mal. Mon rôle est de protéger l'équilibre naturel.

— Oui, oui… Veille à ce que le mercenaire escorte le Chevalier Noir dans le château de mon frère. Ce sera loin d'être facile, mais s'il devait triompher, leur récompense serait à la hauteur de leurs efforts.

Le garçon inclina la tête pour signifier son accord et disparut comme s'il se dissipait dans l'air.

Lucifer entendit un battement d'ailes près de lui, et ressentit comme un regret. Il était là, debout et seul, sur les remparts. Sans ailes. Sans cette paix éthérée qui avait été la sienne. Et qui ne le serait jamais plus. Il était seul… Et si désireux de l'être. Il ne voulait plus de ces soi-disant « frères » avec lesquels partager le pouvoir.

Il voulait être le seul.

Et le Chevalier Noir lui apporterait ce pouvoir en lui donnant un coup d'épée mal placé.

Le château de Sammael n'était guère qu'à une journée de route, en direction de l'est, du bois de Valois. Baudoin prit la tête du groupe, son cheval laissant d'épaisses empreintes dans la neige profonde.

Dominique, lui, changeait de position : tantôt au milieu, tantôt chevauchant derrière Gabrielle pendant une heure ou deux. Tandis qu'il passait à côté d'elle pour la troisième fois, afin de se poster à l'arrière de leur petit groupe, Gabrielle lui fit un léger sourire avant de concentrer son attention sur le chemin qui l'attendait. Il faisait si froid qu'elle s'était emmitouflée dans une longue écharpe de laine, en plus de sa capuche et de son manteau, afin de laisser le moins de prise possible au vent.

L'air charriait les senteurs typiques de la nature : l'odeur un peu sucrée de la transpiration des chevaux, celle un peu plus épicée de la lavande et des herbes qui germaient sous la terre, attendant l'appel du printemps.

Mais, par-delà toutes ces odeurs, celle à laquelle Gabrielle était le plus sensible était celle de son compagnon de voyage. Elle espérait malgré elle qu'une brise porterait jusqu'à elle le parfum à la fois viril et doux de sa chevelure. Elle l'avait savouré lors de leur séjour dans la grotte. Un parfum de musc, incontestablement masculin. Mais exempt de ce mélange un peu aigre qu'elle avait pu sentir à diverses reprises, mélange de sueur, de désir et de malpropreté. Il y avait quelque chose de différent, de pur, chez Dominique Saint Juste. Il venait d'un autre royaume.

Mais certainement pas de ce royaume démoniaque d'où étaient originaires ses ennemis. Il venait de quelque part… *d'ailleurs*.

Lorsque Dominique s'était relevé du sol, la veille, après avoir dessiné son ange dans la neige, elle avait contemplé le dessin un long moment. Il donnait l'impression d'être son ombre. Mais les vrais anges ne s'incarnaient jamais sous la forme de mortels, n'est-ce pas ?

Gabrielle rejeta la tête en arrière et souffla un peu de buée dans l'air glacé. Si elle devait accorder foi à l'idée d'un ange gardien, c'était bien maintenant. Dominique avait surgi de nulle part pour devenir son protecteur. Mais il avait commis une erreur. Il avait accepté de se marier avec elle.

Ou peut-être était-ce elle qui commettait une erreur. Peut-être était-ce trop demander que de vouloir un peu de romance, un peu d'amour.

Sa chevauchée furieuse à travers la forêt l'avait aidée à se calmer, mais n'avait en rien diminué son attirance pour Dominique. Et maintenant, alors même qu'elle était en route pour affronter l'un de ses pires ennemis, elle ne parvenait pas à mettre de l'ordre dans ses pensées. Elle était à la fois anxieuse à l'idée de ne pouvoir accomplir sa tâche et obsédée par un homme dont l'attirance était pourtant comme un défi à sa liberté.

— Absorbée par vos pensées ?

Gabrielle sursauta en constatant que Dominique était à son côté, son regard violet scrutant le coin de son visage laissé à découvert par l'écharpe.

— Juste absorbée par quelques questions…, répliqua-t-elle.

Il ne répondit que par un hochement de tête et reprit sa place derrière elle. Son visage était découvert, et elle se retourna :

— N'avez-vous pas froid ?

— Personnellement, je suis gelé !

L'interjection de Baudoin coupa court à toute réponse que Dominique aurait pu formuler. L'écuyer arrêta sa monture et se tourna vers ses compagnons :

— Ne pourrions-nous pas nous arrêter au prochain village ? Je crains pour mes pieds : je ne les sens plus.

Gabrielle se tourna vers Dominique. Curieusement, il ne semblait pas souffrir du froid : son nez, par exemple, n'avait pas la couleur cireuse de celui de Baudoin.

— Othis est à trois lieues.

Baudoin émit un grognement de dépit.

— Meaux n'est jamais qu'à cinq lieues d'ici. Je pense que nous devrions y aller directement.

— Je sens encore mes pieds, répondit Gabrielle. Mais je ne souhaite pas que mon écuyer ait une démarche d'ivrogne si d'aventure il perdait les siens.

Elle ponctua ces mots d'un geste discret des pieds pour vérifier l'exactitude de son assertion.

— Il ne les perdra pas, déclara Dominique. Il faut que tu penses à des choses chaleureuses, Baudoin, comme un grand feu ou le soleil du mois d'août…

— Si je n'étais réduit à l'état de glaçon, je vous ferais tomber de cheval. Je suis incapable de former la moindre image de chaleur… Mes feux de joie sont gelés, et mes journées du mois d'août sont grises et pluvieuses ! rétorqua Baudoin en claquant des dents.

— Très bien. Prenez la tête, tous les deux, dit Dominique.

Baudoin grommela et murmura quelques injures, mais il obéit malgré tout et reprit la direction de l'est, Gabrielle à son côté. Celle-ci espéra que sa compagnie empêcherait l'écuyer de trop penser à ses pieds engourdis. Elle-même se sentait le nez gelé.

Ramenant les rênes dans sa main, Dominique gratta pensivement la tête de Tor.

— Dois-je leur accorder un peu de confort ? Je suppose que Gabrielle a raison : un écuyer estropié n'est pas d'une grande utilité…

Il ôta son gant, étendit la main en fermant les yeux et tira toute la chaleur possible de son corps. Son corps qui devint comme figé sous l'effort. Un nuage de poussière irisée s'envola du bout de ses doigts et enveloppa ses deux compagnons. Aucun des deux ne remarqua le résidu diapré flottant autour d'eux avant qu'il n'imprègne leurs manteaux de laine, leurs armures et leurs peaux.

Il fallut encore quatre heures au trio pour dépasser Othis et atteindre finalement Meaux. Mais aucun ne se plaignit de nouveau du froid. De fait, ce fut plutôt la bonne humeur qui régna : Baudoin l'exprima par une petite gigue lorsqu'il descendit de cheval devant l'auberge de la Lune Bleue, et Gabrielle par un sourire.

Il ne restait plus qu'une stalle libre dans l'écurie de l'auberge, mais le trio ne s'en plaignit pas. Etrangement, Gabrielle se sentait à l'aise, réchauffée, malgré le temps passé à cheval à supporter le froid. Et il lui était indifférent de se retrouver dans une étable plutôt que dans une pièce chauffée par un bon feu.

Baudoin prépara sa couche de foin avec soin, se concoctant un véritable petit nid dans lequel il s'installa confortablement, avant de poser l'inévitable question :

— Alors, quel est le plan pour pénétrer dans la forteresse empoisonnée ? Quelqu'un a une idée ?

Dominique, attendant que Gabrielle se fût mise aussi à son aise, lui répondit :

— J'imagine qu'il n'y a qu'une seule solution.

— L'aquelle ?

Gabrielle s'installa à proximité de Baudoin et contempla avec curiosité les multiples trésors que ce dernier gardait en permanence autour de sa taille.

— Nous avons un expert en poisons…

— Oui, c'est vrai. Qu'en dis-tu, écuyer ?

Gabrielle, tout en lui posant la question, darda sur lui un regard sévère. Baudoin, cessant de fourrager dans son sac de reliques, se tourna consterné vers elle :

— Quoi ? Moi ? Vous voulez que moi, j'aille tuer ce démon ? Je ne crois pas du tout que ce soit une bonne idée !

— Nous avons besoin que tu nous guides à l'intérieur.

Dominique s'agenouilla près de Gabrielle et ramassa un peu de foin avant de poursuivre ses explications.

— Compte tenu de ton immunité au poison, c'est la voie la plus sage. Acceptes-tu de nous guider ?

— En d'autres termes, on envoie en avant celui qu'on peut sacrifier sans trop de perte.

— Il ne s'agit pas de te sacrifier, déclara Gabrielle. Mais Dominique a raison : il est sage de prendre des précautions. Si tu sens qu'un passage est impraticable, nous ne le prendrons pas. Allons, Baudoin, j'ai confiance en ton savoir.

Et Gabrielle pensait sincèrement chacun de ses mots.

— C'est vrai ?

Elle acquiesça d'un signe de tête et désigna la bourse de cuir de son écuyer :

— N'as-tu pas ici une relique qui puisse nous protéger ?

— Si, j'en ai une !

Il chercha dans sa bourse et en sortit une petite relique blanche qu'il leur montra fièrement, comme s'il s'agissait du trésor le plus précieux :

— Voici le petit doigt de pied de sainte Bénédicte, la sainte patronne des empoisonnés.

— Laisse-moi voir cela.

— Non !

Baudoin serra précieusement l'os contre sa poitrine, loin de Gabrielle qu'il se mit à regarder, l'air gêné.

— Je ne peux pas vous laisser le toucher. Je dois... euh... je dois en protéger les pouvoirs magiques...

— Ah, je vois...

Elle échangea un coup d'œil amusé avec Dominique.

— C'est curieux, je trouve qu'on dirait un os de coq.

Baudoin sursauta, l'air scandalisé, tandis que Gabrielle et Dominique riaient.

— Très bien. Après tout, ce pourrait être l'os d'une sainte. Je dois bien reconnaître cela.

Gabrielle s'étendit confortablement dans le foin, appuyant sa tête sur l'oreiller improvisé qu'elle venait de se constituer.

— Après tout, chacun de nous a ses propres secrets, n'est-ce pas, Saint Juste ?

Complètement désarçonné par la tournure inattendue de la conversation, Dominique ne sut quoi répondre et regarda Gabrielle, légèrement effaré. Celle-ci se contenta de hausser les épaules, percevant son malaise. Il y avait de l'orage dans l'air, elle le sentait. Ce qui était d'ailleurs compréhensible, après leur longue journée. Mais elle ne renonça pas, et le regarda attentivement.

— Qu'avez-vous donc à cacher ? demanda-t-elle.

— Qu'est-ce qui vous fait croire qu'il a quelque chose à cacher ?

Baudoin se lança courageusement, voulant protéger Dominique. Une attitude qui ne manqua pas d'intriguer davantage Gabrielle. Après un coup d'œil étonné à son écuyer, elle reporta son attention vers Saint Juste.

— Depuis quand laissez-vous un enfant insolent parler pour vous ?

— Je ne suis pas un enfant !

La voix de l'écuyer trahissait son irritation. Il rassembla ses os et ferma d'un geste brusque sa bourse de cuir.

— J'en ai as-sez ! reprit-il en martelant chacune des syllabes. Pourquoi ne pouvez-vous pas avoir un peu plus de considération pour moi ?

Sur ces mots, il se leva et quitta l'étable dans un tintamarre d'os entrechoqués.

Gabrielle se leva, prête à le suivre, mais Dominique s'interposa.

— Laissez-le aller.

— Mais je l'ai vexé. Et il a raison.

Elle secoua la tête, honteuse de sa cruauté.

— Je lui témoigne si peu de respect, alors qu'il en mérite tant...

Dominique relâcha son étreinte.

— C'est vrai. Car même si je pense que nous sommes ses amis, il est seul au monde. Et je vois bien à quel point il aspire à la stabilité. A une famille où il se sentirait en paix...

— L'aimez-vous donc autant que moi ?

Dominique acquiesça, tandis que Gabrielle lui embrassait le front avant de se diriger vers la sortie de l'étable.

— Je ferais mieux de le rejoindre, dit-elle.

L'auberge de la Lune Bleue résonnait de rires d'hommes, de bruits de chopes entrechoquées, et de quelques cris de femmes empoignées sans ménagement. Ignorant l'agitation de la salle, Gabrielle fit le tour de l'auberge et trouva l'écuyer appuyé contre le mur extérieur, la tête posée sur la claie, les yeux plongés dans le ciel. Il tambourinait pensivement contre le chaume qui descendait du toit au-dessus de lui.

Dominique avait raison. Il était vrai que son écuyer — écuyer à contrecœur ! — n'était jamais qu'un être en quête d'une famille, de stabilité et d'amour. D'un endroit où il se sentirait à sa place. Un désir qu'ils avaient d'ailleurs en commun.

L'Eglise aurait-elle été en mesure de combler ce désir ? Il était difficile d'en juger. Peut-être que la présence d'autres personnes, ne serait-ce que la famille de Gabrielle, attentionnées avec lui, avait suffi à le combler. Mais à présent, ils étaient tous deux seuls.

Marchant d'un pas décidé vers lui, Gabrielle s'arrêta à une faible distance de sa silhouette dégingandée et posa un genou à terre.

— Madame, qu'êtes-vous en…

— Je suis venue te demander pardon, Baudoin.

— C'est…

Il se pencha pour la relever, mais elle demeura obstinément dans la même position.

— C'est absurde. Vous ne devriez pas vous agenouiller devant moi comme n'importe… Levez-vous ! S'il vous plaît !

Il n'osait parler trop fort, et murmurait comme à l'église. Gabrielle vit dans ses yeux les larmes retenues, conséquence de ses moqueries. S'il y avait un moment où lâcher la bride à la jouvencelle sentimentale qu'elle était, c'était celui-ci, sans aucun doute.

— Je ne me lèverai pas. Je dois faire les choses bien, sans quoi cela n'aurait pas de sens. Tu as plus de valeur pour moi que tu ne saurais l'imaginer, écuyer. Et je n'aurais pas dû te parler avec tant de légèreté.

Baudoin s'agenouilla dans la neige humide devant elle. Il était si grand qu'il la dépassait d'une tête. Il était aussi devenu fort et agile. Il serait un chevalier puissant, s'il venait à briguer les éperons.

— Merci, madame. Mais je crois que je devrais m'excuser de m'être mis en colère dans l'étable. J'ai juste...

Elle posa un doigt sur ses lèvres froides et tremblantes. Combien elle aurait aimé qu'il ait le souvenir d'une tendre étreinte maternelle !

— Ne t'excuse pas. Tu m'as bien servi, Baudoin, et je respecte ton droit de parler librement et franchement. Je tiens à ce que tu le fasses toujours. Tu as été d'une bravoure incroyable, jusqu'à présent.

— Comme si j'avais eu le choix...

Il effleura la cicatrice qui lui barrait encore une partie du front et le visage.

— Encore que je doive admettre que ç'a été une sacrée aventure.

— Maintenant, nous devons nous consacrer à l'avenir. Je suis sûre que nous allons parvenir à pénétrer dans le repaire de Sammael et le tuer.

Baudoin ouvrit sa bourse et chercha fiévreusement à l'intérieur avant de sortir l'os de sainte Bénédicte. Ou un os de coq vendu pour une relique sainte...

— Vous allez avoir besoin de cela.

— Moi ?

Gabrielle observa la relique. L'os ressemblait décidément davantage à celui d'un animal qu'à celui d'un humain. Mais elle ne voulait pas mettre en doute les convictions de Baudoin. Pas maintenant.

— Mais c'est toi qui vas pénétrer le premier dans le château de Sammael, objecta-t-elle.

— J'ai une protection que vous n'avez pas. Du moins, je l'espère... Je n'ai jamais pénétré dans un château empoisonné.

— A dire vrai, moi non plus.

— Tenez. Prenez-le.

Il lui tendit l'os. Elle approcha la main de la relique puis la retira, se rappelant ce qu'il avait dit peu auparavant.

— Je ne peux pas. Je vais en ôter la magie.

— Non. Il y a une magie bien plus grande en vous, madame. Si jamais ce bout d'os contient un peu de pouvoir, le fait qu'il soit en votre possession va le décupler.

Il avait une foi en elle qui la dépassait totalement !

— Merci, Baudoin.

Elle enserra les mains froides de son écuyer dans les siennes, lui communiquant un peu de sa chaleur.

— Où dois-je la garder ?

— Vous n'avez pas de poches ? Non. Hum… et si… Levez-vous.

Il plaça précautionneusement la relique dans l'entrelacs du lacet de sa botte gauche.

— Elle devrait être en sécurité, ici. Et que sainte Bénédicte vous garde saine et sauve, tandis que vous serez dans l'antre du Maître du Poison !

Elle se pencha et lui embrassa la joue. Il attrapa sa main et la baisa, puis la tint de telle sorte que son poignet fût en pleine lumière. Il approcha la tête pour étudier sa marque diabolique, avec un geste de curiosité commun chez tous ceux qui la voyaient pour la première fois.

— C'est… C'est vraiment joli, formula-t-il finalement.

— Je ne l'avais jamais regardé ainsi. Mais tu as raison.

Elle était toujours émerveillée de constater cette capacité qu'il avait à envisager quelque chose de négatif de manière totalement originale, pour ne garder que le bon côté des choses. Elle posa la main sur son épaule et la serra dans un geste amical et rassurant.

Tandis qu'ils étaient tous deux relevés, Baudoin fit une petite révérence et posa la main sur son cœur.
— Merci, gente dame, de me supporter.
— Merci à toi, Baudoin, de raviver ma foi.

17.

La forteresse de Sammael reposait sur une protubérance qui semblait faite de main d'homme : la base en était étroite et allait en s'agrandissant jusqu'à rejoindre les murs gris du château. Un château cauchemardesque, qui ressemblait à la corne d'un diable surgissant de l'enfer, flanqué de deux tours qui brillaient d'un éclat jaune et malsain en raison de leurs illuminations intérieures.

— Imposant...

Dominique fit le commentaire d'un ton léger. Il se tourna vers Gabrielle en souriant :

— Vous voulez faire demi-tour ? demanda-t-il.

— Jamais !

Elle descendit de cheval et conduisit Gryphon par les rênes, sa tunique de mailles cliquetant tandis qu'elle se frayait un chemin le long du sentier sinueux qui se dirigeait vers la forme noire dressée devant eux.

— Si je suis venue jusqu'ici, reprit-elle, ce n'est certainement pas pour faire demi-tour à cause d'un démon nabot. Même s'il exhale du poison, je périrai en lui tranchant la tête !

— Vous ne périrez pas. C'est impossible.

La réponse de Dominique fut prononcée à voix si basse que Gabrielle faillit ne pas l'entendre. Mais elle l'entendit, et l'émotion contenue dans ces simples mots la toucha profondément. Non, elle ne pouvait pas mourir, en effet, puisqu'il y avait quelqu'un qui se souciait de sa vie. Il y avait même deux personnes pour qui elle comptait. Et elle-même tenait à vivre, à respirer encore.

Gabrielle se tourna vers Baudoin, qui observait le château sans mot dire.

— Alors, es-tu prêt, écuyer ?

Baudoin s'arracha à sa contemplation stupéfaite du château et s'adressa à Gabrielle d'un air horrifié :

— Moi ?

Il ferma les yeux, comme pour conjurer la vision du château, et ne put retenir une grimace qui lui tordit le visage.

— J'ai beaucoup réfléchi... Pourquoi devrais-je y aller le premier ?

Il ouvrit les mains devant lui, en un geste de supplication :

— Je ne suis même pas un chevalier !

Dominique fit demi-tour et lui envoya une chiquenaude en pleine figure. L'écuyer, abasourdi, recula d'un pas en se tenant la joue :

— Par le diable, qu'est-ce qui vous prend ?

— Je t'ai adoubé chevalier, lui répondit calmement Dominique avec un clin d'œil complice en direction de Gabrielle.

— Oh...

Baudoin ne sut quoi dire. Il se massa la joue, et prononça quelques mots incohérents, avant de se résigner.

— Bien ! Très bi...

Il mit pied à terre, et acheva finalement sa phrase.

— Très bien. Voici ma récompense pour vous avoir aidé : une mort stupide.

— Allons, messire Baudoin, nous étions convenus que vous seriez le premier à pénétrer dans le château. Vous êtes le plus apte à repérer d'éventuels dangers.

— « Messire » Baudoin ?

Le jeune homme ne put retenir un sourire de plaisir.

— Vous m'avez appelé « messire » Baudoin ? répéta-t-il.

— En effet. Je vous accorde que la cérémonie a été un peu rudimentaire, mais le résultat est le même : vous êtes maintenant un chevalier.

Le visage de Baudoin fut le reflet du chaos d'émotions qui s'agitaient en lui. Mais la joie fut finalement la plus forte. Cependant, tandis qu'il ouvrait la bouche pour exprimer son bonheur, une pensée lui vint soudainement, qui le fit froncer les sourcils d'un air sceptique.

— Mais je n'ai pas d'épée. Alors... je ne peux pas y aller le premier !

Et son sourire témoignait de sa satisfaction devant cet argument. Dominique, sans rien dire, retira la dague qu'il portait à la taille de son fourreau et la tendit, garde en avant, vers Baudoin. Elle avait été forgée par son père : la belle lame d'acier était pourvue d'une poignée ciselée à l'or fin. C'était une très belle arme.

Baudoin se saisit respectueusement de l'arme et l'examina attentivement, appréciant la lame fine et effilée, puis il fronça le sourcil de nouveau :

— Elle est trop courte !

Dominique lui jeta un regard froid :

— Cela ne fait que quelques instants que tu es chevalier, et déjà tu te plains comme une vieille poule ! Tu ne devrais pas refuser un tel présent, écuyer.

— Hé ! Pas écuyer, « chevalier » !

Baudoin corrigea Dominique d'un geste éloquent de la main.

— Oui, messire Baudoin.

Gabrielle sourit et donna une tape amicale à l'épaule de Baudoin. Il essayait d'être courageux. Un courage qui lui coûtait beaucoup d'efforts, mais qui le rendait noble à sa manière.

— En avant, Baudoin.

Baudoin fit deux pas en avant puis se retourna pour ajouter quelque chose, mais avant même qu'il eût le temps de le faire, Gabrielle se corrigea d'elle-même :

— *Messire* Baudoin.

Il lui adressa un franc sourire en la remerciant d'un geste, et se dirigea vers le château de Sammael.

Le monologue de Baudoin n'était pas dénué d'amertume, tandis qu'il se frayait un chemin parmi les multiples passages étroits qui menaient vers le cœur de la forteresse. Sa progression lui donnait l'impression d'errer en enfer à la recherche du maître des lieux.

— Quelqu'un m'a-t-il demandé si je voulais devenir chevalier ? Absolument pas. Saint Juste a profité de ce prétexte pour m'envoyer une bonne claque.

Il se frotta la mâchoire, encore un peu douloureuse.

— Et le moins qu'on puisse dire, c'est qu'il n'y est pas allé de main morte ! Et personne, il faut insister là-dessus, ne m'a demandé mon avis…

Un pas supplémentaire l'amena dans un nouveau passage. Des murs suintait… *quelque chose.* La substance blanchâtre avait une odeur étrange, entre les déjections animales et les fleurs capiteuses d'un champ de plein été.

Les jurons de Baudoin cessèrent instantanément tandis que la peur l'envahissait. C'était très certainement du poison qui s'écoulait ainsi le long des murs. Il avait été si absorbé par ses pensées qu'il n'avait pas prêté attention à ce qui l'entourait.

Or, il était temps de faire attention. Il tira de sa besace le linge dont chacun s'était muni afin de se protéger des vapeurs délétères et l'attacha autour de son visage, se protégeant ainsi la bouche.

— Si j'en sors vivant, je dirai tout à Gabrielle. Que son maudit protecteur est un homme-Fée — le genre d'individus qu'elle déteste le plus au monde — et qu'il pense qu'elle est un ange. Un ange ? Quelle drôle d'idée ! Je devrais avoir une relique pour me protéger des hommes-Fées un peu fous qui voient des anges partout !

Baudoin se murmurait ces propos afin de se rassurer. Il avait vu, naturellement, sur le poignet de Gabrielle, la marque dont Dominique affirmait qu'elle était celle d'un ange. Et il n'avait d'ailleurs pas su quoi dire à Gabrielle à ce sujet, sinon qu'elle était jolie. Jolie ? Difficile de dire cela, si elle avait vraiment le sens que Dominique lui attribuait. Mais c'était impossible. Baudoin ne croyait pas que les anges puissent venir sur la terre pour aider les hommes. Une telle idée était absurde. Où étaient ses ailes ? son épée flamboyante ? son halo ?

Et si elle était vraiment un ange, lui-même ne serait pas à cet endroit-là, en cet instant. Enfoncé dans les entrailles de ce château empoisonné et maléfique...

Un peu plus loin se trouvait un embranchement. Il était temps de prendre une décision. Baudoin s'arrêta et tendit l'oreille pour écouter l'écho des pas de Gabrielle et Dominique. Ce dernier lui avait dit qu'ils le suivraient de près, tandis que Baudoin repérait les pièges. Mais hormis le suintement des murs, ou le tintamarre des os contenus dans sa bourse, il ne put rien entendre.

Il aurait dû garder pour lui l'os de sainte Bénédicte. Gabrielle, après tout, n'aurait pas fait la différence, s'il lui avait donné à la place un morceau du doigt de saint Matthieu, le patron des collecteurs d'impôts.

Encore un coude, et un nouveau passage. Baudoin avançait prudemment, mais ses longues jambes le portaient en avant bien trop vite à son goût. D'une main, il serrait la dague de Dominique, de l'autre, son sac de reliques, en espérant que cette collection d'objets saints lui vaudrait d'être sain et sauf à l'issue de cette aventure.

Sous ses doigts, il pouvait sentir la relique légèrement ovale de saint Jude.

— Le saint patron des causes désespérées... Qu'il me vienne en aide !

Un éclat de lumière attira son attention. Caressant la relique du bout des doigts, Baudoin se glissa prudemment de l'autre côté d'un coude du couloir.

Il découvrit une petite chambre éclairée non pas de torches mais de grandes bougies d'une incroyable blancheur posées sur des supports de fer. Un peu de cire blanche s'écoulait et se figeait dans l'air, donnant à la pièce une atmosphère de sérénité agréable.

Baudoin baissa sa dague et relâcha sa bourse de cuir. Il ferma les yeux et sentit la chaleur des nombreuses bougies le pénétrer et l'engourdir un peu. L'odeur douce des bougies l'attirait vers le centre de la pièce.

L'endroit était si paisible... Il semblait promettre la sécurité.

Il sourit, tout en caressant sans y penser la relique de saint Jude :

— Cet endroit est si agréable ! Il n'y a pas de monstre empoisonné, ici.

Puis il entendit un bruit, derrière lui, un bruit qui ne concordait pas avec le sifflement des flammes. C'était plutôt un frottement sourd et lent. Malgré son désir de demeurer sans bouger au cœur de cet asile, la curiosité fut la plus forte et Baudoin se retourna… pour se retrouver face au serpent le plus long et le plus rapide qu'il eût jamais vu. La tête de la bête était d'ailleurs presque aussi grosse que la sienne.

Et il était prêt à attaquer.

— Sainte Mère de Dieu…

Il s'agissait plus d'une plainte que d'une prière. Baudoin savait parfaitement que sa courte dague, qu'il tenait difficilement de sa main trempée de sueur, ne lui serait d'aucune utilité.

Avec un sifflement de colère, le serpent s'élança vers lui.

18.

Il s'était complètement recroquevillé sur lui-même, les genoux repliés contre sa poitrine et les bras enroulés autour de son buste. Mais la douleur qu'il aurait dû ressentir, la morsure — sur la cheville, la cuisse ou le bras — ne vint pas.

Baudoin entrouvrit un œil et regarda à ses pieds. Une longue lame d'acier reflétait les lueurs des bougies juste devant une de ses jambes. Et, glissant le long de la lame, le serpent, bouche ouverte, les crocs exsudant leur poison, se tordait d'agonie.

C'était l'épée de Dominique. C'était aussi sa respiration qu'il pouvait entendre à côté de lui. Quelques instants de plus, et il aurait servi de repas au serpent. Il expira bruyamment et détendit une de ses jambes :

— Vous avez là une belle lame, messire Saint Juste…

Dominique l'arracha du corps du serpent et la fit tourner sous les yeux de Baudoin d'un air dégagé :

— Elle a été forgée seize fois par les moines mongols aveugles qui vivent dans les montagnes Khagan.

— Pourrions-nous sortir d'ici en vitesse ?

— Pourquoi cela ? Tu n'aimes pas les serpents ?

Dominique agitait le corps du serpent, qu'il tenait de la pointe de son épée, sous le nez de Baudoin qui fit un pas en arrière.

— Par le diable, messire Saint Juste, êtes-vous obligé d'être toujours aussi calme ? Vous venez de sauver ma misérable peau…

— Tu aurais fait la même chose pour moi.

— Vous croyez ? Peut-être… Mais je ne peux être sûr que je n'aurais pas pris mes jambes à mon cou, si j'avais été à votre place.

— Et si Gabrielle s'était trouvée à ta place, et toi à la mienne ?

— Facile. Gabrielle lui aurait jeté son coup d'œil meurtrier et la bête serait partie se cacher, terrorisée.

Dominique ne put se retenir de rire, tandis qu'il posait le serpent sur le sol.

— C'est vrai qu'elle a un regard terrible, parfois, concéda Dominique. Allons, messire Baudoin, il est temps d'y aller. Tu as prouvé ta bravoure. Il faut maintenant découvrir l'endroit où se cache Sammael.

L'air était humide et épais le long des murs de pierre. Quoiqu'elle eût la bouche recouverte du linge imbibé d'antidote que Dominique lui avait donné, Gabrielle avait l'impression que si elle venait à l'ôter, et à respirer une goulée d'air, il lui faudrait la mâcher, tant il pesait lourdement sur ses épaules.

Elle lui jeta un coup d'œil, tandis qu'il lui signifiait d'un geste de la tête qu'il était temps de reprendre leur chemin. Ils avaient demandé à Baudoin de garder l'entrée de ce passage, le dernier jusqu'au cœur du château. Après avoir entendu le récit de sa mésaventure avec le serpent, Gabrielle avait été plus que désireuse de lui accorder un répit. Une attention que le jeune homme avait visiblement appréciée : son soupir de soulagement l'avait clairement montré.

Elle entendit, provenant d'un endroit imprécis situé devant eux, un son sourd, comme un gargouillis ou un bruit d'eau en train de bouillir. Puis il y avait comme un écho musical dont elle ne parvenait pas à situer l'origine. Elle n'était même pas sûre qu'il fût réel, tant le château résonnait de bruits étranges. On aurait dit, pourtant, un instrument à cordes accompagné d'une flûte. Les notes aigrelettes ne leur parvenaient qu'à peine, mais l'effet de leur envoûtante mélodie n'en était que plus puissant, à la fois tentant et triste.

Elle s'avança à pas prudents. Son désir de se précipiter en avant et de découvrir l'origine de la mélodie était fort, mais pas assez fort pour qu'elle oublie les principes élémentaires de la prudence. Ils n'avaient rencontré aucun garde, aucun piège depuis qu'ils avaient suivi Baudoin dans le château. Ce qui pouvait être l'effet de la chance, ou au contraire très mauvais signe.

L'entrée était-elle si facile parce qu'il était impossible de fuir cette tombe empoisonnée ?

Elle espérait sincèrement que non.

Le corridor était sombre car il n'était éclairé que de quelques torches disséminées çà et là, de manière discontinue. Tandis qu'elle se trouvait sous l'une d'elles, Gabrielle remarqua une petite porte située dans le mur d'en face. C'était la première porte qu'elle rencontrait. Elle était fermée à l'aide d'une épaisse barre de bois. Elle avança la main vers la barre, mais réprima un sursaut tandis que Dominique l'agrippait sans ménagement :

— Faut-il toujours que je vous rappelle où se trouve le danger ?

Ses yeux ne brillaient pas de leur habituelle chaleur : il la regardait avec sévérité, comme pour lui rappeler la difficulté de leur entreprise.

Une larme d'amertume brilla dans le regard de Gabrielle. Les battements de son cœur s'accélérèrent.

Oui, répondit-elle mentalement. Etourdie par l'envoûtante musique et les mille pensées qui l'assaillaient, elle avait eu l'esprit ailleurs. Elle effleura la joue de Dominique, juste au-dessus du linge qu'il portait autour de la bouche et du nez :

— Merci.

— Je ne fais que ce pour quoi j'ai été engagé.

Dominique leva le genou et ôta la barre de bois à l'aide de son pied. Avec précaution, il poussa la lourde pièce de bois sur le côté tandis que la porte s'ouvrait dans un craquement sinistre. Mais avant que Gabrielle eût pu franchir la porte en la repoussant du coude, elle se retrouva enlacée dans les bras de Dominique.

— Faites attention à chacun de vos gestes.

Il la regarda avec une ardeur dont elle ne comprit pas le sens.

— Vous me promettez de faire très attention ?

Elle acquiesça et se morigéna intérieurement. *Tu es une guerrière. Ne plonge pas ton regard dans ses yeux ou tu vas perdre ton équilibre et ta force...*

— Je vais vous suivre de près, reprit-il. Hors de vue, mais à portée. Nous y allons.

Elle connaissait leur plan. Il n'y avait que par son épée que Sammael pouvait périr. Dominique se tiendrait à proximité pour la protéger, sans intervenir. Baudoin resterait à l'extérieur pour couvrir leur fuite avec une torche et une relique à la main.

— Mais comment saurai-je que c'est lui ? demanda-t-elle. Vous ne m'en avez donné aucune description....

— Je vais regarder, et je vous avertirai dès que possible. Maintenant allez-y, avant que notre nouveau chevalier ne trépasse sous l'effet de la peur.

Elle observa Baudoin, tremblant à quelques pas de là. Son regard se promenait du sol au plafond en passant par les murs et le passage qu'ils venaient de franchir, sans jamais s'arrêter. Sous l'effet de la peur ? Un peu de peur ne pouvait pas faire de mal : elle obligeait à rester sur ses gardes. Mais un peu de confiance ne pouvait pas faire de mal non plus.

— Embrassez-moi…

Avant qu'elle eût achevé son absurde requête de jouvencelle, Dominique poussa le linge qui la couvrait et ses lèvres chaudes pressèrent les siennes.

Elle aurait dû le repousser, tirer son épée et marcher d'un pas assuré vers le danger. Mais résister était impensable. Son baiser accentuait l'attirance qu'elle tentait vainement de fuir. Elle voulait l'épouser, le désirer… Le défier, lui résister… Mais son cœur la suppliait de se laisser faire. *Laisse-moi éprouver la passion à laquelle j'aspire. Laisse-moi me repaître de l'amour qu'il m'offre. Demain ne viendra peut-être jamais. Au diable ton équilibre, l'amour aussi est une source de force !*

Et c'était vrai. L'amour était un pouvoir. Et elle aimait cet homme. L'amour était le seul terme adéquat pour exprimer ce qu'elle ressentait en sa présence. Si Dominique venait à disparaître, à s'éloigner de sa vie, en ce moment précis, elle était sûre qu'une douleur sourde l'envahirait. Une plaie qui saignerait et la tourmenterait jusqu'à ce qu'il fût de nouveau là, à son côté. Et ce sentiment émanait de son cœur. Un cœur qui se sentait enfin lui-même, complet de pouvoir se tenir près de cet homme, de partager son baiser.

Oui, l'amour… l'amour est juste.

Dominique mit fin au baiser.

— Allons, c'est assez. Etes-vous prête, Gabrielle ?

Elle accrocha le bout de sa cape, et se rapprocha de lui.

— Ce n'est jamais assez.

— Il y a toujours un lendemain.

Il se montrait nettement plus optimiste qu'elle. Il lui pressa le bras, faisant tinter sa cotte de mailles qui lui rappela le combat et l'éventuelle douleur à venir. Une douleur bien plus poignante que celle de sa passion, si elle venait à échouer. N'avait-elle pas à combattre des démons de feu ?

— Comment se prépare-t-on à rencontrer un démon ?

Dominique prit sa main, repoussa le cuir léger du gant qui lui couvrait le poignet et l'embrassa. Juste à hauteur de la marque qu'elle portait.

— Vous avez été préparée à cela avant même votre naissance.

— Avant ma...

— Vous n'échouerez pas. Souvenez-vous... Pouvez-vous vous souvenir ?

Gabrielle le regarda, étonnée de l'urgence qui vibrait dans sa voix.

— Je ne comprends pas.

La lueur d'espoir qui avait brillé un instant dans ses yeux s'éteignit tout aussi vite. Il relâcha son poignet avec un soupir, comme s'il disait adieu à un ami de longue date.

— Pardonnez-moi, je crois que je dis n'importe quoi. Sachez... sachez seulement que je vous aime. J'aime ce feu qui brûle dans votre poitrine, cette glace qui étincelle dans vos yeux et ce défi contenu dans vos baisers.

Il lui toucha la joue d'un geste tendre.

— J'aime aussi cette guerrière intrépide qui refuse d'abandonner tant que la justice n'a pas été rétablie dans le monde. Vous réussirez, Gabrielle. Maintenant, allez !

Il lui demanda de se pencher, et Gabrielle franchit la petite entrée. De l'autre côté de la porte se trouvait une serre de plantes exotiques. Elle eut le sentiment d'être passée à travers un portail enchanté et de se retrouver dans une forêt verdoyante. Des feuilles vertes et des fleurs s'épanouissaient de tous côtés. Le plafond était constitué d'une tonnelle feuillue qui laissait passer quelques rayons de soleil.

Gabrielle inspira profondément, mais ne put sentir que le mélange d'herbes dont Dominique avait imbibé son masque.

— Quelle magie ! Au milieu de l'hiver, il y a tant de vie, ici…

Elle se tourna vers un passage qui s'ouvrait entre d'épais buissons de fleurs. Dominique fit un pas dans la pièce tandis que Gabrielle se précipitait dans le passage bordé de fleurs.

— Ne touchez à rien !

La remarque de son protecteur la figea tandis qu'elle se préparait à cueillir une innocente ancolie bleue. Dominique fut à son côté en un instant.

— Ne touchez à rien. Ceci est le jardin de Sammael. Il y a fort à parier que toutes les plantes sont empoisonnées.

— Mais je ne crois pas qu'une ancolie…

— Gabrielle, ces fleurs sont entretenues par le Maître du Poison. Si vous effleurez une tige pour la briser, il est probable que vous n'aurez plus jamais, ensuite, l'occasion de contempler une fleur.

Gabrielle fit la moue, son regard passant de Dominique à la fleur.

— Là-bas…, dit-il.

Il pointait du doigt une petite porte située à l'autre bout du jardin. Une épaisse vigne vierge descendait du plafond et la recouvrait à moitié.

— C'est sûrement là-bas que Sammael prépare ses décoctions. C'est là que nous le trouverons, en train de se préparer à sa rencontre avec le Chevalier Noir.

— En train de préparer du poison ?

— Etes-vous sûre de pouvoir l'affronter ?

Elle passa la langue sur ses lèvres, se souvenant des moments agréables de la vie. Le baiser de Dominique lui donna un courage nouveau.

— Oui, je le peux.

Il hocha la tête et se glissa derrière une épaisse fougère qui bordait le chemin. Gabrielle cligna des yeux, mais ne put le repérer. Elle pouvait voir le mur, mais il n'y avait plus aucune trace qui indiquât la présence de son protecteur. Il avait une manière de se déplacer à une vitesse incroyable, qui semblait presque surnaturelle. Avec un soupir, elle se tourna vers ce qui l'attendait.

Observant le chemin qui menait à la porte située de l'autre côté de la pièce, Gabrielle remarqua que si elle se plaçait de biais, elle aurait la possibilité de progresser sans toucher les plantes qui bordaient le chemin de façon menaçante. Elle vérifia une dernière fois que son corps était bien protégé, et qu'aucune partie, hormis ses yeux, n'était exposée. Que n'aurait-elle donné, à ce moment, pour un heaume de fer doublé d'une visière !

Mais elle avait marché en aveugle le long du corridor d'Asmodée en raison du piège qui s'y trouvait. Elle pouvait faire de même ici : il suffisait de se tourner et de marcher droit vers l'autre côté de la pièce. D'une manière ou d'une autre, Dominique la protégerait. Encore qu'elle se fût sentie plus en sécurité s'il avait été muni d'une arbalète…

Elle se tourna donc et franchit lentement le passage. La mélodie qu'elle entendait dans le lointain formait un duo macabre avec les battements précipités de son cœur. Etrange association d'une mélodie légère avec les battements sourds de son angoisse. A un moment, elle entendit craquer une tige fragile, mais tandis qu'elle se figeait pour réfléchir à ce qu'elle devait faire, elle sut qu'elle ne devait pas ouvrir les yeux. Elle n'avait d'autre choix que d'avancer, le plus vite possible.

Lorsqu'elle eut le sentiment d'avoir atteint le bout du passage, elle ouvrit les yeux et se retrouva dans un patio meublé de bancs de pierre et d'une table de marbre. Un entrelacs de vignes et de fleurs ombrageait la cour et la protégeait de la lumière du ciel. Une demi-douzaine de chandelles blanches brûlaient et s'agitèrent sous l'effet de l'arrivée de Gabrielle.

Un jardin destiné à des déjeuners tranquilles au milieu de fleurs empoisonnées ? L'endroit était décidément repoussant. Relâchant enfin son souffle, celui-là même qu'elle avait inspiré avant de s'engager dans le passage, Gabrielle se dirigea vers le centre du patio.

Elle comprenait maintenant la terreur de Baudoin à l'idée de s'aventurer le premier dans ce repaire empoisonné. D'un coup d'œil, elle vérifia la présence de la relique de sainte Bénédicte à sa botte. Si vraiment celle-ci avait un pouvoir surnaturel, il était temps qu'il se manifeste, car elle en aurait besoin…

Elle entendit le bruit d'une porte qui s'ouvrait derrière elle, et elle se tourna vivement, la main posée sur la garde de son épée.

Un visiteur ?

Un petit homme nerveux, transpirant abondamment, pourvu de longues mains moites, s'approcha en vacillant sur les dalles de pierre. Il pressa ses mains l'une contre l'autre, le cou trempé d'une sueur malsaine, et regarda Gabrielle de ses yeux aux iris dépareillés. La peau de son visage était à la fois grise et flasque. Conséquence d'une maladie… ou peut-être d'une exposition prolongée au poison.

Gabrielle fit un pas en arrière, tandis que l'homme louvoyait vers elle afin de l'examiner. Elle ne pouvait se tourner vers le jardin, en quête de Dominique : elle ne ferait qu'éveiller la suspicion de l'individu.

Elle était donc seule. De nouveau. Elle était une femme seule, en quête de son âme, en quête d'une réparation au nom de sa famille assassinée.

Oui, reprends tout des mains des Mortain. Au nom de ta famille.

Gabrielle se raidit et se prépara à un affrontement :

— Etes-vous Sammael de Mortain ?

— Qui demande cela à un serviteur ?

La voix de l'homme était pâteuse tandis qu'un peu de salive coulait au coin de sa bouche.

— Si vous ne connaissez pas mon maître, je dois m'interroger sur la raison de votre présence en ce lieu...

Son maître ? Ce n'était donc pas sa proie. Mais elle s'y attendait : l'homme qui se tenait devant elle n'était en aucun cas une menace pour le peuple de France. Il n'avait rien d'un chef de guerre avide de chaos et de destruction. Toutefois, Dominique avait décrit Sammael comme quelqu'un de frêle et de petite stature. Et cet homme ressemblait effectivement à un rat.

— Je suis venue avec un message pour ton maître.

— Je le lui transmettrai. Je vous en prie, indiquez-m'en la teneur.

Il se frappa la tête et la redressa. Puis il sourit, et ses lèvres craquelées se mirent à suinter.

— Dites-moi. Dites-moi...

— Mon message ne doit être entendu que de ton maître.

Elle s'assura qu'il pouvait voir sa main caresser la garde de son épée.

— Et pourquoi vous introduirais-je dans les appartements de mon maître ? Qui êtes-vous, pour arriver ainsi subrepticement et déguisé ?

— Ce masque n'est jamais qu'une protection contre les effluves empoisonnés concoctés par ton maître. Et si j'avais croisé des gardes à l'entrée, je ne serais pas entrée subrepticement.

— Il y a eu une révolte, dernièrement.

L'homme se frotta les mains avec un sourire diabolique.

— Il est difficile de trouver des serviteurs appropriés à un environnement aussi… délicat.

— Quoi qu'il en soit, je suis parvenue jusqu'ici et je veux obtenir une audience avec Sammael de Mortain.

— Je ne vous l'accorderai pas.

Elle attrapa la garde de son épée mais ne la retira pas de son fourreau.

— Vous me menacez, étranger ?

Elle s'écarta un peu, dégageant son épaule droite afin d'éviter la salive malsaine que lançait cet homme à l'aspect maladif.

— Je viens avec un message de la part du Chevalier Noir. Et je te serais reconnaissante de garder tes fluides corporels pour toi.

L'homme souleva le sourcil, et son sourire se transforma en rictus. Une pustule éclata près de son œil droit et coula le long de sa joue.

— Je sais qui est le Chevalier Noir, poursuivit Gabrielle. Je peux le décrire à ton maître.

— Vraiment ?

Il repoussa ses cheveux graisseux et releva son corps bossu pour l'examiner :

— Que dites-vous ? Hum…

Il déambula en lui tournant le dos, puis, d'un ton plus amène :

— Mais où sont donc mes manières ? Je vais informer mon maître de votre présence. Et je vais vous apporter du thé, tandis que vous l'attendez.

— Non...

Gabrielle voulut protester en disant que tout liquide ingurgité en ce lieu risquait de lui être fatal, mais le serviteur répugnant avait disparu avant qu'elle pût finir sa phrase. Il avait même disparu sans qu'elle le vît bouger. Encore un homme capable de se déplacer avec une agilité surnaturelle.

Elle se tourna et scruta les rangées de plantes mortelles, espérant surprendre les pupilles violettes de Dominique, embusqué à proximité. Espérant peut-être même un geste rassurant de sa part.

Rien.

Son cœur se serra. Où était donc son protecteur ?

— Je croyais t'avoir dit de ne rien toucher.

— Voulez-vous cesser de vous conduire comme la mère anxieuse que je n'ai jamais eue ? J'ai mal à en mourir, Saint Juste.

La réplique de Baudoin avait été prononcée d'un ton aussi vif que sa peau rougeoyante et meurtrie.

— Qu'as-tu fait ?

— Je me suis appuyé contre le mur avant de me souvenir que ce n'était probablement pas une bonne idée. Ouiiille...

— Pourquoi ne portais-tu pas de gants ?

— Cela me démangeait. Par le diable ! Regardez cela, messire Saint Juste.

— Tu ne mourras pas. Tu perdras peut-être la peau qui te couvre les doigts, mais tu survivras.

Dominique palpa les cloques, puis conclut :

— Le poison, apparemment, attaque la peau mais n'agit pas rapidement. En revanche, je n'ai pas d'eau propre.

— Et l'antidote que vous avez concocté ? Le masque m'aidera-t-il ? Dieu, que j'ai mal... Ce poison est en train de dévorer ma peau. Pourquoi ai-je donné la relique de sainte Bénédicte à Gabrielle... Saint Juste !

Dominique venait d'administrer un vigoureux coup de poing à Baudoin afin de le réduire au silence. Il lui serait plus facile de soigner ses blessures tandis qu'il était évanoui.

Il passa la main dans son pourpoint, et en tira les herbes médicinales dont il s'était muni. Il se devait d'agir rapidement pour sauver Baudoin mais aussi pour Gabrielle. Elle était seule, pour l'instant, au milieu du jardin empoisonné.

Le bruit d'une desserte de bois arracha Gabrielle à sa contemplation du jardin. Le serviteur approcha la desserte bringuebalante jusqu'à elle, l'obligeant à s'éloigner. Elle fit un pas en arrière et tomba sur le banc de pierre situé dans son dos.

Les yeux dépareillés du serviteur — un noir, un blanc laiteux — l'observaient avec attention tandis qu'il versait un liquide noir dans une délicate tasse de porcelaine blanche.

— Aimez-vous le thé ?

Elle secoua la tête. Peu importait ce qu'il était en train de lui servir ; elle n'avait pas l'intention d'en boire, ne fût-ce qu'une gorgée.

— Le thé est une boisson importée de Chine. Elle a un succès fou à Paris, vous devez le savoir... Le roi Henri en boit tandis qu'il fait ses saignées rituelles. Allons, buvez. Otez donc votre masque ridicule, et buvez cela.

Elle ne tenait pas à enlever son masque. Elle se pencha sur la tasse, mais en se tenant à une distance prudente.

N'inspirez aucune vapeur, avait ordonné Dominique. Le liquide sombre demeurait comme figé dans sa tasse.

Il ne semblait pas dangereux. Mais il était difficile de concevoir qu'une délicate tasse de porcelaine ornée de fleurs bleues pût contenir un poison mortel.

Et cela faisait plus d'un jour qu'elle n'avait rien mangé… Gabrielle repoussa néanmoins la tasse.

— C'est trop chaud. Je vais attendre que le liquide refroidisse.

Le serviteur releva la tête, ce qui était presque un exploit, vu que ce simple geste l'obligeait à bouger les épaules et redresser toute sa colonne vertébrale.

— Vous n'avez pas entendu parler du thé, ni de ses vertus roboratives ?

— As-tu informé ton maître de ma présence ?

— Savez-vous ce qu'une gorgée de ce liquide peut faire ?

Il leva sa tasse et but une large gorgée. Lorsqu'il la reposa, un peu de liquide sombre s'était déposé sur ses lèvres.

— Cette boisson adoucit les blessures. Ce qui a été une fois blessé se trouve restauré.

Sa voix était devenue sifflante, et son ton curieusement envoûtant permettait à ses paroles de se frayer un chemin à travers la cuirasse de Gabrielle, jusqu'à son cœur.

Ce qui a été une fois blessé…

Elle leva sa main gantée jusqu'à sa gorge. Derrière le cuir et les mailles de sa tunique, elle savait que sa cicatrice était là, longue marque argentée sur sa peau meurtrie. Elle n'était plus douloureuse. Mais la peau ne serait plus jamais comme avant. Cette parodie d'homme, à la fois pitoyable et ridicule, pouvait-il savoir qu'elle avait été blessée ?

— Vous possédiez une si jolie voix, jadis, gente dame, poursuivit son interlocuteur.

Gabrielle rejeta la tête en arrière et regarda l'ignoble serviteur d'un œil dur :

— Comment as-tu su...

— Vous vous déplacez avec une grâce qui dénonce votre déguisement, femme.

Elle se leva et fit le geste d'attraper l'immonde individu couvert de pustules, mais renonça à la vue de son pourpoint de cuir.

— Conduis-moi à ton maître. Je suis lasse de tes pitreries.

— Oui, oui, votre temps est précieux... Que votre voix est laide ! Je reviens tout de suite, madame. Quelle horrible voix !

Il disparut de nouveau sans ouvrir la porte qui se trouvait derrière lui. Il se déplaçait comme Dominique, sans bruit. Avec les mouvements d'un être féerique.

Gabrielle fixa son regard sur la légère ouverture en forme de lune qui se trouvait sur la porte, mais aucune lumière n'apparut.

S'appuyant contre la desserte, elle pencha la tête pour écouter les bruits, mais ne put rien entendre de plus que l'écho de la musique lointaine et le bruissement des plantes. Les musiciens étaient-ils cachés dans le feuillage ? La chambre du maître des lieux se trouvait-elle juste derrière cette porte, peuplée de troubadours qui jouaient pour le plaisir de leur seigneur ?

Le liquide contenu dans la tasse ne bougeait plus, et Gabrielle put se contempler dans ses reflets profonds. Les paroles du serviteur lui revinrent à l'esprit.

Cette boisson adoucit les blessures... Quelle horrible voix !

Si seulement c'était vrai...

— Il ment.

La voix provenait des plantes situées derrière elle. Dominique. Invisible, mais si proche d'elle. Sa voix la rassura, comme une étreinte chaleureuse sur son épaule.

— Je sais ! répliqua-t-elle. Mais il n'y a pas de mal à rêver.

Ces derniers mots, elle les avait prononcés à voix basse, pour elle-même.

— Restez sur vos gardes.

— Où étiez-vous ?

— Baudoin a eu... un petit problème. Mais ne vous inquiétez pas, il est... euh... il se repose. Concentrez-vous, Gabrielle. La foi ou la peur ? C'est le moment de choisir.

Sans hésitation, elle lui répondit :

— La foi !

Le serviteur réapparut brusquement devant elle, dans un tourbillon de mouvements. Il se déplaça à toute allure vers le bord du patio, peinant à relever la tête tandis qu'il scrutait le feuillage du vaste jardin de plantes empoisonnées.

— A qui parliez-vous ?

— Heu... A moi-même. Je m'extasiais sur la beauté des plantes.

Il se retourna d'un mouvement gracieux en lui jetant un regard interrogateur. Elle haussa les épaules, en espérant qu'il ne remarquerait pas la présence de Dominique.

— Mon maître ne vous verra pas.

— Comment cela ?

— Vous êtes mauvaise. Il souhaite...

— Je suis « mauvaise » ? Et pourtant, il autorise une atrocité telle que vous à le servir. Est-il juste derrière cette porte ? Non ? Pousse-toi !

De nouveau, le serviteur se déplaça à une vitesse incroyable et lui barra le chemin, tenant à la main une rose, dans la posture d'un enfant offrant un cadeau à sa mère. Mais de la tige de la fleur gouttait une substance claire qui n'inspirait guère confiance, quoique le poison ne semblât pas affecter l'homme.

Et brusquement, elle comprit.

— C'est vous... Vous êtes Sammael de Mortain.

Il haussa les épaules.

— Dites-moi ce que vous savez du Chevalier Noir, et j'envisagerai peut-être de vous laisser partir de ce château saine et sauve.

Il ferma un œil pour ne garder que le blanc dardé sur elle :

— Mentez-moi, et vous périrez par cette rose.

Gabrielle pressa le linge imbibé d'antidote contre sa bouche et son nez. Elle songea à reculer, mais ne put s'y résoudre. Par fierté. Par audace. Parce qu'elle savait qu'elle n'était qu'à un mouvement d'épée de son ennemi, et qu'il lui suffisait d'un geste pour mettre fin à ce cauchemar.

Mais elle n'était pas tout à fait assez proche pour le frapper. Et s'il la voyait tirer son épée, il s'enfuirait avec sa rapidité coutumière.

— Il porte une armure noire..., commença-t-elle.

— Si c'est tout ce que vous avez à me dire, vous allez mourir maintenant.

Sammael leva la fleur et montra le liquide qui coulait sans discontinuer le long de son coude jusqu'à ses pieds. Une petite rivière était en train de se former aux pieds de Gabrielle.

— Il est monté sur un étalon noir et ne se trouve qu'à une heure d'ici.

— Poursuivez.

— Peut-être même moins d'une heure.

— Est-il seul ?

— Bien sûr.

— Vous mentez.

Sa voix était devenue dure et forte.

— Il y a deux autres personnes par ici, reprit-il. Je peux les *sentir.* Allons, sortez donc, petites souris apeurées. Vous n'allez pas laisser une simple femme m'affronter seule ?

Tandis que Dominique sortait du couvert des plantes, Gabrielle se hérissa d'être qualifiée de « simple femme ». Tous les hommes pensaient-ils donc la même chose ? Celui-ci, en tout cas, payerait cher sa déclaration.

Elle fit un pas en avant, mais le bruit d'un os tombant sur les dalles de pierre dirigea son attention vers le sol. Pendant que Dominique s'approchait d'elle, elle releva la tête pour observer Sammael en contemplation devant le présent de Baudoin.

— Qu'est-ce donc ?

— Le doigt de pied de sainte Bénédicte.

Elle ne put se retenir de sourire en lui répondant.

— La sainte patronne des empoisonnés ?

— Oui.

Elle se baissa pour ramasser la relique.

— Mais je ne suis pas une victime...

— Pas encore.

Sammael fut plus rapide qu'elle et se saisit avec un rire sonore de la relique.

— Cette relique ne vous servira que lorsque vous serez empoisonnée, très chère !

— Il est temps de mourir !

Dominique lança son avertissement derrière Gabrielle, et se précipita l'épée à la main vers Sammael. Mais il ne put l'atteindre, car celui-ci s'était déjà déplacé. Toutefois, Dominique était parvenu à ses fins : il avait capturé l'attention de Sammael.

— Qui êtes-vous ?

Sammael lui posa la question du banc de pierre sur lequel il avait trouvé refuge. Il n'avait pas d'armes à la ceinture. Il lui cracha au visage, mais Dominique se protégea du bras.

— Vous êtes venu pour mourir aussi aujourd'hui ? Vous êtes tous les deux prisonniers d'un cocon empoisonné… Il n'y a pas de sortie possible.

— S'il y a une entrée, il y a une sortie, rétorqua Dominique.

Soudain consciente qu'elle restait là sans bouger, à observer les deux hommes, Gabrielle passa à l'action. Elle dégaina son épée sans le moindre bruit, et leva les bras au-dessus de sa tête. Puis elle frappa. Elle sentit la relique de sainte Bénédicte voler à côté de son oreille, tandis que le cri d'agonie de Sammael s'achevait aussi brutalement que sa vie.

Comme il n'avait pas de cotte de mailles pour le protéger, la tête de Sammael fut aisément tranchée. Dominique s'écarta afin d'éviter le crâne. Mais Gabrielle, entraînée par le mouvement de son épée, ne fut pas assez rapide et de larges traînées de sang se répandirent sur ses vêtements, ses cheveux et son cou. Elle sentit la morsure du poison juste sous sa mâchoire.

La dernière chose qu'elle entendit, avant de s'effondrer sur le sol inanimée, fut le cri désespéré de Dominique :

— Non !

19.

— Elle est blessée ! cria Dominique à l'adresse de Baudoin.

Il courut vers l'extérieur du château, le vent froid lui coupant à demi le souffle.

— Dépêche-toi, il faut lui enlever le poison... Le sang de Sammael est en train de s'insinuer dans son corps. Regarde donc là, près de la plus grande veine...

Baudoin, qui l'avait guidé efficacement vers la sortie, se précipita près de Dominique. Les deux hommes savaient que le sang était empoisonné et qu'il tuerait très certainement Gabrielle. Il pouvait lui rester quelques heures à vivre, mais peut-être beaucoup moins. Ses lèvres étaient déjà bleuies et ses paupières agitées de convulsions. Tout son corps tremblait, de ses jambes jusqu'à sa mâchoire dont les dents s'entrechoquaient.

Baudoin se mit à genoux près de Gabrielle, et lui toucha la botte.

— Où est-elle ? Elle a perdu la relique de sainte Bénédicte ! Elle est condamnée...

— Va chercher de l'eau. De la neige. Cours !

Dominique éloigna Baudoin sur un ton péremptoire. Les lamentations de mauvais augure ne seraient d'aucune aide à Gabrielle. Et Baudoin s'exécuta, s'éloignant dans la neige glissante en marmonnant des jurons.

Dominique se pencha et pressa son visage contre celui de Gabrielle. Elle était brûlante de fièvre.

— Je ne peux pas te perdre, dit-il. Je ne peux pas !

Ses lèvres tremblèrent contre sa joue tandis qu'elle l'appelait faiblement :

— Dom... Dominique ?

— N'en faites pas trop. Chacun de vos mouvements accélère la progression du poison dans votre corps. Ne bougez plus. Je ne vous laisserai pas mourir.

Il ôta avec précaution le capuchon de mailles qu'elle portait et le déposa à côté de lui. Dominique avait l'impression que les battements de son cœur couvraient tous les autres bruits. Leur écho tragique l'assourdissait. Mais il ne laisserait pas cette femme mourir.

Car il l'aimait.

— Est-il... est-il mort ? articula-t-elle péniblement.

— Vous l'avez tué. Et bien tué.

Fermant les yeux, Dominique se concentra sur la force intérieure qui rayonnait en lui. Héritée de ses ancêtres et façonnée par ses parents. Il avait découvert de manière purement accidentelle le pouvoir qui était en lui. Un pouvoir qu'il pouvait convoquer d'un simple vœu.

Toutefois, il n'avait jamais cherché à puiser à ce point dans son pouvoir, jusqu'à aujourd'hui. Sentant la puissance irradier dans son corps et l'envelopper, Dominique arracha le pourpoint de Gabrielle au niveau de son épaule et approcha sa bouche. Mais il ne vit aucune blessure : la peau était intacte.

Il voulut se saisir de sa dague, et se souvint qu'il l'avait confiée à Baudoin.

En désespoir de cause, il tira donc son épée et en pressa la pointe contre la peau de Gabrielle, pratiquant une incision à hauteur de son cou. Le sang coula abondamment. Il détestait ajouter encore à ses blessures, mais il n'avait pas d'autre choix.

Le sang et le poison passèrent entre ses lèvres tandis que Dominique se mettait à l'œuvre. Il aspirait avec toute la véhémence dont il était capable. Il ne s'arrêtait que pour cracher dans la neige, où se mêlèrent le sang de cet ange et celui du démon qu'elle venait de tuer.

Il continua, encore et encore. Gabrielle et lui furent entourés d'un halo féerique. Le charme était si puissant qu'ils étaient enveloppés dans un brouillard qui obligea Dominique à fermer les yeux. Jamais, auparavant, il n'avait ainsi usé de son pouvoir.

Le corps de Gabrielle fut animé de saccades, et il sentit son bras lui enserrer la tête. Les extrémités de fer de ses gants lui meurtrirent le crâne, mais il persista. Elle s'accrochait à lui, elle témoignait d'une volonté de vivre dont elle n'avait probablement même pas conscience.

Enfin, il sentit que le poison avait été ôté de son corps. Le sang qu'il recracha une dernière fois n'avait plus le goût de soufre.

— Dom…

Elle murmurait à peine.

— Où… que… Est-ce parti…

Elle inspira profondément, à pleins poumons, la vie qui avait commencé à la déserter.

Oui, respire. Reviens à la vie.

— Le poison…, dit-elle. Il n'y en a plus. Je peux sentir… Que… Que faites-vous ? Dominique !

Il s'éloigna vivement, balayant d'un geste de la main la buée iridescente qui les enveloppait, mais c'était trop tard : elle avait vu.

Elle ouvrit de grands yeux écarquillés et se redressa à demi, appuyée sur le coude. La blessure sur son cou n'était plus qu'une mince estafilade, propre et dépourvue de poison.

— Qu'est-ce que c'est ?

Elle leva une main, et pointa un doigt accusateur vers lui :

— Mon Dieu, Dominique, qui êtes-vous donc ?

Les derniers vestiges de poussière irisée s'évanouirent finalement dans l'air glacé, en un nuage de condensation.

— Le poison est parti. J'ai eu peur que vous ne vous en sortiez pas.

Il ignora délibérément sa question — devinant qu'elle savait probablement. *Elle avait peut-être même toujours su.*

— Merci.

La réponse de Gabrielle fut cinglante tandis qu'elle attrapait son manteau et se relevait devant lui. Tous les signes de faiblesse qu'elle avait pu donner étaient soudain envolés : l'ange guerrier venait de reparaître, intact, prêt à accomplir la Destinée que Dominique voyait luire dans ses yeux.

— Qu'est-ce donc que je viens de voir ? Ce nuage de particules brillantes... Cela venait de vous, je le sais ! Répondez-moi. Dominique ?

— Vous êtes debout !

L'exclamation de joie fut accompagnée du bruit mat d'un épais tas de neige tombant aux pieds de Dominique.

— Il a réussi ! s'écria Baudoin. Par la grâce de Dieu, vous êtes en vie... Vous lui avez sauvé la vie ! ajouta-t-il en se tournant vers Dominique.

Tandis qu'elle esquivait Baudoin qui se précipitait vers elle pour examiner sa blessure, Gabrielle regarda avec suspicion Dominique.

— Oui, il m'a sauvée. Mais comment ? L'as-tu vu faire usage de son étrange magie auparavant, Baudoin ? As-tu vu cette poussière... cette poussière de Fée ?

Elle releva la tête et regarda Dominique d'une étrange façon. Il y avait comme de l'horreur dans ses yeux tandis qu'une moue plissait ses lèvres.

— Etes-vous... Oui, bien sûr.

Elle tendit les paumes vers lui, comme pour l'empêcher de s'approcher.

— La couleur de vos yeux. Vos mouvements si rapides, comme... Pourquoi ne m'avez-vous pas dit que vous faisiez partie de ces maudites fées ?

Maudites fées...

Dominique se releva et laissa ses deux compagnons, impatient de s'éloigner du château de Sammael et des paroles dures et accusatrices de cette femme dont il était amoureux.

Son secret était maintenant découvert et il se sentait nu, vulnérable. Et surtout, il comprit qu'il venait de la perdre irrémédiablement.

Mais il n'était pas plus tôt monté sur son cheval, prêt à reprendre la route, que trois gardes armés apparurent à la porte du château de Sammael. Baudoin fut le premier à les voir. Il attrapa Gabrielle sans ménagement, et la tira en direction de Gryphon :

— Pouvez-vous monter ?

— Oui.

Elle se mit en selle et éperonna Gryphon d'un geste précis. Leurs chevaux partirent au galop dans un tourbillon de neige. Elle ne sentait aucune douleur dans son épaule, là où elle avait été touchée par le poison quelques instants plus tôt. Mais elle était assurée d'en ressentir une, et une violente, si les hommes de Sammael venaient à l'attraper et à lui donner un coup de hallebarde !

20.

Ainsi Sammael avait des gardes, malgré tout. Où se trouvaient-ils donc, lorsque leur maître aurait eu besoin d'eux ? Et pourquoi Gabrielle s'en inquiétait-elle ? Il était heureux qu'ils ne se soient pas manifestés plus tôt.

Lorsqu'ils rejoignirent Dominique, celui-ci avait aperçu les gardes et leur indiqua la direction d'un arbre isolé au milieu d'un champ.

— Allez vous mettre à l'abri !

Un immense chêne, dépouillé de ses feuilles, se tenait là, massif et imposant. Les branches les plus vieilles se courbaient vers le sol, et là où elles plongeaient, de nouvelles pousses se dressaient, formant une sorte de barricade naturelle tout autour de sa circonférence. Ce havre naturel était assez grand pour abriter un cavalier à cheval, mais ne pouvait guère le protéger : l'entrelacs de branches n'était pas assez épais pour dissimuler sa présence.

Gabrielle ouvrit la bouche comme pour protester. Mais avant qu'elle eût pu formuler une quelconque remarque, elle croisa le regard plein d'assurance de Dominique. Un regard qui lui promettait de la protéger.

Pourtant, quoiqu'il fût urgent qu'elle se mît à l'abri — ce que les battements affolés de son cœur lui rappelaient bruyamment —, elle ne put ignorer les protestations de sa conscience.

Qu'as-tu donc vu, il y a quelques instants ? Il est ce que tu détestes le plus au monde. Un homme-Fée. Méchant et diabolique. Sa race a détruit le bonheur de ta mère.

Puis elle entendit une autre voix. Une voix qui venait du plus profond d'elle-même, de la jouvencelle tendre et affectueuse. *Non. Ce n'est pas le moment de douter. Tu l'interrogeras plus tard. Tu lui fais confiance. Tu le sais.*

Et en effet, ce n'était pas le moment de tergiverser. Elle réglerait le conflit de ses émotions intérieures plus tard.

La neige était tombée abondamment autour de l'arbre. Gryphon ralentit tandis qu'il piétinait la neige fraîche pour se glisser sous l'abri naturel formé par les branches. Gabrielle baissa la tête et descendit de cheval, tandis que Baudoin se faufilait près d'elle et se saisissait des rênes de sa monture.

Se sentant minuscule sous les énormes branches du vieil arbre, Gabrielle poussa un soupir émerveillé. C'était un abri vraiment magnifique. Mais s'ils avaient pu le pénétrer, leurs ennemis le pourraient aussi.

— Et maintenant ?

Sa question s'adressait à Dominique, qui venait de mettre gracieusement pied à terre à côté d'eux.

— Ils ne sont qu'à cinq cents pas, fit-elle remarquer. Ils peuvent nous voir !

— Pas pour longtemps.

Il s'avança à l'extrémité des branches, et enfonça ses pieds dans la neige qui entourait leur abri. Il n'avait pas besoin de regarder les gardes pour savoir qu'il leur faudrait un court instant pour les rejoindre. Il était temps d'agir. L'urgence de la situation lui envoya comme une décharge dans les veines, tandis qu'il levait les bras au-dessus de sa tête et contemplait le réseau de branches de l'arbre. Nul doute qu'en été, celui-ci devait ressembler à une énorme masse luxuriante et verte, ce qui servait à merveille ses desseins.

Du plus profond de son âme, il murmura :

— *Abri.*

Il ferma les yeux, crispa la mâchoire et se raidit pour supporter les flots de poussière irisée qui jaillirent de son corps. Les branches de l'arbre furent soudainement agitées d'un vent violent et fouettées de bourrasques de neige.

Gabrielle l'observa, complètement stupéfaite. Puis, intriguée, elle s'approcha du bord de l'arbre. Toutes les branches étaient maintenant recourbées autour d'eux. Elle put voir passer les trois gardes, montés sur de puissants chevaux dont la cavalcade était assourdissante. Elle put même sentir les relents de poison qui s'échappaient d'eux. Mais eux… ils ne les virent pas. Ils galopèrent près de l'arbre sans lui jeter ne fût-ce qu'un coup d'œil.

Le mur de neige qui encerclait l'arbre grandit encore tandis que le vent faisait rage et hurlait dans les branches. Gabrielle tendit la main vers le réseau de branches du chêne, mais dut aussitôt la retirer. Elle avait été repoussée par la force du vent. Et pourtant, là où elle était…

Elle se tourna vers Baudoin qui se tenait à côté d'elle, testant comme elle les limites de leur nouvel abri.

— Est-ce de la magie féerique ? demanda-t-elle.

— Je ne l'avais pas vu faire cela avant.

Elle jeta un coup d'œil en biais à son écuyer, méditant sa réponse. Avait-il vu Dominique faire usage d'une autre sorte de magie ? Que savait-il exactement, à propos du mercenaire ?

Gabrielle sentit sa colère refaire surface, et se tourna vers Dominique. Mais celui-ci, épuisé par son effort, venait de s'effondrer dans la neige tandis qu'un léger voile de poussière irisée s'étoilait autour de lui. Une image magnifique. Et pourtant…

C'est un ennemi.

Non ! Gabrielle ouvrit sa main, qui s'était crispée presque malgré elle.

Tu ne peux pas croire une chose pareille. C'est faux !

Elle se fraya un chemin jusqu'à lui, et plongea dans la couche de neige qui entourait Dominique. Une couche si épaisse que Baudoin ne put retenir une exclamation :

— Cette neige recouvre tout l'arbre ! Nous allons avoir besoin de lumière très bientôt.

Et en effet, le vent qui faisait rage à l'extérieur construisait un mur épais autour de l'arbre, formant un dôme presque parfait au-dessus de leurs têtes.

Dominique ouvrit les yeux, et donna ses ordres d'un ton sec.

— Fais un feu. Sers-toi des branches les plus basses. Vite !

Baudoin se hâta de lui obéir.

— Cela fera fondre les murs.

Gabrielle, toutefois, ne se souciait guère de préserver l'intégrité de leur abri. C'était pour cet homme étendu auprès d'elle qu'elle était inquiète. Il respirait par saccades et semblait avoir du mal à retrouver son souffle.

— Dominique ? Etes-vous…

— Juste fatigué. Est-ce que les hommes de Sammael sont passés ?

— Oui. Mais ils risquent de revenir par ici, lorsqu'ils comprendront que nous leur avons échappé.

— En effet, mais nous serons en sécurité. Ils ne verront rien de plus : ce mur est un charme qui nous protégera. Est-ce que tu parviens à allumer le feu, Baudoin ?

Dominique se tourna vers l'écuyer, et se redressa à demi en s'appuyant sur les coudes. Il observa la pile de bois que Baudoin venait de constituer. Le dôme au-dessus de leur tête s'était refermé complètement, les isolant et les empêchant de voir le ciel. Les murs de neige donnaient au lieu une couleur gris perle tant ils étaient épais.

— Ecarte-toi !

Sur l'injonction de Dominique, Baudoin fit un pas de côté. D'un claquement de doigts, Dominique fit jaillir une flamme qu'il lança contre le bûcher préparé par Baudoin. En un instant, le feu prit et dégagea à la fois lumière et chaleur.

Un mystère de plus...

Gabrielle observa Dominique. Elle ne savait quelle expression donner à son regard : la colère n'était pas appropriée. Dominique affronta son regard étonné avec calme. Il dégagea une mèche rebelle de son front et, d'un hochement de tête, lui fit comprendre qu'il répondrait à ses questions muettes.

Curieusement, leurs chevaux n'avaient manifesté aucune nervosité malgré les étranges événements. Dominique creusa la neige pour mettre au jour une large bande d'herbe de l'autre côté de l'arbre. Certes, elle était brune, mais les bêtes s'en contentèrent sans trop de mauvaise grâce.

Baudoin, après avoir éprouvé la solidité de leur mur protecteur en lui envoyant un coup de poing qui ne l'entama aucunement, s'installa confortablement près du feu et sombra dans le sommeil en peu de temps.

La journée avait été longue, et riche en aventures. Gabrielle ne fut pas surprise de voir le jeune chevalier si récemment adoubé sombrer dans le sommeil une fois enroulé dans sa cape de laine. Et elle devait reconnaître qu'il les avait bien aidés, et qu'il avait fait preuve de beaucoup de courage en s'aventurant le premier dans le château de Sammael.

Elle devait aussi une fière chandelle à Dominique, qui l'avait sauvée d'une mort certaine. Passant la main sur son cou, elle essaya de palper la légère blessure qu'il avait dû lui faire. Elle avait senti le poison cheminer de son cou vers son bras... puis vers son cœur. Elle avait senti la main glacée de la mort l'étreindre tandis qu'elle subissait la vengeance posthume de Sammael. Si Dominique n'avait pas agi aussi vite... Elle préférait ne pas penser à ce qui se serait passé.

Elle lui devait la vie.

Elle sentit son poing se crisper de nouveau, et corrigea ses pensées.

Dominique vint s'installer à côté d'elle sur la couverture qu'elle avait étendue devant le feu, et allongea ses jambes tandis que Gabrielle refermait les bords de sa capuche sur sa gorge. Il lui fut plus difficile qu'elle ne l'aurait cru de lui murmurer enfin :

— Merci.

— Vous devriez vous couvrir de la couverture contenue dans le sac de Baudoin.

— Je n'ai pas froid.

Le claquement de ses dents démentit son affirmation, et elle ajouta aussitôt :

— Baudoin est appuyé contre le sac. Cela lui protège le dos du froid.

— Je me fais du souci pour vous. Si vous tombez malade...

— Je ne serai plus qu'une sauterelle prostrée devant le grand Lucifer.

Sa remarque se voulait teintée d'humour, tandis qu'elle s'efforçait désespérément de dominer le chaos d'émotions contradictoires qui l'agitaient.

— En effet.

Il la regarda attentivement, d'un regard calme qui plongea jusqu'en ses pensées les plus profondes. Un regard qui s'efforçait de mesurer sa sincérité, de savoir si effectivement tout allait bien.

Le visage de Dominique était rouge, ses cils ornés de filaments de glace sous l'effet du charme qu'il venait de conjurer pour les protéger. Mais elle n'osait l'interroger à propos de ce qu'elle venait de voir. Elle n'osait prononcer le mot de « Fée », de peur de se laisser de nouveau envahir par des souvenirs douloureux. Ou plutôt, pour essayer de chasser ces souvenirs qui étaient remontés à la surface.

— Lorsque nous arriverons à Paris, je louerai une chambre pour la semaine, annonça-t-il finalement.

— Pour la semaine ? Mais nous devons frapper maintenant, tant que Lucifer ignore le décès de son frère.

— Pensez-vous sérieusement que le Dragon de l'Aube ne se soit pas préparé à votre arrivée, depuis la mort de Satanael ? Ce n'est pas un idiot, Gabrielle. Il attend votre venue ce soir, demain, et l'attendra ainsi chaque jour.

— Alors, je n'ai pas la moindre chance.

Brusquement, le fait que quatre des frères fussent morts n'avait plus une si grande importance. Il restait ce dernier combat, le plus redoutable, contre le dernier des Mortain. Car cet homme — ce démon — avait tout intérêt à la vaincre. Elle se pencha en avant, et enserra son front de ses mains d'un geste découragé :

— Je connais la puissance de Lucifer. Démon ou pas, il me tient en son pouvoir.

— A cause de ce qui s'est passé la nuit où est morte votre famille ?

Elle plongea ses yeux dans les iris violets de Dominique, pour s'y abandonner. Il savait tant de choses à son propos, et elle si peu à son sujet !

— J'aurais dû mourir par sa main, ce soir-là.

— Mais vous n'êtes pas morte.

— Il ne me laissera pas m'en sortir une seconde fois.

— Vous ne lui laisserez pas la moindre chance !

— Je ne peux pas faire cela moi-même, Saint Juste. Je suis seulement une femme. Une femme glacée et fatiguée, qui devrait, normalement, être morte et enterrée avec le reste de sa famille. Pourquoi faut-il que ce soit moi qui l'affronte ?

— Je croyais qu'il ne fallait pas dire : « seulement une femme ». Mais « une femme », belle et forte.

Lorsque Dominique pressa son épaule de sa main, elle ressentit une émotion étrange. La blessure de son cou ne la faisait pas souffrir. Et il ne restait aucune trace de poison dans son corps, comme si elle n'avait jamais été empoisonnée. Elle avait pourtant senti la brûlure sur sa gorge, lorsque Dominique avait dû l'inciser de son épée. Sur le moment, elle avait surtout été sensible à la profonde confiance qu'elle lui vouait.

Je vous aime, Gabrielle. C'était ce qu'il lui avait dit. Elle était aimée d'un homme-Fée.

Il mordit le bout de son gant et l'ôta afin de lui caresser la joue de ses doigts. Elle eut un léger sursaut quand elle le sentit, mais choisit de ne pas s'éloigner. Il était vain de fuir les questions qui se pressaient dans son esprit.

— Vous avez presque achevé votre quête. Vous êtes arrivée jusqu'ici, vous avez surmonté des épreuves incroyables. Gabrielle, Lucifer n'a de force que celle que vous lui prêtez.

Il passa un doigt dans une boucle de cheveux qui dépassait de sa capuche. Pour une raison étrange, les cheveux qui avaient été brûlés par le démon de feu d'Asmodée avaient repoussé à une vitesse surprenante. Et la boucle que Dominique tenait s'enroula complètement autour de son doigt.

— Si vous lui donnez votre peur, votre chagrin, alors il vous vaincra, en effet. Mais si vous y renoncez, si vous chassez ce qui s'est passé dans le château de votre père, le besoin de vengeance…

— Que reste-t-il, s'il n'y a plus la vengeance ? Je ne renoncerai jamais à mon désir de lui trancher la tête, ainsi qu'il l'a fait à tous les membres de ma famille. Quant à la peur…

— La peur causera votre défaite. Je croyais que vous choisissiez la foi ?

— La peur m'a choisie. J'ai beau vouloir faire preuve de bravoure…

Elle déglutit péniblement, mais il fallait qu'elle pût enfin avouer la vérité.

— J'ai peur, Dominique. Dès que je verrai Lucifer, je me souviendrai de lui, vautré sur moi, de son rire tandis qu'il m'écartait les jambes… Comment puis-je me libérer de cette petite fille tremblante dans les mains de ce démon ?

— Souvenez-vous que vous vous battez pour bien plus que cette petite fille. Vous vous battez pour la France, pour chaque enfant qui a perdu ses parents par l'épée de Lucifer. Pour chaque femme qui a été violée par cet homme, chaque homme tombé à cause de ses désirs morbides.

— C'est trop. Trop pour moi.

Elle se couvrit les yeux de ses paumes, comme terrassée. La chaleur du feu ne la réchauffait pas : elle lui rappelait plutôt à quel point sa vie avait été irrémédiablement bouleversée en cette nuit fatidique du nouvel an, tandis que le château de Vertus était ravagé par les flammes. Partout où elle était allée, ces quinze derniers jours, il y avait eu du feu. Du feu pour détruire sa maison. Du feu dans la chambre de ses ennemis. Des démons de feu pour la tuer. Elle en avait assez.

Elle entendit cliqueter les hématites de son manteau tandis que Dominique s'approchait d'elle. Il lui prit les mains entre les siennes.

— Et qu'en est-il de la jouvencelle ?

Elle le regarda avec stupéfaction. En elle, la jouvencelle sembla pousser un cri de joie. Mais comment pouvait-il connaître ce secret, cette dualité qu'elle s'était bien gardée d'avouer à quiconque ?

— Ne veut-elle pas être enfin libérée ? Elle veut être sauvée, je le sais tout autant que je connais mon cœur. Laissez-la libre, Gabrielle. Retrouvez votre innocence.

— C'est impossible. Une fois perdue, l'innocence ne peut être retrouvée.

— L'innocence est le langage du cœur, Gabrielle. Ce n'est pas quelque chose que l'on puisse perdre. Elle peut être meurtrie, mais jamais volée.

La jouvencelle meurtrie aspirait à être libérée, en effet. Elle y aspirait depuis que Gabrielle s'était relevée et s'était mise en quête des cadavres de sa famille. Mais elle avait fait taire cette voix, alors, elle s'était raidie contre elle pour endosser son rôle de guerrier. Elle avait préféré se cacher derrière une armure et une épée.

Seul Dominique avait entendu ou compris les appels de la jouvencelle blottie en elle. Mais ce qu'elle attendait de Dominique, et ce dont Gabrielle avait besoin pour apaiser son âme, c'étaient deux choses bien différentes.

Elle hocha la tête, et sacrifia ses peurs. Elle devait continuer.

— J'ai besoin d'achever cette quête. Et j'ai besoin de vous pour cela, j'ai besoin de votre présence à mes côtés. Je vous supplie de m'aider, Dominique.

— Je serai à vos côtés. Mais je ne peux pas…

— Quoi ? Vous m'avez accompagnée dans le château de Sammael.

— Sans pouvoir lui infliger le coup mortel. Vous devez mener cette mission jusqu'à son dénouement final. Vous êtes l'Elue, celle qui possède le lien singulier.

— Mais quel peut bien être ce fameux lien ? Vous avez dit que c'était un lien par le sang. Il n'y a pourtant aucun lien de cette sorte entre les Mortain et les Vertus.

— Peut-être est-ce simplement parce que votre sang a coulé à cause de la lame de Lucifer…

— Vous ne croyez pas un mot de ce que vous dites. Si tel était le cas, des milliers de gens en France posséderaient le même lien.

— C'est vrai.

Il était toujours agenouillé devant elle, hésitant à se relever. Son regard pensif était rivé à celui de Gabrielle.

— N'avez-vous jamais rencontré cet homme avant cette nuit fatidique ?

— Jamais.

Elle toucha ses lèvres. La jouvencelle, en elle, éprouvait un désir lancinant à l'égard de cet homme. Mais le Chevalier Noir ne lui laissait pas oublier que ce n'était pas un être humain… Qu'avait dit Dominique ? Que les Fées étaient les messagers des anges ?

— Vous est-il déjà venu à l'idée que vous étiez peut-être l'origine de ce lien, Saint Juste ?

— Je n'étais pas là lorsque vous avez tué Satanael et Mastema. De plus, c'est impossible.

— Je ne comprends pas. Expliquez-moi, car j'ai besoin de savoir qui vous êtes et d'où vous venez. Quel est ce pouvoir supérieur qui vous a envoyé ? Est-ce parce que je me suis lancée seule dans cette mission ?

— Vous posez beaucoup de questions, gente dame.

Il appuya son front contre elle, et son souffle fut comme une caresse sensuelle pour Gabrielle. Elle ressentit une bouffée de désir — désir de respirer son souffle, de se blottir contre lui et d'oublier tous les maux qui les attendaient.

— Mais vous avez tant donné de vous-même..., finit-il par déclarer. Je dois vous répondre.

— Etes-vous un homme-Fée ?

— Oui, je le suis.

Ces quelques mots touchèrent Gabrielle en plein cœur. Sa gorge et ses poings se serrèrent malgré elle. Puis, soudainement, un grand soupir parcourut son corps et elle se détendit. Peut-être en raison de la fatigue, ou peut-être parce que, enfin, elle *savait*.

Un homme-Fée.

Cela expliquait tant de choses, à commencer par ces particules irisées qui les avaient entourés tandis que Dominique aspirait le poison hors de son corps. Sa magie féerique l'avait guérie de ce mal, et l'avait protégée de ses effets néfastes. Ce n'était pas si difficile à accepter, maintenant qu'elle savait avoir été confrontée à quatre démons.

Mais accepter la réalité ne changeait rien au fait qu'il était son ennemi.

— Baudoin m'a raconté ce qui était arrivé à votre sœur.

Elle releva la tête, et ne put s'empêcher de grincer des dents. Son écuyer avait donc confié à cet homme tous ses secrets !

— Les Fées ont volé Cyrielle alors qu'elle n'avait pas plus d'un mois. Ma mère ne s'en est jamais remise.

— Toutes les Fées ne sont pas cruelles.

Comme pour désavouer sa propre affirmation, Dominique eut du mal à retenir une moue de scepticisme, qui n'échappa nullement au regard inquisiteur de Gabrielle. Etait-il en train de lui mentir ? C'était forcément le cas. Car elle savait que les Fées étaient pleines de malice. Et il fallait que cet homme sût ce qu'elle avait sur le cœur. Ils avaient vécu trop de choses ensemble pour se mentir l'un à l'autre.

— La cruauté peut revêtir bien des formes, reprit-elle. Les Fées qui ont volé ma sœur ont déposé un de leurs enfants à la place. Une créature maladive, d'une laideur repoussante.

Tandis qu'elle poursuivait son récit, le feu se reflétait dans ses prunelles, leur donnant la couleur de l'ambre profond. Dominique poussa un grand soupir :

— Gabr…

— La « chose » est morte un jour après. Je méprise les Fées depuis ce jour-là.

— Et toutes les Fées doivent porter le blâme à cause de celles qui vous ont fait cela ? Gabrielle, c'est comme si vous disiez que tous les hommes sont cruels à cause de la cruauté des Mortain.

— Les Mortain ne sont pas des hommes, ce sont des démons. C'est vous-même qui me l'avez dit.

Elle poussa elle aussi un soupir, puis admit :

— Peut-être que vous avez raison… Je ne devrais sans doute pas blâmer toutes les Fées. Mais leurs enfants sont vraiment laids et cruels. Je ne peux pas imaginer un enfant de Fée possédant quelque bonté que ce soit.

— Gabri…

— Ainsi, vous n'êtes pas mortel. Avez-vous toujours été un homme-Fée ?

— Depuis… ma naissance.

— Vous hésitez. Que se passe-t-il, Dominique ?

Il passa une main sur son front et ferma les yeux, puis poussa finalement un soupir.

— Je suis un enfant de Fées, Gabrielle.

Elle ne put retenir un sursaut de stupéfaction.

— Oui, le même genre de créature odieuse qui a pris la place de votre sœur dans son berceau.

Un enfant de Fées. Une expression prononcée avec horreur et terreur par les femmes qui venaient d'accoucher de leur enfant. Elles accomplissaient toutes sortes de rituels, pendant des mois, pour éviter que leur bébé ne fût volé par ces êtres diaboliques. Elles déposaient des branches de sorbier dans le berceau, et attachaient des rubans rouges sur la poitrine de l'enfant. Elisabeth et Maurin de Vertus n'avaient jamais accordé la moindre créance à ces croyances. Et pourtant, s'ils avaient su…

Dominique poursuivit son récit :

— Mes parents m'ont préféré un enfant mortel. Ils devaient être dégoûtés par mon physique hideux.

— Hideux ? Dominique, vous êtes un très bel homme.

Il eut un mouvement de recul tandis qu'elle lui touchait le visage. Cet homme ne s'était-il donc jamais regardé dans un miroir ? Il était parfait : ses traits étaient réguliers et n'étaient déformés ni par une cicatrice, ni par une marque de naissance. C'était un magnifique chevalier, digne des chansons de troubadours. Et sous ce physique irréprochable battait un cœur sincère et loyal. Comment avait-elle pu, ne serait-ce qu'une seule seconde, le considérer comme un ennemi ? Elle ne parvenait plus à le comprendre, en ce moment précis. Mais un enfant de Fées ? C'était difficile à imaginer.

— Qu'est-ce qui a pu pousser vos parents à vous rejeter ? Y a-t-il quelque chose que vous ne me dites pas ? Vous manque-t-il un pied ? Avez-vous six doigts au lieu de cinq à une main ?

Il fit une légère grimace, mais ne put s'empêcher de sourire à sa question.

— J'ai été élevé par des mortels, Gabrielle. Tout ce que je sais à propos des Fées, je l'ai tiré dans les récits que j'ai pu entendre ou de mes propres déductions. Je ne peux que deviner, ou essayer de deviner, les raisons pour lesquelles mes parents féeriques ont choisi de me placer dans une famille humaine, et de prendre leur enfant pour l'élever.

— Comme ma sœur.

— En effet. J'ai beaucoup de compassion pour vos parents. Ma mère humaine me regardait avec beaucoup d'amour, mais malgré cela, il y avait toujours cette peur au fond de ses yeux, cette peine. Je suis persuadé qu'elle n'a jamais oublié son véritable enfant. Qu'elle n'a jamais cessé de se demander…

— Ma mère n'a plus jamais été la même. Elle s'est littéralement recroquevillée sur elle-même après l'enlèvement de Cyrielle. Mais votre situation est très différente. Vous avez survécu, Dominique. Je ne peux croire que vous ressembliez à la créature qui a été déposée dans le berceau de ma sœur.

— Pourtant, c'est ce que je suis. Un enfant de Fées. Et la honte et l'ignorance sont mes compagnons depuis des décennies.

— Vos vrais parents ne devaient pas savoir que vous seriez autant affecté. Il doit y avoir une explication à leur acte.

— J'ai toujours pensé que c'était en raison de mon physique, mes cheveux noirs et ma peau sombre.

— Vos cheveux ? Cela paraît tellement ridicule ! Difficile à croire...

— Il y a une chose que j'ai apprise au cours de ces dernières années, c'est que les Fées aiment la beauté par-dessus tout. Et, comme je vous l'ai dit, c'est une race à la peau et aux cheveux clairs. Leurs cheveux sont blonds comme les blés qui bruissent sous le soleil estival. Leur peau a la teinte claire et laiteuse des vagues reflétant la lune.

— Je crains de ne rien savoir à propos des Fées... hormis ce qu'il vaudrait mieux ignorer.

— Et mes yeux. Toutes les Fées ont les yeux violets qui brillent d'une lumière surnaturelle.

— Mais vous avez les yeux violets.

Il se tourna et l'observa. Elle le regardait droit dans les yeux. Comment pouvait-elle ne pas voir qu'ils étaient noirs ?

— Ils sont noirs.

— Ils sont violets. Un violet très profond...

— Ils sont aussi noirs que les enfers. On ne peut hésiter.

— Ils sont violets.

La remarque, prononcée d'une voix engourdie de sommeil, émanait de Baudoin. Gabrielle et Dominique se tournèrent vers lui tandis qu'il se relevait lentement, savourant la chaleur du feu.

— Peut-être Saint Juste ne peut-il voir ce qu'il ne veut pas voir ?

— C'est absurde.

Dominique s'assit, et tendit ses mains vers le feu afin de profiter lui aussi de sa tiédeur.

— J'ai contemplé mes yeux bien des fois dans la source qui coule près de chez moi.

Gabrielle prit le menton de Dominique entre ses mains, et l'obligea à la regarder.

— Vous faites davantage confiance à un cours d'eau qu'à ma parole et à celle de mon écuyer ?

— Chevalier ! corrigea Baudoin.

— C'est évident, Dominique. Cela m'a frappée la première fois que je vous ai vu, tandis que vous étiez absorbé dans la contemplation de la lune. Vous avez les yeux violets, d'un violet si profond qu'il ne peut être confondu avec le noir.

— Vraiment ?

Elle hocha la tête pour appuyer sa déclaration. La peau de Dominique, si douce et chaude entre ses mains, lui envoya une bouffée de chaleur qui se fraya un chemin jusqu'à son âme. Qu'elle ait pu, ne serait-ce qu'un instant, le considérer comme une de ces Fées qui avaient volé sa sœur lui faisait honte, à présent. Il tendit les mains vers son visage, et lui caressa doucement les cheveux.

— Mais ils sont si sombres qu'ils sont presque noirs, reprit-il.

Elle ne pouvait nier la chose.

— C'est la seule raison que je puisse trouver pour expliquer l'abandon de mes parents. Et le fait qu'ils m'aient préféré un enfant mortel... Pourquoi, sinon, auraient-ils fait une telle chose ? Pourquoi m'abandonner à cette vie, au milieu de mortels, condamné à ne rien savoir ou presque de ma vraie nature ?

— Peut-être pensaient-ils que vous alliez mourir rapidement, ainsi que...

Elle ne devait pas parler de l'enlèvement de sa sœur. Cela n'aiderait en rien Dominique, bien au contraire. Il était assez torturé par sa propre histoire.

— Il y a une chose que j'ai apprise. Pour les Fées, le royaume des mortels est nettement inférieur. Et pourtant, mes parents ont choisi de garder un enfant humain à ma place.

Il serra le poing avant de baisser la tête. Il semblait particulièrement abattu. Gabrielle pouvait le sentir. Et elle pouvait aussi le comprendre. Il avait été abandonné dans un règne que sa propre race considérait comme inférieur et se retrouvait obligé de reconstituer peu à peu son histoire, au fil des racontars et des légendes de villageois. Et pourtant, il était parfait. Que ce fût de corps ou d'esprit, l'homme était beau. Honnête, fier… et beau.

Quelle qu'eût été leur raison, les parents de Dominique avaient renoncé à un véritable trésor. Et elle ne voulait pas le regarder avec la haine qu'elle avait vouée à sa race. Elle avait donc eu tort, toutes ces années… Tort de mépriser une race entière en raison des exactions d'un petit nombre.

— Je suis désolée, Dominique. Je suis sincèrement désolée.

— Vous n'avez rien à vous faire pardonner. Vous avez réagi en fonction d'idées implantées en vous depuis votre plus tendre enfance. Les enfants gardent bien plus longtemps que les adultes le souvenir de la douleur. Je sais que la douleur d'avoir été abandonné s'est gravée profondément en moi. Et c'est la raison pour laquelle j'ai accepté de vous protéger.

Il poussa un nouveau soupir, et haussa les épaules.

— J'ai promis à l'Oracle de vous aider dans votre quête, de vous protéger — encore que je ne savais pas, alors, que vous étiez une femme — en échange du nom de mes parents, et du lieu où je pourrais les trouver.

— Oh, Dominique…

Gabrielle lui prit les mains et les attira contre sa poitrine. De son autre main, elle lui caressa une mèche de cheveux posée contre sa tempe.

— Nous devons réussir. Je vous souhaite de connaître enfin la réponse à votre question. Vous le méritez.

— N'êtes-vous pas en colère contre moi ?

— Pourquoi le serais-je ?

— Je vous utilise pour obtenir ces informations. Cette mission, je l'accomplis pour moi, en fait.

— Et qu'en est-il de ma quête ? Ainsi que vous l'avez dit, vous ignoriez qui j'étais, lorsque vous avez accepté cette mission. Même maintenant, vous ne me devez aucune loyauté.

— Ne dites pas cela, Gabrielle. Je vous suis dévoué corps et âme.

Ses doigts chauds se glissèrent dans sa chevelure tandis qu'il la contemplait de nouveau, ses beaux yeux violets emplis d'amour et de compassion. Non, décidément, cet homme n'était pas cruel. Il était même le compagnon idéal de son cœur de jouvencelle.

— Mes désirs ont changé, déclara-t-il. Si obtenir ce que je veux doit vous mettre en danger, je préfère ne pas avoir de réponse à mes questions. Je ne suis pas sûr que nous devions aller à Paris.

— Mais Lucifer...

— Laissons-le dans son repaire, à attendre ce Chevalier Noir de légende qui ne viendra jamais.

— Doutez-vous finalement que nous soyons en mesure de le vaincre ?

— Peut-être.

Il attira sa main vers lui, et lui embrassa la paume d'un baiser chaud et possessif. Un baiser lourd de désir, et qui lui sembla tellement... *agréable*.

— En fait, reprit-il, c'est que je ne supporte plus l'idée que vous puissiez risquer votre vie. J'ai bien failli vous perdre à cause du poison de Sammael. Je ne peux supporter l'idée de passer un jour sans vous, Gabrielle.

Il lui retourna le poignet, et passa le doigt sur le symbole bleu qui s'y trouvait. Un nuage de buée accompagna le soupir qu'il poussa alors, malgré la chaleur du feu tout proche.

— D'un autre côté, il y a des choses dont je n'ai pas le droit de douter...

— Dominique, qu'essayez-vous de me dire ?

Il désigna le dessin de son poignet, et son visage eut brusquement une expression décidée.

— Seulement ceci. : je ne veux pas vous perdre à cause d'un démon. Je préfère renoncer à la connaissance de mon passé, si cela signifie vous préserver du danger. Et vous garder pour toujours avec moi sur cette terre.

Il était prêt à abandonner pour elle tout ce pour quoi il avait vécu jusqu'à présent.

— Mais cela ne me protégerait pas, vous l'avez dit vous-même. Lucifer n'aura de cesse qu'il ne m'ait tuée.

Il se laissa tomber en arrière sur le manteau de laine posé à terre. Quelques étincelles jaillirent du feu tandis que les flammes crépitaient. Pourtant, les murs de neige demeuraient intacts et les protégeaient.

— J'aurais dû vous détourner de cette quête lorsque j'ai su que vous ignoriez la vraie nature des Mortain.

— Vous n'auriez pas pu m'arrêter.

Gabrielle s'étendit à côté de lui. Sa cotte de mailles tinta doucement tandis qu'elle se blottissait contre lui.

— Vous avez de la chance que je ne vous aie pas tué, lorsque j'ai cru que vous étiez le mercenaire de Lucifer.

— Ce n'est pas faute d'avoir essayé...

— Mais seriez-vous mort par mon épée ? Etes-vous immortel ?

— Pas dans le sens où je vivrai toujours. Peut-être plusieurs centaines d'années, mais je n'en suis pas sûr. Je n'ai pas eu de parents Fées pour m'apprendre les particularités de notre espèce.

Gabrielle passa un doigt le long du menton de Dominique, sur la barbe à peine naissante qui le couvrait.

— Ils doivent être très beaux.

— Qui ?

— Vos vrais parents.

Il leva un sourcil interrogateur.

— Vous avez le charme d'un chevalier errant, et la beauté sombre d'un ange déchu.

En ce qui concernait le côté sombre, il était d'accord. Il le sentait particulièrement à l'aube. Mais le seul ange déchu qu'il connaissait se tenait à côté de lui, et n'avait pas le moindre souvenir de ses origines.

— Vous êtes l'ange, Gabrielle.

Elle sourit.

— Vous savez, il y a des jours où je me sens si peu à ma place… Comme si j'étais effectivement déchue, tombée de quelque part… et que cette terre était toute nouvelle pour moi. Mais lorsque je suis avec vous, comme maintenant, je me sens si paisible, si calme… Tout me paraît juste. Comme si j'avais enfin trouvé ma place. Oui, j'éprouve un vrai sentiment d'appartenance.

Elle posa sa main sur sa poitrine, et ajouta :

— Lorsque je suis avec vous.

— Pourriez-vous aimer un homme-Fée ?

— Je vous aime déjà.

Combien il était doux d'entendre cet aveu d'amour ! Mais combien c'était douloureux, aussi… Car, si fort qu'il l'aimât, il savait que leur histoire n'aurait pas d'avenir. Une fin heureuse était tout simplement impossible.

— Rappelez-moi donc ce que vous m'avez raconté à propos des Fées ?

— Je ne m'en souviens pas.

— Lorsque nous faisions des anges dans la neige... Vous m'avez dit qu'elles avaient la peau et les cheveux clairs, et qu'elles ne voletaient pas.

— Ah, oui... Et qu'elles étaient les messagères des anges.

— Oui, c'est cela.

— La légende veut que les Fées fassent le lien entre les cieux et la terre.

Il fut surpris lui-même par ce qu'il était en train de lui raconter. Il lui avait déjà raconté cela, mais il ignorait alors ce qu'il savait maintenant...

La voix assoupie de Gabrielle le ramena au moment présent.

— C'est tellement beau, l'idée que les Fées puissent guider les anges lors de leurs missions terrestres.

C'était vrai. Il n'avait accordé aucune foi au mythe, auparavant, mais il était bien obligé de s'interroger, à présent. S'il était vraiment un messager, lui était-il possible d'empêcher Gabrielle de poursuivre sa quête ? Il pourrait ainsi rester toujours à ses côtés.

Mais comment pouvait-il ne serait-ce qu'envisager une chose pareille ? Elle avait été envoyée sur terre avec un but. Si elle n'achevait pas sa quête, des milliers de gens continueraient à subir le règne de terreur instauré par Lucifer de Mortain. Dominique le savait. Et si fort qu'il souhaitât garder Gabrielle avec lui, il savait pourtant qu'il n'en avait pas le droit et qu'il ne pouvait maîtriser les événements. Il n'était qu'un messager. Le Destin tenait toutes les cartes.

Gabrielle se blottit plus près de lui, et lui dit d'une voix tendre :

— Je vous aime, Dominique.

C'étaient là des mots bien doux, et qui auraient dû le combler. Mais Dominique ressentit surtout de la douleur, comme si son cœur se brisait. L'amour qu'il éprouvait depuis quelques jours déjà ne demandait qu'à croître, et réclamait d'être victorieux. Mais il savait bien que cet amour devrait être sacrifié pour le bien de la France. Il ne lui restait d'autre choix que de profiter du moment présent. Tant qu'il le pouvait encore.

— Je vous aime aussi. Et je ressens la même chose que vous : ce sentiment d'appartenance, quand je suis avec vous.

Il se tourna vers elle pour l'embrasser. D'un geste, il ôta sa capuche de cuir, et Gabrielle frémit tandis qu'il passait la main sur sa tempe et sur son oreille.

— La peau est cicatrisée. Vos cheveux ont même commencé à repousser, et plutôt vite.

Il n'y avait, en effet, plus aucune trace ou cicatrice.

— Dois-je attribuer cela à la magie féerique ?

— Peut-être un peu.

— Mon Dieu, c'était donc vous, dans le château d'Asmodée. M'avez-vous jeté un charme ? Mes cheveux…

— J'ai vu la peur dans vos yeux, la peur de n'être pas assez belle pour jouer votre rôle. Je ne voulais pas qu'Asmodée ait la moindre raison de vous rejeter. Mais votre chevelure n'est rien d'autre qu'un ornement. Je vous trouve magnifique, Gabrielle. Car c'est en vous que réside votre vraie beauté. Vous avez un grand cœur, courageux, ainsi qu'une volonté de fer. Vous m'impressionnez plus que vous n'imaginez.

— Je suis désolée…

— Non. Ne le soyez pas. J'aime ce sentiment de ne pouvoir prévoir ou contenir tous vos mouvements ou décisions.

— Vous êtes bien le premier à dire une telle chose.

— Avez-vous peur de ne pas trouver quelqu'un d'autre qui puisse vous aimer ?

— Pourquoi devrais-je chercher quelqu'un d'autre ? Ne puis-je être avec vous ?

— Je croyais que la façon dont j'avais accepté votre proposition vous avait heurtée. C'est juste que... Gabrielle, je ne sais pas comment vous séduire, ou vous faire vivre des moments enchanteurs.

Il blottit son nez contre son cou, et caressa sa cicatrice de ses lèvres.

— Voici la seule chose que je sache faire, Gabrielle. Vous aimer.

— Mais...

— Quoi ? N'est-ce pas possible ? Pourquoi ? Parce que votre coiffeur est un boucher, et que vous avez une fâcheuse tendance à décapiter les démons ? Mais c'est là la raison pour laquelle je vous aime tant ! Ou peut-être est-ce en raison de ce désir brûlant que je ressens... C'est si nouveau ! Mais je sais que je le ressens à cause de vous.

Il lui embrassa la bouche et lui murmura doucement :

— Faisons demi-tour. Nous pouvons aller en Angleterre, en Italie, en Chine... Si loin que Lucifer ne nous retrouvera jamais.

— Mais j'aime la France. C'est ma maison.

— Vous n'avez plus de maison. Hormis celle de mon cœur.

— Oh, Dominique...

Son baiser fut brûlant, aussi ardent que le brasier qui se consumait près d'eux. Et tandis qu'elle se pressait contre lui, Dominique se laissa aller dans la neige. Elle se posa contre sa poitrine, avide de contact. Il sentit sa tunique de mailles se presser contre son pourpoint de cuir. Et, sous ces protections, il pouvait sentir son désir. Un désir aussi puissant que celui qu'il ressentait. Si Baudoin n'avait pas été à quelques pas d'eux, il aurait ôté d'un geste sa tunique et ses vêtements, et il lui aurait fait l'amour, là, dans ce cocon enneigé qui leur servait d'abri.

— Vous savez, je vous épouserais volontiers à l'instant…

— Mais… ?

— Je peux vous laisser une semaine de réflexion, murmura-t-elle entre deux baisers avides.

Une semaine. Pourquoi voulait-elle lui laisser une semaine ? Savait-elle qu'elle ne resterait pas sur la terre ?

— Lucifer nous attend, reprit-elle. Nous allons préparer nos plans à Paris, et l'attaquer. Lorsque nous l'aurons vaincu, nous parlerons de nous. Etes-vous d'accord ?

Dominique secoua la tête pour remettre de l'ordre dans ses idées. Elle était en train de l'embrasser tout en discutant de leurs futures tactiques. L'esprit de cette femme était décidément unique !

— Comme il vous plaît, gente dame… Vous êtes le chef de cette expédition. Je ne suis que le mercenaire engagé pour vous protéger…

— Vous êtes mon partenaire, Saint Juste. Œil pour œil, épée pour épée, nous sommes égaux. Etes-vous d'accord ?

Si Charles VII avait eu Gabrielle de Vertus à ses côtés, les Anglais auraient été vaincus des années auparavant, ne put s'empêcher de penser Dominique.

— Je suis d'accord. Nous allons faire tomber Lucifer côte à côte, et après…

Elle l'embrassa, avant de lui demander :

— Et après ?

« Nous resterons toujours ensemble », avait-il envie de lui dire. Mais il ne pouvait le faire.

— Et ensuite, le monde s'occupera de remettre à leur juste place ceux qui ont été spoliés.

— Je sais où est ma place.

— Vraiment ?

— La première chose que je veux faire, lorsque Lucifer aura été vaincu, c'est retourner dans votre source chaude et m'y tremper jusqu'à me débarrasser de ce frisson glacé qu'il a insufflé dans mon âme. Me débarrasser de toute son influence diabolique.

— C'est entendu. Nous partirons demain à l'aube.

— Et comment saurons-nous que c'est l'aube, avec ces murs de neige ?

— Je sais toujours quand c'est l'aube.

Sa réponse fut accompagnée d'un froncement de sourcils. Il eut l'air grave.

— C'est comme si un pouvoir obscur m'appelait chaque matin.

— Pourquoi obscur ? L'aube est beauté et lumière.

— Je ne sais pas pourquoi, Gabrielle. Je sais seulement que minuit est l'heure des Fées. Et si l'aube m'effraie, je suis comme obligé de la célébrer chaque jour. C'est peut-être une des raisons pour lesquelles mes parents m'ont abandonné. Je ne suis pas normal…

— Vous êtes parfait pour moi.

Elle accompagna sa déclaration d'un baiser appuyé sur sa bouche, qui coupa court à ses protestations.

— Tenez-moi dans vos bras jusqu'à l'aube, alors. Et réveillez-moi d'un baiser.

21.

Il pouvait sentir l'aube poindre de l'autre côté des murs laiteux qui enveloppaient les branches du chêne. Plus Dominique s'approchait de Paris, plus l'arrivée de l'aurore semblait le marquer au fer rouge, comme si une voix démoniaque se mettait à siffler lugubrement dans son âme. Il lui fallut un énorme effort de volonté pour relâcher la tension de ses mâchoires ; il prit conscience, alors, qu'il lui était de plus en plus difficile de maîtriser la crispation qui l'habitait. Quelque chose l'attendait, quelque chose l'appelait... Un appel de plus en plus sensible au fil des aubes. Et qui menaçait son équilibre même.

Derrière lui, de l'autre côté de leur abri, un bruit plutôt déplaisant l'arracha à ses pensées et le poussa à chercher Gabrielle et Baudoin. Tandis qu'il faisait le tour du tronc et découvrait Gabrielle secouée de spasmes à l'orée du chêne, Baudoin se précipita vers lui et l'obligea à reculer de quelques pas, de sorte qu'il ne put plus voir Gabrielle.

— Ce n'est qu'une conséquence de son empoisonnement, c'est sûr... Quelques résidus de poison. Rien de grave, mais elle préférerait que vous ne la voyiez pas dans cet état. Laissez-lui un peu de temps toute seule, d'accord ?

— Bien sûr. Le poison. Mais j'ai...

Dominique savait pertinemment qu'il avait extrait tout le poison du corps de Gabrielle. Il le savait, et cette certitude était aussi absolue que la compréhension qu'il pouvait avoir de la nature. S'il n'avait pas ôté tout le poison de son corps, Gabrielle n'aurait probablement pas vu la lumière du jour.

— Il n'y a plus de poison en elle, maintenant, reprit-il.

Il murmura ces mots en s'éloignant un peu, intrigué. Etait-elle tombée malade en raison du froid ? Il n'y avait pas d'autre raison pour sa maladie. Une femme ne vomissait pas ainsi. A moins que...

Brusquement, Dominique envisagea une autre raison. Une raison qui l'abasourdit. Etait-il possible que... ? Cette idée ne lui était pas venue à l'esprit... Enfin, pas vraiment.

Gabrielle se releva, encore un peu tremblante, et rejeta ses cheveux en arrière tandis qu'il s'approchait d'elle. Elle l'observa et passa une main sur sa bouche. Son regard semblait le mettre au défi de s'approcher davantage.

— Baudoin ne vous a-t-il pas demandé de rester à distance ?

— Vous ne vous sentez pas bien ?

Il ignora tous les signaux qu'elle lui envoyait — la rigidité de son corps, les regards implorants — et s'approcha encore. L'éclat dur de son regard avait laissé la place à une fatigue diffuse. Il plaça une main sur son estomac, l'aidant ainsi à se tenir debout. Et, immédiatement, il eut la réponse à sa question : sous la tunique de mailles, il put percevoir les vibrations qui parcouraient son ventre. Il ne put retenir une grimace. Il n'y avait pourtant aucun doute à entretenir : ce rythme régulier ne pouvait avoir qu'une seule signification. Pourquoi ne s'en était-il pas douté auparavant ?

— Gabrielle, vous êtes en…

Elle s'écarta de lui et croisa les bras sur sa poitrine, mais ne bougea pas.

— Tout le monde vomit, non, après un empoisonnement ? demanda-t-elle.

Dominique était bouleversé par ce qu'il venait d'apprendre. Se rendre compte qu'elle était un ange, une Puissance, avait déjà été plus qu'une surprise. Mais cela ? Par le diable, dans quelle sorte de cauchemar étrange se trouvait-il ? Il devait rester calme, pourtant. Pour elle. Elle n'avait visiblement aucune idée de la raison de son état. A moins qu'elle sût mais préférât se taire ? Non, c'était improbable : cela ne faisait que… deux semaines, peut-être ? Son ignorance n'était que le fruit de son innocence.

— En effet, dit-il. Ce doit être… un résidu de poison.

Il la laissa rejoindre Gryphon, qui blottit ses naseaux dans sa main ouverte tandis qu'elle posait sa tête contre la crinière de l'animal. Elle se tourna vers lui pour lui sourire, d'un sourire faible. Elle ne se sentait pas bien : tout en elle le montrait.

Mais Dominique savait sans le moindre doute que la raison de son malaise n'était pas le poison. Tout comme il savait qu'elle en ignorait les véritables causes. La seule question qui avait vraiment un sens était celle-ci : Lucifer était-il au courant, lui ?

Le trio, épuisé par son voyage, franchit les portes situées à l'est de Paris tandis que les gardes s'apprêtaient à les bloquer pour la nuit. Des gardes anglais. Mais qui se laissèrent aisément séduire par quelques pièces d'or, et leur permirent d'entrer sans plus de résistance.

Les rues étaient calmes et sombres. La lune, haute dans le ciel, s'arrondissait en un arc éblouissant qui illuminait de ses rayons argentés la boue humide amoncelée sous les sabots de leurs chevaux. La saleté même se parait de beauté, à la lumière généreuse de l'astre lunaire. Gabrielle songea à sa première rencontre avec Dominique, lorsqu'elle l'avait vu absorbé dans la contemplation de la lune. A la taille de l'astre, elle mesura qu'une bonne semaine avait dû passer depuis. Difficile de s'y faire, lorsqu'il lui semblait qu'à peine quelques nuits s'étaient écoulées…

Dominique, à côté d'elle, chevauchait sereinement, aspirant chaque rayon dispensé par cet astre symbole de son espèce, tandis qu'ils cahotaient sur les pavés.

— Ce sera bientôt l'heure des Fées, fit-il remarquer.

— Minuit ?

— Oui. Le moment où je me sens le plus fort.

Elle tendit la main vers lui, et il la saisit de la sienne. Ensemble, ils remontèrent la rue de Vincennes tandis que Baudoin les suivait de près, tout en serrant nerveusement la relique de saint Jude. Les rues désertées semblaient de mauvais augure. Quelque chose n'allait pas.

Un corbeau aussi noir que la nuit jaillit soudainement près d'elle et fit se cabrer Gryphon de terreur. Gabrielle n'eut que le temps de serrer très fort ses cuisses contre les flancs de son destrier pour ne pas tomber, tandis que Baudoin poussait un cri d'effroi. Gabrielle, sous le coup de l'émotion, demanda à Dominique :

— Sentez-vous quelque chose de bizarre ?

— Oui. Il y a quelque chose de maléfique pas très loin de nous.

Il scruta les murs de pierre d'un bâtiment situé sur leur droite, puis les flots tumultueux de la Seine qui coulaient sur leur gauche, charriant leur limon et le secret des âmes qu'ils avaient vu s'y engloutir.

— Peut-être sommes-nous seulement observés...

— Observés, traqués...

Baudoin pressa sa monture pour se placer entre Gabrielle et Dominique. Devant lui, les deux tours de Notre-Dame se profilaient contre le ciel sombre.

— Mes os ne cesseront de trembler jusqu'à ce que nous soyons attablés dans une auberge, en train de boire et de manger tout notre content.

— Veux-tu aussi une femme pour réchauffer ton lit ?

Il lança à Gabrielle un regard amusé et complice, et fit un geste d'acquiescement de la main.

— Vous l'avez dit.

— Il y a une bonne auberge sur l'île.

Dominique les guida en direction du pont Notre-Dame, situé au bout de l'île.

— Mon père et moi avions coutume de nous y rendre, lorsque nous allions à Paris pour chercher des provisions. Elle est proche de la cathédrale.

La joie et la chaleur avec lesquelles le vieux tavernier salua Dominique ranimèrent une lueur de réconfort dans le cœur de Gabrielle. Il était si naturel de l'aimer... Une créature féerique, certes, mais sans une once de malignité. Et si proche d'elle, dans son désir de rencontrer quelqu'un à aimer et avec qui partager sa vie... Le vieil homme l'observa, ainsi que Baudoin, d'un air bienveillant et, joignant les mains dans un geste éloquent, affirma plus qu'il ne demanda :

— Vous avez sans doute faim ?

Baudoin ne prit même pas la peine de répondre, tandis qu'il arrachait presque des mains de l'aubergiste un pichet et un tranchoir. Il se posa près du feu pour déguster sa pitance confortablement, sans plus de cérémonie. Gabrielle elle-même se sentit mieux et dévora le repas qui lui était proposé sans faire la fine bouche. Son malaise du matin semblait bel et bien passé.

Il n'y avait plus qu'une seule chambre libre dans l'auberge. Elle refusa catégoriquement que Baudoin ou Dominique se sacrifient pour son confort et déclara qu'ils partageraient la chambre à trois. Après une journée à chevaucher, ce semblait être la solution la plus confortable pour tous. Puis ce plan avait un autre avantage : la présence de Baudoin ferait office de chaperon. Gabrielle espérait pouvoir ainsi maîtriser le désir de plus en plus insistant qu'elle ressentait à l'égard de Dominique.

Les deux autres, toutefois, décidèrent d'un commun accord que ce serait elle qui bénéficierait du lit de paille. Trop fatiguée pour protester, et déjà engourdie par son repas, elle se sentait à moitié ensommeillée. Le chœur des cloches de Notre-Dame leur rappela à tous qu'il était déjà tard, tandis que Jacqueline, la plus grande des cloches, résonnait avec force, telle une promesse de paix malgré les tourments du présent. Un son rassurant, à la fois fort et doux… Et comme un rappel que la féminité aussi pouvait détenir une grande puissance.

Tandis qu'elle fermait les yeux, prête à rêver, elle sentit un baiser léger sur ses lèvres et une voix douce qui lui souhaitait un sommeil paisible.

Une robe de soie rouge flottait sur ses jambes et caressait ses seins tandis qu'elle tournoyait dans un champ de marguerites situé à proximité du château de son père. Le jour n'était pas encore tout à fait levé : on voyait les premières lueurs de l'aube poindre à l'horizon. Elle dansait, ses longs cheveux noirs voletant autour d'elle tandis qu'un homme vêtu d'un pourpoint argenté s'approchait d'elle. Cette figure énigmatique, avec un visage encadré d'une belle chevelure, lui sourit. Ses yeux d'un violet éclatant étaient empreints de douceur alors qu'il murmurait ce conseil :

— Tu ne dois pas célébrer l'aube. C'est minuit, l'heure des Fées, qui te convient le mieux. C'est à ce moment-là que tu es en sécurité.

Surprise par la déclaration de l'homme, Gabrielle cessa sa ronde. Elle aimait l'aube. Elle aimait contempler le soleil qui illuminait l'horizon et observer les vallées qui s'éclairaient peu à peu sous la marée montante de lumière. L'aurore dégageait un sentiment de chaleur qui lui rappelait la couleur des cieux, cet endroit sacré qui lui était à présent interdit.

— Je ne peux pas te protéger maintenant.

Le murmure de l'être féerique s'évanouit en même temps que lui, dans un nuage de poussière irisée.

— Je n'ai pas besoin de votre protection.

Gabrielle riait, étonnée. Elle ne ressentait nullement le besoin d'être protégée. Et minuit n'arriverait pas avant une journée entière. Elle glissa dans les fleurs et en attrapa quelques-unes dans ses mains.

— Que la lumière du soleil brille sur moi ! J'ai envie que la chaleur illumine ma journée.

Et, comme en réponse à son souhait, le soleil s'éleva lentement dans le ciel. Gabrielle vit alors une forme massive qui s'approchait d'elle. A contre-jour, elle ne pouvait voir que ses gigantesques ailes déployées tandis qu'elle tournait en cercles autour d'elle. C'était une créature magnifique, d'une taille immense et d'une superbe couleur émeraude. D'un mouvement du cou, elle plongea vers le sol et le dragon atterrit avec un bruit sourd près de Gabrielle. Un peu de fumée sortait des naseaux de la créature, mais elle ne se sentait pas effrayée.

— Qui êtes-vous ? Vous êtes venu du soleil.

Elle était émerveillée en voyant la créature cracher des volutes de flammes de ses narines émeraude. Son ventre semblait ciselé de perles, et ses ailes étaient striées d'un réseau de veines élégantes.

— Je suis le Dragon de l'Aube. Le porteur de lumière, le beau, le magnifique déchu.

Il baissa la tête jusqu'à se retrouver à la même hauteur que Gabrielle. Ses yeux rouges étaient incroyablement larges et barrés d'une pupille sombre comme l'ébène. Tandis qu'il parlait, sa bouche ouverte laissait voir une rangée de dents pointues.

— Je suis venu pour toi, Chevalier Noir.

— Chevalier Noir ?

Elle balbutia ces mots, hésitante. Elle ne comprenait pas le sens des paroles de la créature.

— Je ne suis qu'une femme. Partez d'ici.

— Ah, non... Je ne peux t'abandonner ma progéniture.

— Votre progéniture ?

— Nous sommes liés. Ne te souviens-tu pas de ta propre Chute ? Nous sommes identiques. Oublie ta quête : nous nous unirons et tu régneras sur l'aube à mes côtés.

— Ma... ma chute ?

Gabrielle eut le sentiment que le sol tremblait sous ses pieds, tandis que les marguerites fanaient soudainement.

— Tu ne pourras jamais retourner d'où tu viens. Chuter à l'envers, pour ainsi dire... Contente-toi d'un règne mortel, Chevalier Noir. Et fais-moi confiance. Une nouvelle race va naître, et nous allons reprendre la place qui nous revient. Laisse-Lui donc les cieux. Ce que nous voulons, c'est régner sur ces êtres faibles, cruels et mortels.

— Mais je suis une mortelle...

— D'une certaine manière.

— Non. Partez. Vous n'êtes qu'une créature maléfique.

— Je ne peux pas. Je suis une partie de toi, maintenant, Gabrielle. Nous serons toujours unis par ce lien, pour l'éternité.

Gabrielle se réveilla en sursaut. Le lit de paille, plutôt inconfortable, lui meurtrissait le corps. Ses yeux s'accoutumèrent peu à peu à la pénombre et elle put voir la chambre de l'auberge. Les souffles réguliers, proches d'elle, lui rappelèrent la présence de ses deux compagnons. Elle cligna des yeux et fixa son attention sur la petite fenêtre de la chambre. Il n'y avait aucun dragon louvoyant dans le ciel sombre qu'elle encadrait, il n'y avait pas non plus de fleurs. Et sa tunique, en cliquetant, lui rappela qu'elle ne portait pas de robe de soie. Cela n'avait été qu'un rêve. Rien d'autre qu'un rêve.

Elle ferma les yeux et se rallongea, entrecroisant ses doigts sur son estomac. Le dragon avait semblé surgir de l'aube, et elle reconnut le nom qu'il lui avait donné : c'était celui de Lucifer. Dragon de l'Aube, l'un des Déchus, le plus beau des anges. Celui-là même qui avait été si tenté par les délices de la chair et de la vie terrestre qu'il avait finalement chuté.

« Chuté » ? C'était justement le terme qu'elle avait entendu dans son rêve… Mais pourquoi le dragon lui avait-il dit qu'elle avait chuté, elle aussi ? Probablement une aberration due à sa fatigue et à l'angoisse suscitée par sa quête. Mais son dernier combat approchait, et avec lui, elle obtiendrait enfin réparation pour sa douleur. Elle serait purifiée.

Dragon ou pas, Lucifer périrait par sa main.

Gabrielle dormait toujours paisiblement lorsque Dominique et Baudoin s'éveillèrent. Ils se levèrent et étirèrent leurs membres, engourdis par leur nuit à même le sol. Après avoir passé une main dans ses cheveux, Baudoin signifia d'un geste à Dominique qu'il partait chercher de la nourriture.

— Je vais en profiter pour nourrir les chevaux.

Et Baudoin, malgré lui, referma doucement la porte derrière lui. Dominique enfila ses bottes et s'étira de nouveau, en insistant sur la nuque et les épaules. Il avait dormi sur le ventre : depuis son combat contre les sauterelles géantes, une douleur sourde lui meurtrissait les omoplates. Il aurait fallu qu'il pût s'éloigner un peu de ses compagnons pour pouvoir s'étirer vraiment.

Derrière lui, les premières lueurs de l'aube apparaissaient à travers la vitre grossière de leur petite fenêtre. Il était bien trop tôt pour se lever, pensa-t-il. Il maudissait cette fatalité qui le rendait si dépendant de l'aube et l'empêchait de dormir au-delà du jour naissant. Il rêvait d'un tel sommeil. Un sommeil semblable à celui de Gabrielle. D'un coup d'œil, il l'observa, profondément endormie sur son lit de paille. Elle était capable de dormir un jour entier sans se réveiller, et il semblait que même si le monde s'était effondré autour d'elle, elle n'en aurait pas été affectée.

Il se souvint du récit que lui avait fait Baudoin de l'assaut de Lucifer sur le château de Vertus. Elle avait effectivement dormi pendant l'attaque. Et finalement, c'était une bonne chose qu'elle n'eût pas eu à assister la mort de ses proches. Aurait-elle pu arrêter Lucifer, si elle avait été armée et préparée ? Elle avait sans aucun doute assez de force pour l'affronter. Mais, même si elle avait eu l'occasion à de multiples reprises de prouver sa valeur, au cours des dernières semaines, peut-être aurait-elle libéré le démon de feu de Lucifer, si elle l'avait affronté cette nuit-là ? Après tout, elle ne connaissait pas alors sa véritable nature.

Et compte tenu de l'origine réelle de Gabrielle, il était heureux qu'elle eût dormi jusqu'au dernier moment. Le plus incroyable était qu'elle n'eût aucun souvenir de son existence céleste. Quel était l'intérêt de la lancer dans une telle quête, sans lui laisser connaître la véritable teneur de son pouvoir ? Etait-elle supposée se souvenir toute seule, ou triompher en étant persuadée de n'être qu'une mortelle ?

Tant de questions sans réponses, au-delà de celles qu'il se posait à son propre sujet... Mais si Gabrielle avait accepté de le suivre, et de fuir la France, il aurait volontiers renoncé à ses propres réponses. Elle était bien plus importante à ses yeux... Tellement plus importante !

Dominique s'agenouilla doucement près du lit où elle reposait. La paille était grise et flétrie, mais Gabrielle ne s'en était pas plainte, la veille au soir, lorsqu'elle s'était jetée sur le lit et endormie instantanément. Elle reposait sur le dos, une jambe repliée, les bras étendus de chaque côté de son corps. Elle avait beau être armée de son épée et de sa dague, elle n'était certainement pas en mesure de faire face à quelque attaque que ce fût. Dominique se demanda, en la voyant ainsi abandonnée, si un sommeil aussi profond était une chance ou une fatalité. Lui-même ne dormait que d'un œil. On ne savait jamais ce qui pouvait arriver, une fois la nuit tombée. Mais même si cela lui avait été, à plusieurs reprises, une protection utile, il dut admettre qu'il aurait souhaité, au moins une fois, faire l'expérience d'un repos aussi complet que celui de Gabrielle.

Il sourit de sa remarque intérieure, et se pencha vers elle. Ses lèvres étaient légèrement entrouvertes sur son souffle profond et régulier. Sa poitrine se levait et s'abaissait au rythme de sa respiration. Elle avait tout de l'ange au repos, se préparant pour son prochain défi en restaurant ses forces. Comme si, même dans son sommeil, le feu qui l'animait demeurait, la rendant plus forte au fil des jours. Et maintenant, elle était en outre la dépositaire d'une nouvelle vie…

Il plaça ses mains au-dessus de l'estomac de Gabrielle, sans la toucher, et ferma les yeux pour se fondre en elle, et capter chacune de ses sensations. Il sentit son souffle léger, l'air qui pénétrait dans ses poumons, la légère gêne provoquée par la blessure qu'il avait dû lui faire au cou pour la sauver du poison de Sammael. Puis les battements de son cœur. Et enfin les battements de cet autre cœur…

La tunique de mailles de Gabrielle cliqueta. Il ôta ses mains tandis qu'elle se tournait vers lui. Elle avait dû sentir sa présence, car son visage était empreint d'un léger sourire alors qu'elle l'appelait :

— Dominique ?

— J'étais en train de vous regarder dormir. Avez-vous assez chaud ?

— Presque.

Elle murmura sa réponse, les yeux obstinément clos, comme si elle refusait de se réveiller tout à fait.

— J'ai fait des rêves horribles… Serrez-moi dans vos bras.

Serrez-moi dans vos bras…

L'injonction ne pouvait provoquer de plus grand trouble chez Dominique. Les mots résonnèrent dans son esprit et se répercutèrent dans son cœur, balayant toutes ses résolutions raisonnables. Il ne restait que la tentation, une tentation à laquelle il ne pouvait plus résister.

Il se leva à demi et se glissa sur le lit de paille à côté de Gabrielle, s'allongeant le long de son corps en passant un bras sous son dos. Il pressa sa joue contre sa tête, humant le parfum de ses cheveux, mélange d'hiver, de cuir et de féminité. Puis il fit courir ses lèvres sur son cou, à cet endroit même où il avait aspiré si désespérément le poison, la veille. Elle eut un léger mouvement de recul, sans doute en raison de la froideur de ses lèvres, puis émit un bruit de gorge qui exprimait sans aucun doute possible sa satisfaction.

— Un ange... Vous êtes un ange.

— Non, je suis juste Gabrielle.

Elle roula sur le dos, l'observant avec ferveur :

— Embrasse-moi, Dominique... Fais en sorte que ce jour commence d'une manière telle que je ne veuille jamais l'oublier. Car je crains qu'il ne s'achève d'une manière telle que je ne veuille jamais m'en souvenir.

Il remua pour se placer sur elle, et glissa son genou entre ses jambes tandis que leurs tuniques s'entrechoquaient gaiement.

— Ne pense à rien d'autre qu'à l'instant présent, lui dit-il.

Il savait que c'était exactement ce qu'il comptait faire, en ce qui le concernait. Il ne voulait pas voir arriver la fin de la journée, et avec elle la mort de Lucifer, qui signifiait également le départ de Gabrielle. L'aube le rendait téméraire, lui donnait envie de goûter ce à quoi il ne pouvait prétendre. Si seulement l'instant présent pouvait ne jamais s'enfuir...

Il l'embrassa sur les lèvres, et dut fermer les yeux tant le désir qu'il ressentait pour elle était fort. Un désir qui prenait naissance dans ses pensées, courait le long de son corps et fleurissait à l'orée de son bas-ventre.

Tu ne dois pas.

Mais il ne voulait pas écouter sa conscience. Le corps de Gabrielle s'éveilla sous lui, obéissant à la voix de la nature. Ses hanches se mouvaient contre les siennes, et il pouvait sentir ses chausses et le bout de son pourpoint frotter contre son pénis durci. Il se crispa un peu, puis s'abandonna enfin à la vague de désir qui le submergeait.

Le baiser de Gabrielle se fit plus profond : elle pressa sa langue contre sa lèvre inférieure, la suçant avec insistance, puis passa à la lèvre supérieure, accroissant son excitation au fil de ses caresses. C'était clairement une invitation, un appel : il était temps de se calquer sur son rythme et de faire un duo de ses mouvements solitaires.

Il attrapa sa tunique et dégagea ses hanches, découvrant la texture chaude et laiteuse de sa peau. Il savait qu'il était en train de commettre un sacrilège. Mais Gabrielle eut un soupir qui rendait vaine toute tentative de résistance à la passion qui les emportait tous deux. Et il répondit à son soupir par un gémissement, par un baiser plus appuyé encore tandis qu'il lui ôtait son pourpoint et ses hauts de chausses.

Elle resta étendue là, dans la pâle lumière de l'aube, les seins offerts, les mamelons déjà durcis d'excitation, et elle lui sourit, provocante :

— Es-tu prêt à finir cette quête, mercenaire ?

— Je le suis.

— Parfait.

Elle pressa ses hanches un peu plus contre les siennes et, d'un mouvement, se redressa, lui offrant davantage ses seins, comme un appel à exaucer sa promesse. Il se pencha vers elle, observant la lueur amusée de son regard, et s'approcha de ses seins, mais sans la toucher. Son pénis gorgé pulsait contre ses jambes, avide de se plonger en elle et d'être satisfait. Etait-il prêt pour cette quête qui le menait à la passion ? Cela faisait longtemps qu'il n'avait plus couché avec une femme. Et chaque fois, il avait usé d'un charme pour masquer sa réelle identité. Mais il ne voulait pas mentir à cette femme. Il devait être honnête, même s'il se sentait terrifié à l'idée de se révéler complètement. Elle savait pourtant qui il était.

Il effleura son manteau, se demandant s'il était judicieux de l'enlever.

Tant pis pour la vérité. Du moins pour l'instant.

Après tout, il faisait froid dans la chambre. Il se tourna vers Gabrielle pour la satisfaire, espérant que ce qu'il pourrait lui offrir suffirait à son plaisir.

Il se pencha d'abord sur son sein, le savourant à pleine bouche et excitant le mamelon en le mordillant un peu. Chacune de ses caresses provoquait un soupir, un gémissement de satisfaction de Gabrielle. Entraîné par ces marques de plaisir, Dominique se tourna vers son autre sein, et le suçota avec avidité. Il lui passa une main dans les cheveux, savourant la douce texture soyeuse contre sa paume. Puis il descendit lentement sa main vers son visage, traçant délicatement le contour de ses yeux, de son nez et enfin de ses lèvres entrouvertes.

Il sentit soudain un contact chaud sur son doigt. Il leva les yeux et vit qu'elle avait capturé sa main et lui caressait le pouce d'un mouvement insistant de ses lèvres, provoquant en lui un émoi encore plus grand, s'il était possible. Cette femme était vraiment incroyable ! Elle tressaillit un peu lorsque la tunique de mailles de Dominique lui meurtrit le mamelon. Elle avait tant envie de le voir, de l'admirer... Elle lui embrassa la paume, et murmura :

— Je veux te sentir en moi. Si tu m'aimes comme tu me l'as dit, fais valoir ce dernier droit sur mon cœur.

D'un geste rapide, Dominique ouvrit son pourpoint et ses chausses, sans prendre toutefois le temps d'ôter son manteau. Gabrielle ne s'en offusqua pas : il faisait froid, et elle le désirait tant... Ils auraient du temps, plus tard, pour savourer et explorer leurs corps respectifs : ce dont ils avaient besoin, à cet instant, c'était de s'unir. Il enleva les chausses de Gabrielle d'un geste décidé tandis qu'elle se penchait un peu pour caresser la verge durcie pointée vers elle. Une si belle épée sur laquelle assouvir sa passion…

Mais, brusquement, sa vision fut comme obscurcie par le douloureux souvenir des flammes et d'une ombre grimaçante dansant sur les murs de sa chambre. Avant même d'avoir pu se retenir, elle cria :

— Non ! Pas comme cela !

Elle se dégagea du corps de Dominique, soudainement effrayée, et en même temps consumée de désir. Elle avait envie de lui. Mais quelque chose n'allait pas, sans qu'elle sût exactement quoi.

Il m'a blessée…

Mais ce n'était pas Dominique, c'était Lucifer.

— Gabrielle ?

Dominique la regardait avec attention de ses beaux yeux violets, ses cheveux lui encadrant le visage. Il était aussi pantelant qu'elle. Leur excitation demandait son assouvissement. Elle secoua la tête, chassant les pénibles souvenirs de son esprit.

— Il faut… il faut que ce soit différent.

— Différent de… Ah, oui… Bien sûr... Je comprends.

Il s'approcha d'elle et lui embrassa la cuisse.

— Tu comprends ? dit-elle. Parce que je ne suis pas sûre de comprendre moi-même. J'ai envie de toi, Dominique, j'ai vraiment envie…

Elle ne savait pas quoi faire. La chambre était froide, et elle frissonnait de n'être plus dans ses bras.

— Mais ce doit être différent.

Il enserra ses mains dans les siennes et la fit pivoter, tandis que lui-même changeait de position pour se mettre près de la tête du lit.

— Je dois te laisser le contrôle que tu n'as pas eu. Il ne faut pas que tu sois allongée sous moi, il faut que ce soit toi qui… me chevauches.

— Oui. Oui, tu as raison.

Elle sourit de bonheur. Les paroles de Dominique cheminaient en elle et chassaient au loin les ombres de terreur qui l'avaient envahie. Elle aurait la maîtrise des événements, cette fois-ci. Quel homme merveilleux, capable de la comprendre mieux qu'elle-même et de lui proposer une telle chose !

Elle passa une jambe au-dessus de celle de Dominique et lui prit la main qu'elle posa sur sa poitrine, lui signifiant son désir d'être touchée, et d'aller plus loin.

— Je vais m'unir avec toi, maintenant, Dominique. Nous ne formerons plus qu'un seul corps.

Elle approcha ses hanches des siennes et guida son sexe afin qu'il la pénètre profondément. Elle ne ressentit aucune douleur cette fois, juste du plaisir. Tandis que le rythme de leurs corps s'accélérait, Gabrielle ferma les yeux et s'abandonna à la jouissance du moment.

La jouvencelle était là, heureuse, et poussa un cri de triomphe pour signifier son ravissement.

22.

Gabrielle et Dominique, demeurés dans les bras l'un de l'autre après avoir fait l'amour, eurent le temps de se rhabiller avant que Baudoin ne revînt dans la chambre. Ils enfilèrent leurs vêtements en échangeant des baisers et des caresses, puis mangèrent la tranche de pain que Baudoin leur offrit. Dominique s'excusa et se glissa hors de la chambre. Il laissa Gabrielle croire que c'était afin de se soulager et de payer l'aubergiste, mais une fois assuré que Tor avait été nourri, il sortit de l'auberge et s'enfonça dans une allée étroite située entre deux bâtiments de pierre. Il ferma les yeux et s'appuya contre l'un des murs. Quelques minutes plus tard, il les rouvrit : il venait de sentir la présence surnaturelle de l'Oracle. Son léger parfum printanier l'accompagnait, l'enveloppant comme un nuage ténu.

— J'ai succombé à la tentation.

Dominique pouvait encore sentir l'odeur de Gabrielle, le goût de sa peau sur sa langue. Et les courbes de son corps parfait étaient comme gravées sur ses doigts. Elle était si belle… Si parfaitement belle.

— Maudite soit l'aube et ce pouvoir inexplicable qu'elle a sur moi ! J'ai souillé un ange. Je n'aurais jamais dû poursuivre cette mission, lorsque j'ai vu le symbole sur son poignet.

— Ainsi, tu sais, maintenant.

— Vous le saviez aussi ?

Il scruta le regard de l'Oracle, cherchant à y déceler un peu de stupéfaction ou d'étonnement, mais il ne rencontra qu'une vague inquiétude.

— Il y a tant de choses que vous avez omis de me dire, reprit-il. Et voilà ce que j'ai fait ! J'ai possédé un être céleste, et je l'ai sali de mon désir.

— Est-ce du désir, ou de l'amour ?

— Amour ou désir, quelle importance ? Elle n'a pas été envoyée sur la terre pour être traitée de la sorte. Gabrielle ne vit que pour tuer Lucifer de Mortain. Et lorsque ce sera fait, elle retournera d'où elle est venue.

— Pourquoi dis-tu cela ? Tu ne connais pas son Destin.

— Mais j'ai vu la marque sur son poignet. Elle est une…

— Sur cette terre, c'est une mortelle. Tous ceux qui ont chuté naissent comme des humains. Ne l'oublie pas, Dominique Saint Juste.

Il s'en doutait un peu, à vrai dire. Toutefois, cela ne répondait pas à toutes ses questions.

— Très bien. Mais se souvient-elle de son passé ? Est-ce qu'elle se souviendra un jour ?

— Il y aura un moment de Réminiscence — bref, mais complet — où elle se souviendra de son existence précédente et de sa volonté de déchoir pour combattre Lucifer et ses compagnons. Cela viendra lorsqu'elle en aura le plus besoin ; mais le souvenir ne restera pas.

— Que voulez-vous dire ?

— Elle aura une Réminiscence, puis son savoir se dissipera aussi vite qu'il sera venu, et elle ne se souviendra plus jamais. Elle restera la mortelle qu'elle est devenue en renaissant.

— Mais cela n'a aucun sens !

Dominique tenta de se maîtriser, tant était grande son envie d'envoyer un coup de poing de frustration dans le mur situé en face de lui.

— Pourquoi envoyer une mortelle pour combattre des démons immortels ?

— Les Mortain ne sont immortels qu'une fois leurs démons de feu relâchés. Ils sont comme Gabrielle, déchus pour renaître de nouveau. Ce ne sont que de simples mortels.

Une pensée inquiétante traversa l'esprit de Dominique. Il devait savoir.

— Est-ce que Lucifer sait tout cela ? demanda-t-il. A-t-il eu une Réminiscence ?

— Je ne peux le dire... Je sais seulement que Gabrielle a besoin de toi pour achever sa mission.

— Et lorsqu'elle l'aura achevée ?

— Tu sauras alors ce qui doit arriver. Tu ne dois te concentrer que sur le présent, pour l'instant. Savoure ce que tu possèdes avant qu'il ne soit trop tard.

— Savourer ? Vous parlez comme si j'étais engagé dans une histoire d'amour, alors que je suis pris dans les feux d'une guerre sainte. J'ai été séduit par ce que je ne peux pas posséder. Maudits soient les enfers !

Dominique frappa du pied le mur de pierre et se tourna, plein de dépit, vers l'Oracle :

— Et maudits soient les cieux également !

— Tu n'es pas un mortel, certes, mais fais attention à ce que tu dis, Enfant de Fées.

Dominique sursauta. L'Oracle ne s'était jamais adressé ainsi à lui. Il l'observait de ses grands yeux bruns, d'un air sévère :

— Veux-tu vraiment attirer sur toi la damnation des cieux ?

Dominique pencha la tête en arrière et contempla le ciel gris. Il ne pouvait déceler nulle part de merveilleux palais d'or et d'ivoire. Et il ne pouvait pas imaginer, non plus, un royaume magnifique dans lequel évolueraient des créatures célestes pourvues d'ailes blanches et entourées d'un halo lumineux. Mais il n'avait pas besoin de tout cela : un seul regard dans les yeux purs et déterminés de Gabrielle suffisait à lui rappeler l'existence des cieux.

— Pardonnez-moi... Vous avez raison, comme toujours. Je ferai confiance à votre sagesse, puisqu'il n'est nul autre en qui je puisse placer ma confiance.

— Pas même Gabrielle ?

Dominique regarda l'Oracle avec stupéfaction. Il n'avait jamais pensé en ces termes au couple qu'ils formaient. Et pourtant, il était vrai qu'il éprouvait de la confiance envers Gabrielle. Une confiance plus personnelle, presque charnelle.

— Elle donne à un homme une bonne raison de préférer la foi, répondit-il. Et elle me fait choisir la foi plutôt que la peur.

— C'est toujours le choix le plus judicieux.

Il était étonnant, pourtant, que la foi aveugle de Gabrielle eût pu ainsi se frayer un chemin au milieu de ses propres principes, souvent confus. Elle avait un impact profond sur sa vie. Il ne vivait d'ailleurs plus que pour elle, pour son bonheur. Et il maudissait ce désir absurde qu'il avait eu de connaître l'identité de ses parents...

Non, c'était faux ! Il voulait cette information. Et surtout, il devait s'accrocher à quelque chose, quelque chose qui fût encore lui. Il serait trop dangereux de se perdre totalement dans sa relation avec Gabrielle. Car s'il ne vivait que pour elle, comment pourrait-il lui offrir le bonheur qu'il ne connaissait pas lui-même ? Il ne devait pas abandonner toute son âme à leur amour. Il savait, avec une certitude absolue, que l'amour devait être l'alliance de deux âmes distinctes, quoique unies.

— Où trouverai-je le repaire de Lucifer ?

— Au cœur de Paris, dans le Marais. L'entrée de son repaire est une petite porte peinte de couleur indigo, et le fronton en est décoré d'arabesques dorées aux dessins immondes. Tu ne pourras pas ne pas la remarquer.

— Le dernier de ces démons périra ce soir, je le jure.

Dominique se frappa la paume du poing, soulignant de ce geste sa détermination. Puis il ajouta :

— Mais ce ne sont pas des démons, n'est-ce pas ?

— Tu penses que les Mortain sont des…

— Anges ?

L'Oracle inclina la tête :

— Déchus. De façon délibérée.

— Ainsi, toute cette quête, cette confrontation entre le Bien et le Mal a été orchestrée depuis des années ? Peut-être même des décennies ?

— Lorsque Lucifer et ses frères ont choisi de déchoir afin de jouir des plaisirs des mortels, Il a demandé à une puissance de veiller à ce qu'ils soient punis.

— Et Gabrielle est cette puissance. Je l'ai su en voyant le symbole sur son poignet.

— Oui, une puissance. L'une des neuf catégories angéliques. La seule qu'Il autorise à avoir des liens avec les mortels.

— Mais pourquoi si tard ? Pourquoi laisser les Mortain terroriser la France pendant si longtemps ? Ne pouvait-Il l'envoyer déjà adulte pour les combattre ? Et pourquoi la laisser ignorante de sa vraie nature ? Gabrielle s'est lancée aveuglément dans une mission dont elle ignore tout, hormis qu'elle est guidée par un désir de vengeance qu'elle ne comprend pas elle-même.

— Il ne peut y avoir de Bien sans Mal.

— Oui, oui, encore une de ces maximes qui ne veulent pas dire grand-chose... Et vous, êtes-vous de la même étoffe ? Vous savez tout ce qui advient entre Gabrielle et ses opposants. Etes-vous aussi une puissance ?

L'Oracle pressa doucement ses lèvres et jeta un regard éloquent au-delà des toits, en direction des cieux sombres. Un geste suffisant pour dire à Dominique ce qu'il voulait savoir. Comment avait-il pu, lui, se retrouver impliqué dans cet affrontement céleste ? Il n'était, après tout, qu'une créature terrestre, un enfant de Fées, qui plus est. Son rôle était-il, comme il l'avait pressenti, de guider Gabrielle dans sa mission ?

— Tu auras bientôt la réponse à toutes ces questions.

Dominique le regarda, interloqué.

— Je déteste lorsque vous faites cela.

— Lorsque tu auras besoin de savoir, je te répondrai. Si tu avais su auparavant ce que tu sais aujourd'hui, le Destin en aurait été bouleversé. Fais-moi confiance, Saint Juste, toutes les réponses viendront bientôt. Et bien plus vite que tu ne l'imagines.

Dominique ne put s'empêcher de frissonner lorsqu'il entendit la prophétie de l'Oracle. Difficile d'imaginer que la suite des événements pût être heureuse. Et certes, il sentait qu'il aurait bientôt les réponses espérées, mais il sentait aussi l'approche du Mal, l'imminence d'un dénouement tragique.

Il inspira profondément et caressa la garde de son épée. Il tendit la main pour se saisir de sa dague, mais s'aperçut que Baudoin l'avait toujours en sa possession. Il lui faudrait la récupérer, car il aurait besoin de toutes les armes possibles lors de leur affrontement contre Lucifer. Il se sentait prêt, désormais, à mettre un terme à son règne. Il saurait alors à quel royaume Gabrielle appartenait dorénavant : celui des cieux, ou celui de la terre. La victoire seule pouvait lui apporter cette réponse. Gabrielle était née de parents mortels, elle était née mortelle. Qu'était-elle donc, maintenant ?

— Et qu'en est-il de l'enfant qu'elle porte ? Deviendra-t-il un mortel, ou deviendra-t-il une espèce d'ange démoniaque ? C'est cela, n'est-ce pas, le lien qui l'unit à Lucifer ? Ce fameux lien par le sang qui unit l'Elue aux Mortain ?

L'Oracle brilla un peu plus, et les contours de son apparence se mirent à s'estomper avant de réapparaître plus vivement. Il acquiesça d'un signe de tête.

— Alors, elle est vraiment enceinte ? demanda Dominique.

Sa question avait des intonations désespérées, comme s'il attendait encore une réponse négative.

— Elle ne peut affronter ce démon seule.

— Tu n'as été engagé que pour la protéger. Encore que…

— Et quelle protection lui offrirai-je, si je la laisse affronter Lucifer seule ?

— Tu as… raison. Ce lien…

La voix et l'image de l'Oracle s'estompèrent de nouveau. Mais au moment où Dominique crut qu'il allait disparaître, il apparut de nouveau, pour ajouter :

— Je te décharge de ton rôle de protecteur. Tu as mené le Chevalier Noir jusqu'ici. Tu peux maintenant choisir de rester et de combattre à ses côtés, ou d'obtenir les réponses que tu convoitais et partir.

Il savait exactement ce que le messager lui annoncerait, avant même que le soldat apeuré eût entrouvert la visière de son casque.

— Sammael est mort, dit-il.

Lucifer faisait rouler sur la table une sphère parfaite de la couleur du rubis. Le mouvement de va-et-vient de la sphère lissait les derniers plis de l'épaisse nappe blanche, oubliés par quelque serviteur négligent.

— Parlez à mon maître d'hôtel pour obtenir le paiement de vos services.

— Mer... merci, messire.

L'homme, quelque peu déconcerté de ne pas avoir eu à formuler son message, sortit de la pièce le plus rapidement possible en claquant la porte derrière lui. Quelques rayons rouges strièrent l'air, tandis que la sphère s'écrasait sur la porte derrière le messager. Lucifer savoura la mélodie du bris de l'orbe de glace. Il sourit, puis partit d'un rire puissant.

— Je suis le prochain.

Il se tenait face au feu qui illuminait la pièce de ses couleurs ambrées, formant d'étranges ombres contre les murs derrière lui. Comme si une créature cornue se tenait à sa place. Il croisa les bras sur sa poitrine et s'approcha davantage encore de l'âtre. Les flammes avaient sur lui un effet hypnotique, et, en lui, le démon se réjouissait profondément. Il serait bientôt libre. Et la servitude de sa condition mortelle — punition que lui avait value sa chute — prendrait bientôt fin.

— Baudoin...

Dominique se précipita à la suite de l'écuyer, qui se promenait le long de l'allée, la démarche rendue hésitante par ses membres engourdis de froid, tandis que ses reliques tintinnabulaient à son côté. Une nuée de corbeaux, occupés à dévorer des restes d'oignons et de viande, s'envola brusquement au moment où ils passèrent, l'un après l'autre, près des détritus de l'auberge. A l'instant où Baudoin ouvrait la porte de l'auberge, il vit Dominique et lui fit un grand geste de la main.

— Attends ! Je dois te dire quelque chose.

Dominique glissa un bras autour de celui de Baudoin et le poussa hors de l'entrée, dans un recoin situé entre deux bâtiments jouxtant l'auberge. Un rat passa en courant entre leurs jambes, se dirigeant avec assurance près du tas de fumier situé à quelques pas de là.

— Il faut que je me confie à toi.

— Dépêchez-vous, messire Saint Juste. Gabrielle m'attend. Nous allons attaquer ce soir.

Curieusement, Baudoin eut l'air plutôt heureux en annonçant la chose à Dominique. Il semblait avoir développé une sorte d'immense confiance en soi depuis qu'il était ressorti indemne du château de Sammael.

— Je sais, dit Dominique. Ce soir.

Il avait refusé la proposition de l'Oracle : recevoir les réponses à ses questions et partir. Il accompagnerait Gabrielle jusqu'au bout. Il voulait être là pour voir le Destin s'accomplir. *Leur* Destin.

— C'est à propos de ce fameux lien, dit-il.

Il jeta un coup d'œil autour de lui, pour s'assurer de leur intimité, et baissa la tête, invitant Baudoin à faire de même.

— Te souviens-tu de ce que je t'ai dit à propos de l'Elu qui seul pouvait tuer les Mortain ? Je t'ai dit que l'Elu était celui qu'un lien de sang unissait à eux.

— Oui, mais je ne comprends toujours pas comment Gabrielle peut être parente avec eux.

— Elle ne l'est pas. Ou plutôt, elle ne l'est pas encore.

— Pardon ?

— Te souviens-tu de ce qui s'est passé hier matin, sous l'arbre ? Elle a été malade, mais ce n'était pas à cause du poison...

— Bien sûr que si ! Qu'est-ce que cela aurait pu être, autrement ?

— Il n'y avait plus une goutte de poison dans son corps, écuyer, tu peux me croire.

— Pas écuyer, mais « messire »...

— Messire, Gabrielle était complètement purifiée du poison de Sammael, lorsque nous avons quitté Meaux, hier soir. Je pouvais sentir qu'elle était remise, et j'ai touché son corps ce matin pour m'en assurer. Je suspectais quelque chose de bien pire. Et j'avais raison. J'ai senti une lumière dans son ventre.

— Une lumière ? Je ne vous comprends toujours pas, messire Saint Juste.

Baudoin se gratta pensivement le menton, de ses doigts sales.

— La lumière d'une vie nouvelle, répondit Dominique.

— La lumière de... Elle est... ?

Le visage de Baudoin trahissait sa plus complète stupéfaction, tandis que ses yeux s'écarquillaient sous l'effet de la surprise.

— Oui, répondit Dominique.

— Mais... Mais vous n'avez pas... Je n'ai pas pensé que vous pouviez avoir la moindre occasion... Enfin, sauf peut-être ce matin... J'ai traîné dans l'auberge pour vous laisser un peu d'intimité... Je me suis dit qu'il valait mieux ne pas vous interrompre. Comment est-ce possible ?

— C'est l'enfant de Lucifer, Baudoin. C'est lui qui est à l'origine de leur lien de sang : souviens-toi de la nuit où il l'a violée. Elle porte son enfant.

Le visage de Baudoin refléta tour à tour la stupéfaction, l'horreur, la nausée, et enfin la panique.

— Par l'enfer !

— J'ai d'autres mauvaises nouvelles...

Dominique s'était appuyé contre le mur, à côté de Baudoin.

— Je ne vois pas ce qui peut être pire que de donner naissance à l'enfant d'un démon. Est-ce qu'il sera normal ? Je veux dire... est-ce qu'il ressemblera au moins à un être humain ?

— Je n'en sais rien.

Dominique refusait de se projeter aussi loin dans le futur. Gabrielle allait donner naissance à l'enfant de Lucifer ? L'idée était par trop abominable. Et pourtant, ce serait un enfant né de deux anges. Une telle naissance était-elle possible ?

— Lucifer et ses frères sont des anges, eux aussi, poursuivit Dominique. Des anges déchus, de leur propre initiative. D'après ce que j'ai compris, ils ont été punis en étant chassés des cieux. Mais ils peuvent être libérés de ce châtiment par l'Elu.

— Vous parlez de choses bien étranges, messire Saint Juste...

— Je sais que tu ne crois pas à la nature angélique de Gabrielle...

— J'ai vu le symbole, lorsque je lui ai donné la relique de sainte Bénédicte. Mais cela ne prouve rien.

— Pour un mortel, peut-être. Mais les Mortain sont déchus eux aussi. Gabrielle a été envoyée pour les arrêter.

— Vous êtes en train de me raconter des fables ! Franchement, si Gabrielle était un ange envoyé pour anéantir ces maudits anges déchus, pour quelle raison aurait-elle vécu vingt ans avant d'accomplir sa mission ? Vous connaissez parfaitement les crimes monstrueux commis par cette famille. Le Dieu en lequel je crois n'autoriserait pas une telle chose !

— Je ne comprends pas non plus, mais c'est pourtant la vérité. Gabrielle est née de nouveau, comme un enfant mortel. En même temps que Lucifer et ses frères. Du moins est-ce ce que j'ai déduit. Et l'autre mauvaise nouvelle, c'est que si Lucifer ignore qu'elle porte son enfant, il n'aura aucune raison de vouloir l'épargner. Dès qu'il la verra, il fera tout ce qui est en son pouvoir pour assassiner le Chevalier Noir, avant même qu'elle puisse le menacer.

— D'accord. Et quelle est la bonne nouvelle ?

— Je n'ai jamais dit qu'il y avait une bonne nouvelle.

— Mais vous avez dit à l'instant…

— Tu m'as interrompu avant que j'aie pu achever. La nouvelle bien pire encore, c'est que si Lucifer sait qu'elle porte son enfant, il voudra très certainement la maintenir en vie à tout prix afin qu'elle puisse donner naissance à son rejeton.

— Qu'allons-nous faire ? Nous ne pouvons la laisser s'approcher de ce démon. Ange… Démon… Quelle que soit cette chose, elle est diabolique. Alors, je la qualifierai de démon !

— Un nom approprié. Mais nous ne pouvons pas fuir. Lucifer traquera Gabrielle sur la terre. Elle n'a d'autre choix que de l'affronter.

— Seule ?

— Non. Je ne permettrai jamais une chose pareille. Mais elle est la seule à pouvoir lui infliger le coup fatal. Je ne peux pas le faire, moi. Je n'ai aucun lien de sang avec cet homme.

— Malédiction…

Dominique se sentit brusquement si ému qu'il attrapa Baudoin par les épaules, et le pressa contre le mur.

— Je l'aime ! Je ferai tout ce qui est en mon pouvoir pour qu'elle vive. Je ne peux pas imaginer ma vie sans elle. Même si je sais que je ne pourrai pas rester avec elle, si elle survit. Mon Dieu, je l'aime !

— Baudoin ?

Les deux hommes se raidirent en entendant la voix de Gabrielle.

— Dominique ?

Dominique relâcha Baudoin et les deux hommes se tournèrent vers elle. Elle se tenait dans l'embrasure de la porte de l'auberge, et les reflets du feu dansaient autour de son visage, l'entourant d'un halo ambré qui ressemblait à une aura surnaturelle. Digne d'un ange. Dominique ne pouvait voir son expression, car ses traits étaient dans l'ombre. Il ne pouvait savoir si elle avait surpris sa déclaration d'amour, ou si elle venait juste de les trouver.

— Le soir approche. Il est temps de traquer Lucifer. Nous devons y aller. Je veux le frapper tant qu'il fait nuit.

— Elle n'a pas entendu…

Le murmure de Baudoin était presque imperceptible, mais assez fort pour frapper Dominique en plein cœur.

— Oui, nous devrions y aller.

Gabrielle ne vit pas Baudoin enserrer le poignet de Dominique tandis qu'elle se tournait pour rentrer dans l'auberge. Dominique voulut se dégager de l'étreinte, mais Baudoin résista et l'obligea à se tourner vers lui.

— Il aurait fallu qu'elle vous entende ! Elle a besoin de connaître vos sentiments, avant que vous pénétriez dans le repaire de Lucifer.

— Je lui ai dit que je l'aimais.

— Oui, mais elle a cru que vous lui donniez une réponse facile, parce que vous sentiez qu'elle avait besoin de l'entendre. Vous devez la convaincre de votre amour. Il n'y a que les lâches qui n'avouent pas leurs sentiments !

— Le moment est mal choisi pour lui faire de belles déclarations. Je risque de lui faire perdre sa détermination et de la troubler, alors qu'elle a besoin de tous ses moyens.

— Ce dont elle a besoin, c'est de voir votre cœur à nu. Elle vous aime aussi, messire Saint Juste, et vous le savez.

En effet, elle le lui avait dit la nuit précédente, alors même qu'elle apprenait son appartenance à une race qu'elle méprisait jusque-là. Mais peut-être n'avait-elle parlé que sous le coup de l'émotion.

— C'est possible, finit par dire Dominique.

Baudoin relâcha son emprise en le repoussant d'un geste excédé.

— Vous êtes stupides, tous les deux ! Qu'est-ce qui peut être plus puissant que l'union de vos deux forces ?

— Tu parles de choses impossibles, Baudoin.

Et tandis qu'il le dépassait, Dominique entendit clairement la réponse de ce dernier :

— Et vous, vous êtes un lâche.

23.

La grande rosace qui ornait la façade sud de Notre-Dame transformait la pâle lumière de l'hiver en riches rayons pourpres, indigo et émeraude sur le sol pavé de la cathédrale. Gabrielle contemplait, émerveillée, ces jeux de lumière, en passant sa main dans les rayons colorés.

— Nous sommes venus parfois à la Sainte-Chapelle en famille, mais je n'avais jamais eu l'occasion, auparavant, de visiter la cathédrale.

Les éperons de Dominique résonnèrent à côté d'elle, et leur son métallique semblait presque une offense à la sérénité des lieux.

— Je n'en avais jamais eu l'occasion non plus.

Il descendit l'allée centrale pour aller s'asseoir dans le chœur. Gabrielle le suivit et s'assit près de lui, s'efforçant d'atténuer les crissements métalliques provoqués par son épée et sa cotte de mailles.

— Ce n'est pas votre foi ? demanda-t-elle.

— Oui et non. Mes parents mortels étaient croyants, et lorsque j'étais enfant je partageais leur foi. Mais peu à peu, mes croyances se sont orientées vers la nature, le cycle des saisons, le mouvement des marées.

— La lune... Le temps des Fées ?

— C'est vrai. Encore que je n'aie jamais eu l'occasion d'apprendre les rituels féeriques. Et je n'aurais jamais heurté mes parents de leur vivant en me livrant à de telles pratiques. Cela dit, je n'ai jamais pu renoncer aux bienfaits de la prière. Veux-tu m'accompagner ?

Ils s'agenouillèrent côte à côte et joignirent leurs mains à hauteur du front. Gabrielle pria la Vierge Marie, et supplia les saints de lui prêter leur assistance. Puis elle demanda de la force et de la détermination.

— Et un peu de charme féerique…

Elle ajouta cette dernière remarque à voix haute, tout en souriant à Dominique.

— Je ferai ce qui est en mon pouvoir.

Il accompagna sa réponse d'un baiser sur le bout de son nez. Mais il se souvint alors du reproche de Baudoin. *Vous êtes un lâche.* Non, il n'était nullement un lâche… Il était juste prudent. Il avait choisi de rester fidèle à Gabrielle, et il le serait jusqu'au bout. Le mieux qu'il pourrait. En revanche, il n'avait pas été totalement honnête avec elle lorsqu'ils avaient fait l'amour, le matin même. Il y avait une chose à son propos qu'il avait encore peur de lui révéler.

— Tu sais que je t'aime, Gabrielle.

Elle lui répondit d'un baiser profond et passionné.

— Je t'aime aussi.

— Tu peux aimer une créature comme moi ?

— « Créature » ? Inutile de t'apitoyer sur ton sort, enfant de Fées ! Si je suis honnête, je crois que je suis tombée amoureuse de toi la première fois que je t'ai vu, en pleine contemplation de la lune sur la route de Pontoise. Si tu peux aimer une femme comme moi, je dois pouvoir aimer un homme comme toi !

— Je suis honoré d'avoir conquis ton cœur.

— Je te demanderai juste de ne pas le briser. Il est un peu fragile, en ce moment.

Sa réponse était prononcée d'un ton léger, mais il n'y avait pas à se méprendre sur le sérieux de ses propos.

— Je vais y prendre garde.

Il posa sa main sur sa poitrine, ses doigts s'enroulant autour du sein délicat qui était protégé par la cotte de mailles.

— J'aurais préféré ne pas t'offenser, lorsque tu as évoqué tes projets matrimoniaux, reprit-il.

Elle haussa les épaules d'un geste résigné :

— J'ai compris que je ne devais pas attendre de toi que tu aies la même conception que moi de l'offre de mariage. Cela ferait de moi une de ces jouvencelles désespérées et ridicules. Et je ne suis ni comme les autres femmes, ni désespérée.

— Cela, je le sais. Mais qu'en est-il des terres de ton père ?

— J'admets que je serais désolée qu'elles reviennent aux Anglais. Aussi, j'ai besoin de savoir... Es-tu toujours d'accord pour que nous nous unissions, une fois que Lucifer sera vaincu ?

Dominique poussa un profond soupir qui fit à Gabrielle l'effet d'une dague lui transperçant le cœur — juste là, sous sa main posée tendrement.

— Dominique ? Dis-moi, as-tu changé d'avis ?

Il lui prit la main et y déposa un baiser, puis la tourna, regardant une fois encore la marque inscrite sur son poignet. Elle savait que cette marque le gênait. Ce qu'elle ne parvenait pas à comprendre, c'était la raison de cette gêne, alors qu'il avait accepté de la suivre jusque-là.

— Je ne suis pas le diable, Dominique.

— Bien sûr que tu ne l'es pas ! Mais je ne parviens pas à me faire à l'idée que nous serons peut-être bientôt séparés. C'est pourquoi j'essaye de profiter de chaque moment que nous passons ensemble. Même lorsque cela implique de combattre un démon particulièrement redoutable.

— Tu ne crois pas que nous serons encore ensemble après ce combat... C'est la raison pour laquelle tu n'acceptes pas ma demande ?

— J'espère de tout mon cœur m'éloigner des cendres de Lucifer en t'ayant à mon côté.

Il la regardait avec émerveillement, mais aussi avec gravité, en prononçant ces paroles. Finalement, il se détourna vers le chœur, l'air grave, et joignit ses mains dans un geste de prière.

— Personne ne peut connaître son destin.

Et il pencha la tête, absorbé dans sa prière et mettant un terme à la conversation. Gabrielle se demanda quel était l'objet de sa prière. Puis ses pensées glissèrent de façon plus générale vers leur conversation. Elle savait à quel point il aspirait à obtenir une réponse à la question de ses origines. C'était peut-être la raison pour laquelle il ne pouvait songer au mariage pour l'instant. Elle ne devait sans doute pas lui imposer d'autres sujets d'inquiétude.

Elle ne parvenait pas à se concentrer sur sa prière, tant les questions se pressaient dans son esprit. Pourquoi les parents de Dominique l'avaient-ils abandonné ? Avait-il été aussi laid, enfant, que la créature déposée dans le berceau de sa sœur ? Mais comment expliquer qu'il fût devenu aussi beau ? C'était incompréhensible... Finalement, elle avait envie de connaître elle aussi les raisons de cet abandon. Et en même temps, était-il souhaitable d'exhumer le passé, après tant d'années ?

Elle se rapprocha de lui, jusqu'à sentir son épaule contre la sienne. Elle pouvait sentir les battements de son cœur malgré sa cotte de mailles. Un mouvement qui l'emplit de chaleur, ainsi que de désir.

— Dominique ?

— Oui, ma chère âme ?

Il l'aimait, et pourtant… il lui donnait l'impression qu'il ne pourrait pas être là pour elle.

— Il y a une question que j'aimerais te poser, mais je ne veux pas te blesser.

Elle plongea ses yeux dans les siens, devenus étrangement sombres maintenant, sans une seule once de ce violet qu'elle y voyait si souvent. Peut-être était-ce dû à la pénombre dans laquelle ils se trouvaient. Il lui pressa la main pour l'encourager à formuler sa question.

— Je me demandais juste… à propos de ta propre quête : pourquoi est-ce si important d'avoir une réponse ? Ou plutôt, pourquoi est-ce si important maintenant ? Après tout ce temps ?

Il renversa la tête en arrière, les yeux clos, et lui serra la main. Comme s'il avait du mal à la regarder.

— Si ma question est indiscrète…

— Cela me donnera un sentiment de complétude. Peut-être, en tout cas. J'espère qu'enfin j'aurai le sentiment d'appartenir à un royaume, et non plus d'être à mi-chemin entre deux réalités différentes. Est-ce que tu comprends ?

— Oui. Je connais ce sentiment de n'être pas vraiment à sa place, d'être différent des autres. Mais j'ai toujours eu la chance de savoir que j'étais aimée, et d'avoir une maison.

— Moi aussi, j'ai eu cette chance. Pourtant, ils n'ont jamais pu m'apprendre à affronter mes propres pouvoirs. Et souvent ma mère, bénie soit son âme, ne pouvait rien faire d'autre que me regarder d'un air désolé, qui signifiait très clairement son impuissance et son ignorance.

Dominique amena la main de Gabrielle sur son propre visage, et, tenant sa paumc ouverte contre sa joue, il l'imprégna de sa chaleur.

— Nous nous tenions souvent comme cela, tous les deux. Je pressais sa main contre ma joue et en dessinais les lignes profondes, conséquences de ses journées de labeur. Ses mains avaient été rendues rugueuses par des années de travail, mais cela importait peu : j'adorais les mains de ma mère.

Gabrielle ferma les yeux et se laissa aller contre l'épaule de Dominique. Le moment était parfait. Calme, et pourtant chargé de sens, dans la quiétude des lumières sacrées de la cathédrale.

— Je pressais sa paume contre ma joue, et je restais assis, à l'écoute de sa nature profonde. Je pouvais sentir qu'elle était différente, juste comme je peux le sentir pour toi… Vos battements de cœur sont bien plus lents que les miens. Et puis, elle disait souvent : « Je suis désolée, Dominique. Si je savais ce dont tu as besoin, je remuerais ciel et terre pour te le donner. » Cela me serrait le cœur, chaque fois. Je détestais qu'elle se sente impuissante. Et pourtant, elle avait raison, j'avais besoin de quelque chose.

Il se saisit de nouveau de la main de Gabrielle, et l'embrassa chaleureusement :

— Et je crois que j'ai encore besoin de quelque chose…

— L'Oracle connaît-il le nom de tes parents Fées ?

— Oui. Il me les donnera lorsque ta quête aura été accomplie.

— Alors, tu auras ce dont tu as besoin, Dominique. Je ferai tout ce qui est en mon pouvoir pour cela.

Elle se leva doucement et déposa un baiser sur sa joue, juste sous son œil. Ses longs cils lui caressèrent le nez, comme un baiser de Fée. Puis elle se tourna et se dirigea d'un pas ferme vers la sortie de la cathédrale.

Il faisait étrangement chaud tandis que le soleil descendait sur l'horizon.

— Il va faire nuit, bientôt. Nous devrions trouver le repaire de Lucifer avant...

Dominique interrompit sa remarque en regardant autour de lui d'un air inquiet. Ils venaient tout juste d'arriver sur le parvis de Notre-Dame, et si leurs chevaux étaient bien là, quelqu'un était absent.

— Où donc est notre chevalier nouvellement adoubé ?

Soudainement inquiète, Gabrielle se précipita vers leurs montures et constata qu'elles avaient été attachées à un anneau de bronze, d'un nœud qui était incontestablement de Baudoin. Tor se trouvait à quelques pas d'eux, sans attache : Dominique s'y refusait, arguant du fait que le cheval ne lui appartenait pas vraiment. Baudoin, par contre, avait disparu. Il n'y avait cependant nulle taverne dans les environs — nulle taverne visible, en tout cas, car le son de rires dans le lointain trahissait la présence d'un de ces établissements quelques rues plus loin. S'il était parti en quête d'une jeune fille à courtiser...

— Baudoin !

Dominique fit taire Gabrielle d'un geste de la main, sans qu'elle comprît pourquoi. D'un signe, il lui désigna alors le sol : la neige fraîche avait gardé la trace de nombreuses empreintes. Bien plus nombreuses, en fait, que les empreintes de trois personnes. On pouvait distinguer la trace d'un corps traîné par terre, creusant un sillon plus large que les autres dans la neige boueuse. Gabrielle en tira aussitôt les conclusions nécessaires :

— Il y a eu une lutte. Quelqu'un a donc enlevé Baudoin ? Je ne comprends pas.

— Je n'ai pas l'ombre d'un doute quant à l'identité du responsable de ce forfait. Viens, il n'y a pas une minute à perdre ! Nous devons nous rendre dans le Marais. Il est évident que Lucifer a enlevé Baudoin afin qu'il serve d'appât...

— D'appât ? Cela n'a pas de sens ! Il doit savoir que Sammael est mort et qu'il est le prochain sur la liste. Nul besoin d'un appât pour attirer le Chevalier Noir jusqu'à lui.

— Peut-être veut-il simplement mettre toutes les chances de son côté, afin d'être assuré de l'emporter dans ce combat.

Quoiqu'il eût préféré affronter le Chevalier Noir à l'aube, lorsque sa force était la plus grande, Lucifer ne s'estimait pas mécontent des circonstances, maintenant qu'il avait à sa disposition une monnaie d'échange. Ou, plutôt, un agneau sacrificiel. Les hommes de Sammael l'avaient prévenu de l'arrivée du trio à Paris. L'un des membres était, de toute évidence, le fameux Chevalier Noir.

Il fit les cent pas devant son captif. Le jeune homme attaché devant lui était en piteux état : un de ses yeux était fermé et enflé, ses lèvres étaient fendues. Il n'avait pas donné de consignes précises à ses sbires au sujet de cette capture : il était content, néanmoins, que le jeune homme fût encore en vie. Même si sa vie ne tenait qu'à un fil.

Une goutte de sang coula de son nez et faillit s'échouer sur les bottes de cuir de Lucifer. Ce qui l'étonnait le plus, chez ce garçon, c'était sa bravoure : Lucifer prenait un malin plaisir à jouer avec des pincettes chauffées à blanc devant lui, sans pourtant obtenir sa coopération.

— Je ne me répéterai qu'une fois : qui est le Chevalier Noir ? C'est l'homme avec lequel tu voyages, n'est-ce pas ?

Il souligna sa question d'un geste en direction de Baudoin : les pinces brûlantes lui touchèrent presque la poitrine. Pourtant, celui-ci ne bougea pas d'un pouce, et ne tenta pas de les esquiver. Il n'aurait pu le faire, de toute façon : ses liens étaient trop serrés, et il était adossé à un mur de pierre.

— Il faudra que vous m'arrachiez les viscères pour avoir la réponse ! Mais alors, je ne serai plus en état de parler.

— T'arracher les viscères... Hum... L'idée est séduisante. Je vais la garder pour plus tard.

Il ponctua sa déclaration d'un geste ferme en direction de la poitrine de Baudoin. Les pinces rougies embrasèrent son pourpoint de laine et une odeur de chair brûlée lui monta aux narines. Le jeune homme ne put retenir un cri, qui provoqua l'agitation des chauves-souris pendues au plafond.

— La prochaine fois, je te l'enverrai sous le menton. Es-tu prêt ?

— Non !

— Veux-tu parler, alors ?

— Soyez maudit ! Sainte Mère de Dieu...

— Allons, mon garçon, il n'y a personne pour entendre tes blasphèmes, ici.

— Vous allez rencontrer le Chevalier Noir très bientôt, parce que le mercenaire est déterminé à l'amener jusqu'à vous.

— Ah, oui, le mercenaire... Un homme des plus intéressants, n'est-ce pas ? C'est un de mes hommes, tu le savais ?

— Non, ce n'est...

Lucifer savoura le choc qu'il put lire sur le visage de son prisonnier. Ses yeux s'exorbitèrent, en tout cas celui qui n'était pas fermé par sa blessure.

— Dominique Saint Juste travaille pour vous ?

— Je ne connais pas son nom, je sais seulement qu'il fera ce que je lui ordonne et amènera ma proie ici. Mais lequel des deux est-ce ? Celui avec lequel vous avez commencé votre quête, ou celui qui vous a rejoints ensuite ?

— Allez au diable !

— Vraiment ? Je ne peux pas espérer mieux, en effet.

Et Lucifer appliqua son instrument de torture contre l'estomac de Baudoin, jusqu'à ce que ses entrailles mêmes commencent à se consumer.

— Nous n'avons plus beaucoup de temps, maintenant.

Dominique s'adressait à l'Oracle, qui venait de leur apparaître et se tenait à quelques pas d'eux, figure chatoyante et imprécise.

— Ceci est le repaire de Lucifer.

L'Oracle tendit la main vers une porte située un peu plus loin, qui ressemblait à une porte marquant la fin du monde. Elle était laquée d'un indigo brillant qui accentuait les étranges figures qui y étaient gravées. Des sculptures de démons et d'anges... Dominique s'approcha de la porte et posa la main sur l'un des dessins gravés.

— Des anges ? Mais bien sûr...

Son étonnement fit place à la compréhension tandis que ses deux compagnons l'observaient. Il passa la paume sur la tête d'un démon cornu à l'air particulièrement méchant et au rictus sarcastique.

— Ce sont des anges déchus, eux aussi.

Gabrielle laissa son regard incrédule passer de Dominique à l'Oracle :

— De quoi parle-t-il ? Qu'est-ce que cela signifie ?

— Il a chassé des cieux tous ceux qui se rebellaient ou qui n'étaient pas à leur place. Ainsi, lorsque Satan a déchu, des millions d'autres sont tombés avec lui. Mais dans le cas de Lucifer et de ses frères, c'était leur choix.

Gabrielle s'approcha de Dominique et observa attentivement les figures sculptées sur la porte :

— Vous êtes en train d'essayer de me persuader que Lucifer et ses frères sont des anges déchus ? Mais c'est absurde !

— Aussi incroyable que l'existence des Fées ?

Dominique croisa les bras sur sa poitrine et se tourna vers elle, à la fois serein et légèrement moqueur. Il ne fallait pas qu'elle pénètre dans le repaire de Lucifer en étant encore ignorante de ce qu'elle devait affronter, et des enjeux de ce combat. Et il était vital que toute once de peur soit extirpée de son âme.

— Mais s'ils sont déchus, pourquoi se trouvent-ils sur la terre ? Pourquoi n'ont-ils pas accompagné Satan en enfer ?

— Je ne le comprends pas non plus, mais cela ne m'empêche pas de croire...

Dominique fut sur le point de lui révéler sa propre Chute, mais se ravisa. Il ne pouvait être sûr que cela l'aiderait : une telle révélation n'aurait-elle pas, au contraire, un effet pervers ? Sans compter qu'il était peu probable qu'elle le crût. Et puis, l'Oracle lui avait certifié qu'elle aurait une Réminiscence. Il ne lui restait plus qu'à espérer que celle-ci viendrait bientôt. Très bientôt, même.

— Il est temps.

L'Oracle flottait près d'eux, à quelques centimètres du sol, étincelant dans sa robe indigo dont l'éclat ne se reflétait pourtant pas sur les pavés humides.

— J'ai promis à Dominique de lui offrir la réponse à sa question en échange de cette mission. Il est temps d'honorer ma promesse.

— Vous êtes venu pour révéler à Dominique l'identité de ses parents ?

L'Oracle répondit par un hochement de tête à la question de Gabrielle.

— Cela peut attendre la mort de Lucifer. C'est ce dont nous étions convenus.

Dominique appuya sa remarque d'un pas décidé en direction de la porte… mais ne put jamais achever son geste. Une force invisible l'empêchait de bouger. Pourtant, il n'était plus si important à ses yeux de savoir qui étaient ses parents, ni pourquoi ils l'avaient abandonné. Gabrielle lui avait donné quelque chose de bien plus précieux : la confiance en lui-même. Elle avait insufflé une foi, une confiance en sa vie qui émanaient toutes deux de son étrange personnalité. Et même si cette force devait s'étioler après sa victoire sur Lucifer, même s'il devait la perdre, il savait qu'il apprendrait à le supporter.

L'Oracle se tint fermement entre la porte et Dominique. Il était clair qu'il ne comptait pas disparaître tout de suite. Et son regard défiant inclinait Dominique à la soumission.

— Voulez-vous me révéler la vérité maintenant, parce que vous savez que cette mission me conduira à la mort ?

— Rien n'est jamais définitif, dans ce règne mortel.

Ainsi, l'Oracle pensait que Dominique périrait dans le repaire de Lucifer. Il poussa un grand soupir.

Si sa mort pouvait assurer la vie de Gabrielle, qu'il en fût ainsi !

— Très bien. Dites-moi, alors... Dites-moi qui sont ces parents qui haïssaient tant leur fils qu'ils lui ont préféré un enfant humain ?

— Votre mère s'appelle Syr.

Syr ? C'était un beau nom. Dominique déglutit, la gorge soudainement sèche. Après toutes ces années passées à s'interroger, il avait enfin un nom. Il fit signe à l'Oracle de poursuivre son récit.

— C'est une magnifique Fée qui vit dans le bois de Valois.

— Mais c'est là que...

— Oui. Elle n'a jamais cessé de garder un œil sur toi.

— Mais... Pendant toutes ces années ?

La nouvelle était si incroyable qu'elle en était difficile à assimiler. L'Oracle acquiesça pourtant, et reprit :

— Syr est douce et généreuse, mais souffrante. Elle ne restera plus longtemps sur cette terre. Elle a été chassée du royaume des Fées lorsqu'elle a choisi de t'abandonner dans la permission du conseil des Sages.

— Le royaume des Fées ?

— C'est le royaume où vivent ceux de ton espèce. Une dimension à part que les mortels ne peuvent pas voir.

— Je l'ai senti parfois, comme une vibration toute proche... Mais j'ai également senti que je ne pouvais y pénétrer. Je suppose qu'il ne me sera jamais donné de le voir ?

— Probablement pas, en effet.

— Aurai-je une chance de la voir — Syr — avant qu'elle ne...

Il ferma brusquement le poing, sans finir sa phrase. La réponse était évidemment négative, si son destin était de mourir dans le château de Lucifer. Il sentit son cœur se mettre à battre la chamade. Sa mère était en vie, et avait toujours été proche de lui. Si proche... Il ne savait s'il devait en ressentir de la joie ou de la colère. Mais il fallait qu'il exprime une émotion, n'importe laquelle, afin de libérer cette tension qui crispait ses membres.

— Ai-je encore le temps de la voir ?

— Peut-être. Toutefois, il te faut encore apprendre qui est ton père.

Il découvrait tant de choses, en si peu de temps ! Il aurait eu besoin d'un peu de temps, d'un peu de recul pour assimiler tout cela et essayer de comprendre. Ne serait-ce que pour se familiariser avec cette idée de la présence toute proche de sa mère. Mais il voulait tout savoir, sans plus tarder. Il se ressaisit donc et demanda à l'Oracle :

— Mon père ne vit donc pas avec ma mère ?

— Non, il ne l'a jamais fait. Ils ont eu une très courte aventure. Je peux ajouter que c'est Syr qui a choisi de quitter ton père, et... de s'assurer qu'il ne saurait jamais qui tu étais en t'échangeant avec un enfant mortel. De fait, l'enfant mortel est mort avant sa première année.

— Je me moque du sort de celui qui m'a remplacé...

Dominique sentit Gabrielle se raidir à côté de lui. Sa sœur avait subi le même sort. Elle était sans doute choquée que Dominique fît si peu de cas de l'enfant qui avait été, lui aussi, arraché à ses parents.

— Il n'est mort que quelques mois après que Syr l'eut ravi et élevé comme le sien. Elle savait parfaitement, lorsqu'elle l'a fait, qu'il était malade et ne vivrait pas. C'est même la raison qui a motivé son choix de la famille Saint Juste.

Le corps de Dominique se tendit malgré lui. Il sentit la main de Gabrielle se poser dans la sienne, et ce contact l'apaisa. Elle était la seule à pouvoir calmer les émotions sombres tapies au fond de lui.

— Elle a choisi, sciemment, un enfant qui n'avait que quelques mois à vivre ?

L'Oracle acquiesça de la tête pour toute réponse.

— Mais cela n'a pas de sens ! Pourquoi échanger son propre fils pour un enfant mortel si fragile ? Me méprisait-elle à ce point ? Et pourquoi ? Ce ne peut être uniquement à cause de mon apparence : Gabrielle m'a dit que mes yeux étaient violets.

— Le plus souvent, lorsque les Fées échangent leur enfant avec celui des mortels, c'est parce que ces derniers ne vivront pas au-delà de leur premier anniversaire. Cela fait partie du cycle de la nature.

La tension s'évapora lentement du corps de Gabrielle. Dominique put le sentir à ses épaules qui se redressaient, ainsi qu'à la pression de sa main qui se fit plus tendre. L'Oracle venait de lui faire le présent d'un peu de paix.

— Ta mère ne voulait que le mieux, pour toi, lorsqu'elle a procédé à l'échange. Elle savait que les Saint Juste te traiteraient comme si tu étais leur enfant. Et elle savait aussi que ton père ignorerait tout, ainsi, de ta véritable identité.

— Et pourquoi était-il si important de me cacher de celui qui m'a conçu ? Je ne comprends pas.

L'Oracle s'approcha d'eux, se saisit de la main de Gabrielle et la plaça sur l'épaule de Dominique. Son sourire chaleureux incita Gabrielle à s'abandonner, et elle blottit aussi sa tête au creux de l'épaule de son amant. Elle ne savait pas encore ce que l'Oracle avait de si terrible à révéler à Dominique, pour qu'il fût nécessaire de le préparer ainsi.

— Dominique... Ton père s'appelle Lucifer de Mortain.

24.

— Est-ce que cela signifie que j'ai en moi un démon de feu ?

Gabrielle voulut retenir Dominique dans ses bras, mais il se dégagea d'une secousse, fit quelques pas chancelants sur les pavés mouillés et enserra sa tête de ses mains.

— Qu'arrivera-t-il si je ne suis pas décapité ?

— Dominique, ne dis pas une chose pareille !

— Mais je suis à moitié dém… Non !

Il avait prononcé ces mots à mi-voix, mais Gabrielle les entendit distinctement. Tout comme elle entendit la douleur dans sa voix, et l'horreur de la révélation. Dominique murmura pour lui-même :

— Lucifer est déchu. Ce n'est pas le sang d'un démon qui court dans mes veines, mais… mon Dieu…

Ses yeux brillèrent dans la nuit, et ses pupilles aussi sombres que l'ébène reflétèrent l'éclat de la nuit. Il n'y avait aucune nuance violette dans son regard, à cet instant-là.

— Cela explique tant de choses… Pendant toutes ces années, cette obscurité au fond de moi… Elle venait de mon père, de cette bête monstrueuse qu'est mon père.

— Ce que fait ton père n'a rien à voir avec celui que tu es, Dominique. Est-ce que tu ne comprends pas cela ?

Gabrielle se plaça devant lui, cherchant à accrocher son regard :

— Tu es ce que tu désires être. Tu n'es pas mauvais maintenant parce que tu as découvert que ton père l'étais. Tu as été élevé par des humains qui t'ont aimé et choyé. C'est cet héritage d'amour que tu portes dans ton cœur, et tu le sais. Ne te laisse pas submerger par la colère, ne laisse pas ce démon jouer avec ton âme. Bats-toi !

Elle se pressa contre lui. Il se laissa aller dans ses bras tandis qu'elle lui caressait la joue d'une main, et lui serrait la sienne de l'autre, en murmurant des paroles apaisantes :

— Toi qui ne supportais pas que la vengeance assombrisse mon âme, n'oublie pas ce que tu m'as dit ! Lucifer n'a pas plus de force que celle qu'on lui accorde. Et toi non plus, tu ne dois pas succomber.

Les larmes coulaient le long des joues de Dominique, mais elle ne fit pas un geste pour les essuyer. Ils passèrent un long moment ainsi, jusqu'à ce qu'elle entende sa respiration s'apaiser et qu'elle sente ses muscles se détendre petit à petit.

— Gabrielle, mon ange…

Il ferma les yeux, et répéta ces mots, encore et encore, comme une incantation étrange qui pénétra au plus profond de l'âme de Gabrielle.

— Tu es mon ange, tu es mon ange à jamais.

Car il savait qu'elle avait raison. Il devait croire et se battre. Et graver cette vérité en lui : si son père n'avait eu aucun contrôle sur sa vie, jusqu'à présent, il n'y avait aucune raison qu'il lui abandonnât son âme maintenant. Il se rappela les mots de Gabrielle : *Tu ne dois pas succomber.* Avait-elle été envoyée pour le protéger aussi, tout comme il avait été engagé pour la protéger ? Non, c'était impossible. Comment pouvait-il envisager qu'on lui accordât une telle importance ?

Ce n'était pas pour lui qu'elle avait été envoyée sur la terre. Mais lui, c'était pour elle qu'il se trouvait ici. *Tu es le lien*... Il s'obligea à mettre de côté ses propres peurs : il aurait besoin de tout son courage pour aider efficacement Gabrielle. Il la regarda et lui promit :

— J'ai juré de te protéger. Je ne laisserai personne te faire de mal. C'est un serment que je ne veux pas — que je ne *peux pas* — briser.

Elle passa délicatement ses doigts le long de sa joue, de son menton encore figés par la tension. Elle savait que sous cette tension battait un cœur tendre, comme une promesse de printemps après l'hiver.

— Que feras-tu lorsque tu seras face à ton père ? demanda-t-elle.

— Je ne sais pas.

Pourrait-il le regarder en face, et découvrir un visage semblable au sien ? Lucifer savait-il qu'il avait un fils ? Probablement pas. L'Oracle lui avait dit que sa mère l'avait abandonné pour que Lucifer ignorât son existence. Mais il avait dû savoir que son amante avait eu un enfant... *Un enfant qui était mort.* C'est ce qu'il devait savoir. Et cette ignorance pouvait servir Dominique.

— Je ne peux pas connaître ma réaction avant de l'avoir vu et jugé de moi-même. Me laisseras-tu un moment seul avec lui, lorsque nous l'affronterons ?

— Bien sûr.

Il exhala un profond soupir, et se secoua. Il était inutile de ressasser ce sur quoi il ne pouvait agir. Il était temps de se remettre en marche.

— Je pense que nous devrions y aller.

— Je suis d'accord.

— Mais d'abord...

Dominique serra la main de Gabrielle et l'attira près de lui. Ses yeux d'un bleu profond étincelaient d'amour et de respect. Elle était si forte… Et si innocente. Si seulement il avait pu, lui aussi, être aussi pur, et s'il avait pu ignorer la vérité de ses origines ! Mais c'était lui qui avait voulu connaître la vérité, et il lui faudrait apprendre à l'accepter.

Il posa la main de Gabrielle sur son cœur.

— Je voudrais que tu me donnes quelque chose.

— Quoi donc ?

— Un peu de ta vitalité. Je vais en avoir besoin.

Il passa la main sous sa tunique de mailles et la posa contre sa poitrine, afin de sentir sous ses doigts les battements réguliers de son cœur. Il pouvait y sentir toute la détermination de cet ange qui avait choisi un destin remarquable.

La porte indigo, richement décorée d'arabesques, semblait promettre, à qui oserait la franchir, la présence de trésors incroyables. Elle ne s'ouvrait pourtant, ainsi que l'Oracle le leur avait dit, que sur une pièce aux murs nus. Il leur faudrait cheminer dans les souterrains pour trouver leur proie.

Dominique serra la main de Gabrielle.

— Prête ?

— Et toi ?

— Les saisons sont complètement déréglées et la neige qui tombe en ce moment est anormale. Des anges sont déchus, et donnent naissance à des démons de feu qui surgissent de leurs bouches. Tu es accompagnée d'un enfant de Fée né d'une Fée et d'un Ange. Je ne sais rien de plus, Gabrielle, sinon que nous devons faire ce qui doit être fait et suivre notre cœur.

Elle plongea son regard dans le sien, et y puisa une confiance tranquille qui l'enveloppa et la rassura.

— Cela me paraît le meilleur des choix, en effet.

— Allons-y, alors.

Une torchère s'enflamma soudain, comme si des visiteurs étaient effectivement attendus. Il n'y avait pourtant aucun garde. Leur présence semblait désirée, ce qui était tout sauf de bon augure. Mais aucun poison ne suintait des murs, et aucun piège ne semblait caché dans les recoins de la pierre. Gabrielle songea que ce n'était déjà pas si mal, et s'efforça de chasser le frisson d'angoisse qui courait le long de sa colonne vertébrale. Elle se serait sentie plus à l'aise avec une armure plus complète, mais elle en avait abandonné l'essentiel lorsqu'ils avaient fui Creil. Certes, elle avait encore ses épaulettes et ses gants, mais sa tunique de mailles n'offrait guère de protection et trahissait sa présence avec son cliquetis incessant.

Avec un soupir résigné et un geste de la tête, Dominique s'empara de la torche, et Gabrielle le suivit le long de couloirs tortueux et d'escaliers abrupts qui semblaient les mener dans les entrailles même de Paris. Le tunnel paraissait avoir été creusé dans le sol, tant était forte l'odeur d'humus et de boue, mêlée à l'odeur légèrement sulfureuse de leur torche. A voir les courbes et excroissances du sol et du plafond, Gabrielle supposa que c'étaient des hommes — probablement des esclaves — qui avaient creusé ce passage à l'aide de pelles. Elle posa sa main sur une espèce de moulure particulièrement étroite et eut la surprise de constater que cette empreinte correspondait parfaitement à celle de sa main. Etait-il possible que ces esclaves aient eu à creuser le tunnel à mains nues ?

— Nous avons déjà beaucoup cheminé... Es-tu sûr que nous allons dans la bonne direction ?

Gabrielle adressa la question à Dominique alors qu'il hésitait à un embranchement. Elle posa une main sur son bras, en quête d'un peu de chaleur.

— Sûr et certain, répondit-il.

Les hématites de son manteau cliquetèrent doucement tandis qu'il examinait chacun des deux chemins à l'aide de sa torche.

— Lequel choisirais-tu ? Le chemin de gauche s'enfonce plus profondément dans le sol ; celui de droite paraît rester au même niveau, mais comme il tourne rapidement, il est difficile de savoir s'il ne s'enfonce pas lui aussi.

Dans la lumière de la torche, ses yeux paraissaient aussi noirs que l'obsidienne.

— Viens, allons à gauche. Le chemin est si sinistre que ce doit être le bon.

Toutes ses attitudes étaient plus dures depuis qu'ils avaient pénétré dans le repaire de Lucifer. *Le repaire de son père.* Elle savait qu'elle devait lui laisser le luxe de la colère : elle avait beau sentir que cela ne l'aiderait pas dans sa vengeance, Dominique en avait besoin pour pouvoir l'affronter. Pour affronter cet ennemi : son père. Elle aurait certes aimé que les événements prennent une tournure différente. Toutefois, elle ne renierait pas sa promesse et laisserait à Dominique un moment de tête à tête avec cet homme.

Quelques pas plus loin, ils arrivèrent dans une chambre aménagée dans les entrailles de la terre. Des stalactites pendaient du plafond, de l'eau ruisselait le long de leurs formes tourmentées vers une crevasse béante.

— Attention... La chute serait longue.

Dominique avait enserré la taille de Gabrielle pour l'empêcher d'aller plus loin. Elle envoya une pierre vers l'ouverture, et ils attendirent de l'entendre atterrir pour évaluer la profondeur de la faille. Mais si la pierre fut immédiatement engloutie par les ténèbres, le son ne parvint jamais jusqu'à leurs oreilles.

— Je suppose que nous ferions mieux de revenir sur nos pas et de prendre l'autre chemin.

Au moment où elle prononçait ses mots, l'entrée par laquelle ils étaient arrivés fut scellée par un épais mur de pierre, dans un bruit assourdissant.

— Dominique !

— N'aie pas peur !

Il se précipita vers le mur et passa ses mains sur la surface, cherchant un mécanisme qui en déclencherait de nouveau l'ouverture.

— Nous sommes coincés ! s'exclama-t-elle.

— Calme-toi, Gabrielle. Je vais trouver une sortie.

— Tu ferais mieux de te hâter ! Le mur se rapproche de nous...

Le sol tremblait sous leurs pieds. Elle s'accrocha au corps de Dominique, qui la serra contre lui et s'arc-bouta de toutes ses forces contre le mur qui les avait enfermés. Mur qui, inexorablement, les poussait vers l'avant en direction de la faille béante située à quelques pas d'eux. Gabrielle n'avait jamais vu une chose pareille. Ils semblaient condamnés : le mécanisme ne donnait aucun signe d'arrêt.

— Je t'aime, dit-elle.

Elle l'observa attentivement, et eut un léger soupir :

— Avoir fait tout ce chemin pour finir ainsi...

Elle savait qu'il ne fallait pas baisser les bras mais ils n'étaient plus qu'à quelques pas de la faille dans laquelle ils chuteraient inexorablement...

— Si je dois mourir sans achever ma quête, je serai honorée que ce soit dans tes bras.

— Ne dis pas cela. Il y a forcément une solution.

— A moins que tu ne saches voler...

Le sol se déroba soudainement sous leurs pieds. Dominique plongea dans les ténèbres. Gabrielle ne poussa pas un cri, mais s'accrocha plus fermement encore à lui, tandis qu'elle tombait. Elle fut momentanément aveuglée lorsque le manteau noir de Dominique fut arraché de ses épaules et lui fouetta le visage.

25.

Gabrielle passa brutalement d'une sensation à l'autre. Elle se sentit plonger dans les entrailles de la terre, puis, brusquement, légère et tournoyante. Une lueur diffuse la drapait de ses reflets chatoyants, et les parois de la crevasse se mouvaient vers le haut, non plus vers le bas. Elle ne s'agrippait plus à Dominique mais avait au contraire l'impression de s'appuyer sur l'air lui-même. Elle ne voyait plus Dominique mais sentait sa présence tout autour d'elle.

Lorsqu'elle s'aperçut qu'une force la propulsait de l'autre côté de la grotte, et qu'elle ne courait plus aucun danger, Gabrielle se laissa aller au plaisir de la sensation et poussa un grand cri de joie. Elle posa ses mains sur chacune de ses épaules, comme si elle-même possédait des ailes, pour se laisser aller au bonheur de sentir l'air glisser le long de son visage et de son corps. Elle éprouva un sentiment de griserie, de liberté... Un sentiment incroyablement familier.

Quelques instants plus tard, elle toucha terre de l'autre côté de la crevasse, en toute sécurité. Il lui fallut plusieurs minutes pour reprendre ses esprits et se défaire de ce sentiment enivrant. Dominique, encore enveloppé de poussière féerique, se tenait devant elle, son regard brillant de fierté.

— Tu ne m'avais jamais dit que tu étais capable de faire cela...

Les mots de Gabrielle étaient hachés, se ressentant encore de son émotion. Il haussa les épaules et sourit un peu, l'air facétieux :

— Il faut bien garder un peu de mystère.

Elle prit le temps de vraiment le regarder. Il ne portait plus son élégante cape noire : à sa place se tenait une magnifique paire d'ailes violettes, d'une substance si légère qu'elles semblaient faites de soie. Diaphanes et épaisses tout à la fois, elles étaient éblouissantes de beauté, bien au-delà de ce que l'on pouvait imaginer. Elle fit un geste de la main pour les toucher mais il recula, presque instinctivement.

— S'il te plaît, elles sont tellement... incroyables, dit-elle.

Il y avait comme une supplication dans sa voix ; aussi Dominique la laissa-t-il faire. Elle passa pardessus son épaule et posa légèrement ses doigts sur les ailes translucides. Elles avaient une texture douce et chaude, vibrant d'une énergie si intense qu'elles lui chatouillaient le bout des doigts, comme si elles possédaient une vie propre.

Gabrielle se rapprocha et étendit sa paume le long d'une des ailes de Dominique. Elle frémit et dégagea une légère odeur de printemps, comme une brise chargée de parfums fleuris. Elle ne put s'empêcher de sourire.

— Tu les cachais à cause de moi ?

— Je craignais ta haine pour mon espèce.

— C'est fini. Je t'aime tel que tu es, Dominique. Et... elles sont bien trop belles pour être ainsi cachées.

— J'ai masqué ma vraie nature depuis que je suis en contact avec d'autres hommes. Il n'est pas facile d'entrer dans une taverne muni d'une paire d'ailes. Mon manteau a été conçu spécialement pour moi : il possédait une poche spéciale dans laquelle je pouvais les replier afin qu'elles soient invisibles.

Il jeta un coup d'œil malgré lui vers les abîmes ténébreux dans lesquels son manteau était tombé.

— Il a été fait par ta mère ?

— Je t'ai dit qu'elle était soucieuse de mon bien-être.

Elle passa son index sur le dessin gracieux qui ornait son aile gauche, auréolée de cette poussière irisée qu'elle avait appris à chérir.

— Je crois que j'aurai plaisir à les contempler chaque jour.

Elle s'écarta de lui, et remarqua alors un rubis attaché autour de son cou.

— Un autre cadeau de ta mère ?

— Un cadeau de ma mère Fée. Du moins l'ai-je toujours pensé. Ma mère m'a dit que cette pierre se trouvait accrochée à mes vêtements lorsqu'ils m'ont trouvé dans leur berceau. Ma mère l'a gardée pour me la donner, persuadée que c'était un présent de mes parents.

Il frotta machinalement le rubis entre ses mains, d'un geste empreint de vénération et de tendresse.

— Ta mère mortelle t'a vraiment accepté...

— C'est vrai. Mais nous devrions nous concentrer sur notre quête. Le Dragon de l'Aube doit nous attendre.

— Ne crains-tu pas d'abîmer tes ailes ?

Il sourit et ne répondit rien, mais ses ailes se replièrent doucement l'une contre l'autre et se tapirent contre son dos. Elle put alors constater que son pourpoint, lui aussi, avait été conçu de telle sorte qu'il laissait à ses ailes toute leur mobilité. C'était impressionnant. Elle l'embrassa avec fougue sur les lèvres.

— Je t'aime... Je t'aime vraiment. Crois-tu que nos enfants auront des ailes, eux aussi ?

— Nos enfants ? Tu ne crois pas que tu racontes notre histoire en commençant par la fin, Gabrielle ?

— Pas par la fin... Plutôt son nouveau commencement.

— J'aimerais qu'il en soit ainsi. Je ne sais pas s'ils auront des ailes. Seul le Destin le sait. Allons, viens. Nous avons encore le plus dur à affronter.

Il lui saisit la main, et ils se dirigèrent vers une nouvelle chambre, ou grotte, qui s'ouvrait sur cinq chemins distincts.

— Je suggère que nous n'envisagions même pas de prendre celui qui est le plus à gauche. Assez de sinistres !

Avec cette remarque, Gabrielle s'avança pour observer attentivement les quatre autres boyaux.

— A mon tour de choisir.

Il lui fit une révérence, et ses ailes frémirent de nouveau dans un éclair violet.

— Qu'il en soit fait selon vos désirs, gente dame.

Ils étaient d'humeur si joyeuse que Gabrielle se demanda s'ils ne devaient pas être plus graves et plus sérieux, en cet instant. A peine s'en était-elle fait la remarque qu'un mur de pierre surgit devant elle, lui meurtrissant la main :

— Dominique !

Elle se trouva plongée dans un noir d'encre. Le mur l'avait séparée de son amant et des trois autres tunnels. Elle frappa la pierre de ses poings, sans le moindre succès. Lorsqu'elle tendit l'oreille, elle ne put même pas entendre le moindre bruit de l'autre côté du mur. Lucifer les avait séparés, afin de servir ses propres desseins.

— Que je sois damnée si tes tours de magie me découragent de ma quête ! Prépare-toi, Dragon de l'Aube, car je vais te trouver ! Ce n'est pas Dominique qui peut te décapiter, mais moi, l'unique de Vertus que tu as été assez fou pour laisser en vie !

Gabrielle, ayant ainsi soulagé sa colère, posa ses mains sur le mur et se dirigea à tâtons du côté de l'ouverture du tunnel qu'elle avait pu observer avant que le mur ne la sépare de Dominique. Il lui vint soudain à l'esprit que si Dominique parvenait avant elle jusqu'à Lucifer, leur plan en serait complètement bouleversé. Il ne pouvait le tuer : elle était la seule à posséder le lien nécessaire. Ce lien du sang inexplicable, dont elle était bien persuadée qu'il ne reposait que sur le sang versé par ce démon. Et que se passerait-il si jamais il voyait son père le premier ? Alors même que Lucifer ignorait tout de son existence… Elle s'aperçut alors, avec une aveuglante clarté, qu'elle avait tort : Dominique avait, lui aussi, un lien de sang avec Lucifer : il était son enfant, le fruit de sa chair et de son sang !

La main de Gabrielle suivait les méandres du tunnel tandis qu'elle cheminait en trébuchant le long du boyau sombre.

— Est-ce lui qui a le lien ? Mais alors, qu'en est-il de moi ? Comment ai-je pu tuer ses quatre frères ? Pouvons-nous être deux à posséder un tel lien ?

Elle se demanda si Dominique avait opéré le même rapprochement qu'elle.

Il pressa son front sur le mur de pierre froide qui s'érigeait maintenant entre lui et sa bien-aimée. La torche, oubliée dans la tourmente, grésillait sur le sol à ses pieds. Il passa la paume sur la surface rugueuse, s'efforçant de sentir les battements de cœur de Gabrielle de l'autre côté. Mais… il ne sentit rien.

Serait-elle capable de s'en sortir toute seule ? Peut-être mieux qu'avec lui à ses côtés — lui qui n'aspirait qu'à une seule chose : l'arracher à cette quête impossible et l'emmener très loin, à l'autre bout du monde. Là où elle ne vivrait plus que pour lui, loin de tout ange déchu, de toute quête à accomplir et de tout Destin à réaliser. La vie serait si simple, passée dans les bras d'un ange !

Blasphème…

Il croisa les bras sur sa poitrine. Il aurait mérité de se châtier lui-même pour une telle pensée. Il secoua la tête, et sentit le passage par lequel ils étaient arrivés se rouvrir derrière lui. Il avait servi l'Oracle en amenant Gabrielle jusqu'ici : sa présence n'était plus requise.

Je t'aime, Dominique…

Mais pour cette raison, pour ces quelques mots, il ne pouvait faire demi-tour. Gabrielle avait besoin de lui. Il la trouverait, ou mourrait en la cherchant.

L'air devenait de plus en plus chaud à mesure qu'elle progressait le long du tunnel. Gabrielle ôta sa capuche et un gant, et se passa une main dans les cheveux, afin d'essuyer la sueur qui coulait le long de son front. Elle la sentait couler aussi dans son dos, mais ne pouvait se permettre d'enlever sa tunique de mailles. Elle discernait de la lumière devant elle, une lumière qui provenait vraisemblablement d'une nouvelle chambre. Elle franchit deux marches et se retrouva effectivement dans une nouvelle pièce, elle aussi coupée en deux par une crevasse.

Elle déglutit, en proie à la crainte, et se retourna pour inspecter le mur situé derrière elle. Toutefois, elle ne put discerner aucune trace de mécanisme mortel qui l'entraînerait vers la crevasse. Tandis qu'elle réprimait un frisson d'angoisse dû à la pénible sensation de déjà-vu, elle examina scrupuleusement la pièce. Et c'est alors qu'elle le vit. De l'autre côté de la crevasse se tenait une plate-forme façonnée sur la base d'une stalagmite coupée et polie, plate-forme sur laquelle se tenait — dans un équilibre précaire — Baudoin.

Elle sentit son cœur se serrer à cette vue. Le jeune homme était en piteux état. Il était attaché fermement aux chevilles et aux poignets, et une corde lui enserrait le cou, l'obligeant à tourner la tête de travers. Il y avait du sang sur sa tunique, sur ses chausses et sur le sol près de lui. Il avait été torturé sans la moindre clémence. Et Gabrielle se sentit brusquement coupable, coupable de n'avoir pas su le protéger de ces maux qu'il n'aurait jamais dû avoir à affronter.

Le long de la crevasse, un homme, grand et mince, faisait les cent pas. Sa longue chevelure noire ruisselait le long de ses épaules. Il était vêtu de chausses de cuir et d'un pourpoint orné de diamants. Sa seule protection résidait dans son capuchon de mailles, mais son attitude était pétrie d'assurance, tandis qu'il jouait avec son épée dont la lame étincelait à chacun de ses mouvements. Elle se trouvait enfin en face de son adversaire : Lucifer, Dragon de l'Aube.

Lorsqu'il la vit, Lucifer pointa son épée en direction de Baudoin :

— Non !

Gabrielle se précipita vers la crevasse, et jeta un coup d'œil vers le bas. Inutile d'insister, elle était contrainte de reculer. Ce faisant, elle entendit des bruits de pas derrière elle : deux hommes d'armes vêtus de noir se rapprochaient. Baudoin, tout tremblant, inclina sa tête vers elle et lui jeta un regard éloquent : *Ne vous occupez pas de moi.* Comment pouvait-il penser que Gabrielle serait capable d'une telle dureté ?

Lucifer était bien tel qu'elle s'en souvenait, peut-être même encore plus impressionnant que dans son souvenir, malgré l'absence des flammes et du chaos qu'il avait engendrés. Son visage était étroit et fin, et ses yeux brûlaient d'un feu extraordinire... Il était beau, certes, mais d'une beauté terrifiante. Et immortel. Ou du moins le deviendrait-il si elle ne parvenait pas à le décapiter. Elle devait se raccrocher à cette idée. La créature qui se trouvait devant elle n'avait que l'apparence d'un homme, mais n'en était pas un. C'était un être tel qu'elle n'en avait jamais rencontré auparavant — à l'exception de ses frères —, et tel qu'elle ne souhaitait plus jamais en rencontrer. Etait-il possible que l'Oracle eût raison et qu'une telle malignité appartînt vraiment à un ange déchu ? Cela semblait si difficile à croire !

Lucifer l'avait déjà entraînée en enfer, et elle n'avait rien pu faire d'autre que trembler et le laisser la violer, persuadée de sa mort prochaine. Et maintenant, il fallait l'affronter de nouveau : elle était toujours vivante, et il lui fallait sauver Baudoin, dont elle était devenue si proche depuis quelques semaines. Aussi cria-t-elle à l'adresse de Lucifer :

— Il est innocent.

Sa voix cassée se réverbéra en de multiples échos le long de la caverne. Des mains puissantes la saisirent par-derrière, mais elle ne tenta pas de leur échapper. Il lui fallait rester calme, et ne pas inquiéter Lucifer. Au moins, tant qu'elle n'était pas à portée d'épée de lui.

— Il n'a rien à voir avec la mort de vos frères. Laissez-le, et je vous laisserai me prendre.

— Mais je vous ai déjà prise !

Les yeux de Lucifer brillèrent d'un éclat rouge. Ainsi, cela n'était pas une illusion engendrée par les flammes : cet homme avait vraiment les pupilles de la couleur du rubis. Non, ce n'était pas un ange : c'était un démon.

— Je pourrais tuer ces deux hommes avant que vous n'ayez la possibilité de leur demander de m'arracher les bras, fit-elle remarquer.

— Oui, mais moi aussi, je suis habile de mon épée.

Il se rapprocha dangereusement de Baudoin, et la regarda d'un air moqueur.

— Pas tant que cela ! s'exclama-t-elle.

Et elle ponctua sa remarque ironique en lui montrant la cicatrice qui courait le long de sa gorge.

— Ah, mais je me souviens de vous, maintenant ! répliqua-t-il. J'avoue que cela m'étonne : je ne commets jamais d'erreurs. C'est incompréhensible... Peut-être est-ce le Destin qui a voulu que je ne vous tue pas.

Son visage était pensif, mais sa main ferme tandis qu'il maintenait sa lame sur la gorge de Baudoin. Gabrielle était aussi étonnée que lui : elle savait qu'elle aurait dû mourir, que n'importe quel mortel aurait péri après un tel coup. Mais elle était là. Pourquoi ? Elle repensa à ce que Dominique lui avait raconté à propos des anges déchus et des démons.

— Je suis restée en vie pour faire périr vos frères ? demanda-t-elle.

— Peut-être bien. De toute façon, les constantes lamentations de Sammael m'ont toujours horripilé. Vous m'avez rendu un fier service en le décapitant. Mais comment avez-vous survécu à travers son jardin empoisonné ?

— C'était peut-être un expert en poisons, mais il ne faisait guère le poids face à une épée habilement tenue.

— Dommage... Je dois reconnaître que j'aimais bien Mastema. Enfin, ce qui est fait est fait. Ce qui compte maintenant, c'est que je possède quelque chose qui vous est précieux, alors que vous n'avez rien. Vous n'avez plus ni famille, ni maison, ni vie. Ni voix, d'ailleurs.

— Que voulez-vous en échange de la vie de Baudoin ?

Il haussa les épaules. Un geste hideux et moqueur.

— Vous. A genoux. Devant moi. Et votre vie aussi. Mais une fois que nous nous serons tous les deux « dépensés »...

— Gabrielle, non !

Baudoin parvint à crier en direction de Gabrielle tandis que le sang ruisselait le long de son cou. Son assise était de plus en plus précaire, mais il ajouta :

— Partez tant que vous le pouvez... Je ne suis rien ! Vous devez achever votre quête.

— Une quête ?

Lucifer rapprocha encore sa lame du cou de Baudoin, tandis qu'il se tournait vers Gabrielle :

— Ah, oui, l'extinction de mon clan... Noble tâche, je dois le reconnaître, Chevalier Noir. Ha, ha ! Le Chevalier Noir : une femme ! Qui aurait pu imaginer cela ?

— C'est votre œuvre.

— Vraiment ? C'est possible. Mon habileté m'étonne parfois moi-même. Ainsi, vous êtes le produit d'une vengeance ? Aussi sombre et vile que les hommes que vous pourchassez. Mais si vous croyez que je vais trembler et succomber aux coups d'un simple mortel...

— Non !

Les mots de Dominique lui revinrent à l'esprit. *Lucifer n'a que la force que je veux bien lui accorder.* Il n'avait pas le pouvoir de changer sa destinée, ni son cœur. Ce qu'il avait fait d'elle, c'était un être déterminé et fort, et non un être cruel. Elle se pencha, ôta la dague cachée près de sa cheville, et dégaina son épée qu'elle tendit par la lame en signe de soumission.

— Très bien. Relâchez Baudoin et laissez-le partir. Alors, je m'agenouillerai devant vous.

— Débarrassez-vous de toutes vos armes.

— Lorsque j'aurai votre parole que Baudoin pourra partir libre.

— Vous l'avez.

— Le diable ne profère que des mensonges.

Lucifer rit à gorge déployée, et son rire se répercuta sur les murs de la grotte, faisant frémir Gabrielle.

— J'apprécie le compliment, mais je ne suis pas Satan. Son lieutenant, incontestablement, mais je n'ai jamais soutenu devant le Créateur que je serais plus efficace que Lui sur la terre.

— Vous commettez un blasphème en prononçant le nom du Seigneur.

— Votre piété de mortelle est ridicule. Utiliser la religion pour justifier votre quête...

Lucifer pressa la main sur sa poitrine, puis exposa son poignet à Gabrielle :

— Moi... je suis un ange.

— Blasphème !

— Un ange déchu, certes. Vous savez, la Chute était quelque chose de terrible. Cela m'a pris des décennies pour retrouver des forces et finalement faire l'expérience de la Réminiscence.

— Baudoin !

Le cri de Gabrielle fit se redresser le jeune homme, dont le corps affaissé semblait irrémédiablement attiré par les profondeurs de la crevasse. Il fallait que sa vie soit épargnée : elle le lui devait. C'était grâce à lui qu'elle avait survécu à l'expédition de Lucifer dans le château de son père.

— J'accepte vos conditions.

Et elle lança son épée sur ces mots. Le métal cliqueta lugubrement, tandis qu'il se heurtait aux bords de la paroi et sombrait au fond de la faille, avec pour seul écho les gémissements de Baudoin.

— Parfait.

En tournant les talons, Lucifer fit signe aux gardes de lui amener Gabrielle.

— Maintenez-la en vie. Les circonstances ont changé. J'ai besoin de réfléchir.

Les mains se serrèrent autour de ses bras comme des menottes de fer. Mais Gabrielle garda confiance : son sacrifice n'était pas vain. Baudoin pourrait partir en toute sécurité. Dominique le trouverait et l'escorterait hors du labyrinthe.

Ce fut lorsqu'elle vit Lucifer se retourner de nouveau, ses longs cheveux virevoltant comme une vague obscure, qu'elle sut qu'elle avait fait le mauvais choix.

26.

Gabrielle hurla tandis que l'épée de Lucifer tranchait le cou de Baudoin. Le sang gicla sur le sol et jusque sur les lèvres du démon. La tête puis le corps décapité du jeune homme tombèrent dans la crevasse sans le moindre bruit. Lucifer essuya son épée de ses mains, et leva la tête pour regarder Gabrielle d'un air goguenard. Puis l'un des gardes l'assomma, et tout devint noir autour d'elle.

La pièce était vide, et pourtant Dominique sentit instantanément qu'il venait de s'y passer un événement terrible. Il régnait une odeur de mort…

Il se précipita au bord de la crevasse qui scindait la pièce en deux. Et il vit le sang, de l'autre côté. Il y avait du sang partout, du bord du précipice jusqu'à un curieux promontoire situé à proximité. Il s'agenouilla pour observer les abîmes, et ne mit que quelques instants pour repérer l'épée de Gabrielle, retenue par une pierre un peu plus bas.

— Non !

L'exclamation lui échappa malgré lui. Il sentit sa mâchoire se contracter, et il dut s'agripper au bord tant les battements de son cœur s'étaient soudain accélérés. Le sang s'écoulait lentement en ruisseaux paresseux :

était-il possible qu'elle fût morte ? Non, c'était impossible… Pas aussi facilement. Pas sans lui.

Puis il aperçut le sac de cuir de Baudoin, contenant toutes ses reliques, suspendu à un petit rebord un peu plus bas. Et il sut alors que c'était lui, et non Gabrielle, qui avait péri. Sa première pensée fut de soulagement : ce n'était que l'écuyer qui était mort.

Mais il se corrigea aussitôt :

— Non, pas « que » l'écuyer.

Lorsqu'il entendit la voix de l'Oracle, Dominique se redressa brusquement en roulant sur le dos pour s'éloigner du précipice et éviter une chute fatale. Il se précipita et tenta de l'attraper par les épaules, mais ses mains traversèrent la vision, ne rencontrant que du vide. Ses ailes frémissaient de rage tandis qu'il l'invectivait :

— Par l'enfer, que s'est-il donc passé ici ? Et où est Gabrielle ?

— Elle a offert sa vie en échange de celle du jeune garçon. Mais Lucifer n'en fait que selon son plaisir, et punit sévèrement ceux qui se dressent sur son chemin.

— Pourquoi m'avez-vous autorisé à l'accompagner jusqu'ici, alors que vous saviez ce qui allait arriver ? Elle va mourir, et ce sera une âme de plus, sacrifiée pour le plaisir de ce démon !

— Dominique Saint Juste, il serait bon que tu apprennes à penser avec ton cœur et pas seulement avec cette tête de bois qui te sert d'esprit.

Les mots frappèrent Dominique de plein fouet. Il ferma les yeux, s'efforçant de chasser la peine profonde qu'il ressentait. L'Oracle l'avait-il trahi ? Non. Il avait toujours su ce qui était attendu de lui.

Ce sont les Fées qui servent de lien aux anges.

Peut-être ce mythe auquel il n'avait pas accordé foi exprimait-il la vérité. Il devait veiller à ce que

Gabrielle achève sa quête saine et sauve. Mais il devait apprendre aussi certaines choses.

— Oui, c'est l'âme d'un ange, reprit-il. Mais d'un ange qui ne se souvient pas, alors que la mémoire de son identité lui offrirait peut-être un avantage décisif pour survivre. Lucifer, lui, a gardé des souvenirs de son passé angélique. Quand est-ce que Gabrielle fera l'expérience de la Réminiscence ?

— Elle est l'Elue...

— L'Elue ? Bah ! Même moi, j'ai un lien de sang plus fort qu'elle avec Lucifer : il est mon père, après tout.

L'Oracle posa un doigt sur ses lèvres, pensif, tandis que Dominique, sous l'effet de la colère, se frappait la poitrine malgré lui.

— Je sais cela. Mais je n'avais pas prévu...

L'Oracle se mit à briller, puis à s'estomper de nouveau peu à peu, comme une image qui se décolorerait. Puis, tout aussi soudainement, il réapparut :

— Il peut peut-être y avoir deux Elus.

Dominique sentit son cœur remonter dans sa gorge tandis qu'il se souvenait de ce moment, sous l'arbre enneigé, où il avait réalisé qu'elle était enceinte.

— Mon Dieu, nous sommes tous les deux...

— On le dirait bien.

Comment l'Oracle avait-il pu l'ignorer ?

— Et que se passera-t-il si son démon est libéré ? Est-ce que Lucifer est vraiment un démon ou une sorte d'ange ? Je ne peux frapper un ange : ce serait un blasphème.

— N'aie pas le moindre état d'âme. La seule chose qui rattache encore Lucifer aux cieux, ce sont les fragments de son passé qu'il conserve à la mémoire. Quand le démon du Dragon de l'Aube sera libéré, il sera purement démoniaque. Il a été forgé par les péchés commis ces dernières décennies.

— Gabrielle a-t-elle choisi de chuter, ou a-t-elle été contrainte de le faire ?

— Elle l'a choisi.

— Je croyais que les anges n'avaient pas de volonté propre.

— Ce n'est pas tant une question de volonté que le désir de protéger — un désir qui vient de Lui. Cela ne faisait pas dix ans que Lucifer et ses frères étaient sur la terre qu'il a été clair qu'ils seraient un fléau abominable pour les humains de France. Il a été décidé qu'une puissance chuterait afin de mettre un terme à ce qui ne pouvait que devenir un règne de terreur. Les cieux possèdent leur propre logique, Dominique. Gabrielle s'est portée volontaire pour cette mission, sachant que la Chute lui ferait oublier toute sa vie d'ange.

— Mais pourquoi n'a-t-elle pas le droit de se souvenir ? N'a-t-elle pas une force, un pouvoir exceptionnel qui lui permettrait d'achever rapidement ce démon ? Pourquoi attendre si longtemps ? Comme elle l'a dit elle-même, il y en a tant qui ont souffert sous le joug des Mortain ! Pourquoi l'envoyer seulement maintenant ?

— Je l'ignore. Et la Réminiscence viendra en temps et en heure. Quant à Gabrielle, avant qu'elle n'accomplisse sa mission, il fallait qu'elle grandisse et gagne en maturité et en force, tant d'esprit que de corps. Ce sont les seules réponses que je peux te donner.

Ce n'était pas assez. Dominique croisa les bras sur sa poitrine et observa l'Oracle, qui admirait ses ailes avec curiosité. Il ne s'était jamais senti aussi à l'aise, aussi peu gêné d'être vu tel qu'il était réellement. Puis, dans un frémissement bleuté, l'Oracle disparut, laissant Dominique seul dans la grande pièce. Au-dessus de lui, une chauve-souris s'envola en direction des profondeurs de la grotte. Il ne s'accorderait pas de repos tant que Gabrielle ne serait pas dans ses bras. Morte ou vive.

— Je vais la trouver et la sauver avant qu'il ait la moindre chance de la tuer. S'il sait qu'elle attend un enfant de lui, j'ai peut-être un peu de temps devant moi…

Il se tourna de nouveau vers la faille et regarda l'épée de Gabrielle, en équilibre précaire sur un rocher. Elle l'avait abandonnée bravement pour tenter de sauver Baudoin. Mais cela signifiait qu'elle n'avait plus d'arme.

Il leva la main au-dessus de la crevasse et, d'un geste de la main, fit remonter l'épée de Gabrielle jusqu'à lui. Il essuya la poussière féerique de la lame, et tourna les talons d'un geste délibéré pour se mettre en quête de son amante.

Lucifer repoussa la jeune femme qui attendait près de lui avec du vin et du fromage. Son geste fut si brusque qu'elle tomba contre le mur, dans un grand fracas d'argent et de cristal brisé. Ses bottes résonnaient avec assurance contre le sol de marbre de la pièce. Il foula d'un pas orgueilleux les débris et la jeune femme étendue, puis il grimpa l'étroit escalier, conçu pour gêner quiconque voudrait tirer son épée et le menacer à cet endroit.

Il était environ deux heures avant minuit. Il le sentait à la faiblesse qui le gagnait. Une faiblesse qui ne ferait que s'accentuer jusqu'à l'aube, jusqu'à ce que les premiers rayons du soleil redonnent à son démon intérieur toute sa vigueur. L'aurore représentait l'apothéose de sa puissance.

Il avait fait enchaîner le Chevalier Noir dans l'observatoire, une pièce étroite enfouie profondément sous terre. Des fenêtres disposées sur le plafond permettaient de voir le ciel : une disposition qui était sa manière d'honorer le soleil.

Il marcha tranquillement dans la pièce sombre, ne percevant même pas le froid de la nuit. Des chaînes cliquetèrent contre le mur lorsqu'il arriva près de Gabrielle. Mais elle aurait beau tirer de toutes ses forces, elle ne pourrait se défaire des liens d'acier qui lui enserraient les poignets et les chevilles.

Gabrielle eut conscience de la présence de Lucifer avant même qu'elle pût le voir. Il entra avec cette grâce tranquille, cette insolence de l'insecte capable de se glisser sous les vêtements et de provoquer les pires désagréments chez sa victime. Elle se raidit lorsqu'elle sentit un frisson courir le long de sa nuque. Le son régulier et sourd des pas du Dragon de l'Aube semblait un écho aux battements frénétiques de son cœur. Et les souvenirs surgirent soudain, bien trop vite pour qu'elle pût les chasser…

— Cette nuit, tu vas aller en enfer, ma belle.

La voix avait une résonance rauque et sinistre, comme une voix d'outre-tombe. La torche posée près de la porte de sa chambre formait une ombre immense derrière celui qui venait d'y pénétrer. Réveillée brusquement d'un sommeil de plomb, Gabrielle vit que l'homme portait une armure, qui donnait à son ombre des allures diaboliques, comme s'il avait des cornes. Des flammes rouges dansaient dans ses pupilles sombres, et son visage baigné de sueur était encadré d'une longue chevelure noire.

Lucifer posa la main sur la joue de Gabrielle, dont la peau était aussi froide que celle d'un cadavre. Elle avait le sentiment que le froid de l'hiver s'était tout entier concentré sous sa peau. Il éclata d'un rire moqueur : il allait la violer.

— Non…

Gabrielle rejeta la tête en arrière pour échapper à la caresse malsaine. Mais il l'attrapa par les cheveux et la retint fermement. Elle grinça des dents tandis qu'elle s'efforçait de tenir à distance les souvenirs du nouvel an et de se concentrer sur le moment présent.

— Lâchez-moi, démon !

Il passa le doigt le long de son cou, désignant la cicatrice qui courait d'une oreille à l'autre :

— C'est joli...

Elle essaya de nouveau de s'arracher à son étreinte, mais il ne relâcha pas sa prise. Elle ne pouvait se servir de ses mains, solidement fixées contre le mur.

— C'est votre œuvre.

— C'est vrai. Mais je n'avais jamais eu l'occasion de l'admirer, auparavant. Les sujets de mes expériences artistiques reposent généralement six pieds sous terre. Je suppose que vous ne pouvez plus crier ? Et de ce fait, personne ne pourra venir à votre secours... C'est dommage. J'ai un faible pour les femmes qui peuvent crier pour exprimer leurs sentiments.

Il la regardait avec calme, de son visage d'une beauté sinistre, et elle lui répondit d'un sourire arrogant. Elle ne le laisserait pas gagner. Pas cette fois-ci. Le Chevalier Noir en elle ne le tolérerait pas : il était temps d'enfermer la jouvencelle à double tour. Gabrielle de Vertus obtiendrait justice, d'une manière ou d'une autre.

Elle jaugea du regard son adversaire. Ils étaient de la même taille, et il ne possédait pas la puissante musculature qu'elle avait spontanément associée à un être aussi bestial. De fait, il était plutôt d'une extrême minceur, le visage long et les mains fines. Presque squelettiques. Etait-il possible que cette parodie d'homme fût à l'origine du massacre de toute sa famille ?

Elle secoua de nouveau les poignets, dans une vaine tentative pour se libérer. Les chaînes rouillées gémirent et protestèrent dans un raclement sonore.

Lucifer faisait les cent pas devant elle.

— Vous m'avez pourchassé pendant des semaines et avez tué quatre membres sur cinq de ma famille. Et pourtant, je ne connais même pas votre nom.

Elle se redressa fièrement, autant que le permettaient ses liens. L'orgueil était la dernière arme qui lui restait.

— Vous oubliez le mal que vous commettez aussi rapidement que le serpent dédaigne sa proie. Je m'appelle Gabrielle de Vertus.

— Gabrielle ? Quelle ironie du sort !

Il rejeta la tête en arrière. Les lueurs de la torche soulignaient sa chevelure mate tandis qu'il la contemplait, l'air intéressé. Elle détourna le regard.

— Je me souviens, en effet, d'une altercation avec la famille de Vertus il y a quelques semaines.

— Une « altercation » ? Vous ne vous souvenez pas d'avoir fait subir à ma famille ce que j'ai infligé à la vôtre ?

Sa gorge la brûlait, mais elle ignora la douleur. Si douloureux que fût ce souvenir, il fallait le lui rappeler.

— En effet, maintenant que vous le dites...

Il caressa la peau de son cou, malgré ses efforts pour s'éloigner de lui.

— Votre cicatrice est si douce... Aussi douce que les limaces qui dévorent les cadavres. Ainsi, c'était vous, la jeune innocente sacrifiée au plaisir de mes sens. Vous avez saigné de façon si délicieuse, cette nuit-là ! Et de partout... Il faut rendre hommage à votre force vitale, cela dit, d'avoir survécu à une telle blessure...

— C'est la soif de vengeance qui m'a gardée en vie.

— Oui, oui... Venger votre famille. Combien c'est noble ! Gabrielle, l'Ange Vengeur.

Lucifer rit à gorge déployée, de ce rire moqueur qui lui était propre.

— N'est-ce pas le sens de notre rencontre ? Ils ont envoyé quelqu'un comme moi pour me combattre sur cette terre. Est-ce Jehoel qui vous a envoyée ? Mais, bien sûr, vous ne comprenez pas un mot de ce que je raconte, n'est-ce pas ? Avez-vous eu la Réminiscence ? Non, je n'en ai pas l'impression...

— Vous parlez par énigmes, et je n'ai pas envie de jouer votre jeu.

— Gabrielle de Vertus...

Il proclama son nom avec emphase, d'une voix forte qui se répercuta sur les murs de pierre. Puis, d'un geste brusque, il lui prit le poignet et le tourna pour mettre en évidence la marque qu'elle y portait.

— Ah, mais vous n'êtes qu'une puissance !

— Lâchez-moi !

Lucifer ignora la plainte que Gabrielle venait de formuler d'une voix chancelante.

— Une puissance, qui a choisi de chuter. Mais comme votre mémoire a été effacée, vous ne ressentez pas la douleur de ne plus appartenir aux cieux.

Il relâcha enfin son poignet, d'un mouvement brusque qui mit en évidence le signe qu'il portait lui-même. Un symbole ressemblant, mais dont le dessin était différent. Une vraie marque diabolique ?

— Vous ne comprenez toujours pas ?

Il haussa les épaules et reprit son mouvement de va-et-vient devant elle.

— Cela ne fait qu'épaissir le mystère qui entoure votre quête. J'ai cru que vous étiez l'Elu. Celui qui a un lien du sang, choisi pour m'exterminer ou me libérer de cette prison de chair. Mais quel lien avons-nous, en dehors de nos ailes et de nos auréoles ?

— Vous blasphémez !

Elle était furieuse. Cet homme jouait avec elle, il essayait de la troubler. Et elle devait garder ses esprits. Une voix nouvelle interrompit leur dialogue, faisant sursauter Gabrielle :

— Et qu'en est-il de l'enfant qu'elle porte ?

— Dominique ?

Elle se tourna vers la voix. Tandis qu'il pénétrait dans le halo de lumière, Gabrielle put admirer l'élégance de ses ailes qui se déployaient fièrement dans son dos. Elles brillaient d'une douce lumière violette, auréolant cet homme-Fée aux allures princières qui se préparait à affronter son Destin. Lucifer recula de quelques pas. Un peu plus haut, une chauve-souris ponctua l'entrée de Dominique d'un cri aigu et d'un battement d'ailes courroucé.

— Tu dis qu'elle attend un enfant, l'homme ailé ? Cette femme est enceinte ? Ah !

Lucifer rit de nouveau, le visage empreint d'une joie sinistre. Lorsque enfin son hilarité fut calmée, il regarda pensivement Gabrielle.

— Quel bel outrage envers Lui ! Il t'a envoyée pour punir les déchus, et tu as dû succomber au péché qu'Il proscrit le plus. Quelle belle ironie !

— Dominique, qu'as-tu dit ? lança Gabrielle.

D'un pas, ce dernier s'avança et fut inondé des rayons de la lune qui filtraient des fenêtres du plafond. Il regardait Lucifer, mais plaça une main apaisante sur l'épaule de Gabrielle.

— Tu es enceinte, Gabrielle. Je le sais depuis que nous avons fui le château de Sammael.

Elle secoua la tête, en un geste de violente dénégation.

— Non !

— Tu as dit que tu étais malade lorsque nous étions réfugiés dans l'arbre, et tu as cru que cela venait du poison. Mais j'avais enlevé tout poison de ton corps, Gabrielle. J'en étais sûr. Alors, j'ai touché ton estomac… et j'ai senti la nouvelle vie qui était en toi. Pardonne-moi de ne pas te l'avoir dit plus tôt. C'est l'enfant de Lucifer.

Le démon frappa le sol du pied et leva les bras, dans un geste de joie moqueuse qui irradiait jusque dans ses yeux.

— Bien sûr que c'est le mien, car tu ne l'as pas encore possédée, n'est-ce pas, l'homme ailé ?

— C'est impossible ! s'écria Gabrielle. Je vais arracher cette bête de mon estomac de mes propres mains, plutôt que de donner naissance à un tel démon… Libérez-moi de ces chaînes !

Dominique et Lucifer ignorèrent la demande de Gabrielle. Dominique se tenait droit, devant son père, le Dragon de l'Aube. Un homme grand et élégant, aux traits fins. Aux yeux aussi sombres que l'obsidienne.

Mes yeux sont aussi noirs que les enfers, et non pas violets. Mais je ne sais d'où me vient cette couleur.

Il savait, à présent. Il n'avait qu'à regarder dans les yeux de Lucifer pour le savoir. Et cette réponse qu'il avait espérée toute sa vie lui était un supplice, maintenant qu'il contemplait le regard dur et rougeoyant de son père. Un regard lourd de menaces.

— Maintenant, dis-moi donc qui tu es. Je n'arrive pas à savoir si tu es une Fée ou un elfe, à cause de ton étrange couleur.

Dominique posa la main sur la garde de son épée. Les battements de son cœur étaient si frénétiques qu'ils semblaient n'être plus qu'un.

— Et si je ne suis ni l'un ni l'autre ?

— Otez ce bébé de mon ventre, maintenant !

— Vas-tu te taire, femme ! J'ai besoin de réfléchir.

Une lueur étrange brilla dans les yeux de Lucifer tandis qu'il étendait les mains vers Gabrielle. Un sourire lugubre illumina son visage et il s'exclama :

— Mon enfant, c'est bien vrai... Ah ! Un bâtard vaut mieux que pas d'enfant du tout !

Il se tourna et se dirigea vers le centre de la pièce, le menton posé sur sa paume ouverte, en un geste de perplexité.

— Et pourtant, cet homme est un bâtard aussi. Peut-être Fée et Elfe ?

— Cela n'a aucune importance, déclara Gabrielle. Libérez-moi, Lucifer, et je vous offrirai un combat loyal. Dominique n'interviendra pas... Il vous en donnera la parole.

— Le feras-tu, Dominique ?

La voix de Lucifer était sarcastique.

— Elle parle en ton nom, poursuivit-il. Elle est un peu envahissante, pour une simple femme, tu ne trouves pas ?

— Je ne suis pas « une simple femme ». Je suis simplement... une femme.

— Une simple femme, et c'est tout. Suffisamment simple, en tout cas, pour avoir l'audace de voyager jusqu'aux entrailles de la terre et soumettre à votre amant démoniaque son bâtard !

— Vous ne proférez que des mensonges. Les mensonges du diable !

— Il dit la vérité, Gabrielle, intervint Dominique. Je suis désolé, mais tu es vraiment enceinte de lui.

— Et ainsi, vous venez de vous octroyer neuf mois de vie supplémentaire, reprit Lucifer. J'imagine que je ferais bien de veiller à votre confort : difficile de laisser mon enfant à la merci de votre faible corps humain.

Et je dois vous garder en sécurité, car il y a toujours ce risque que vous tentiez de me décapiter.

— Je n'aurai de cesse que je sois parvenue.

— Vous tueriez le père de votre enfant ?

Lucifer accompagna sa question d'un sourire sardonique.

— Ne me parlez pas de cet enfant ! s'écria-t-elle.

— Pourquoi ? N'êtes-vous pas heureuse d'apprendre cette future naissance ? Je croyais que le bonheur des femmes était de donner la vie...

— Cet enfant sera à votre image : un odieux démon dans une enveloppe humaine !

— Cette enveloppe humaine est hideuse, comme vous le dites. Mais je ne suis pas un démon. Dois-je continuer à vous répéter que je suis un ange déchu ?

Lucifer ponctua son discours d'un geste appuyé sur sa poitrine.

— C'en est assez !

La voix de Dominique tonna, à l'image de sa colère. Il dégaina son épée, d'un mouvement de défi, et s'interposa entre Gabrielle et Lucifer, de telle sorte qu'elle ne pouvait voir que la tête de ce dernier, le reste étant masqué par les ailes de son amant.

— Je ne laisserai pas cette brute te retenir plus longtemps que nécessaire. Je vais l'achever et te libérer.

— Ah, voici enfin le héros qui se révèle ! Eh bien, j'accepte votre défi.

D'un mouvement rapide, Lucifer se retourna et sortit une arbalète qu'il pointa sur Dominique. De sa main libre, il désigna son épée suspendue dans son fourreau à son côté.

— Ne m'en voulez pas, mon épée a besoin d'un peu de repos pour l'instant.

— Vous n'avez donc pas peur de la mort ?

Dominique accompagna la repartie d'un geste menaçant de son arme.

— Comment le pourrais-je ? Vous n'avez pas de lien de sang avec moi. Ici...

Lucifer désigna du doigt sa gorge d'un geste éloquent, avant d'ajouter :

— Soyez précis !

Il releva alors son arbalète, prêt à tirer sur Dominique lorsqu'il vit l'éclair violet de ses yeux, un éclair qui retint son geste.

— Ah, un homme-Fée... J'aurais dû m'en douter. Vous devez être mon mercenaire, alors.

— Il est votre mercenaire ? demanda Gabrielle.

Elle était interloquée.

— Il ment, déclara Dominique.

— Une révélation, n'est-ce pas ? L'homme à qui vous avez fait confiance est celui qui a été choisi pour vous livrer à moi. Là encore, quelle magnifique ironie du sort !

— Vos propres tours se retournent contre vous, Lucifer, répliqua Dominique. L'Oracle m'a libéré de ma mission. Et il ne m'a jamais demandé de faire du mal à Gabrielle. Ainsi, vous voyez, c'est vous qui avez été manipulé...

— Cela n'a aucune importance, puisque j'ai la femme. J'ai gagné. Viens donc, que nous ayons cette joute préliminaire. Je préparerai ensuite un nid pour mon enfant.

Dominique prit le temps d'élaborer une stratégie avant de lancer son épée. Celle-ci opéra un arc de cercle parfait et vint frapper les chaînes qui enserraient Gabrielle, la libérant instantanément du mur, même si elle restait prisonnière des menottes.

— Ton épée est là.

Elle plongea dans un cliquetis de chaînes et se saisit de son arme, tout en lançant d'un air de défi à Lucifer :

— Vous ne feriez pas de mal à votre propre fils !

Ce dernier s'arrêta net lorsqu'il entendit la remarque de Gabrielle. Son doigt resta figé sur la détente de l'arbalète. Dominique se figea aussi, mais de honte. Entendre la terrible vérité énoncée aussi crûment, devant son propre père, mettait son âme à la torture, et ses ailes battirent furieusement avant de se calmer.

— Mon… fils ?

La voix de Lucifer avait pris des accents de sépulcre, qui glacèrent le sang de Dominique. Il inclina la tête, et plissa les yeux.

— Comment pourrait-il être mon fils ?

— Je préférerais que ce ne soit pas vrai. Mais l'Oracle me l'a dit.

— L'Oracle. Hmm…

Lucifer se caressa le menton, laissant son arbalète pencher en direction du sol, dans une attitude faussement désinvolte.

— Tu veux dire ce jouvenceau que l'on peut convoquer d'un claquement de doigts ?

Justement, la figure de l'Oracle apparut devant eux. Heureux de mesurer son pouvoir, Lucifer croisa les bras sur sa poitrine.

— Vous m'avez dit que vous ne serviez ni le Bien ni le Mal, déclara Dominique. Pourquoi venez-vous donc lorsque le diable vous l'ordonne ?

Le ton était amer, presque accusateur.

Dominique, l'épée tendue vers Lucifer, s'approcha de l'Oracle et lui demanda :

— M'avez-vous menti pendant toutes ces années, dans le seul but de me conduire jusqu'au cœur du royaume de ce démon ?

— Non. Ce n'est pas ce que j'ai fait.

— Il ne cesse d'affirmer que je suis le mercenaire qu'il a recruté.

— C'est à la fois vrai et faux.

— Tu as toujours été si abominablement diplomatique, Leviticus ! s'écria Lucifer. Peu importe qu'il soit ou non mon mercenaire... Le résultat final est celui que je voulais. Mais... cet homme-Fée... est vraiment mon fils ?

— Syr lui a donné naissance il y a vingt-six ans, répondit l'Oracle sans la moindre équivoque.

— Syr ? Elle n'en a jamais rien dit...

— Elle m'a échangé avec un enfant mortel pour me protéger de vous. A cause de vous, je n'ai jamais pu connaître l'amour de ma mère...

Dominique s'arrêta, en proie à une rage froide, la mâchoire serrée sur sa douleur. Brusquement, il aurait voulu pouvoir retirer ses derniers mots. Il avait bénéficié de l'amour de sa mère, et de l'amour de son père. Ses parents mortels l'avaient élevé comme s'il avait été leur propre fils, malgré sa différence.

— Dominique ?

La voix de Gabrielle s'insinua dans ses pensées. Il se tourna vers elle, l'épée baissée vers le sol.

— Vous n'avez plus besoin de moi, déclara l'Oracle. Ce qui doit arriver arrivera.

Et sur ces mots, il disparut dans un éclair.

— Je me souviens bien de Syr, dit Lucifer. Longue et fine... Des ailes aussi douces que de la soie. Elle était un vrai festin pour tout homme avide de plaisir. Mais l'enfant est mort trois mois plus tard. Je le sais, car je les ai surveillés de près.

— Pas d'assez près, visiblement, puisque vous ne saviez pas que ma mère m'avait échangé contre un autre. L'enfant que vous avez vu mourir était un humain.

Lucifer observa Gabrielle et Dominique, l'air interrogateur. Tous deux avaient les pieds solidement plantés sur le sol, et leurs épées maintenant levées étaient prêtes pour l'affrontement.

— Ainsi, tu es un enfant de Fée, un de ces enfants bannis du royaume des Fées ?

— Seulement parce que ma mère désirait me protéger de vous.

— Je n'aurais pas fait de mal à mon propre fils. Je t'aurais pris sous mon aile — façon de parler ! — et aurais fait de toi un guerrier, à mes côtés. Je ne t'aurais pas transformé en mercenaire ridicule, flanqué d'une bonne femme au combat. Franchement, j'ai honte de te regarder comme mon fils.

— Je n'aurai pas honte de vous décapiter !

— Dominique, non !

Gabrielle s'élança pour intercepter la flèche que venait de lâcher l'arbalète de Lucifer. Son épée s'enfonça profondément dans le gant de cuir de Lucifer, et poursuivit sa route jusqu'à sa poitrine et son cœur. Dans le même temps, la flèche frappa Dominique de plein fouet à l'épaule, le faisant tomber à genoux sous l'effet de la douleur.

— Sainte Mère de Dieu, pardonnez-moi.

— Qu'y a-t-il ?

Dominique inspecta sa blessure : la flèche avait pénétré profondément dans sa chair, avait transpercé l'os jusqu'à son aile gauche. Mais lorsqu'il releva la tête, il ne put retenir une exclamation de surprise.

Le corps de Lucifer se tenait devant eux, suspendu dans les airs, sans vie, le sang s'écoulant à flots de la blessure que Gabrielle venait de lui infliger. Dans un claquement d'os brisés que Dominique ne devait jamais oublier par la suite, la tête bascula en arrière et libéra des torrents de feu qui se déversèrent sur eux.

27.

Ils ne purent rien faire d'autre, dans un premier temps, que rester là, pétrifiés, à contempler la bête de feu se déployer devant eux. Dominique leva son épée, mais c'était davantage un réflexe qu'une action réfléchie. Il était pourtant trop tard pour reculer : la confrontation tant redoutée venait de commencer.

Les flammes hurlaient et sifflaient tandis qu'elles prenaient peu à peu l'apparence d'un corps humain, puis celle du visage de Lucifer et de ses longs cheveux. Il se mit à grandir démesurément, ses mains enserrant l'air comme si ce geste lui permettait d'aspirer de l'énergie et de croître en puissance. Un son atroce jaillissait de l'orifice qui lui tenait lieu de bouche : le cri des démons arrachés à leur prison de chair humaine.

Et il n'y avait aucun ange avec eux. A l'exception, bien sûr, de cette femme, à quelques pas de Dominique, qui semblait toujours ignorante de ses origines. Il s'approcha d'elle, et lui saisit le coude tout en gardant les yeux fixés sur les mouvements de la créature de feu. Elle lui murmura tout bas :

— Pardonne-moi… Nous sommes perdus.

— Jamais.

Dominique sentait une assurance nouvelle couler dans ses veines. Il était prêt pour ce combat, et refusait de s'avouer vaincu. Il venait d'obtenir la réponse à une question qui le tourmentait depuis des années, et il était temps d'aller de l'avant, même si cela impliquait de le faire à la pointe de l'épée.

Les flammes se resserrèrent petit à petit autour de la créature, se transformant en flammèches qui couraient sur son corps. Grand et élégant, Lucifer se tenait fièrement devant eux. Il était muni d'une paire d'ailes abîmées d'une taille gigantesque, et ses membres étaient incroyablement fins. Son regard, seul, n'avait pas changé : ses prunelles rougeoyantes observaient Gabrielle et Dominique avec la même cruauté.

Puis il se mit à croître de nouveau, de plus en plus rapidement.

— On dirait qu'il grandit à chaque inspiration...

Une aile enflammée claqua soudainement devant Gabrielle, et la créature s'adressa à elle de sa voix sifflante et sardonique :

— Deviens donc ma femme, toi qui es un ange comme moi. Ensemble, nous serons les Maîtres de l'Aube. Ainsi que notre enfant.

— Je ne suis pas un ange.

— Je t'en prie, souviens-toi !

Dominique n'avait pu retenir son injonction. Il fallait que la Réminiscence vînt. Gabrielle ne parviendrait pas à vaincre Lucifer en tant que simple mortelle...

Elle s'adressa à Lucifer avec détermination :

— Non, je ne suis pas un ange. Mais je vais être ton pire ennemi.

La bête se mit à rire, et lui rétorqua :

— Et moi, le tien !

Lucifer se pencha devant Gabrielle et Dominique, leur envoyant une bouffée d'air sulfureux au visage. Son corps se mouvait avec une incroyable souplesse, quoiqu'il eût déjà atteint une taille gigantesque.

— Si je ne peux réduire la mère de mon enfant à la servitude, peut-être que cette demi-Fée qui me tient lieu de fils acceptera d'aider son père.

— Je vais vous renvoyer en enfer !

— Ah ! N'est-ce pas à minuit que tu es le plus fort, l'Enfant de Fées ?

La créature se releva, et ses ailes touchèrent le plafond tant il était devenu immense.

— Assez ! Il est temps de mourir, Lucifer !

Et Gabrielle s'élança, l'épée brandie devant elle. Elle la fit tournoyer et la projeta contre la jambe de la créature. Ce qui eut pour seul effet de provoquer un nuage de fumée noire : un instant plus tard, la blessure était refermée. Dominique s'avança à son tour, mais son épée fut détournée d'un habile coup d'aile de Lucifer. Gabrielle se tourna alors vers lui.

— Que faisons-nous, maintenant ?

Il n'y avait qu'une seule solution, et Dominique n'était pas assez aveuglé par la colère pour ne pas le voir.

— Fuyons ! répondit-il.

Gabrielle se tourna vers le tunnel par lequel ils étaient arrivés. Derrière elle, la créature continuait à grossir : elle ne tarderait pas à avoir la taille d'un dragon. Et le tunnel était étroit : si Lucifer pouvait se retrouver coincé à l'intérieur…

— Allons-y !

Quelques flammes lui caressèrent les talons tandis qu'elle se jetait dans le tunnel. Derrière elle, Dominique protégeait sa fuite de son épée, mais ils n'étaient pas de taille contre ce démon de feu. A moins qu'ils ne parvinssent à l'abattre par la ruse.

Elle lança à Dominique :

— Surtout, ne t'arrête pas !

Le sol se mit à trembler derrière eux tandis que Lucifer s'élançait à leur poursuite. Son corps massif, loin d'être arrêté par l'étroitesse du tunnel, semblait l'agrandir au fur et à mesure de sa progression. Dominique attrapa Gabrielle et l'immobilisa contre un mur.

— Attends ! Nous devons le tuer, Gabrielle, et je crois que nous pouvons encore le faire si nous parvenons à lui trancher la tête…

— Oui, je le crois aussi. Mais pour cela, il faut qu'il reste sur nos talons et que nous parvenions à le coincer dans ce tunnel. Cela nous laissera une chance de le décapiter.

Il saisit sa main, et la pressa très fort, dans un geste d'encouragement muet qu'elle lui rendit de tout son cœur. Si seulement elle pouvait retourner dans sa maison, dans le bois de Valois, rien qu'en fermant les yeux… Fuir loin de cette horrible créature en train de se frayer un chemin à leurs trousses !

Les murs se mirent à vibrer et des débris de pierres tombèrent tout autour d'eux. Un coup sourd résonna alors que Lucifer essayait de s'enfoncer, sans succès, plus loin dans le tunnel. Il se mit à battre furieusement des ailes contre les murs de la caverne, et Gabrielle eut un sursaut de frayeur. Elle s'accrocha à Dominique, soudain terrifiée : si jamais ils s'étaient trompés, si Lucifer était capable de se dégager…

— Il est coincé. J'y vais.

Dominique relâcha Gabrielle et s'approcha du démon qui se débattait. Gabrielle se mordit la lèvre jusqu'au sang. Elle se moquait de n'être pas celle qui porterait le coup fatal : ils avaient tous les deux un lien de sang avec Lucifer.

— Cours !

Gabrielle attrapa la main de Dominique qui se précipitait vers elle, et courut derrière lui.

— Qu'y a-t-il ? L'as-tu frappé ?

— Il est en train de changer. Il se liquéfie. Ecoute !

— Je te crois sur parole !

Elle ne pouvait manquer de remarquer que la température dans le tunnel était en train de s'élever. Le dragon venait probablement d'achever sa transformation, et s'ils ne fuyaient pas, ils seraient rôtis sur place. Tenant toujours la main de Dominique, Gabrielle courut vers la lueur qui brillait au bout du tunnel. Mais ce n'était pas la sortie, juste une nouvelle grotte. Ils étaient profondément enfoncés dans les entrailles de la terre : la sortie était encore loin. Trop loin.

Le grondement de Lucifer résonnait juste derrière Dominique. Il était très près d'eux. Et pourtant, il semblait se contenter de les suivre, les obligeant à s'avancer dans la grotte qui s'ouvrait devant eux. Cette même grotte où se trouvait la faille dans laquelle Gabrielle et lui étaient tombés quelques heures plus tôt.

Sachant que le saut serait long, Dominique s'élança en avant : c'était bien la même salle, et la crevasse était effectivement large. Il n'y avait pas une seconde à perdre. Gabrielle n'eut pas le temps de s'arrêter que Dominique la tenait déjà dans ses bras, s'élançait, et les déposait d'un battement d'ailes de l'autre côté.

— Dominique, c'est la pièce dont le sol bouge...

— Reste derrière moi !

Il se plaça devant elle, et leva son épée. Il n'avait pas le temps de réfléchir, il fallait faire quelque chose. L'écho du grondement de Lucifer se rapprochait encore. Des flammes et des étincelles le précédèrent tandis qu'il pénétrait dans la pièce. Le feu de son corps s'était transformé en une peau noire qui recouvrait jusqu'à ses ailes abîmées. L'ange déchu les déploya jusqu'à ce qu'elles touchent le plafond, mais une partie de son corps resta prisonnière du tunnel. Sa tête avait atteint une taille monstrueuse, et lorsqu'il gronda de nouveau, Dominique sentit un frisson courir le long de sa colonne vertébrale.

— Rendez-vous !

L'injonction de la créature fut accompagnée de feu et de fumée : il avait pris la forme d'un dragon, et chacune de ses expirations était accompagnée d'un jet de flammes rougeoyantes.

Dominique se rapprocha de Gabrielle. Il ne la toucha pas, mais la sentit toute proche : il pouvait de ses doigts effleurer les chaînes qu'elle portait encore autour de ses poignets. L'éclat de son épée accrocha son regard, mais ce fut le bruit du métal sur le sol qui le fit se retourner.

— Gabrielle ?

Elle s'appuyait sur le mur, la tête entre les mains, visiblement en proie à une horrible souffrance. Les yeux fermés, elle parut faire un effort surhumain pour l'appeler :

— Dominique... Dominique, j'ai mal...

Il se précipita à son côté et lui attrapa la main. Elle était brûlante. Fiévreuse. De la sueur coulait le long de son front, et sa mâchoire était si crispée qu'elle semblait sur le point de craquer.

— Gabrielle ? Viens, nous devons fuir !

— Non. La lumière est si intense...

Les flammes se rapprochaient dangereusement d'eux. Dominique se tourna de nouveau vers Gabrielle, presque suppliant :

— Je t'en prie, laisse-moi te prendre dans mes bras... Je vais nous faire voler loin d'ici.

— Non.

Elle se dégagea de son étreinte et se redressa, contemplant fixement le symbole inscrit sur son poignet :

— Je me souviens !

Ses yeux d'un bleu d'acier se tournèrent vers Dominique, qui poussa un soupir. Les flammes étaient si proches, maintenant, qu'elles menaçaient de brûler ses ailes.

— Tu te souviens ?

— De tout.

Sa voix avait pris une inflexion qu'il ne lui connaissait pas. Le ton clair, confiant, d'un ange vengeur.

— Tu… tu sais que… que tu es…

— Oui.

Gabrielle regarda le démon. Dominique fut stupéfait par la transformation qui venait de s'opérer en elle : le courage irradiait d'elle, ainsi qu'une détermination inflexible adoucie par la compassion. Et un court instant, un instant qui devait rester gravé dans sa mémoire, il vit l'auréole qui enserrait son visage de son arc lumineux.

— Tu ne connaîtras pas de nouvelle aube, Lucifer ! lança-t-elle. Je suis venue pour te mener à ta perte, et t'envoyer dans ces enfers où tu aurais dû aller depuis longtemps…

Elle se précipita vers lui, avant même que Dominique eût le temps de la retenir. Une rage nouvelle la poussait en avant, vers la mâchoire du dragon.

— Non ! Ne te sacrifie pas, je t'en prie !

Dominique voulut lever son épée, mais il se sentait épuisé. La chaleur l'affaiblissait au point de l'empêcher de porter son arme, et ses ailes même lui paraissaient lourdes et encombrantes. Il ne put que murmurer sa supplique à Gabrielle, tout en sachant qu'elle était vaine. Ce n'était pas son combat : il n'avait été que le guide. Le bruit sec que fit le dragon le pétrifia : Gabrielle venait de s'élancer dans sa bouche. Lucifer se mit à se débattre contre cet intrus, et Dominique dut s'éloigner de la faille pour se mettre à l'abri.

Elle était partie. Morte. *Gabrielle*... Un cœur brave, passionné... Elle avait choisi de se sacrifier pour le genre humain.

Tu as accompli ta mission. Toi, l'homme-Fée, tu as conduit cet ange à son Destin.

Mais le démon était encore vivant. Etait-il donc impossible de tuer cette créature ? Le sol se mit à trembler sous les pieds de Dominique. Des cris de douleur résonnèrent et, brusquement, l'éclat de l'épée de Gabrielle luit dans le cou de la bête. Dominique fit un pas en arrière, complètement abasourdi. Il voulut crier, mais aucun son ne sortit de sa gorge. Etait-il possible qu'elle fût encore vivante ?

Lucifer poussa un cri d'agonie et sa tête se pencha vers le sol, tout près de la crevasse. L'épée de Gabrielle poursuivit son œuvre, découpant sans pitié les chairs noircies de la bête le long de son cou. Le bruit de l'acier sur les chairs était répugnant, tout comme l'odeur fétide qui se dégageait de la créature mourante. Un sang épais et visqueux s'écoulait de la blessure. Et, soudain, une tête recouverte de sang surgit de la blessure de la créature, et une main s'appuya contre sa gorge. Un espoir fou se mit à inonder le cœur de Dominique. Les yeux du dragon roulèrent une dernière fois dans leurs orbites, puis ses paupières se fermèrent. Définitivement.

— Gabrielle, attention !

La main de Gabrielle glissa sur la bête couverte de sang et elle sortit du corps de la créature comme un enfant jaillit des entrailles de sa mère. Mais au lieu d'être accueillie par des mains aimantes, elle tomba dans la crevasse. Et, juste derrière elle, le corps de la bête s'effondra lui aussi. En un éclair, Dominique se précipita : il eut besoin de toute son adresse pour éviter le corps du dragon, mais parvint à attraper Gabrielle avant qu'elle n'atteignît le sol. Il banda les muscles de ses ailes au maximum et les ramena vers le sol, esquivant aussi habilement qu'il pouvait la carcasse de Lucifer. Tenant toujours Gabrielle dans ses bras, il se mit à voler dans les tunnels, cherchant une sortie. Elle s'accrochait à lui, ses jambes enroulées autour de ses hanches, tandis qu'ils franchissaient enfin la porte d'entrée et se retrouvaient au niveau de la surface. Il la déposa avec précaution dans la petite chambre qui jouxtait la porte d'entrée, et ôta le sang du dragon qui couvrait son visage angélique. Un peu étourdie, elle posa une main pourtant ferme sur son épaule et se tourna vers lui en souriant.

— C'était vraiment un combat hideux…

Il ne put s'empêcher de sourire, lui aussi, et son cœur se sentit brusquement soulagé. Il déposa un baiser sur son front et la pressa contre son cœur.

— C'était surtout une belle démonstration de courage, lui dit-il.

— Es-tu blessé ? Ton aile est endommagée…

Elle passa la main sur son épaule. La flèche avait percé les chairs, mais il ne saignait pas.

— Ne t'inquiète pas, cela guérira. Mais je dois y retourner.

— Pourquoi ?

— Je veux m'assurer que la créature est vraiment morte, et je veux voir également s'il y a un moyen de fermer pour toujours ces chambres souterraines. Est-ce que cela ira ? Peux-tu m'attendre ?

— Si tu n'es pas long…

— Non, je ne le serai pas.

Mais, auparavant, il devait la tenir dans ses bras. La serrer contre lui une dernière fois.

Ne me l'enlevez pas maintenant…

Mais il savait que la réalisation de ce souhait n'était pas de son ressort. Il l'embrassa sur les lèvres et lui dit :

— Gabrielle ? Tu t'es souvenue...

— Souvenue de quoi, Dominique ?

Il s'écarta d'elle et plongea son regard dans ses yeux. L'innocence était revenue : ils brillaient d'une lueur pure, mais dépourvue de cette sagesse qu'il avait pu voir lors du combat. Elle avait tout oublié, de nouveau. Il devait probablement en être ainsi.

— De rien, répondit-il. Attends-moi ici, je n'en aurai pas pour longtemps.

Lorsqu'il ressortit enfin du repaire de Lucifer, Dominique était rassuré : cet homme, à la fois démon et ange déchu, ne tourmenterait plus jamais la France. Il avait volé jusqu'au fond de la crevasse et contemplé ce qu'il restait de la créature. Peu de chose, en vérité : de la fumée, de la chair brûlée ; la tête avait été brisée par sa chute au fond des abîmes.

Cet homme avait été son père. Ou, plus exactement, son géniteur. Il ne fallait guère que s'accoupler pour avoir un enfant : l'amour n'était pas une condition requise. Son père avait-il aimé Syr ? Il n'y avait aucun moyen de le savoir. Et Dominique préférait ne pas s'attarder sur la question. Un seul homme avait été son père, celui dont il portait le nom : Philippe Saint Juste.

Alors qu'il s'envolait de nouveau pour sortir de la crevasse, le sol avait de nouveau bougé, enterrant définitivement tout ce qui pouvait rester de Lucifer de Mortain. L'ange démoniaque avait rejoint les enfers, Dominique en était certain.

Lorsqu'il arriva enfin à proximité de l'entrée, il vit que Gabrielle ne l'avait pas attendue. Elle était sans doute sortie, probablement en quête d'un peu d'air frais. L'odeur de putréfaction qui envahissait le lieu rappela à Dominique qu'ils avaient frôlé la mort de bien près. La Réminiscence était arrivée à point nommé. Cela avait même failli être trop juste...

Il sortit dans l'air frais de la rue. Il était minuit, et de légers flocons immaculés tombaient doucement sur le sol. L'air était empli de pureté et de charme : minuit. Son heure. L'heure des Fées. Il laissa les flocons s'écraser sur son visage et se mêler à ses larmes brûlantes. Il se sentait incroyablement bien. C'était là le signe, il le sentait au plus profond de son cœur, que le mal avait été vaincu et que l'ordre naturel des choses reprenait ses droits et son cours. Une vie nouvelle jaillissait.

Mais une autre vie nouvelle ne tarderait pas à venir au monde, elle aussi. Et elle n'était pas la bienvenue. Dominique chassa ses larmes, et observa Gabrielle, appuyée contre un mur de l'autre côté de la rue. Les rayons de la lune la baignaient d'un halo presque révérencieux. Ses cheveux et son corps étaient couverts de neige, et les chaînes pendaient toujours de ses poignets. Elle était l'image de la grâce et de la force, illuminée par la nature.

Il s'approcha d'elle lentement, imprimant ce moment de paix dans sa mémoire. Contre toute attente, cet ange avait triomphé. Mais il savait aussi qu'elle aurait triomphé de toute façon, quand bien même la Réminiscence ne serait pas advenue à temps. Elle était trop déterminée et brave pour échouer.

— Est-ce que tout ira bien, maintenant ?

Elle lui posa la question sans même ouvrir les yeux ni le regarder.

— On dirait, oui. Tu es si belle…

Il se plaça à côté d'elle et lui caressa la joue. Elle redressa la tête et le regarda d'un air étrange. Sans un mot, elle leva ses mains vers lui : elles étaient ensanglantées. Il se précipita, mortellement inquiet, à la recherche d'une blessure sur son ventre ou ses jambes.

— Gabrielle, es-tu blessée ?

Elle lui montra le contenu de ses mains, recouvert de flocons de neige.

— C'est l'enfant. Il a été expulsé de mon corps.

Il déglutit, mal à l'aise en s'apercevant que le sang qui couvrait ses chausses était vermillon, et non presque noir comme celui du dragon.

— Je... Je suis désolé.

— Il fallait qu'il en soit ainsi.

Elle se pencha et plaça la minuscule créature sur le sol, puis l'enterra sous la neige qu'elle marqua d'un signe de croix. Puis elle bénit l'enfant, promettant que la neige le baptiserait même dans la mort.

— Cet enfant ne doit pas être jugé pour les crimes de son père. De même que toi. Est-ce que tu vas bien ?

Elle se tourna vers Dominique, l'air interrogateur.

— Cela ira. J'aurais souhaité pouvoir sauver Baudoin, cela dit...

Gabrielle se raidit — il put voir qu'elle luttait contre sa peine — puis s'abandonna à son chagrin : de grosses larmes jaillirent de ses yeux.

— Il ne méritait pas de mourir ainsi. C'était un jeune homme brave.

— Cela dit, je suis sûr qu'il aurait été fier de savoir qu'il est mort en te sauvant la vie.

Elle eut un pâle sourire, et s'essuya les yeux du revers de la manche.

— Nous devons aller à Notre-Dame et dire une prière pour Baudoin, le chevalier vaillant et honorable.

— Oui, c'est ce que nous allons faire.

Sentant qu'elle pleurait de nouveau, Dominique pencha la tête et la prit dans ses bras. Pendant quelques minutes, ils restèrent ainsi tous deux, partageant leur douleur muette. Puis, d'un sifflement, Dominique appela Tor et Gryphon : il avait beau désirer ramener

Gabrielle chez lui, il voulait aussi prendre le temps d'honorer la mémoire de Baudoin.

Ils allumèrent une chandelle dans la nef, et murmurèrent quelques prières. Puis ils repartirent, et, aux portes de Paris, Gabrielle se tourna vers Dominique :

— Ramène-moi à la maison, Dominique. Je veux rentrer à la maison.

L'eau chaude tourbillonnait dans la piscine naturelle de la grotte, caressant le menton de Dominique. Gabrielle était assise en face de lui, les yeux clos, les bras flottant à la surface. Il ne leur avait fallu que quelques pièces d'or pour convaincre un maréchal-ferrant de la libérer de ses chaînes en plein milieu de la nuit. Cela faisait huit heures maintenant qu'ils avaient quitté le repaire de Lucifer. Et ils avaient à peine échangé quelques mots. Du sang avait été versé, une vie innocente avait été sacrifiée. Mais ce n'était pas en vain : le Mal était vaincu.

Gabrielle n'avait pas été arrachée à la terre à la fin de sa mission. L'Oracle avait eu raison : elle ne savait rien de sa vie d'ange, et n'en saurait rien. Le symbole sur son poignet resterait une marque insolite, pour elle. Et elle resterait attachée à sa condition humaine jusqu'à ce que la mort renvoie son âme aux cieux. Nulle trace des Mortain ne demeurait, en revanche. Hormis lui-même.

— Est-ce que tu penses à ce que le futur nous réserve ?

Dominique releva les yeux, étonné de la perspicacité de Gabrielle. Même s'il savait qu'ils étaient devenus incroyablement proches, en si peu de temps.

— Oui…

— Je gage que tu dormiras bien au-delà de l'aube, après ce que nous avons traversé.

— Tu crois ?

— Nous le saurons bientôt.

C'était vrai. Et s'il pouvait dormir plus tard que l'aube, cela signifierait qu'il serait enfin débarrassé de ce côté sombre qu'il tenait de son père. Exactement comme Gabrielle avait été purgée à la mort du démon, il le serait peut-être de ce legs qu'il tenait du Dragon de l'Aube.

— Tu ne seras jamais comme lui, insista-t-elle. Tu ne devrais même pas y penser.

Elle se glissa dans l'eau près de lui, et pressa ses genoux de chaque côté de ses cuisses. Leurs corps s'unirent tendrement, et Dominique sentit la tension qui l'habitait se dissiper.

— Nous avons triomphé, reprit-elle. Plus rien ne peut nous abattre. Et si nous devions rencontrer un défi similaire, nous lui ferions face ensemble.

— Le Chevalier Noir, et le demi-homme-Fée ?

— Tu n'es pas « demi » pour moi, Dominique. Tu es complet.

Puis, brusquement, elle ajouta :

— Regarde-moi !

Il releva la tête et ses yeux se retrouvèrent en pleine lumière. Gabrielle poussa un cri de surprise qui le fit sursauter.

— Tes yeux..., dit-elle. Je ne m'en étais pas rendu compte à Paris car j'étais trop épuisée. Ils n'ont plus aucun reflet sombre, Dominique. Ils sont violets, d'un violet brillant !

Il pressa sa main contre sa joue, ému.

— Tu me dis la vérité ?

— Il est parti... Tu n'as plus rien de lui en toi.

Et elle l'embrassa sur chacune de ses paupières. Dominique l'attira plus près de lui et enfouit son visage dans son cou, tandis que ses reins s'enflammaient au rythme de son désir.

— Merci... Merci de partager ton feu avec moi.

Épilogue

Dominique s'éveilla dans les bras de Gabrielle. Elle poussa un soupir, mais ne s'éveilla pas. Il se dégagea doucement de ses jambes, enroulées autour des siennes, et ôta un pétale qui était tombé sur son front pendant la nuit. Voyant qu'elle ne bougeait décidément pas, il se leva avec précaution.

Près d'eux, le feu craquait dans la cheminée, ses braises encore rougeoyantes. Du vin de mûre était posé sur la table et emplissait la pièce de son arôme fleuri. Dominique se vêtit de ses chausses, surpris d'entendre un oiseau chanter dehors. Après les semaines de neige et de tempête, c'était presque incongru. Mais ce matin, la nature semblait avoir enfin retrouvé son équilibre. Tout semblait enfin… *normal.*

Il ouvrit lentement la porte pour éviter qu'elle ne craque et se pencha pour franchir le seuil. Ses pieds nus s'enfoncèrent dans la neige fondue. Le soleil brillait haut dans le ciel, l'embrasant d'un baiser brûlant — et c'est alors qu'il comprit : pour la première fois, il ne s'était pas éveillé à l'aube.

Dominique s'avança dans les herbes humides et regarda autour de lui. Une nuée de rouges-gorges venait de s'établir dans l'orme situé près de la maison. Partout, la neige était en train de fondre, et il régnait comme une bouffée de printemps dans l'air.

Il se passa la main dans les cheveux, puis ouvrit les bras en grand, embrassant la pure beauté de ce premier matin. Ses ailes se déployèrent fièrement : le mal avait été vaincu, l'obscurité chassée de son âme. La femme qu'il aimait dormait paisiblement dans son lit et…

Une lumière violette se mit à briller soudainement devant lui. Elle ondula, et peu à peu ses formes se firent plus précises, tandis qu'une douce odeur de fleur l'enveloppait. Une odeur qui ressemblait à celle d'une rose dans les premiers moments de l'aube. Ce n'était pas le parfum de l'Oracle.

Dominique, intrigué, s'approcha, désireux de toucher cette apparition mystérieuse. Mais elle se matérialisa si rapidement qu'il prit conscience qu'il était face à un être vivant. Une femme magnifique… Elle était grande et mince, et ses longs cheveux gris tombaient en vagues sur ses hanches. Une tunique bleue diaphane lui enserrait le corps jusqu'aux épaules et rehaussait l'éclatant violet de ses yeux.

— M… Mère ?

— Oui.

Il ne put rien ajouter d'autre, car les mots ne lui venaient pas. Et la femme n'ajouta rien non plus. Il se précipita dans ses bras : s'il ne pouvait parler, il ne pouvait pas non plus résister au désir de se blottir contre elle. Leurs corps se fondirent l'un dans l'autre. Oui, c'était bien sa mère… Il sentit ses ailes lui caresser brièvement les épaules. Maintenant, tout était enfin juste et à sa place.

— Dominique ?

C'est alors qu'il sentit Gabrielle derrière lui. D'un coup d'œil, il vit qu'elle se tenait là, vêtue simplement de sa chemise, les pieds nus jouant avec la neige fondue. Elle n'avait rien perdu de son innocence : de son visage irradiait comme un halo de pureté.

— Je voudrais que tu fasses la connaissance de ma fiancée, dit-il.

Il se dégagea de l'étreinte de sa mère pour qu'elle pût contempler Gabrielle.

— Elle est très jolie.

La voix de Syr avait la douceur d'une cascade. Gabrielle sourit, et baissa la tête devant le compliment.

— Elle s'appelle Gabrielle, reprit Dominique. Gabrielle de Vertus. Elle a accepté de devenir ma femme. Et nous te ferons de nombreux petits-enfants, et nous dormirons au-delà de l'aube chaque jour.

— Vos enfants seront bénis à la fois par les cieux et par les Fées.

Vêtue d'une robe de soie rouge qui avait appartenu à la mère de Dominique, Gabrielle se promenait dans les champs qui entouraient le bois de Valois. Le jour était clair et froid, mais le soleil l'empêchait de frissonner. Les oiseaux chantaient autour d'elle, et les branches craquaient tandis que la neige fondait peu à peu.

Elle étendit les bras et leva le visage vers le ciel, inspirant profondément une grande goulée d'air pur. Un sourire se dessina sur ses lèvres — un sourire qui lui fit grand bien. Elle se sentait enfin libre. Libérée de sa quête et de ce désir de vengeance qui l'avait animée pendant plusieurs semaines. Sa famille était maintenant vengée, et le futur l'attendait. Un futur qui promettait une nouvelle famille, la famille qu'elle construirait avec cet homme-Fée dont elle avait gagné le cœur. Syr leur avait servi de témoin quand Dominique et elle s'étaient promis fidélité, et dans les yeux de son mari, Gabrielle s'était trouvé une nouvelle demeure.

Une demeure bien différente de celle qu'elle avait connue auparavant.

Elle ouvrit les yeux et observa avec attention le ciel d'une pureté parfaite. Il n'y avait pas un seul nuage, il était d'un bleu immaculé. Elle se dressa sur la pointe des pieds et leva la main, attrapant un peu d'air dans son poing qu'elle resserra contre son cœur.

— Personne n'a besoin de le savoir. Les cieux sont toujours dans mon cœur. Dans ma mémoire.

DANS LA MÊME COLLECTION
Par ordre de parution

DEBORAH HALE	*La légende du royaume oublié*
MICHELE HAUF	*La malédiction de l'ange noir*

2 NOUVEAUTÉS À PARAÎTRE EN JUILLET 2005

LUNA

La prophétie maudite

PAR P.C. CAST

Elue de la déesse Epona, Elphame n'a qu'un désir : vivre libre au royaume de Partholon. Car, née d'une femme et d'un centaure, Elphame refuse le culte dont elle fait l'objet et qui fait d'elle une divinité. Décidée à prendre son destin en main, elle crée son propre royaume dans les ruines du château MacCallan. Un royaume où sont abolies les différences entre centaures et humains, un royaume de liberté, pour elle et ceux qui choisissent de la suivre. Mais dans la forêt profonde qui entoure le palais rôde une présence maléfique : Lochlan, le chef des démons bannis autrefois par Epona. Un peuple qui ne rêve que de retrouver sa place au royaume de Partholon. Et qui croit que, pour cela, il lui faut faire couler le sang d'une déesse... Lochlan le banni choisira-t-il la fidélité envers son peuple ou l'amour d'Elphame ?

Dès le 1er juillet 2005

Composé et édité par les
éditions Harlequin
Achevé d'imprimer en avril 2005

par

LIBERDÚPLEX

Dépôt légal : mai 2005
N° d'imprimeur : 00000 — N° d'éditeur : 11291

Imprimé en Espagne